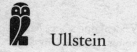

ÜBER DAS BUCH

1943: Dem Tode entronnen und von der Versenkung seines letzten Schiffes schwer gezeichnet, übernimmt Kapitän zur See Guy Sherbrooke das Kommando auf dem Schlachtkreuzer *Reliant*. Obwohl dieser alte, noch aus dem Ersten Weltkrieg stammende Schiffstyp durch seine Schnelligkeit besticht, ist er dennoch von gravierenden Mängeln belastet. Auch wenn Glück und Können Sherbrooke und seinen Männern während ihrer Einsätze zwischen Atlantik, Mittelmeer und Eismeer zur Seite stehen, so konfrontiert sie das Schicksal doch täglich mit der Alternative zwischen strahlendem Ruhm oder Tod.

DER AUTOR

Alexander Kent nahm am Zweiten Weltkrieg als aktiver Marineoffizier teil und erwarb sich danach einen weltweiten Ruf als Verfasser authentischer Seekriegsromane. Seine marinehistorische Romanserie um Richard Bolitho machte ihn zum meistgelesenen Autor dieses Genres neben C. S. Forester. Seit 1958 sein erstes Buch erschien, hat er über 50 Romane veröffentlicht, von denen die meisten bei Ullstein vorliegen beziehungsweise vorbereitet werden. Sie erreichten eine Gesamtauflage von über 24 Millionen und wurden in bisher 14 Sprachen übersetzt. – Alexander Kent, dessen wirklicher Name Douglas Reeman lautet, ist aktiver Segler und wohnt heute in Surrey, England. Er ist Mitglied der Royal Navy Sailing Association.

Alexander Kent

Rückkehr von den Toten

Roman

Ullstein

Ullstein Buchverlages GmbH & Co. KG,
Berlin
Taschenbuchnummer: 24395
Titel der Originalausgabe:
Battlecruiser
Aus dem Englischen von
Horst Rehse

Deutsche Erstausgabe
3. Auflage August 1999

Umschlaggestaltung:
Hansbernd Lindemann
Illustration:
Geoffrey Huband
Alle Rechte vorbehalten
Copyright © Bolitho Maritime
Productions Ltd. 1997
Copyright © der deutschen Übersetzung
1998 Ullstein Buchverlage
GmbH & Co. KG, Berlin
Printed in Germany 1999
Gesamtherstellung:
Ebner Ulm
ISBN 3 548 24395 9

Vom selben Autor
in der Reihe
der Ullstein Bücher:

Atlantikwölfe (22151)
Aus der Tiefe kommen wir (23619)
Duell in der Tiefe (24639)
Der eiserne Pirat (23695)
Feindpeilung steht! (23784)
Feuer aus der See (24400)
Feuer aus der See/Atlantikwölfe
(24097)
Finale mit Granaten (23691)
Freiwillige vor! (24305)
HMS Saracen (23953)
In der Stunde der Gefahr (22509)
Insel im Taifun (23692)
Kanonenboot (24173)
Kurs Hongkong (23779)
Mittelmeerpartisanen (23938)
Das Netz im Meer (24482)
Operation Monsun (24403)
Rendezvous im Südatlantik (23790)
Schnellbootpatrouille (23792)
Torpedo läuft! (23688)
Die U-Boot-Jäger (22900)
Unter stählernen Fittichen (23793)
Die weißen Kanonen (22403)
Wrack voraus (23796)
Die Zerstörer (24301)

Außerdem 24 marinehistorische
Romane um Richard Bolitho
sowie 3 Romane um die Blackwood-
Saga

Die Deutsche Bibliothek –
CIP-Einheitsaufnahme

Kent, Alexander:
Rückkehr von den Toten: Roman /
Alexander Kent. [Aus dem Engl. von
Horst Rehse]. – Dt. Erstausg., 3. Aufl.
– Berlin: Ullstein, 1999
(Ullstein-Buch; Nr. 24395)
ISBN 3-548-24395-9

Mit Liebe, für Kim.
»Bleib du meine Rose, du bist alles für mich.«

Geleite die Tapferen,
deren Herzen, unerfüllt
von trauten Horten und guten Heimen der Liebe,
sich hingeben dem Geschick des Meeres,
der weiten Herrschaft der Gezeiten.

Flieg über die,
bescheiden und tapfer, die Schiffe
fahren und mit Leben füllen. Ihr Leben
erfüllt die See.
Ihren ewigen Pfad, den patrouilliere.

>   John Pudney
>   Leutnant der britischen Luftwaffe
>   1942

Prolog

Ob Frieden oder Krieg, der Stapellauf eines großen Schiffes ist eine besondere Erfahrung, und daran Teil zu haben, die Vorbereitung miterlebt zu haben von den ersten Ideen bis zur Bauzeichnung und dann weiter dabei zu sein über viele Monate, muß einzigartig sein.

Für die vielen Männer, die an diesem Schiff mitgewirkt haben, ist es eine Zeit des Stolzes und der Zufriedenheit. Tag um Tag haben sie das Werk wachsen und Form annehmen sehen, bis es alles um sich herum durch seine Größe beherrscht, genau wie es ihr Berufsleben in diesen Monaten beherrscht hat. Anders als in den Tagen der Arbeitslosigkeit und der Depression, als die Fertigstellung eines solchen Schiffes den Verlust der Arbeitsstelle bedeuten konnte, bis ein neuer Auftrag gewonnen war und ein neuer Kiel gestreckt werden konnte, wird diese Helling nicht lange leerstehen.

Und hier am Ufer des Clyde kann man die Aufregung rundherum spüren. Sogar in den Nachbarwerften haben die Männer aufgehört zu arbeiten, um dieses großartige Schiff zu beobachten, mit vielen Flaggen, gebaut für den Krieg, aber noch ohne Waffen, die Brücken und Aufbauten sind seltsam nackt und unfertig.

Einige aber sagen, daß sie jetzt schon einen eigenen Charakter hat.

Seeleute haben schon immer dazu geneigt, zu behaupten, daß verschiedene Schiffe verschiedene Charaktere haben. Glückliche Schiffe die, bei denen die Linie zwischen Offiziersmesse und Mannschaftsdecks flexibel und anpassungsfähig ist, bei manchen anderen ist das Gegenteil offenbar. Gestrafte Männer, lange Listen von Disziplinarfällen beweisen die Unzufriedenheit der Menschen: kein glückliches Schiff. Und dann gibt es jene anderen unglücklichen Schiffe, mit ungeklärten Unfällen und dauernden Störungen, den unausbleiblichen Anklagen, die meist zu Verfahren vor den Militärgerichten führen.

Aber jetzt tritt plötzlich Stille ein, als ob jemand eine entsprechende Flagge gesetzt hätte. Die Figuren auf der Tribüne, von dem grauen Steven, der sich weit über sie erhebt, zu Zwergen gestaucht, bewegen sich. Ein kleines Mädchen macht einen Knicks und überreicht einer weiß gekleideten Dame einen Blumenstrauß. Es ist die Ehefrau eines Admirals, die diese letzte Ehre des Bauvorhabens vollziehen wird. Sie wird unterstützt von höheren Marineoffizieren und Werftdirektoren, einer von ihnen ergreift ihre Hand und führt diese vorsichtig an den Hebel; ein anderer nimmt für sie den Blumenstrauß. Für einen Augenblick sieht sie zu dem riesigen, eleganten Bug empor, die leeren Ankerklüsen wirken wie Augen.

Unter ihr heben die Musiker des Musikkorps der Königlichen Marineinfanterie, der Royal Marines, ihre Instrumente, sie warten auf den Einsatz des Taktstockes.

Ihre Stimme kommt stark, sogar kräftig, über die aufgestellten Lautsprecher.

»*Ich taufe dies Schiff*...«

Der Rest geht völlig unter im Donner des Beifalls, dem Wirbel der Trommeln, das Musikkorps spielt *Rule, Britannia*.

»*Gott segne sie*...«

Es kommt ein unangenehmer Augenblick, einige Werftingenieure sehen einander aufgeregt an, bis, mit einer Art Seufzer, sich das große Schiff in Bewegung setzt, zuerst ganz langsam; und dann, Ankerketten halten sie unter Kontrolle und wirbeln Wolken von Rost auf, berührt sie das Wasser des Clyde zum erstenmal.

»... *und alle, die auf ihr fahren!*«

Im Kriege kann ein Schiff Opfer werden von Mine oder Torpedo, Artilleriefeuer oder Sturzkampfbomber, lauter unparteiische Waffen ohne Gewissen oder Gedächtnis. Oder Schiffe können überleben, nur um ihre Tage in irgendeiner Abwrackwerft zu beenden; sie erleiden Unwürde und Verachtung nach Jahren treuen Dienens. Aber jedes Schiff ist eine Maschine, eine Waffe, nur so gut oder so schlecht wie die, die es führen. Ein Schiff hat keine Seele, und es hat bei seinem Schicksal keine Mitsprache. Oder doch?

1

Rückkehr von den Toten

Die Fahrt vom Bahnhof zur Kirche in dem einzigen Taxi des Dorfes schien nur eine Minute zu dauern. Eingemummt in einen schweren Mantel und einen Schal, betrachtete der Fahrer hin und wieder seinen Passagier im Rückspiegel. Der Passagier wirkte fremd in seiner Marineuniform, obwohl er in diesem kleinen Ort in Surrey aufgewachsen war. Aufgewachsen wie all die anderen Jungen, wie auch der Sohn des Fahrers, der jetzt irgendwo in der Sahara einen Panzer fuhr.

Um etwas zu sagen, rief er über seine Schulter: »Vielleicht schaffen wir es doch noch, Sir. Es könnte irgendeine Verzögerung bei der Beerdigung eingetreten sein.«

Kapitän zur See Guy Sherbrooke schlug den Kragen seines Regenmantels hoch und äußerte vage Zustimmung. Das Wetter war kalt, trotz des strahlend klaren Himmels, aber das war nicht schlimm. Er war die Kälte ja gewohnt, oder wenigstens sollte er es sein, dachte er. Er blickte auf die vorbeigleitenden Häuser und eine Kneipe, vor der einige Soldaten standen, die darauf warteten, daß die Kneipe endlich aufmachte. Die Rückkehr hierher hatte etwas Unwirkliches, und er hätte das vorhersehen können. Der Regenmantel fühlte sich genauso steif und ungewohnt an wie seine ganze Kleidung, alles war neu. Auch die Mütze, die neben ihm auf dem Sitz lag, auf dem Schirm trug sie goldene Eichenblätter. Kapitän zur See, in seiner Jugend hatte er davon geträumt, das einmal zu werden.

Er hätte nicht zu diesem Besuch kommen sollen. Eine Ausrede hätte sich auf dem Bahnhof Waterloo ergeben. Der Zug hatte Verspätung, ein anderer Zug war entgleist, und die langsamen Regionalzüge mußten warten, um die wichtigeren Fernzüge vorzulassen. Wie das häufig passierte. Er war in den Wartesaal gegangen und hatte eine Tasse abgestandenen Kaffee getrunken. Ein Drink, ein richtiger Drink, das wäre jetzt etwas gewesen.

Er lächelte unbewußt, fast wie ein junger Mann. Andererseits war es aber wirklich unpassend, auf der Beerdigung zu erscheinen und nach Gin zu riechen. Er blickte auf die großen grünen Weiten der Sandown Park Pferderennbahn, wohin sein Großvater ihn schon als Kind mitgenommen hatte und wo sie gemeinsam den Jockeys zugesehen hatten, wie sie ihre Pferde um die letzte Kurve vor dem Ziel trieben. All das war jetzt nur noch Erinnerung. Heute war der 2. Januar 1943, ein neues Kriegsjahr hatte gerade begonnen. Das Geschrei heiserer Käufer und Verkäufer von Pferdewetten tönte nicht mehr durch Sandown Park; es gab auch keine ungefragten Ratgeber und keine Taschendiebe mehr. Jetzt wurde hier das Heer eingezogen: Steine waren weiß gestrichen, an den Toren standen Wachen, Reihen von Menschen in Khaki marschierten in Staubwolken auf und ab, ein Ausbildungsbataillon der Welsh Guards war jetzt hier zu Hause.

Er sah nach vorn und erblickte den bekannten Kirchturm, den man angeblich an klaren Tagen von Kingston Hill sehen konnte. Hier in dieser Gegend hatte es einige Bombenangriffe gegeben, aber nicht viele; ganz anders als in den Städten, die er gesehen hatte, wo kaum ein einziges Gebäude unbeschädigt geblieben war.

Das Taxi fuhr in die schmale Straße zur Kirche und hielt an. Der Fahrer, der seinen Schnurrbart nach dem Vorbild der Old-Bill-Charakterköpfe des Ersten Weltkriegs pflegte, drehte sich um und sagte: »Wir waren alle bestürzt, als wir von Ihrem Schiff hörten, Sir..., daß es zu diesem Verlust gekommen ist! Tim Evans, der Sohn unseres Postbeamten hier, war auch an Bord.«

»Ja, ich weiß.« Würden die Menschen jetzt immer solche Bemerkungen machen, fragte sich Sherbrooke. »Er war ein netter Kerl.«

War. Viele waren an dem Tag des Unterganges gestorben in der bitterkalten See, die einem den Atem raubte und den Willen unterdrückte.

Der Fahrer beobachtete ihn nachdenklich. Ein noch jungenhaftes Gesicht mit klaren Zügen, es gab kaum Zeichen von dem, was er durchgemacht haben mußte. Die Ruhe seiner Augen und das energische Kinn verrieten viel. Der Fahrer war im vorigen Krieg Pionier in Flandern gewesen, und das war fast genauso ein Gräberfeld wie dieser Friedhof auf der anderen Seite der Steinmauer, an der das Taxi hielt. Sherbrooke wußte, was der Fahrer dachte, und das rührte ihn. Bombenangriffe, Lebensmittelmarken... es war alles schlimm genug für die zivile Bevölkerung, auch ohne daß die gefürchteten Telegramme kamen. *Wir bedauern, Ihnen mitteilen zu müssen, daß Ihr Ehemann, Vater, Sohn...* Und dennoch war dieser alte Taxifahrer jedes Mal am Bahnhof, wenn er für einen kurzen Urlaub nach Hause kommen konnte.

Jetzt gab es kein Zuhause mehr. Vielleicht war es auch gut so: Ein völlig neuer Beginn. Keine Zweifel oder Befürchtungen. *Tatkraft war jetzt gefragt.*

Er stieg aus dem Taxi und sah hinüber zur Kirche. Die Kirchentür ging gerade auf, er bildete sich ein, daß er die Orgel hören konnte. Er war zu spät, besser hätte er ganz wegbleiben sollen. Er griff in seine Tasche: Sogar die fühlte sich ungewohnt und fremd an, wie der Anzug eines anderen Mannes.

Der Fahrer schüttelte den Kopf. »Nein, Sir, diesmal

nicht.« Er sah traurig zur Kirche hinüber. »Übrigens, ich habe ihn auch dies letzte Mal vom Bahnhof abgeholt.«

Dann lächelte er, verabschiedete sich und fuhr zurück zum Bahnhof.

Sherbrooke rückte die Mütze gerade und öffnete das Friedhofstor.

Der Sarg wurde gerade um die Kirche herumgetragen, die Trauergemeinde folgte in kleinen einzelnen Gruppen. Es waren mehrere Marineoffiziere darunter, einer ging an einem Stock, eine große, ernst aussehende Marinehelferin war dicht neben ihm. Ganz offenbar war dem Mann kalt, trotz des schweren Mantels mit den goldenen Abzeichen eines Vizeadmirals. Kaum zu glauben, daß dieser alte Mann einmal der Kommandant jenes großen Schiffes gewesen war in den vergangenen Zeiten, bei der Mittelmeerflotte im Frieden. Sherbrooke konnte es sich kaum mehr vorstellen.

Der Mann, der heute beerdigt wurde, war Kapitän zur See Charles Cavendish; er war mit Sherbrooke zusammen Oberleutnant in jenen fernen und vergangenen Tagen gewesen. Es war ein ruhiges Begräbnis in engem Kreis, nur das White Ensign, die Seekriegsflagge der Royal Navy, war über den Sarg als Zeichen der Achtung ausgebreitet. Die Entscheidung des Untersuchungsrichters lautete »Tod durch Unglücksfall«. Cavendish war ein tapferer und angesehener Offizier; er war Kommandant eines der bekanntesten Schiffe Großbritanniens gewesen. Sein Tod hatte ihn ohne jeden erkennbaren Sinn am Ende eines kurzen Urlaubs ereilt, während das Schiff für Reparaturarbeiten im Firth of Forth lag. Er wurde in seinem geliebten Auto, einem Armstrong-Siddeley, sitzend aufgefunden. Das Auto hatte er nach der Hochzeit mit Jane gekauft. Ein neuer Gedankenblitz schoß durch Sherbrookes Gehirn: Sie waren alle dort gewesen, lächelnd und glücklich dabei zu sein. Mit ihren Offizierssäbeln hatten sie einen Bogen über das Brautpaar gebildet: Cavendish, groß und ziemlich ernst, sogar schon als Oberleutnant, und die liebenswerte Jane, die mit einem einzigen Blick das Herz eines Mannes gewinnen oder es zu Eis erstarren lassen konnte.

Die älteren Leute sahen einander zurückhaltend an, sie suchten Trost und fühlten sich offenbar nicht wohl. Die Marineoffiziere waren gekommen, um ihre Achtung gegenüber Kapitän zur See Charles Cavendish zu zeigen, der alleine in seinem Auto bei laufendem Motor und geschlossener Garagentür gestorben war.

Der Dorfpolizist hatte erklärt, daß es an dem bewußten Tage sehr windig gewesen sei und daß das Garagentor wahrscheinlich zugeweht war; eine andere Erklärung gab es nicht. Jane war gerade in London gewesen und wußte nichts von dem überraschenden Urlaub ihres Mannes. Sonst . . . .

Derselbe Dorfpolizist war jetzt hier auf der Beerdigung, aufrecht und ernst. Er kannte die Familie gut, und es war bekannt, daß er schon einmal auf ein Gläschen hereinschaute, wenn der Kapitän zu Hause war.

Sherbrooke drehte seinen Kopf und bemerkte, daß Jane ihn direkt ansah. Als der Geistliche sein Buch aufschlug und zu lesen begann, wobei sein Atem wie Dampf in der klaren Luft stehen blieb, nickte sie ihm ganz leicht zu. Auch unter solchen Umständen fiel sie auf, wie sie es immer getan hatte, groß, schlank, beeindruckend. Sie schien ruhig, sehr gefaßt, ihre Finger hielten ihren schwarzen Mantel eng geschlossen, die brillantene Brosche in der Form einer Marinekrone glitzerte im grellen Sonnenschein.

Der finster dreinsehende Leichenbestatter und seine Leute rückten ab, geradeso als folgten sie den Schritten eines gut eingeübten Tanzes. Der Sarg wurde in die Erde gesenkt. Die Leute versammelten sich in der Runde, um ihr Beileid auszusprechen, und einige fragten sich, was wohl wirklich passiert war. Der Vizeadmiral kam zu Sherbrooke und stocherte mit seinem Stock in dem losen Schotter herum.

»Manche Leute denken, daß dies eine unechte Vorstellung ist, verdammt; ich kann Ihnen versichern, daß es das nicht ist!« Er senkte seine Stimme. »Ich bin froh, daß Sie das Kommando übernommen haben, Sherbrooke. So bleibt es in der Familie, sozusagen.«

Sherbrooke lächelte, was er in letzter Zeit nicht oft getan hatte. Er wußte, was der Vizeadmiral meinte; der war in den Ruhestand versetzt worden, ganz kurz nach seiner Beförderung zum Admiral, *auf die Weide geschickt,* wie er es selber beschrieb; aber er hatte jene Tage, in denen er selber Kommandant war, nie vergessen. Sie waren vier Oberleutnante in der Messe in dieser sorgenfreien Zeit gewesen, als das Leben immer nur voller Sonnenschein und Leichtigkeit war, zumindest im Rückblick. John Broadwood, der vor achtzehn Monaten als Kommandant eines Zerstörers im Atlantikeinsatz gefallen war. Charles Cavendish. Sherbrooke zwang seine Gedanken wieder zurück in die Gegenwart, als die Männer mit den Spaten auf das Grab zugingen. Und dann war da noch Vincent Stagg, jetzt Konteradmiral, der jüngste seit Nelson, wie eine Zeitung formuliert hatte. Und ich, Guy Sherbrooke.

Er kam zum Kondolieren an die Reihe, ohne sich bewußt vorwärts bewegt zu haben. Ihre Hand war zart, aber mit kräftigem Druck und kalt wie Eis.

»Es ist nett, daß Sie gekommen sind. Ich habe oft an Sie gedacht, als Sie Ihr Schiff verloren haben. Wir haben alle an Sie gedacht.« Sie lächelte jemandem zu, der versuchte, näher heranzukommen, aber ihre Augen waren ohne Wärme. »Stimmt es, daß Sie Charles' Schiff übernehmen?« Sie blickte ihn gedankenvoll an. »Das freut mich für Sie. Es macht keinen Sinn, allzuviel zu grübeln.« Sie sah weg. »Wann übernehmen Sie das Kommando?«

»Jetzt gleich«, sagte er.

Sie gab seine Hand frei und lächelte. »Viel Glück, Guy. Das werden Sie brauchen können.«

Sie entfernte sich durch die Menge der Trauernden, und der Vizeadmiral sagte: »Kommen Sie mit ins Haus, Sherbrooke?« Er bemerkte den Zweifel, das Gefühl der Unentschlossenheit. »Nur für ein paar Minuten! Sandwiches mit Dosenfleisch und Sherry. Mein Gott, ich war zu mehreren solchen Anlässen in letzter Zeit.« Er faßte Sherbrookes Arm. »Ich kann Sie hinterher mit in die Stadt nehmen und dort die Dinge für Sie zum Laufen bringen. Vielleicht ist sogar ein bißchen Scotch zu haben. Das würde Ihnen gut tun!« Sein Stock rutschte ihm aus der Hand, und die Marinehelferin bückte sich, um ihn aufzuheben. Der Vizeadmiral seufzte: »Ihr seid alle so verdammt jung! Wenn ich nur . . .« Er sah auf die große, ernste Marinehelferin. »Nicht wahr, Joyce? Wenn . . .«

Sie sagte geduldig: »Ja, genau, Sir.« Aber sie sah dabei auf den Kapitän mit dem faltenlosen Regenmantel.

Später dachte Sherbrooke, daß sie wohl noch an jemand anderen gedacht haben mochte, und vielleicht war das ja auch so.

Sie gingen langsam über den Dorfplatz auf die größeren Häuser auf dem Hügel zu. Jane hatte eine Menge eigenes Geld. Unwillkürlich sah er auf die Garage neben dem Haus, als sie auf die Doppeltür des Einganges zugingen.

Soeben war ein Geheimnis beerdigt worden, und sie hatten dabei zugesehen.

Er erinnerte sich an ihre Stimme, so kühl und selbstsicher. *Es macht keinen Sinn, zu grübeln.*

Er war plötzlich froh, daß er gleich abreisen würde.

Die Operations- und Fernmeldezentrale der Marine in Leith befand sich in einem trist aussehenden Gebäude mit einer Front hin zum großen Firth of Forth. Ein scharfer Wind, der vom Wasser und den vielen ankernden Kriegsschiffen herkam, schnitt wie ein Messer in die Haut und machte jede Arbeit an der frischen Luft zu einer Qual.

In der Operationszentrale war es relativ feucht, die großen Fenster waren beschlagen.

Der Wachhabende Operationsoffizier stand auf und trat an das nächste Fenster. Für seinen Dienstgrad war er relativ alt, zwischen den Kriegen hatte es ihn an Land verschlagen, so hatte er sich jetzt mit dieser Routinearbeit am Rande des wirklichen Kriegsgeschehens abgefunden. Er wischte die Glasscheibe mit seinem Ärmel ab und sah die Feuchtigkeit über das Muster der Klebefolie laufen, die angeblich das Splittern der Fenster im Falle von Bombenabwürfen verhindern sollte, falls ein feindliches Flugzeug so kühn sein sollte, einen Angriff zu wagen. Aber hier lagen dauernd so viele Kriegsschiffe, daß ihr gemeinsames Flugabwehrfeuer jeden noch halbwegs vernünftigen Piloten abschrecken mußte.

Er hörte mit halbem Ohr auf das Geklapper der Schreibmaschinen und Fernschreiber in den angrenzenden Büros: Sprüche, Codes, Anweisungen und Befehle, die Notwendigkeiten einer Flotte im Kriege. Morgen war der Vorabend für das Dreikönigsfest. Er blickte auf den zerfledderten Weihnachtsschmuck, der von dem gerahmten Bild Winston Churchills hing, und auf die unechte Stechpalme neben dem Brett für die Operationsbefehle. Dann zog der verschwommene Umriß der Forth-Brücke seine Aufmerksamkeit auf sich; dieser Brücke, die in den ersten Kriegsmonaten doch ein so attraktives Ziel gewesen sein mußte.

Er redete sich selbst ein, daß er froh sein konnte, etwas Nützliches zu tun, etwas Wichtiges sogar. Sein Alter und seine Erfahrung waren wichtig für sein Team von Marinehelferinnen, die meisten von ihnen hätten seine Töchter sein können. Ab und zu wollte er noch mehr als nur das Gefühl, wieder dabei zu sein.

Er erinnerte sich an den kleinen Geleitzerstörer, der es fast nicht mehr geschafft hätte, den Stützpunkt zu erreichen.

Er hatte das Einlaufen beobachtet, das Vorschiff lag so

tief im Wasser, daß die Back fast überspült wurde. Ob Glück oder Pech, der Zerstörer, ein Veteran aus dem Ersten Weltkrieg wie so viele, war auf ein aufgetauchtes U-Boot gestoßen, das gerade einen langsamen Konvoi angreifen wollte.

Der Offizier in der Operationszentrale stellte sich diese Konfrontation vor, als ob er selbst dabei gewesen wäre: das überraschte U-Boot, unfähig zu tauchen, das das Feuer mit seinen schweren Maschinenkanonen eröffnete, um das Unvermeidliche abzuwenden. Beim Einlaufen lagen auf dem von der Schlagseite schief liegenden Deck des Zerstörers einzelne Bündel, jedes mit einer Flagge bedeckt: Der Preis war jedesmal hoch. Der Zerstörer war jedoch weiter gelaufen und hatte das U-Boot mit voller Fahrt gerammt und versenkt; an der Untergangsstelle verblieben nur ein Ölfleck und die Männer vom Oberdeck des U-Bootes. Die Admiralität wünschte keineswegs, daß Geleitfahrzeuge U-Boote rammten. Auch wenn das zum Erfolg führte, bedeutete es doch auch gleichzeitig einen mehrmonatigen Dockaufenthalt für das rammende Schiff und das in einer Zeit, in der Geleitfahrzeuge ihr Gewicht in Gold Wert waren.

Das Beifallsgeschrei von allen Schiffen auf Reede mußte aber der Besatzung des Zerstörers beim Einlaufen ein tolles Gefühl gegeben haben, und er wunderte sich über sich selbst, daß er noch so mitfühlend sein konnte. Und auch so neidisch.

»Einen Tee, Sir?« Er drehte sich um und sah die ihm zugeordnete Marinehelferin, einen Stabsdienst-Maaten, die schon vier Monate bei ihm war. Das war heutzutage schon recht lange. Er fragte sich, was sie wohl sagen würde, wenn er sie zu einem kleinen Essen in Edinburgh einlud. Wahrscheinlich würde sie irgendeine Entschuldigung finden und danach ein Gesuch um Versetzung einreichen.

Sie lächelte in sich hinein, sie wußte genau, was er dachte, oder zumindest konnte sie es weitgehend erraten.

Sie sagte: »Der Kommandant des Schlachtkreuzers kommt heute, Sir. Ich bin gespannt, was er für ein Mensch ist.«

Er sah sie an. Wie anders sie jetzt war als damals, als er sie weinend im gleichen Stuhl gefunden hatte mit einem Telegramm in einer Hand. Ihr Verlobter war irgendwo in Nordafrika gefallen. War sie jetzt darüber hinweg? Es gab so viele Telegramme dieser Art... Tausende, wahrscheinlich Millionen.

Er dachte über ihre Bemerkung nach und antwortete: »Ich weiß einiges über ihn. Es war gerade bevor Sie hierher nach Leith kamen. Es ist Kapitän zur See Guy Sherbrooke – ziemlich jung für seinen Dienstgrad. Er war Kommandant des Kreuzers *Pyrrhus,* ein Schiff der Leander Klasse, wie *Achilles* und *Ajax,* die von dem Gefecht am Rio de La Plata bekannt sind. Gute Schiffe, natürlich klein für heutige Maßstäbe. 15-cm-Geschütze als Hauptbewaffnung.« Ohne hinzusehen wußte er, daß sie genauso in dem Stuhl saß und zuhörte, wie sie es an dem Tag getan hatte, als das Telegramm gekommen war. »Die *Pyrrhus* war Teil des Geleitschutzes für einen Konvoi nach dem verdammten Nordrußland. Die Admiralität hatte Kummer erwartet, auch wenn die *Bismarck* schon versenkt worden war und nur die *Scharnhorst* eine akute Bedrohung darstellte. Einige schwere Einheiten waren für den Eventualfall vor Island stationiert worden.«

»Daran erinnere ich mich, Sir. Ich habe darüber in den Zeitungen gelesen. Drei deutsche Kreuzer kamen aus den norwegischen Fjorden und versuchten, den Konvoi abzufangen. Die *Scharnhorst* trat aber nicht in Erscheinung.«

Er fühlte nach seiner Tasse auf dem Schreibtisch. Der Tee war kalt. »Dem Konvoi wurde befohlen, sich aufzulösen, nicht jedoch, sich in alle Richtungen zu zerstreuen, wie manche das behaupten. Die *Pyrrhus* setzte sich zwischen den Konvoi und den Feind.« Er fügte mit einer plötzlichen

Bitterkeit hinzu: »Aber die schweren Einheiten griffen nicht ein, und Kapitän zur See Sherbrookes Einsatz war vergebens. Die *Pyrrhus* schaffte es, einen der Gegner zu beschädigen, aber sie war hoffnungslos unterlegen und wurde versenkt.«

»Und dem Konvoi passierte nichts?«

Er hatte gar nicht zugehört. »Ich erinnere mich, wie ich die *Pyrrhus* bei einer Flottenparade vor dem Krieg gesehen habe. Ich konnte da natürlich nicht wegbleiben, schon damals nicht. Die Besatzung war vierhundertfünfzig Mann stark. Acht wurden gerettet. Einer davon war Sherbrooke. In der Arktis überlebt man im September nicht lange!«

»Und jetzt ist er hier, Sir.«

»Und jetzt ist er hier.« Eine kleine Marinehelferin stand in der Tür mit einem Spruchbrett in den Händen.

Der Operationsoffizier war dankbar für die Unterbrechung. Was er gesagt hatte, beruhte sowieso auf Vermutungen. Keiner wußte genau, was an jenem Tag auf See passiert war. Er wischte das Fenster erneut ab. Von hier aus konnte er das Schiff nicht sehen, aber er hatte es schon auf Reede beobachtet, umgeben von Schuten und Leichtern; Boote kamen zum Schiff und verließen es wieder wie dienstbare Kräfte. Sie war da, das konnte er fühlen. Jetzt nahm Sherbrooke die entscheidende Funktion ein. Kommandant einer Legende ... eben des Schiffes, das seine *Pyrrhus* dem Untergang überlassen hatte.

Die Marinehelferin kam zurück und sagte: »Nichts Wichtiges, Sir.« Sie sah sein Gesicht und rief: »Was ist, Sir?«

Er drehte dem feuchten Fenster und dem unruhigen Wasser des Firth seinen Rücken zu.

»Könnten Sie einen Abend für ein Abendessen in der Stadt mit mir erübrigen? Nichts Besonderes«, fragte er unumwunden.

Sie sagte: »Tut mir leid, Sir, ich habe schon Vereinbarungen für die nächsten Abende an Land.« Dann lächelte sie. »Ich würde aber gerne mitkommen. Wirklich.«

Der Operationsoffizier strahlte. »Ich werde ein Auto besorgen. Der Dienstgrad hat auch Vorteile!«

Dann drehte er sich wieder um und starrte auf die geschäftige Reede. Durch den Dunst und den feinen Regen konnte er das Schiff immer noch nicht sehen. Aber es war da und wartete.

Kapitän zur See Guy Sherbrooke stieg aus dem Dienstwagen und sah auf den Firth. Er hörte, daß der Operationsoffizier irgendwelche Anweisungen gab, und er wünschte, er hätte allein sein können in diesen letzten freien Augenblicken. Die Kommandoübernahme, ja sogar der erste Gang an Bord war immer eine herausfordernde Sache. Den ganzen Weg von London hatte er in den verschiedenen Zügen auch in vollbesetzten Abteilen Gespräche vermieden und darüber nachgedacht. Diesmal war es anders als vorher. In der Admiralität hatte man versucht, ihm die Sache zu erläutern; das hatte alles jedoch in gewisser Weise nur noch schwieriger gemacht. Seine neue Besatzung machte sich bestimmt noch mehr Sorgen, wie der neue Kommandant wohl sein würde. *Das müssen Sie so sehen.* Der alte Vizeadmiral auf der Beerdigung hatte auch nur gesagt: »Sie ist ein gutes Schiff, ein großartiges Schiff. Ich würde mein ganzes Leben geben, um auf ihr noch einmal Kommandant zu werden.«

Während der Reise hatte er noch über das Begräbnis und das Nachspiel, die Sandwiches und den Sherry und auch das erste nervöse Lachen, als die Spannung langsam zuviel wurde, nachgedacht. Was hatte er eigentlich erwartet?

Und warum konnte er nicht akzeptieren, daß nichts mehr so sein würde wie früher. Die *Pyrrhus* war gesunken. All die Gesichter, die menschlichen Schwächen und die rauhe Kamaraderie, die ein Schiff ausmachen, waren nicht mehr. *Acht Überlebende.*

Er hatte die Reise nach Norden damit verbracht, seine Unterlagen zu studieren. Es galt, die Namen der Leute zu kennen, die bald Teil seines täglichen Lebens sein würden. Immer, wenn er von seinen Unterlagen aufsah, hatte ein Brigadegeneral mit rotem Gesicht versucht, ihm eine Unterhaltung über den Krieg aufzudrängen. Der wollte wissen, was die Marine, »die blauen Jobs« wie er sie nannte, wirklich über den Krieg dachte. Dabei nahm er gelegentlich einen Schluck aus einer silbernen Flasche, in der sicher kein Tee war. Er hatte Sherbrooke davon nichts angeboten. Sherbrookes Mund zeigte ein dünnes Lächeln. *Das war auch besser so. Ich hätte ihm einiges gesagt!*

Der Operationsoffizier sprach wieder. Sherbrooke hatte die Blicke zwischen ihm und der Marinehelferin beobachtet: Wie bei dem alten Vizeadmiral und seiner Marinehelferin, auch der hier wollte wieder der Mann sein, der er einmal war.

Sherbrooke wandte sich ihm zu. Der Mann gab auch sein Bestes, wie sie das alle taten.

Der Operationsoffizier sagte: »Hier ist noch ein junger Bursche, der an Bord muß. Er fragt nach einem Boot. Ich habe ihm gesagt, er soll sich ...«

»Ich nehme ihn mit.«

Er sah einen jungen Oberleutnant mit einem Haufen zusammengewürfelten Gepäcks und einem Instrumentenkoffer, für ein Banjo, so wie es aussah. Seine Ärmelstreifen waren geschwungen: Es war ein Offizier der freiwilligen Marinereserve, die jetzt den größten Teil des Marinepersonals stellte.

An diesem Offizier war jedoch etwas Besonderes, ein goldgesticktes A in der Schleife des oberen Streifens, und als er auf das zögernde Angebot des Operationsoffiziers reagierte, sah Sherbrooke, daß er die Schwingen auf dem linken Ärmel trug, das Abzeichen für Piloten.

»Prima! Danke!« Der Junge erstarrte, offenbar erschreckt, als er die Eichenblätter auf dem Mützenschirm von Sherbrookes Mütze sah. »Oh, tut mir leid, Sir, das habe ich nicht gesehen.« Er fügte hilflos hinzu: »Ich bin auf die *Reliant* versetzt, wissen Sie.«

Sherbrooke nickte, einen Augenblick war er verwirrt. Dieser unbeschwerte Gebrauch des Schiffsnamens. Hatte er selbst vermieden, ihn zu benutzen? Dann lächelte er. »Ich auch, wie es der Zufall will.«

Der Oberleutnant warf den Regenmantel von seiner Schulter und grüßte. »Rayner, Sir. Königliche Kanadische Marine, Freiwillige Reserve.«

Sherbrooke erwiderte den Gruß und sah auf das Wort *Canada* auf der Schulter des Oberleutnants. Die Marine hatte sich verändert: Laufburschen und Bankangestellte, Maurer und Busschaffner, ein Wunder war passiert, ohne das irgendeiner dieses bemerkt hatte, wenigstens kam es ihm manchmal so vor.

Der Operationsoffizier sah auf seine Uhr. »Die Pinass kommt, Sir.«

Sherbrooke fröstelte wieder, aber nicht wegen der Kälte. »Genau pünktlich.«

Der Operationsoffizier hörte sich erleichtert an. Sein Teil war fast gelaufen. »Natürlich ist sie pünktlich. Bei *dem* Schiff.«

Sherbrooke hörte ihm kaum zu. Er faßte in seine Tasche, er erwartete, dort seine Pfeife zu finden, aber die war auch weg, wahrscheinlich verloren mit der steifgefrorenen Bekleidung, die man von seinem Körper heruntergeschnitten hatte. Die ganze Zeit hatte er versucht, den anderen Mann festzuhalten, der gerufen hatte: *Hilfe. So hilf mir doch einer.* Und da war eine andere Stimme, die eines Fremden: »Zwecklos, Herr Kapitän. Er ist tot.«

»Entschuldigung, Sir.«

»Was?« Er drehte sich nach dem Kanadier um. »Was wollen Sie?«

»Ich habe gerade erst bemerkt, was für ein dummer, verdammter Blödmann ich bin. Wer Sie sind. Was Sie vollbracht haben. Und alles, was ich mache, ist . . .«

Sherbrooke streckte seine Hand aus. »Sagen Sie es nicht. Dies ist ein wichtiger Tag für uns beide.«

Er zog seinen Regenmantel aus und fühlte die bitterkalte Luft durch seine Uniform und im Gesicht. Dieser junge kanadische Oberleutnant auf Zeit war wohl der neue Pilot für das amphibische Bordflugzeug der Walroß-Klasse, das liebevoll auch als »Fledermaus« bezeichnet und sowohl zur Aufklärung als auch für Seenotrettungszwecke benutzt wurde. Er hatte jetzt schon einen guten Dienstantritt gehabt; er hatte gerade seinen Kommandanten gerettet, auch wenn er es gar nicht wußte.

Sherbrooke hörte das kehlige Brummen der Pinasse, die einen großen Schlepper umfuhr und direkt auf die Pier zukam.

Sehr smart, das hätte bei der Flottenparade vor Spithead im Frieden sein können. Die Bugjungfer mit erhobenem Bootshaken, ein Maat als Bootssteurer und noch ein weiteres Gesicht daneben im Steuerstand. Die Flagge eines Konteradmirals war am Bug auf beiden Seiten aufgemalt. Stagg tat ihm die Ehre. Selbstverständlich machte er das . . . Fast hätte Sherbrooke gelächelt. Auf *dem* Schiff.

Er sah zu, wie die Motoren des Bootes kurz auf zurück ansprangen und wie es fast ohne jede Erschütterung an den Fendern der Pier zum Stoppen kam.

Ein Fähnrich zur See kletterte an Land und grüßte. »Zu Ihrer Verfügung, Sir.«

Sherbrooke drehte sich, um dem Operationsoffizier die Hand zu geben. Einige Passanten blieben stehen und sahen zu. Er konnte sie fast hören.

Manchen geht's gut, was?

Er stellte fest, daß ihm solche Bemerkungen egal waren. »Vielen Dank für Ihre Hilfe.«

»Viel Glück, Sir.« Der Operationsoffizier grüßte.

Der Fähnrich hatte seinen Blick auf den kanadischen Oberleutnant zur See fixiert, verwirrt, vielleicht verärgert darüber, daß etwas passierte, was vorher nicht genau eingeübt worden war.

Der Pilot sammelte seine Taschen und sein Musikinstrument, das vermutlich wirklich ein Banjo war, zusammen.

»Nach Ihnen, Sir.«

Sherbrooke blieb ganz ruhig. »Es ist nicht lebenswichtig, Mr. Rayner; aber höhere Offiziere betreten Boote als letzte, nicht wahr?«

Es gab noch einige Verwirrung, bis ein Matrose die Taschen in das Boot trug.

Sherbrooke konnte die aufmerksame Beobachtung, die Neugierde, vielleicht auch das Verständnis spüren. Die Marine war schließlich doch eine Familie.

Er tippte mit der Hand kurz an den Schirm seiner Mütze und stieg in das Boot.

»Vor- und Achterleine los! Vorn absetzen!« Die Stimme des Fähnrichs war etwas zu laut. Er beobachtete natürlich alles und bereitete sich auf das vor, was er seinen Kameraden im Munitionsbereitschaftsraum erzählen wollte. Der neue Kommandant, *wie war er?*

Das Boot raste direkt von der Pier aus los, und der kanadische Offizier verlor das Gleichgewicht. Sherbrooke hörte ein Klingen der Saiten, als das Banjo an Deck fiel. Das Gesicht und den Mann dahinter würde er noch besser kennenlernen, genau wie all die anderen auch.

Er ergriff eine Sicherungsleine und hielt sie fest, bis ihm der Puls in der Hand pochte. Er wollte nicht wieder allzu jovial sein.

Er dachte plötzlich an seinen letzten Besuch bei der Admiralität: Die Sperrballons standen wie Wale am blau-weißen Himmel, überall waren Uniformen, die alle nur vorstellbaren Länder repräsentierten, alle kämpften den gleichen Krieg, und ihre Länder waren von Deutschland besetzt.

Als man ihm gesagt hatte, daß er Kommandant auf der *Reliant* werden sollte, hörte er sich selbst fragen: »Warum ausgerechnet ich?«

Der Admiral verzog das Gesicht. Erleichtert vielleicht, weil er die Frage ohne persönliches Engagement beantworten konnte.

»Ihr Flaggoffizier, Konteradmiral Stagg, hat sie angefordert, er bestand sogar darauf, sollte ich sagen.«

Gischt spritzte über die Glasscheibe, und Sherbrooke wischte sich das Gesicht mit dem Handrücken ab. Die ganze Sache war lächerlich, es gab keinen Grund. Was hatte er erwartet? Das war die immer gleiche Frage.

Furcht vielleicht? Irgendeine Manifestation des Schrekkens, der ihn tiefer verängstigt hatte, als die Experten es festgestellt hatten?

Er sah hoch und sah sie zum erstenmal. Das passierte so plötzlich, daß es ganz unerwartet war und kaum zu glauben. H.M.S. *Reliant*, ein Schlachtkreuzer, einer der Giganten, für die Öffentlichkeit ein Symbol, das aus einer Zeit überlebt hatte, die nie wieder so sein würde, wie sie einmal war.

Sie war riesig und dabei elegant, mit der Geschwindigkeit und Manövrierfähigkeit eines Zerstörers und der Kampfkraft eines Schlachtschiffes. Beim Ausbruch des Krieges hatte Großbritannien mit der größten Flotte der Welt noch vier Schlachtkreuzer. Die *Hood* und die beiden Schwesterschiffe der *Reliant*, die *Repulse* und *Renown*. Die *Hood*, vermutlich das schönste Schiff, das je gebaut wurde und zu ihrer Zeit das Größte überhaupt, hatte in Friedenszeiten nicht nur die Stärke und die Majestät der Royal Navy repräsentiert, für die allgemeine Öffentlichkeit war sie die Marine. Aber sie war ein Schlachtkreuzer, konstruiert für hohe Geschwindigkeit, für eine Art der Kriegführung, die schon in der Schlacht im Skagerrak, wenn nicht schon davor, veraltet war. 1941 wollte es das Schicksal, daß sie auf die *Bismarck*, Hitlers kampfkräftigstes

Schlachtschiff, traf. Die war, wie die deutschen Konstrukteure behaupteten, unsinkbar. An jenem bitteren Tag im Nordatlantik hatte die *Hood* zusammen mit dem Schlachtschiff *Prince of Wales* das Feuer auf den Feind eröffnet. Die *Prince of Wales* war damals so neu, daß sie noch Werftarbeiter an Bord hatte. Nur ein einziger direkter Treffer der großen Geschosse der *Bismarck,* der nach Durchschlagen der dünnen Panzerung in einer Munitionskammer explodiert war, hatte ausgereicht, sie wie ihre Vorgängerinnen in der Schlacht vom Skagerrak zu versenken. Von einer Besatzung von über tausendvierhundert Mann wurden nur ein Fähnrich und zwei Mannschaftsdienstgrade gerettet. Nur Monate später wurde die *Repulse* vor der Küste von Malaya, in Begleitung dieser unglücklichen *Prince of Wales*, von japanischen Flugzeugen angegriffen. Innerhalb einer Stunde wurden beide Schiffe mit schrecklichem Verlust an menschlichem Leben versenkt. Ein anderer Kriegsschauplatz, aber das gleiche Opfer, die gleiche fatale Schwäche.

Die Pinasse verminderte die Fahrt, doch Sherbooke bewegte sich nicht, obwohl seine Wetterjacke von der Gischt schwarz glänzte.

Der junge Kanadier, Rayner, starrte ihn an, versuchte zu verstehen und sich diesen Augenblick für sein ganzes Leben einzuprägen.

Ein Kapitän zur See, eine Art Gott für junge Dienstgrade, und trotzdem selbst so jung. Ein Gesicht, dem man trauen konnte, an das man glauben konnte.

Sherbrooke sah die Figuren auf der Schanz des Schlachtkreuzers. Marineinfanterie, Offiziere, alles Leute, die er kennenlernen mußte und mit denen er sich treffen wollte, bevor die Dunkelheit über dem Firth of Forth hereinzog. Dann sah er zu den grauen Aufbauten hoch, immer noch elegant und unverändert ohne die massiven Gefechtstürme, die auf mehreren alten Schiffen eingebaut worden waren.

Er wurde davon gefangengenommen, überwältigt; so etwas hatte er noch nie erlebt.

»Boot ist fest, Sir!« Sie warteten, und oben an Deck befeuchtete der Maat der Wache schon seine Bootsmannsmaatenpfeife. Klar für den Kommandanten.

Der König ist tot. Lang lebe der König!

Kapitän zur See Guy Sherbrooke war neununddreißig Jahre alt, siebenundzwanzig davon trug er schon die Marineuniform. Was auch immer vorher gewesen war, was auch immer man ihm abverlangt hatte, dies war seine Zukunft. Vielleicht seine einzige.

Stolz, Zufriedenheit? Wenn überhaupt, fühlte er nur Unglauben. Er grüßte den Bootssteuerer und faßte nach den Handläufern.

Er hätte laut rufen mögen: »Ich habe überlebt.« Er sah auf den achteren Schornstein und den Mast mit der Konteradmiralsflagge, die in der steifen Brise wie lackiertes Metall aussah. *Ich bin wieder da.*

2

Willkommen an Bord

Kapitän zur See Guy Sherbrooke hatte seine Ellbogen auf seinen Schreibtisch gestützt und massierte seine Augen mit den Fingern. Wie die herumstehenden Stühle auch, war der Schreibtisch fast ganz mit Büchern, Aktenordnern und zusammengehefteten Fernschreiben gefüllt, die in der Reihenfolge ihrer Wichtigkeit oder Vorrangstufe sortiert waren. Er sah sich in seiner Kammer um, er hatte hier ununterbrochen gearbeitet, seitdem er mit dem Pfeifen der Seite durch den Maaten der Wache am Nachmittag an Bord gekommen war. Die Kammer war riesig, schließlich war die *Reliant* zu einer Zeit gebaut worden, als die Größe des zugeteilten Raumes meist noch nach dem Dienstgrad bemessen wurde. Und es war alles so still. Auch wenn die Hälfte der Besatzung auf einem einwöchigen Urlaub war, es gab immer noch genug Menschen an Bord, die er eigentlich hätte hören müssen. Die *Reliant* hatte insgesamt eintausendzweihundert Offiziere, Mannschaften und Soldaten der Marineinfanterie an Bord, aber hinter dem Schott konnte er nur schwach gelegentliche Durchsagen durch die Schiffslautsprecheranlage oder das Gezwitscher der Bootsmannsmaatenpfeife hören.

Er versuchte sich zu erinnern, wie das Schiff aussah, als er es zum erstenmal im Frieden betreten hatte. Im Mittelmeer bei Regatten, Parties und Empfängen – Flagge zeigen war der Auftrag. Wie damals, als das Geschwader in Neapel war: Er hatte es vor seinem geistigen Auge, als wäre es gestern gewesen; vielleicht, weil er vergessen wollte, was vor kurzem passiert war. Sonnengebräunte Schultern und gewagte Kleider, Offiziere in schneeweißen Uniformen, die sich gegenseitig darin überboten, alle Damen zu unterhalten und zu beeindrucken. Eine war Jane gewesen mit ihrem Vater, der auf einer wichtigen Geschäftsreise in Italien war. Eine andere Welt...

Er ging im Raum umher, ohne daß er sich erinnern konnte, aufgestanden zu sein. Er sah das Wappen des Schiffes an, ein aufrechtes zweischneidiges Schwert, das von einem Siegeskranz umgeben war. Und den Wahlspruch: *Gedemus numquam*. Wir werden uns nie ergeben.

Es mußte wohl in der gleichen Kammer gewesen sein, wo er sich vom damaligen Kommandanten verabschiedet hatte, dem Vizeadmiral, den er auf dem Begräbnis getroffen hatte. Sicher, so alt war der doch gar nicht... Aber damals waren ihm alle höheren Offiziere schrecklich alt vorgekommen.

Neben einem Bild des Königs in Uniform waren mehrere leere Stellen, an denen Bilder vor kurzem abgenommen worden waren. Er blickte auf einen Haufen von Kisten und Kasten in der Nähe der Tür, der diskret mit einer Wolldecke mit Schottenmuster zugedeckt war: die persönliche Ausrüstung seines Vorgängers Charles Cavendish. In einem extra Pappkarton war ein Foto von Jane in einem silbernen Rahmen; das Glas war zerbrochen. Der Kommandantensteward hatte ihm berichtet, daß Cavendish das Bild immer in einer wasserdichten Tüte mit auf die Brücke genommen hatte, wenn das Schiff auf See war. Er hatte später gedankenvoll hinzugefügt, *für den Fall eines Falles*.

Sherbrooke hielt das Foto an die Schreibtischlampe. Dieselbe Haltung, der aufrichtige Blick.

Die Frau, auf die er einmal gehofft hatte...

Er drehte sich um. »Ja?«

Es war der Steward, Maat Arthur Long, von den Mitgliedern der Unteroffiziersmesse zweifellos »Flunki« genannt.

So war's in der Marine. Long war an Bord, seitdem das Schiff bei Kriegsausbruch reaktiviert worden war und hatte schon zwei Kommandanten gedient. Mit vorzeitiger Glatze und abstehenden Ohren hatte er das Aussehen einer traurigen Märchengestalt. Als Sherbrooke ihn fragte, ob er diese Arbeit fortsetzen wolle, hatte er überhaupt nicht gezögert.

»Aber selbstverständlich, Sir.«

Zuerst hatte Sherbrooke sich gefragt, warum der Steward den Job so bereitwillig angenommen hatte. Bei manchen Kommandanten würde das sicher nicht leicht sein. Trotzdem war er froh. Seine neue Bekleidung, Uniformen und Hemden waren gebügelt und weggehangen worden bei der Ankunft: Es kam ihm vor, als wäre ein Teil von ihm schon lange an Bord und hätte auf ihn gewartet wie das ganze Schiff.

Long wartete in der Tür und sah auf das Tablett auf einem kleinen Tisch, auf dem das Essen unberührt, mit einer Serviette zugedeckt, stand. Er schüttelte traurig seinen Kopf.

»So geht das nicht, Sir. Die Abendronde hat soeben begonnen, und Sie haben noch nichts gegessen!«

Sherbrooke setzte sich und sah auf seine brandneue Pfeife und auf den Tabakbeutel. Er hatte sie nicht benutzt. Nicht seit ...

»Tut mir leid. Ich habe mich ein bißchen verrannt.« Er starrte auf den Haufen von Büchern und Dokumenten, die von einem anderen Besatzungsmitglied gebracht und weggetragen wurden: Ein Stabsdienst-Portepeeunteroffizier, ein trockener, ernster Mann, den er bald kennenlernen würde und der ihm noch nicht einmal ins Auge gesehen hatte.

Ein weiterer Besucher war Fregattenkapitän John Frazier, der zweite Mann auf der *Reliant*. In der Offiziersmesse und in den Mannschaftsdecks wurde er als »Der Kerl« bezeichnet. Noch einer, der sehr jung erschien für seinen Dienstgrad; er hatte ein ernstes, intelligentes Gesicht, und Sherbrooke vermutete, daß Frauen ihn als gut aussehend bezeichnen würden. Er wußte aus den vertraulichen Unterlagen, daß Frazier an der Reihe war, selbst Kommandant zu werden, aber aus irgendeinem Grunde hier bei Cavendish geblieben war. Vielleicht tat ihm das jetzt leid, dachte er.

»Rührei und ein oder zwei Scheiben Schinken, Sir«, bemerkte Long. »Ich werde es dem Proviantmeister sagen. Er ist ein Spezi von mir.« Fast hätte er dabei mit den Augen gezwinkert.

Sherbrooke fand plötzlich, daß das eine gute Idee war.

Long sah auf die Decke mit dem Schottenmuster. »Morgen lasse ich dies alles an Land bringen, Sir. Ich mache das mit dem Gepäckmeister klar«. Er schüttelte den Kopf. »Sehr traurig.«

Sherbrooke sah ihn durchdringend an. Er war offenbar ein Mann, der mehr wußte, als er sagte, zumindest zu diesem Zeitpunkt. Das zerbrochene Fotoglas. Nicht runtergefallen, sondern runtergeschmissen und völlig zersplittert. Hier oder im benachbarten Schlafraum. Noch ein Geheimnis.

Long sagte: »Kap'tän Cavendish nahm gerne einen Horse's Neck als Drink, wenn er einen Augenblick Zeit hatte, Sir.«

Sherbrooke sah weg, er hatte Sorge, daß ihn das alles zu sehr anrührte und daß Long das bemerken könnte. »Ja, ich erinnere mich. Geben Sie mir auch einen, bitte.«

Longs Gesicht erhellte sich, soweit das möglich war. »Da haben wir doch eine Ähnlichkeit. So wird das was, Sir.«

Im Nu war das Glas auf dem Schreibtisch, und Long ging vermutlich zum Proviantmeister, seinem Spezi.

Sherbrooke setzte sich und sah auf die neue Jacke mit den vier glänzenden goldenen Ärmelstreifen, dem blau-weißen Ordensband des Distinguished Service Cross auf der Brust. Er nahm das Glas und zwang sich, langsam zu trinken. Wäre er mit den anderen gestorben, hätte man ihm wahrscheinlich postum einen höheren Orden, das Victoria Cross, verliehen.

Er schaltete die Schreibtischlampe aus und öffnete die nächste Panzerblende und machte, nach kurzem Zögern, auch die blank geputzte kleine Luke auf. Die kalte Luft im Gesicht empfand er als erfrischend nach der abgestandenen Luft in seinem eleganten Quartier. Alles war so ruhig, wie auf dem trockenen Land. Nur gelegentlich fühlte er ein leichtes Vibrieren, vielleicht eine Pumpe oder ein Generator in dem riesigen Rumpf. Zweiunddreißigtausend Tonnen und fast achthundert Fuß vom ausladenden Bug zum eleganten Heck. Die *Reliant* war über hundert Fuß breit. Ein Kriegsschiff, eine Waffe, aber sie war mehr als das. Sie war eine Art zu leben für die, die auf ihr dienten von der Brücke bis zum Kesselraum, vom Admiralsdeck bis zur plumpen »Fledermaus« auf ihrem Katapult hinter den Schornsteinen; die würde bald von einem Kanadier mit seinem eigenartigen Slang geflogen werden. Jetzt, in der Dunkelheit, mit der kühlen salzhaltigen Luft auf den Lippen, hatte Sherbrooke das richtige Gefühl für das Schiff, die mächtige Bewaffnung von sechs 38-cm-Geschützen, die Sprenggeschosse auf ein Ziel in zwanzig Meilen Entfernung mit einer Rate von sieben Tonnen pro Minute verschießen konnten. Er nahm sein Glas. Wenn das Ziel das erforderlich machte. Die *Reliant* hatte auch die Kraft, diese Fähigkeiten zum Tragen zu bringen. Turbinen, die ihre vier Schrauben auf neunundzwanzig Knoten oder mehr bringen und so manchen modernen Zerstörer zurücklassen konnten. Ein Schlachtkreuzer, eine Idee, ein Traum, der in der Schlacht im Skagerrak zu Ende gegangen war. Er hörte Gesang und hielt seinen Kopf dichter an die Luke, um zu lauschen. Einer der vielen Fischkutter, die als Hilfsboote von der Flotte genutzt wurden, brachte zurückkehrende Landgänger an Bord. Ein guter Landgang, zu viel zum Trinken, das alles in der Hoffnung, hinterher an dem scharfen Blick des Wachhabenden Offiziers oder der strengen Hand des Maaten der Wache ungeschoren vorbeizukommen. So war das bei den Matrosen, ihnen war egal, was morgen war.

»Die *Nelson*, die *Rodney* und *Renown* schlingern weiter – mich machen Mistdampfer mit Großschornsteinen nicht heiter.«

Er schmiß die kleine Luke zu und schraubte die Panzerblende dicht. Auf der *Pyrrhus* hatte er die Landgänger häufig ähnliche Lieder singen hören.

Er sah auf das leere Glas in seiner Hand, und eigentlich hatte er erwartet, daß es zitterte.

Wenigstens war Vincent Stagg nicht an Bord gewesen, als er ankam. Er war in London, wie »Der Kerl« ihn informiert hatte. Irgendwas Wichtiges. Natürlich.

Aber morgen sollte Stagg zurückfliegen, keine unangenehme Bahnreise und keine kriegsüblichen Verspätungen. Wie der jetzt wohl sein wird, fragte er sich. Der Mann war immer voller Überraschungen gewesen, sogar schon als Oberleutnant zur See. Stagg hatte eine Verwendung als Adjutant eines Admirals angenommen, der als einzige Auszeichnung Verbindungen zum Königshaus hatte. Sie hatten damals alle gespottet, weil er damit die Gelegenheit einer richtigen Verwendung an Bord verpaßte.

Da er ja in London war, war es eigentlich komisch, daß er nicht bei dem Begräbnis des Kommandanten seines eigenen Flaggschiffes aufgetaucht war.

Er hörte Long vor sich hinsummen und gleichzeitig das angenehme Klirren eines neuen Drinks auf dem Tablett.

Morgen war Sonntag, mit Musterung und Gottesdienst. Die *Reliant* hatte sogar einen eigenen Geistlichen, Pfarrer Beveridge. In den Mannschaftsdecks wurde er nur »Horlicks« genannt.

Das würde morgen der erste richtige Test werden. All die Gesichter, die ihn beobachten und einschätzen würden und die sich überlegten, wie ihr Schicksal von dem Mann, der da alleine vor ihnen stand, beeinflußt werden könnte, Tausende von Augen würden dabei auf ihn gerichtet sein. Nachmittags sollte der Konteradmiral an Bord kommen.

»Alles in Ordnung, Sir?«

Sherbrooke berührte das Wappen des Schiffes. *Wir werden uns nie ergeben.* Irgendwie paßte das.

Er sah auf das Tablett. Nun stand eine Flasche Wein darauf, zum Trinken bereit.

Long zuckte mürrisch mit den Schultern. »Von der Offiziersmesse, Sir. Willkommen an Bord.«

Sherbrooke setzte sich und versuchte nicht hinzusehen, wie der Steward, dessen Glatze ihm immer größer erschien, einschenkte.

Es war nur eine Kleinigkeit: Vielleicht war es nur Fraziers persönliche Geste; aber für den neuen Kommandanten bedeutete es sehr viel, als er sein Glas auf das Wappen des Schiffes erhob.

Jeder Besucher oder Gast in der Offiziersmesse der *Reliant* empfand zunächst einen ersten Eindruck von Größe und von ernster Würde. Jedoch, wie auf allen Kriegsschiffen, so hatte auch hier die Offiziersmesse mehrere Funktionen, die von Fremden oder flüchtigen Beobachtern meist nicht wahrgenommen wurden. Wilde Messefeiern, bei denen die jungen Offiziere verrückt spielten und den Ort in eine Art Schlachtfeld verwandelten. Mit Stühlen und allen möglichen anderen beweglichen Dingen spielten sie Geschützexerzieren und machten Angriffe über Barrikaden, die aus umgelegten Tischen gebaut waren. Ein ausgeprägter Kater, der aus riesigen Messerechnungen und dicken Köpfen bestand, hatte eine gewisse abschreckende Wirkung, aber nur bis zum nächsten Mal – Geburtstage und Verlobungen, Erinnerungsfeiern an kaum noch erinnerte Siege und an Freunde, die man verloren und zu schnell vergessen hatte. Dann gab es die anderen harten Zeiten auf See, wenn eben dieselbe Offiziersmesse als Verbandsplatz für Kranke und

Verwundete und für Männer, die als Überlebende von einem zusammengeschossenen Konvoi aufgesammelt worden waren, diente. Verbrannt und vergiftet von Heizöl, Menschen, ohne Hoffnung und jenseits aller Furcht. Hier zeigte sich ein völlig anderes Gesicht der Offiziersmesse.

Sonntags im Hafen zeigte sich eine weitere Seite. Das kam in letzter Zeit selten genug vor.

Offiziere, die man wegen ihrer unterschiedlichen Wachfunktionen tief unten im Rumpf oder hinter der Panzerung des Schiffes nur sehr selten sah, hatten Gelegenheit, sich an diesem Tag zu treffen und ein Stündchen in Normalität miteinander zu verbringen: Männer, die man kaum wiedererkannte in ihren besten Uniformen und blendend weißen Hemden anstelle von Stiefeln, grauen Flanellhosen und alten Wetterjacken, deren Rangabzeichen von Salz, Wind und Zeit so vergammelt waren, daß sie manchmal so aussahen wie bei den Überlebenden.

Die Stewards gaben sich sonntags auch anders. Geschäftig bedienten sie die verschiedenen Gruppen in der Offiziersmesse mit der gediegenen Effektivität, die an ein Vorkriegshotel erinnerte.

Eine Ecke der Offiziersmesse behielt so etwas wie eine private Atmosphäre wegen einer gebogenen Stütze, die wie eine Abtrennung wirkte. Es war das Gehäuse eines Munitionsaufzuges, der direkt von einer der unteren Munitionskammern zu einem 10-cm-Drillingsgeschütz auf dem achteren Aufbau führte. Das Geschütz stand weit oberhalb von dem Durcheinander der Stimmen und dem Pfeifen- und Zigarettenrauch der Offiziermesse.

Jedes Mitglied der Offiziersmesse, unabhängig von Dienstgrad und Stand, konnte sitzen, wo auch immer es wollte, außer bei besonderen Anlässen. Offiziell war das Messeleben demokratisch organisiert; aber dieser besondere abgetrennte Platz, von den Offizieren der *Reliant* als

Der Club bezeichnet, war ganz inoffiziell für die höheren Offiziere reserviert. Die Hauptabschnittsleiter konnten dort sitzen, reden, trinken und meckern, ohne daß die Möglichkeit bestand, daß jemand mithörte oder daß das Gesagte mißinterpretiert wurde.

In einer Ecke in der Nähe einer verschlossenen kleinen Luke saß Fregattenkapitän (Ing.) Hugh Onslow, der »Chief«, wie er hier wie auf den meisten Schiffen genannt wurde, in einem Sessel. Er war ein kräftig gebauter, großer Mann mit einem runden Gesicht, dicken Backen und buschigen Augenbrauen, die fast weiß waren. Sein Gesicht konnte genausogut lustig wie ärgerlich sein, je nachdem, wie die Situation es erforderte. Täuschen durfte man sich in diesem Mann nicht. Der Hauptabschnitt Schiffstechnik war auf allen Kriegsschiffen von den anderen Abschnitten abgesetzt; exklusiv würden einige sagen, als engstirnig würden andere es beschreiben. In den riesigen Turbinen und Kesselräumen der *Reliant,* mit all den Heizern, Fachleuten und Mechanikern herrschte der Chief wie ein Gott, sein Wort war Gesetz. Er war nicht nur das dienstälteste Messemitglied, er war auch der Älteste in der Besatzung der *Reliant*. Er war insgeheim stolz darauf, daß er, wie er sagte, von der Pike auf gedient hatte.

Er sah sich in der vollen Offiziersmesse um und fragte sich kurz, was wohl ihre nächsten Unternehmungen sein würden. Vielleicht einen wichtigen Konvoi beschützen oder ein Landzielbeschuß oder vielleicht ein weiterer Aufenthalt in arktischen Gewässern, falls die *Scharnhorst* von ihrem Liegeplatz herauskommen sollte? Er sah den Ersten Offizier, Den Kerl, der typisch mit gespreizten Füßen, eine Hand in der Tasche seiner Wetterjacke, in der anderen Hand einen Drink, dastand und dem Bordpfarrer Beveridge zuhörte, der über irgend etwas sprach.

Der Chief gab dem Steward ein Zeichen, sein Glas nachzufüllen, und runzelte die Stirn. Dies war der dritte Sonntag nacheinander im Hafen. Das war zuviel, besonders für den Pfarrer. Das war ihm völlig zu Kopfe gestiegen.

Heute morgen, bei der Musterung zum Beispiel: Reihen und Reihen von Seeleuten und Marineinfanterie, Heizern und Versorgern, alle standen zusammen, um das Wort des HERRN zu hören. Er fragte sich zynisch, ob Beveridge wirklich dachte, daß das irgendwas nützte. Wußte er denn immer noch nicht, daß bei dem bekannten Kirchenlied *Jesus, Herr, sei unser Freund* die alten Hasen ihre eigene Version sangen und dabei genau aufpaßten, daß sie nicht durch zuviel Lautstärke die Aufmerksamkeit ihrer Divisionsoffiziere auf sich zogen?

> »Wenn dieser Mistkrieg erst vorbei ist,
> O wie glücklich ich mich seh,
> Keine Schlangen vor Kantinen
> Nie mehr warten auf den Tee.«

Dann war da die Sache mit Cavendish gewesen. *Diese traurige Tragödie*. Hatte Beveridge vergessen, daß viele der Männer der *Reliant* Verwandte und Freunde, Frauen und Freundinnen verloren hatten? Manche hatten alles verloren, was sie überhaupt hatten.

Er hatte sich den neuen Kommandanten angesehen, Sherbrooke, der mit ruhigem Auftreten, aber ohne etwas zu verbergen, zum erstenmal vor der Besatzung stand. Es wurde erzählt, er sei ein Freund Cavendishs gewesen und auch schon vorher auf diesem Schiff gefahren. Onslow's Augen wanderten zu einem gerahmten Foto des Schlachtkreuzers, das das Schiff im Zustand vor der Ausrüstung mit den neuen Waffen, Fernmeldegerät und dem geheimen unsichtbaren Auge des Radars, mit all den zusätzlichen Anlagen, zeigte. Die *Reliant* war ein schönes Schiff, sie war auch nicht durch eine der modernen kastenartigen Brücken entstellt, die auf anderen Veteranen eingebaut worden waren: Sie hatte sogar den ursprünglichen Dreibeinmast und die leicht schräg stehenden unvergleichlichen Schornsteine behalten.

Jeder Dienstgrad an Bord hatte schon von Kapitän zur See Guy Sherbrooke gehört, aber wer kannte ihn schon wirklich? Er hatte ein nach innen schauendes, aufmerksames Gesicht, und als sie sich kurz begegnet waren, hatte Onslow die Augen bemerkt. Blau, aber nicht wie manche anderen hart oder kalt. Augen, die nicht vergaßen. Oder nicht vergessen wollten . . .

Der Steward sagte: »Gin, Sir.«

Er knurrte. Gleich gab es ein gutes Lunch, aber danach keinen Mittagsschlaf. Sein Hauptabschnitt war absolut top, und seine Leute wußten, was von ihnen erwartet wurde. Dennoch, genau wie die anderen Hauptabschnittsleiter, würde er wohl die Runde machen und ein paar Dinge prüfen, bevor *der große Mann* irgendwann heute nachmittag an Bord zurückkam.

Er dachte an Sherbrookes teilnahmslosen Gesichtsausdruck, als Beveridge immer weiter gepredigt hatte, und er fragte sich, was der Kommandant wohl über Stagg dachte. Die *Reliant* war schon immer ein sehr ordentliches Schiff gewesen, auch im Frieden ohne Admiral an Bord.

Er sah hinüber zum Ersten Offizier. Dessen Glas war leer, aber Haltung und Gesichtsausdruck waren unverändert.

Er wußte, daß Frazier ein eigenes Kommando angeboten worden war. Der Mann war gut; für einen so jungen Offizier war er besser als die meisten anderen. Er würde überall einen kompetenten Schiffsführer abgeben. Aber er blieb. Seine Wangen verzogen sich zu einem Grinsen. *Wie ich*.

Frazier würde sich auch eine Meinung über den neuen Kommandanten bilden wollen. Als Stellvertreter war es seine Aufgabe, seinem Kommandanten ein gut funktionierendes, zuverlässiges Kampfschiff zur Verfügung zu stellen. Aber seine Pflichten umfaßten viel mehr. Beförderung oder

Auswahl einzelner Besatzungsmitglieder für einen besonderen weiteren Werdegang oder für Lehrgänge an Land, die ihre Fertigkeiten erhöhen, aber gleichzeitig die Unabhängigkeit des Besatzungsteams vermindern würden. Fragen der Disziplin und der Bestrafung, der Freizeitgestaltung und der Ausbildung, all das lastete auf seinen Schultern. Es war, als ob man Bürgermeister, Quartiermeister und Ordnungsbehörde einer kleinen Stadt in einer Person wäre. Aber ihn gut kennen? Das war etwas anderes.

Onslow drehte sich um, der Fluß seiner Gedanken wurde gestört, als jemand an einen leeren Stuhl trat und fragte: »Ist der besetzt, Sir?«

Onslow unterdrückte eine verärgerte Erwiderung. Dies war also der neue Knabe. Reservistenmarine, Pilotenschwingen auf dem Ärmel und das unschuldige gute Aussehen, das ihn bald in Schwierigkeiten bringen würde.

Er ließ sich erweichen. »Nehmen Sie Platz. Schon eingewöhnt?«

Oberleutnant zur See Rayner sah ihn an, vielleicht etwas vorsichtig. »Bin dabei, Sir.« Er schüttelte seinen Kopf. »Nur das ganze Putzen und Polieren! Ich dachte, das wäre einstweilen vorbei.«

Onslow grinste. »In der Marine ist das nie vorbei. Der Krieg ist nur eine verdammte Unbequemlichkeit!« Er kicherte. »Nehmen Sie einen Gin. Auf meine Rechnung.«

Rayner lächelte. »Einen Saft, bitte.«

»Das hätten Sie gerne! Der kostet doppelt soviel wie ein Gin!« Onslow winkte einem vorbeieilenden Steward zu.

Der Erste Offizier ging zum Club hinüber und zog die Augenbrauen hoch.

»Ich komm' zu Ihnen, Chief.« Seine Augen verrieten Unbehagen.

»Was wollte der Gottes-Bootsmann diesmal?«

Frazier lächelte. »Einer Ihrer Heizer. Lucas. Seine Frau bekommt ein Baby.«

Onslow schnaufte. »Der kann seinen Arsch nicht von seinem Ellenbogen unterscheiden! Ich bin überrascht, daß er das geschafft hat!«

Frazier nahm ein Glas. »Er wünscht, daß das Kind in der umgedrehten Glocke des Schiffes getauft wird.«

Onslow tippte dem jungen Kanadier aufs Knie. »Alles klar, nicht?«

Rayner stand auf und entschuldigte sich. »Mein Beobachter ist gerade angekommen.« Er lächelte freundlich. »Noch ein Ausländer, fürchte ich. Aus Neuseeland.«

Onslow seufzte. »Machen Sie sich nichts draus, mein Sohn, die wollen nur das Beste. Sie werden's schon noch sehen.«

Nachdem er gegangen war, sagte Frazier: »Nehmen Sie ihn hart ran?«

Onslow ignorierte die Frage. »Was ist der Alte für ein Mensch?« Dann grinste er breit. Es schien lächerlich, Sherbrooke so zu nennen.

Frazier zögerte. »Er ist ... anders.«

»Inwiefern, John? Anders als Cavendish? Tun Sie nicht so, als ob es ein Geheimnis wäre.«

Frazier lehnte sich zurück, das Gesicht war entspannt, aber durch seinen Kopf gingen alle möglichen Einzelheiten, Listen, Leute, die er unbedingt sprechen mußte, Arbeiten, die vor dem Verlassen des Firth of Forth abzuschließen waren.

»Irgendwas treibt ihn um. Ich kann das nicht erklären, aber ich konnte es fühlen.«

»Na, solange es keine Rachegefühle sind. Als ich das erste Mal zur See fuhr, hatten wir einen Kommandanten, der sein Schiff verloren hatte. *Ich will Rache*, sagte er uns.«

Der lange Vorhang wurde aufgezogen; Offiziere gingen zu den Tischen, dabei nahmen sie ihre Servietten aus dem Regal am Eingang. Der Chefsteward beobachtete sie dabei, als ob er aufpassen müßte, daß nichts gestohlen wird.

Sie tranken ihre Gläser aus, und Frazier fragte: »Bekam er seine Rache?«

Onslow grinste. »Gott, wir wurden selbst innerhalb einer Woche in die Luft gejagt!«

Frazier setzte sich. Es war kaum zu glauben, daß der Chief schon in dem Ersten Krieg gedient hatte. Er mußte ja wohl noch ein halbes Kind gewesen sein wie einige der Fähnriche und jungen Mannschaften auf diesem Schiff. Er sah über die beim Essen auf und ab wippenden Köpfe und die sich bewegenden Suppenlöffel hinweg. Die *Reliant* war auch schon dabeigewesen. All die vielen Jahre, all die vielen Meilen. Es war erstaunlich, was er in den achtzehn Monaten seit seiner vorgezogenen Beförderung über dieses Schiff alles in Erfahrung gebracht hatte. Er hatte sogar etwas über den wichtigsten Tag für jeden Kommandanten gehört: den Tag, an dem das Schiff, neu aus der Werft, in Dienst gestellt wird. Er hatte herausgebracht, daß die Frau des ersten Kommandanten auf diesen besonderen Tag gewartet hatte, um bekannt zu geben, daß sie ihn verlassen würde. So einfach ging das.

Und was war mit Cavendish? Eine Tragödie hatte Beveridge das genannt. Ja, vielleicht. Aber ein Unfall? Das war nicht glaubwürdig.

Und jetzt ein neuer Kommandant, so zurückhaltend wie alle seine Vorgänger auch. Und wie sollte es mit dem Schiff weitergehen? *Ich habe gut reden.*

Er drehte sich um und sah einen Fähnrich, der befangen hinter seinem Stuhl stand, das Gesicht rot von der Kälte.

»Meldung des Wachhabenden Offiziers, Sir. Spruch von der Operationszentrale an Land.« Seine Augen wanderten über die vollen Tabletts: Fähnriche änderten sich, was das Essen betraf, nie.

Frazier fragte: »Und, was ist?«

»Der Admiral kommt um 14.45 Uhr, Sir. Eine Stunde früher als erwartet.«

»Danke, Mr. Potter.« Ein Steward zog seinen Stuhl zurück, und Frazier erhob sich. »Ich werde es dem Kommandanten melden.«

Onslow wischte den Rest seiner Suppe mit etwas frischem Brot aus dem Teller. Mochte einer sagen was er wollte, dachte er, einer der Vorteile der großen Schiffe war das stets frische Brot. Es wurde an Bord gebacken.

»Sorgen, John?«

Frazier berührte seine dicke Schulter. Unbewußt war ihm klar, daß der Chief bis zum nächsten Sonntag längst wieder seine fleckenlosen weißen Overalls tragen würde.

»Ich habe so das Gefühl, daß der Ballon bald platzen wird.« Er sah, daß einige Offiziere fragend zu ihnen herübersahen. »Mal wieder.«

Onslow nahm sich ein weiteres Stück Brot. Der Krieg war eben doch eine verdammte Unannehmlichkeit.

Das durchdringende Pfeifen der Bootsmannsmaatenpfeife war kaum verklungen, und schon erschien Konteradmiral Vincent Stagg oben auf dem Seefallreep, die Hand grüßend an der Mütze. Sherbrooke sah seine Augen kurz, aber kritisch über die breite Schanz der *Reliant* streifen, dann ging der Blick hinauf zu seiner Flagge in der Mastspitze und wieder zurück zu den Fallreepsgasten. Es war eine steile Kletterpartie von der Pinaß hinauf an Deck, aber Stagg war in keiner Weise außer Atem.

Ihre Augen trafen sich zum erstenmal, und Sherbrooke sagte: »Willkommen an Bord, Sir.«

Stagg nickte. »Das gleiche für Sie, Guy. Gut, daß Sie bei uns sind. Ein Gewinn.«

Sherbrooke erinnerte sich gut an diese Augen. Braun, sehr klar; wie der Mann: voller Energie und Fragen. Trotz der breiten Goldstreifen auf den Ärmeln des Admirals und der doppelten Reihe von goldenen Eichenblättern auf dem Mützenschirm schien Stagg so ziemlich derselbe geblieben zu sein, der er bei ihrer letzten Begegnung in Scapa Flow zwischen zwei Konvoieinsätzen vor achtzehn Monaten gewesen war. Auf den ersten Blick erschien er groß, größer, als er wirklich war, aber er hielt seine trainierte Figur stets gerade, und seine Persönlichkeit tat den Rest. In Dingen der Fitness hatte er sich stets ausgezeichnet, und Sport war ihm ein persönliches Anliegen. Als junger Leutnant zur See hatte er sich als wilder und geübter Kämpfer im Boxring gezeigt, und das Überbleibsel einer gebrochenen Nase gab ihm eine pöbelhafte, fast lustige Erscheinung, die ihn bei einigen Zeitungen und Kriegskorrespondenten beliebt gemacht hatte. Er hatte sich auch bei Wettbewerben in der ganzen Flotte einen Namen gemacht, im Squash, wo er selten geschlagen wurde, und im Fechten mit Degen und Säbel, wo er nie einen Wettbewerb verlor. Ein sehr männlicher Mann, und in den Zeiten des Krieges genau die Art von verantwortungsvollem Führer, die dem Land zu lange vorenthalten worden waren; wenigstens nach Meinung der Presse.

Stagg war weitergegangen, mit seinen Händen wies er auf mehrere Punkte hin, während er auf den Vorraum zuschritt, der in seinen Wohnbereich achtern führte. Eine kleine Prozession schien in seinem Kielwasser zu schwimmen: Howe, sein Adjutant, ein gequält aussehender Offizier mit einer dicken Aktentasche – er hatte seinen Herrn an Land vom nächsten R.A.F. (britische Luftwaffe, Anm. d. Ü.) Flugplatz abgeholt – und ein weiterer Oberleutnant, der das weiße Tuch eines Zahlmeisters zwischen seinen Ärmelstreifen trug und versuchte, Schritt zu halten. Es war Villar, der Sekretär des Admirals. Es folgten noch mehr, so ein Stabsdienst-Portepeeunteroffizier und ein bemühter Fähnrich, dessen einzige Funktion es zu sein schien, die Mütze und Handschuhe des Admirals zu tragen.

Sherbrooke seufzte verhohlen. Bald würde er sie alle kennen. Stagg hatte Unwissen nie toleriert, wenn es um Männer ging, die ihm unterstellt waren.

Stagg betrat seine riesige Kammer und sah umher. »Macht ein paar Luken auf! Das ist ja hier wie im Grab!«

Er ging zu einem Tisch und sah auf einige Briefe, die auf einem silbernen Tablett lagen.

Ein Stimme sagte: »Der Erste Offizier ist hier, Sir.«

Frazier trat ein, die Mütze unter einem Arm, die Augen fragend.

»Sir?«

»Ich will einen vollständigen Bericht über den Ersatz für die Männer, die auf andere Schiffe versetzt worden sind oder die zur Ausbildung an Land sind. Ich bin nicht zufrieden mit der Art, wie die Admiralität unseren Bedarf für erstklassiges Personal vernachlässigt.« Er sah auf, die Augen glänzend und ungeduldig. »Auch für die Offiziere!«

»Jawohl, Sir. Bis jetzt haben wir Glück gehabt.«

Stagg drehte sich einem langen Spiegel an einem Schott zu. »Dies ist ein Flaggschiff. Mit Glück hat das nichts zu tun.«

Sherbrooke nahm die Spannung genau wahr, und er merkte auch, daß die anderen in der großen Kammer diese Spannung negieren wollten.

»Noch etwas.« Stagg faßte an eine Locke seines Haares, das durch seine Mütze plattgedrückt worden war. »Als ich mit dem Boot zum Schiff zurückfuhr, habe ich einige Mannschaften auf der Feuerleitplattform für die 10-cm-Geschütze gesehen. Die haben geraucht.«

Es gab ein lautes Klacken, der Adjutant hatte eine Aktentasche aufgemacht und ihr ein Fernglas entnommen.

Frazier sagte: »Es ist Sonntag, Sir. Einige der Leute mußten Mehrarbeit leisten, weil viele andere im Urlaub sind.«

Stagg sah immer noch in den Spiegel. »Egal, und wenn es das verdammte Weihnachten wäre, John. Ich akzeptiere keine Nachlässigkeiten oder niedrige Standards auf diesem Schiff.«

Der Gebrauch von Fraziers Vornamen machte die Sache noch schlimmer.

Stagg sah sie an. Auch dieser Augenblick verriet seine ruhelose Energie. Hohe Offiziere gaben sich vielfach erhebliche Mühe, absolut losgelöst und abgesetzt von den Alltäglichkeiten zu erscheinen, und das auch bei akuter Gefahr. Konteradmiral Vincent Stagg war das genaue Gegenteil. Geradeso, als ob er seine Kraft nicht kontrollieren könnte wie etwas, das zu stark war, um beherrscht zu werden.

»Sie werden Kapitän Sherbrooke kennen, und sei es nur durch den Ruf, der ihm vorauseilt. Zusammen werden wir dieses Schiff, *dieses Kommando*, zu einem Vorbild für andere machen. Wir treten jetzt in eine Phase des Krieges ein, die sehr wohl die Strategie für den endgültigen Sieg bestimmen könnte.«

Der Sekretär händigte versiegelte Umschläge an seine Leute aus. Stagg wartete, bis Frazier ihm seine Aufmerksamkeit zugewandt hatte, und sagte: »Zum Urlaub, John. Nur nicht zuviel Sonderurlaub. Wenn irgendeiner ein Simulant ist, lösen Sie ihn ab. Ich habe lieber einen Haufen neuer, eifriger Rekruten als eine Ansammlung von stöhnenden Kasemattenbären.«

Frazier schluckte. »Gestern hatten wir zwei starke Luftangriffe. London und Portsmouth. Es wird bestimmt noch mehr Urlaubsanträge geben.«

Stagg grinste: »Vergessen Sie die. Sie sind entlassen, danke.«

Sie verließen die Kammer, zuletzt der Fähnrich, der die glänzende Mütze des Admirals einem Steward gab.

Stagg streckte seine Arme. »So ist das schon besser.« Er sah eifrig auf Sherbrooke. »Sie denken, ich war zu hart zu Frazier? Daß alle Kritik von Ihnen als Kommandant kommen sollte? Das steht Ihnen ja im Gesicht geschrieben!« Er machte eine Pause, während Price, sein Chefsteward, eine Karaffe und ein Tablett mit Gläsern auf den Tisch stellte. Dann sagte er: »Sie haben natürlich recht, oder vielmehr, Sie werden recht haben, wenn Sie erst einmal die Dinge fest im

Griff haben. Sie haben schon ordentlich 'reingehauen, seit Sie an Bord gekommen sind – gestern, nicht? Sie werden bald soweit sein.«

Er sah auf ein gerahmtes Bild des Schiffes. »Darum habe ich auch beantragt, daß Sie den armen alten Cavendish ablösen sollten. Ich weiß, was Sie alles durchgemacht haben – ich habe alle Berichte über die *Pyrrhus* gelesen, und was Sie getan haben, um den Konvoi zu retten. Gegen die widrigen Umstände. *Genau, was ich brauche*, dachte ich, der richtige Mann. Entschlossen und mit Biß. Das wird schließlich respektiert, wissen Sie. Norwegen, Griechenland, Kreta und allzuoft auch im Atlantik, überall haben wir Verschwendung und Inkompetenz gesehen. Alte Weiber in Offiziersuniformen; Männer, die nichts aus den Erfahrungen des Ersten Weltkrieges gelernt haben und, in manchen Fällen, auch danach nichts dazugelernt haben.«

Sherbrooke beobachtete ihn. Wen meinte er? Frazier, weil er in der großen Gesamtheit ein paar Nebensächlichkeiten übersehen hatte, als Stagg an Bord kam? Oder Cavendish?

Stagg sagte scharf: »Scotch, ja?« Er nickte dem Steward zu. »Die Sonne steht längst tiefer als die Rahnock!«

Dann sagte er: »Sie waren bei dem Begräbnis, habe ich gehört?«

Sherbrooke versuchte gelassen zu bleiben. Dies entsprach jetzt weitgehend dem Verhalten des Mannes, den er als Oberleutnant kennengelernt hatte, voller Überraschungen, der insgeheim vielleicht hoffte, seinen Gesprächspartner durch sein persönliches Wissen oder seine Quellen aus der Fassung zu bringen.

Er probierte den Scotch, der wie Feuer auf der Zunge brannte, und er sah, daß Stagg seinen Drink nicht angefaßt hatte. Vielleicht noch ein Test? Um festzustellen, ob der neue Kommandant sich gedanklich noch nicht von seinem alten Schiff und seiner schweigenden Besatzung gelöst hatte?

Er sagte: »Ich war auch in London, Sir.«

Stagg grinste. »Also, an dem Tag hatte ich was Besseres zu tun.« Er sah auf seine Uhr. »Heute abend gehe ich wieder an Land. Ich nehme an, daß man Sie in die Offiziersmesse einladen wird. Um einen Eindruck von Ihnen zu gewinnen und um herauszufinden, was der Besatzung in Zukunft bevorsteht.«

Das war keine Annahme. Stagg wußte es bereits, er hatte es vermutlich selbst angeordnet.

»Das Schiff scheint in guten Händen zu sein, Sir.«

Stagg trank etwas Whisky und runzelte leicht mit der Stirn, als ob der Geschmack nicht ganz in Ordnung wäre.

»Man kann das den Schiffstagebüchern nicht immer entnehmen – aber das wissen Sie ja selbst genau.«

Die Tür schloß sich wie auf ein geheimes Signal. Sie waren allein.

Stagg sagte: »Tatsache ist, Guy, daß ich für dieses Kommando wichtigere Aufgaben bekommen werde. Darum war ich in der Admiralität. Es kann nicht schaden, denen einmal vor Augen zu führen, was wir alles hier machen, um diesen Krieg zu führen.«

Er wandte sich wieder dem Spiegel zu, mit kalten Augen prüfte er sein Spiegelbild, als ob es sich um irgendeinen Untergebenen handelte, der nicht den Ansprüchen genügte. Wie Frazier. Über seine Schulter hinweg sagte er: »Und machen Sie sich keine Sorgen um die Sache mit Cavendish – ich meine, was passiert ist. Vergessen Sie das. Soweit es das Schiff betrifft, ist das alles schon Geschichte.«

Sherbrooke erkannte, daß die Augen im Spiegel ihn ansahen.

»Habe auch schon drüber nachgedacht, Sir.«

Stagg lächelte nicht. »Lassen Sie sich dadurch nicht beunruhigen, klar?«

Sherbrooke setzte sein Glas ab, um Zeit zu gewinnen. Sie waren zusammen Oberleutnante gewesen; sie waren beide gleichzeitig Kapitän zur See.

Heute waren sie so unterschiedlich wie zwei verschiedene Sprachen.

Neben einer der Türen hing ein Gemälde von Beatty mit einem Schlachtkreuzer, wie einem riesigen Phantomschiff im Hintergrund: Sir David Beatty, der die Schlachtkreuzer in der Schlacht im Skagerrak befehligt hatte, eine Generation und ein ganzer Krieg waren seitdem vergangen. Die Schlachtkreuzer waren damals ein neues Konzept, ein Traum, eine Legende gewesen. Im Skagerrak waren sie zu einem Alptraum geworden, als diese großen Schiffe mit zu geringer Panzerung durch überlegene deutsche Artillerie und Geschoßtechnik auseinandergerissen wurden.

Er sah auf Stagg, als der sich vom Spiegel abwandte. Schätzte der sich selbst so ein? Als zweiten Beatty?

»Sie haben nie geheiratet oder, Guy?« fragte Stagg plötzlich.

»Nein, Sir.« Er merkte, daß er ohne Wut und ohne den schrecklichen Kummer antworten konnte, den er einmal erlitten hatte. Aber Stagg wußte auch das. Sie war bei einem Luftangriff getötet worden, während die *Pyrrhus* auf einer ihrer Fahrten nach Nordrußland gewesen war.

Stagg nickte, gerade so, als ob er persönlich zufriedengestellt worden sei. »Ein neuer Anfang also.« Er sah auf das Bild seines Flaggschiffes. »Die *Reliant* wird Sie nicht enttäuschen.«

Sherbrooke fühlte sich plötzlich an den Friedhof in Esher, in der Nähe der Sandown Park Pferderennbahn, erinnert. Und an die große Frau in schwarz. *Es macht keinen Sinn zu grübeln.* Es gab keine bessere Grabinschrift.

3

Eingewöhnung

Es schien eine Ewigkeit zu dauern, bis Sherbrooke seine Gedanken wieder in die Wirklichkeit, in die Gegenwart zurückgebracht hatte. *Jetzt.* Und das, obwohl Sherbrooke aus bitterer Erfahrung wußte, daß es sich nur um Sekunden handelte. Fast ohne jedes Nachdenken hatte er sich auf der schmalen Koje umgedreht, die Füße an Deck gesetzt und seine Gedanken geordnet. Er sah auf die kleine Uhr. Es war kurz nach sechs Uhr morgens, die Frühwache war halb vorbei. Überraschenderweise hatte er schlafen können, für eine gewisse Zeit wenigstens, die kleine Kojenlampe hatte er dabei als Vorsichtsmaßnahme angelassen. Das war eine Verbindung zur Routine, eine Barriere gegen Alpträume, die gnadenlos auftauchten, wenn er nicht auf der Hut war.

Vielleicht irrte er sich ja auch, und sie würden doch nicht wiederkommen.

Er zog seine Seestiefel an und sah sich in der kleinen Seekabine um, die er seit dem Ankerauf der *Reliant* bewohnte. Nach dem Ankerauf an einem kalten, nebligen Morgen hatte die *Reliant* leise den Firth of Forth verlassen und war ohne jedes Zeremoniell mit den Geleitzerstörern zusammengetroffen. Das war fünf Tage her, und seitdem waren sie in diese zwar bekannten, aber gleichwohl feindlichen Gewässer nach Norden gelaufen. Sherbrooke stand auf, und er erwartete, daß er die Bewegungen des Schiffes spüren würde, wie das auf der *Pyrrhus* der Fall gewesen war. Die Bewegungen waren auch da, aber langsam und stetig, im Einklang mit der See, wie tiefes Atmen. Er lehnte sich gegen das kleine Waschbecken und besah sein Gesicht im Spiegel. Er hatte sich rasiert, bevor er in die Koje gegangen war, das war eine Angewohnheit, die er irgendwann angenommen hatte, als der Krieg begann, seine wirkliche Härte zu zeigen. Es war nicht gut, wenn die Wachgänger ihren Kommandanten unrasiert und mit verschlafenen Augen sahen, wenn er das erste Mal auf die Brücke kam. Wie an dem Morgen, als sie Ankerauf gegangen waren: Die Leute auf der Back, die in ihrem Ölzeug aussahen wie schwarze Käfer und scheinbar Meilen von seinem hohen Aufentshaltsort auf der Brücke entfernt waren. Zwei Schlepper standen bereit für den Fall, daß der neue Kommandant das Manöver nicht hinkriegen sollte. Wenigstens war Konteradmiral Stagg bei dem Manöver unter Deck geblieben; dennoch, seine Gegenwart konnte man förmlich spüren.

Das riesige Vorschiff schwang herum, und es sah aus, als ob sich das Land und nicht das Schiff bewegte; die Gösch wurde eingeholt, und der Anker durchbrach die Wasseroberfläche wie ein riesiges Pendel. Alles war so ruhig: Der Rudergänger und der Posten Maschinentelegraph weit unterhalb der Brücke hinter der Panzerung, Offiziere beim Ausguck nach unerwarteten Hafenfahrzeugen und der Navigationsoffizier, Korvettenkapitän Rhodes, ein großer, bärtiger Mann, der sich über den Kartentisch beugte und seine großen Finger geschickt und fast fein mit Zirkel und Kursdreiecken arbeiten ließ. Auf der *Pyrrhus* war der Navigationsoffizier ein Reserveoffizier gewesen, ein Mann aus der Handelsschiffahrt mit einem Kapitänspatent. Bei einigen langen Nachtwachen hatte Sherbrooke es als angenehme Muße empfunden, ihm zuzuhören und sich Geschichten erzählen zu lassen aus einer anderen Welt, von Kreuzfahrtschiffen und langen Reisen, von Geld und von Passagieren, die zum Teil jedes Jahr wieder eine neue Kreuzfahrt machten.

Mit der Zeit würde er auch Rhodes genau kennenlernen. Das bißchen Erinnerung an den alten Navigationsoffizier hatte die alte Wunde in ihm jedoch schon wieder neu aufgerissen.

Es klopfte. »Herr Kapitän?«

Es war der Läufer Brücke mit einem Becher Tee, den er sorgfältig auf einem Tablett balancierte. Sherbrooke war überrascht, ja sogar gerührt gewesen, als an den ersten beiden Morgen auf See sein Stewart, Maat Long, den Tee selbst gebracht hatte, geradeso, als ob er niemandem anderen trauen würde oder aus irgendeinem anderen Grund, über den man nur spekulieren konnte. So oder so, er war aus seiner warmen Koje gestiegen, nur um den Tee zu bringen.

Sherbrooke nippte an dem Tee, die typische Marinemischung mit Zucker und Dosenmilch: die klebt direkt an den Rippen, wurde gesagt. Solcher Tee wurde jetzt 'rumgereicht auf den Oberdecksstationen, bei den kleineren Kalibern und bei den Flugabwehrgeschützen. Auch hier oben waren sie besetzt. Noch nicht mal ein Schlachtkreuzer konnte sich eine Sorglosigkeit leisten.

Er hatte die Seekarte genau im Kopf, als hätte er sie gerade studiert. Sie standen dreihundert Meilen südlich der isländischen Küste, vom Seydisfjord um genau zu sein, und etwa zweihundert Meilen westlich von den Faroers. Eine Wildnis, aber auch eine Art Dschungel, wo Jäger und Gejagter leicht die Rollen wechseln konnten.

Das Zerstörergeleit bestand aus sechs Einheiten, einige waren von der neuen M-Klasse, wohl die größten Zerstörer, die bisher gebaut wurden. Trotzdem war es für sie in diesen Gewässern hart, im Verhältnis zum riesigen Führerschiff auf Station zu bleiben; die Männer mußten auf den Beinen bleiben, während die Schiffe wild in der See rollten und stampften, gerade so, als wollten sie die Unaufmerksamen erwischen.

»Na, wie ist es da draußen?«

Der Seemann zögerte, wohl überrascht, daß der Kommandant ihn angesprochen hatte.

»Etwas grobe See, Sir. Macht uns aber nichts!«

Er sah weg, als Sherbrooke ihn anblickte, vielleicht befürchtete er, daß er zuweit gegangen war.

Aber Sherbrooke hatte bei dem Seemann das Gefühl der Gemeinschaft und auch des Stolzes bemerkt. Wie alt er wohl war? Sicher noch keine zwanzig und wohl auch noch nicht alt genug für die tägliche Rumration.

Der Seemann ging schweigend. Zwölfhundert Leute wie er arbeiteten auf dem riesigen Schiff. Einige fehlten, als die *Reliant* den Firth of Forth verließ, ein paar Männer, denen Sonderurlaub gewährt worden war, weil ihr Zuhause, ihre Familien bei Luftangriffen ausradiert worden waren; ein anderer war in den Süden gefahren, um nach seiner Frau zu sehen. Die Wohlfahrtsorganisation hatte berichtet, daß sie eine Affäre mit einem anderen Mann hatte. Auch wenn das im Krieg häufig genug vorkam, war es für die Betroffenen nichtsdestoweniger eine herzzerbrechende Sache. Nachbarn hatten Schreie gehört, nachdem der Seemann nach Hause gekommen war. Die Polizei hatte die Frau mehr tot als lebend aufgefunden, und es bestand die Gefahr, daß sie es nicht mehr schaffen würde. Die Marinestreifen waren auf der Suche, und die Polizei kannte alle wahrscheinlich erscheinenden Verstecke. Diesen Mann würde er lieber nicht bei einem Disziplinarverfahren wiedersehen. Ein guter Seemann, auf jeden Fall. Jetzt war er fahnenflüchtig, und nicht nur das.

Und es gab natürlich auch die üblichen Fälle, die ihren kurzen Landgang überzogen hatten. Zuviel getrunken, vielleicht eine Frau: Solche Vorfälle fielen alle Fregattenkapitän Frazier in den Schoß. Er lächelte und griff seine Mütze. »Der Kerl«, wie sie ihn nannten.

Er schob die Tür auf und sah auf die kleine, bescheidene Koje. Stagg hatte unten in seinem bequemen Quartier geschlafen. Er schloß die Tür. Das war wohl auch richtig so.

Er drehte sich um und lauschte auf das unterdrückte Hämmern von Morsezeichen und das gelegentliche Geknister statischer Entladungen. *Mein Schiff.* Das war immer noch schwer zu akzeptieren, geschweige denn als selbstverständlich hinzunehmen.

Alle wußten, daß er unterwegs zur Brücke war. Das wußten sie jedesmal.

Der Alte kommt auf die Brücke. Wie er heute wohl gelaunt ist?

Sherbrooke trat in das Dunkel der Brücke ein und wartete kurz, um die Orientierung zu bekommen, das Vorschiff sank gerade in ein Wellental hinein. Eisige Gischt spritzte über die Brücke wie Hagel, und die Klarsichtscheiben quietschten, als ob sie protestieren wollten. Langsam gewöhnte er sich an die Breite und Größe dieser Brücke, die gleichzeitig Kommandostand, Nervenzentrum, Auge und Gehirn des Schiffes war. Dunkle Figuren standen an ihren gewohnten Orten, für den Laien mochten sie den Eindruck des zufälligen Herumstehens oder der Nichtbeschäftigung machen. Befehlsübermittler an geputzten Sprachrohren, ein seemännischer Maat an der Schiffslautsprechanlage, ein anderer sammelte gerade leere Tassen ein. Der Navigationsoffizier hatte die Morgenwache, das war immer so. Als dienstältester Korvettenkapitän an Bord war er es, der sich für die Zeit der Dämmerung eines neuen Tages verantwortlich fühlte, eine Zeit, in der Müdigkeit oder die Gedanken an das Frühstück oder sonst irgendwas einen Mann sorglos und verletzlich machen konnte. Und ein Sorgloser konnte für das ganze Schiff reichen.

Rhodes' Vertreter war ein junger Kapitänleutnant namens Frost, sehr eifrig und einsatzfreudig, der gnadenlos durch den Kakao gezogen wurde, weil er ohne viel Erfolg versuchte, sich einen Bart stehen zu lassen. Zur Zeit sah das etwa so aus wie ein künstlicher Bart bei einem Kind, das im Schultheater auftritt.

Sherbrooke sagte: »Moin, NO. Alles ruhig?«

Rhodes stand fest neben einer Klarsichtscheibe und zeigte auf eine heranlaufende Atlantikwoge. Bei dem schwachen Licht hatte sie die Farbe von Holzkohle, in den Wellentälern sah es aus wie schwarzes Glas. Höher und höher, und es sah aus, als ob der Schlachtkreuzer quer einen nicht enden wollenden Abhang hinunter glitt, ohne dagegen etwas machen zu können.

Dann tauchte das Vorschiff wieder in die See ein, und Sherbrooke beobachtete, wie die See über die Back schoß und durch die Ankerklüsen sprühte, bis das Schiff fast ohne jede Erschütterung wieder emporstieg und das Wasser wie kochend über die Seiten ablief oder explosionsartig gegen die Geschütztürme oder andere Hindernisse schäumte. Bei dem schwachen Licht sah es fast gelblich aus.

»Wir hatten einen Spruch von der *Montagu*, Sir. Nichts wirklich Schlimmes. Sie hat eines ihrer Boote verloren und fragte um Erlaubnis, danach suchen zu dürfen.«

»Sie haben das abgelehnt?«

Rhodes nickte. »Die kennen die Befehle so gut wie wir, Sir. Kein Stoppen.«

Sherbrooke griff den großen Stuhl, der auf der Backbordseite der Brücke an Deck festgeschraubt war. Rhodes erledigte so etwas ohne Schwierigkeiten; viele andere Offiziere in seiner Stellung hätten, egal wie die Befehlslage war, den Kommandanten geweckt, und sei es nur, um sich rückzuversichern. Er würde einen guten Kommandanten abgeben, wenn sich die Chance ergeben sollte.

Sherbrooke sah durch das Seitenfenster auf das Signaldeck. Mehrere anonyme Figuren bückten sich und bewegten sich vorwärts, als würden sie an einem rituellen Tanz teilnehmen. Hin und wieder breiteten sie eine Flagge aus, das Flaggentuch leuchtete intensiv vor dem dunklen Hintergrund, bevor es schließlich wieder verstaut wurde. Alles war klar für das erste Signal des Tages. *Alle Schiffe gehen auf Gefechtsstation.*

Es war hart für die Männer, die gerade von Wache gekommen waren, und auch für die, die in der kurzen Ruhezeit in den schwülen Wohndecks kaum hatten schlafen können. Es war hart, dem drängenden Schrillen der Alarmanlagen nachzukommen, obwohl doch jeder wußte, daß es eine Übung war. Sherbrooke berührte die Lehnen seines Stuhls und fühlte, wie sie sich in seine Rippen preßten, als das große Schiff sich wieder aufrichtete. *Reliant* wurde als glückhaftes Schiff bezeichnet. Im Vergleich zu anderen mußte das wohl stimmen. Es wurde erzählt, daß Günther Prien, einer der ersten deutschen U-Bootasse, seine Optik zuerst auf die *Reliant* gerichtet hatte, als er seinen kühnen und scheinbar unmöglichen Einbruch nach Scapa Flow schaffte und das Schlachtschiff *Royal Oak* mit schrecklichen Verlusten an Menschenleben torpedierte. Und im Skagerrak, als das Schlachtkreuzergeschwader unter direktes, schweres Feuer gekommen war, hatte sich die Ruderanlage in unerklärlicher Weise festgeklemmt. *Reliant* steuerte ungewollt einen großen Kreis und entkam so der fast sicheren Vernichtung.

Leider reichte Glück allein nicht immer aus.

Das Stimmengewirr auf der Brücke nahm zu. Leise und gedämpft, formal.

Weil ich da bin.

Es war Frazier, das Gesicht vom Wind und der eisigen Gischt gerötet.

»Guten Morgen, Sir.«

»Morgen, John.« Er wartete. Frazier war bestimmt schon im ganzen Schiff unterwegs gewesen: Er nahm nichts als selbstverständlich an. Aber Sherbrooke kam ihm jetzt auch nicht näher als bei ihrer ersten Begegnung.

»Irgendwelche besonderen Befehle, Sir?« Er brauchte sich nicht festzuhalten, so sehr war er an das Schiff und seine Bewegungen gewöhnt.

»Schiffssicherung, John, diesmal sollten die Funktionen

der Offiziere und Unteroffiziere aber von weniger erfahrenen Leuten wahrgenommen werden. Gute Ausbildung.«

Er sah auf das Radar-Sichtgerät im vorderen Teil der Brücke. Das unsichtbare Auge. Anfangs war das wie ein Traum gewesen.

»Und lassen Sie die Marineinfanteristen Turm C in Nahsteuerung fahren. Wir werden uns wohl nicht immer auf Wunder verlassen können.« Er sah, daß der junge Kaleu Frost die Brückenuhr anstarrte und daß der seemännische Maat die Schiffslautsprechanlage überprüfte. Gleich war es soweit mit dem Übungsalarm. Jeder an Bord würde es verfluchen. Er lächelte. Vielleicht würde es sogar Stagg auf die Brücke treiben.

Ein Befehlsübermittler hielt sein Ohr an ein Sprachrohr. »Brücke?« Er wandte sich an Sherbrooke. »Vom Funkraum, Sir. Ein Funkspruch.«

»Hochbringen lassen.« Wahrscheinlich war ein Schiff in einer Notsituation, ein Konvoi von U-Booten angegriffen worden oder ein Flugzeug der Royal Air Force ins Wasser gestürzt. Wichtig, aber nicht ihre Sache.

Ein Mann erschien auf der Brücke: der Funkmeister, Elphick, noch einer, der früh auf und geschäftig war, um sicherzustellen, daß in seinem Abschnitt alles klappte.

Sherbrooke öffnete den Spruch, spürte, daß alle Augen auf ihn gerichtet waren und daß es eine gewisse Erleichterung über die Unterbrechung der Routine gab.

Hinterher versuchte er sich klarzumachen, wie lange er wohl dagesessen hatte mit dem Spruchbrett in der Hand, die saubere, klare Druckschrift hatte keinen Sinn angenommen, als ob sie ihn ärgern wollte.

Endlich sagte er: »Mit Vorrang, von der Admiralität. Luftaufklärung meldet, daß der deutsche Kreuzer *Minden* in See ist.« Er war sich der Kühle und Gleichförmigkeit seiner Stimme bewußt. »Vermutlich vor zwei Tagen aus Tromsö ausgelaufen.«

Rhodes, der Fachmann, sprach zuerst. »Zu dem Zeitpunkt war da schlechtes Wetter gemeldet, Sir.«

Frazier sagte: »Die kann jetzt sonstwo sein.« Er sah die anderen an. »Sonstwo, nicht hier.«

Sherbrooke hörte kaum zu. Er ergriff das besondere Sprechgerät gegenüber seinem Stuhl, das kleine rote Licht daran sah aus wie ein unheilvolles Auge.

Stagg antwortete sofort, als ob er auf einen Anruf gewartet hätte.

»Diese blöden Kerle! Wissen die denn nicht, wie wichtig es ist, jede Bewegung genau zu beobachten?« Kurze Pause. »*Minden*, eh? Das ist doch die, mit der sie schon mal zu tun hatten?«

»Ja, Sir. Die hat mein Schiff versenkt«, sagte Sherbrooke. Er legte das Sprechgerät zurück und sagte: »Also los: Auf Gefechtsstation, zur Übung.«

Frazier zögerte. »Tut mir leid, Sir.«

Nur für ein paar Sekunden war es, als ob sie allein wären. Nicht Kommandant und Untergebener, sondern zwei Männer.

Sherbrooke legte eine Hand auf seinen Arm. »Ich hoffe bei Gott, daß es Ihnen nie passiert. Es ist etwas . . .«

Der Rest wurde vom Schrillen der Alarmglocken und vom Knallen wasserdichter Schotten verschluckt.

Sherbrooke rutschte von seinem Stuhl und ging zum Kartentisch. Das war verdammt knapp gewesen.

Konteradmiral Vincent Stagg saß gemütlich auf einem Seekartenschrank und schlug die Beine übereinander. »Das Wetter wird besser. Wir sollten rechtzeitig im Seydisfjord sein.« Er sah den Navigationsoffizier scharf an, den einzigen Anwesenden außer Sherbrooke. »Richtig?«

Rhodes nahm sein Notizbuch vom Kartentisch. »Morgen 11.00 Uhr.«

Stagg sah sich im Kartenraum um, im Gegensatz zur

Brücke mit dem Kommen und Gehen von Wachgängern und irgendwelchen Arbeitsgruppen war das ein ruhiges Refugium.

»Gut«, fügte er hinzu. »Machen Sie weiter, NO. Ich nehme an, Sie haben noch genug zu tun.«

Der Navigationsoffizier lächelte. »Na ja, dies und jenes.«

Als sich die Tür hinter ihm schloß, bemerkte Stagg zu Sherbrooke: »Nützlicher Bursche. Den möchte ich nicht verlieren, solange ich das vermeiden kann.« Er knöpfte seine Jacke auf und nahm ein Lederetui mit Zigarren heraus. »Sie brauchen sich da keine Sorgen mehr zu machen, Guy. Es hat keine neuen Meldungen über die *Minden* gegeben. Irgend jemand anders soll sich darüber Kopfschmerzen machen, bis sie wieder abhaut, zurück nach Tromsö oder einen anderen gottverlassenen Hafen. Die Dinge kommen endlich in Bewegung, wie ich denen das schon in der Admiralität gesagt habe. Es wurde auch langsam Zeit. Wir müssen kleinere, aber stärkere Verbände haben, wie die Schlaggruppe H zum Beispiel. Unser Schwesterschiff *Renown,* ein Träger und ein starkes Geleit, das wirkt Wunder. Wir müssen besser werden. Ich hab' denen gesagt, sie sollen hier bei uns nicht zwischen rumfummeln!« Es machte ihm Spaß, er steckte sich eine Zigarre an und grinste bei der Rückerinnerung an irgendeine Sache in London. »Ich kann ganz schön hart sein, wenn ich das will, Guy. Absolut freundlich, wenn ich selbst so behandelt werde, aber wenn mich einer Schwein nennt, dann kann ich eins sein!«

Er sah auf den Lautsprecher unter der Decke, als die Durchsage kam: »Backen und Banken für die Nachmittagswache!«

Sherbrooke, der auf den Kartentisch sah, hatte kaum zugehört. Es war sechs Stunden her, seit der Funkspruch auf die Brücke gebracht worden war. Die *Minden* war wieder unterwegs. Damals, als die *Pyrrhus* gesunken war, waren es drei gewesen. *Und ich kann mich immer noch nicht richtig erinnern.* Eine Sekunde auf der Brücke, die Stahlpanzerung beulte sich nach innen durch wie nasse Pappe, Sprachrohre riefen und riefen, Männer, die tot oder sterbend auf ihren Stationen lagen, konnten sie nicht beantworten. *Und dann?* Er starrte auf die oberste Karte auf dem Kartentisch, *Die Ansteuerungen von Island*, aber er sah sie nicht. Es mußte noch eine große Explosion gegeben haben, und dennoch konnte er sich an nichts entsinnen. Erst mit dem Auftauchen aus dem Wasser setzte seine Erinnerung wieder ein; spukkend und nach Luft schnappend, von der Kälte und dem lähmenden Druck des Wassers zusammengequetscht. Und das Schiff war weg. Männer, die er gekannt hatte. *Männer, die mir vertraut hatten.*

Stagg lehnte sich nach vorne, eine Locke seines kastanienfarbenen Haares fiel über ein Auge.

»Sie haben das gut gemacht, Guy. Verdammt gut, daß Sie das Kommando so kurzfristig übernommen haben.« Sein Ton wurde härter. »Aber ich wollte Sie auch als Kommandant haben. Ich kannte Ihre Personalakte, Ihre Art zu führen. Da kommt es immer noch drauf an, wissen Sie.« Er war plötzlich auf den Füßen, die unbeherrschbare Energie brach wieder durch. »In jedem Krieg dauert es eine Zeit, bis man das faule Holz los ist. Denken Sie nur an den letzten Krieg, um Gottes willen! Vorstellungen, die sich seit Trafalgar kaum verändert hatten, alles Regeln, die man wirklich über Bord werfen konnte, als die ersten U-Boote ausliefen! Auf das Gewinnen kommt es an, das zählt. Regeln sind für die Verlierer!«

Er blieb neben dem Kartentisch stehen, und Sherbrooke konnte sein Aftershave riechen, durchdringend und stark, wie der Mann.

»In Island stößt *Seeker* zu uns, ein neuer Geleitträger.« Er lächelte und sah zu, wie sein Zigarrenrauch in den Ventilator an der Decke gezogen wurde. »Sie ist kein Gigant, aber es ist ein Anfang. Wir werden ein guter, unabhängiger Verband sein. Nicht lange, und es wird eine ganze Reihe solcher Verbände geben.« Sein Lächeln wurde zum Grinsen. »Aber es gibt nur eine *Reliant*!«

Das Grinsen verschwand, es sah aus, als sei es aus Berechnung aufgesetzt gewesen. »Ich will, daß Sie mitkommen, wenn ich den kommandierenden Admiral auf Island aufsuche. Die Zerstörer können in der Zeit Kraftstoff übernehmen, und ich will einen vollständigen Bericht, warum *Montagu* ein Boot verloren hat. Ihr Kommandant hält sich selbst für den Größten . . . das wird ihm seine große Fresse stopfen.«

An der Tür war ein Geräusch, er drehte sich um und rief: »Oh, um Himmels willen, ich hab' doch gesagt, ich will nicht gestört werden!«

Die Tür ging einen Spalt auf, es war wieder Rhodes. »Funkspruch von der Admiralität, Sir. Die *Minden* wird wieder im Hafen gemeldet. Sie wurde mit Kurs auf die Lofoten gesichtet.«

Stagg fragte scharf: »Was glauben Sie, wo sie ist, NO?«

Rhodes antwortete ohne Zögern. »In Bodö, Sir. Ein großer Fjord im norwegischen Festland. Die Deutschen haben da einen Militärflugplatz gebaut.« Er sah, daß der Konteradmiral die Stirn runzelte. »Das stand in den Mitteilungen der Admiralität, Sir.«

Sherbrooke sagte: »Und was noch?«

Rhodes sah ihn direkt an. »Die *Minden* traf auf einen russischen Zerstörer und ein paar Minensucher.« Er wandte sich dem Konteradmiral zu, aber Sherbrooke wußte, daß er immer noch zu ihm sprach: »Sie hat alle versenkt. Keine Überlebenden.«

Sherbrooke unterdrückte seine Erinnerungen. Sie hatten da wirklich nichts machen können. Viel wichtiger war es, herauszufinden, warum die *Minden* ausgelaufen und zu dem einzigen Ankerplatz mit starker Luftunterstützung gelaufen war. Weil sie da auch eine bessere Ausgangsposition für Einsätze weiter im Süden oder einen Durchbruch in die Ostsee und eine Rückkehr nach Deutschland hatte?

Aber die kalte Logik der Strategie erschloß sich ihm nicht. Alles, was er sah, war die geduckte Silhouette des Kreuzers, dessen Geschütze mit der Präzision einer Maschine, einer einzelnen Waffe, feuerten und nachgeladen wurden.

Stagg sagte: »Halten Sie uns informiert, NO.« Er sah auf seine Uhr. »Ich werd' mal nach achtern wandern ... will was essen.«

Dann steckte er sein Zigarrenetui in die Tasche, das Gesicht ganz gedankenverloren.

»Wir werden zusammen mit *Seeker* ein paar Tage Ausbildung betreiben, bis die zwei großen Konvois durch sind. Wer weiß, vielleicht können wir ihre verdammte *Minden* doch noch erwischen, aber ich bezweifle das. Na, wenn es die *Scharnhorst* wäre, das wäre dann ein echtes Ruhmesblatt.«

Sherbrooke fühlte, wie die Anspannung langsam nachließ. Vielleicht hatte Stagg am Ende doch recht. Man mußte die persönlichen Gefühle im Zaume halten. Das Wichtigste zuerst ... Fast hätte er gelächelt. Stagg würde wohl sehr bald Vizeadmiral sein, wenn die Dinge sich weiter entwickelten wie bisher!

Stagg bemerkte im Tonfall einer Selbstverständlichkeit: »Bisher waren wir so verdammt beschäftigt, daß ich noch nicht dazu gekommen bin, mit Ihnen über das Begräbnis zu sprechen. Waren viele da?«

Sherbrooke schüttelte den Kopf, vor seinen Augen sah er wieder die fast düsteren Bekleidungen, den Vizeadmiral und seine ernste Marinehelferin.

»Nur ein paar Verwandte und auch ein paar von unserem Laden.«

Stagg sah ihn gedankenvoll an. »Wie war's mit Jane ... ah, Frau Cavendish? War sie gefaßt?« Er lachte ohne jeden Humor. »Natürlich, ich vergaß. Sie waren ja selbst mal hinter ihr her, nicht wahr?« Er nahm seine Mütze und sah auf die zwei Reihen mit goldenem Eichenlaub. »Also, jetzt kommt Ihre Chance, Guy.«

Als er weg war, immer noch lächelnd, wartete Sherbrooke noch einen Moment, unterschrieb Rhodes' Logbuch und gönnte sich noch einen Augenblick der Ruhe.

Er dachte an ihr Gesicht, als sie miteinander gesprochen hatten, an die Haltung und die Stärke dieser Frau. Er dachte auch an das tolle Armstrong-Siddeley-Auto in dem Kapitän zur See Charles Cavendish allein gestorben war. Es war, genau wie das zerschmetterte Bild, kein Unfall gewesen, und Stagg wußte das genau.

Sherbrooke hörte Schritte vor der Tür, wahrscheinlich Rhodes, der die nächste Kursänderung ankündigen wollte. Das Schiff brauchte den Mann, aber noch mehr brauchte der das Schiff.

Er verließ das Kartenhaus und sah die Erleichterung auf Rhodes' bärtigem Gesicht. Letzten Endes wurden täglich Schiffe bombardiert, torpediert oder durch Artilleriefeuer versenkt. Das war ihre Welt, das Überleben war der einzige Preis, den man gewinnen konnte.

Er kletterte in seinen Stuhl, und es wurde ihm klar, daß er seit dem Vorabend nichts mehr gegessen hatte. Schlitzohr Long würde das nicht gefallen. Er beugte sich vor, um auf das große, ausladende Vorschiff zu sehen. Die See hob und senkte sich auf beiden Seiten, während der Steven durch sie hindurchschnitt, das Deck glänzte von der Gischt.

»Zeit zur Kursänderung, NO?«

Rhodes grinste breit. »Neuer Kurs wird null-eins-null, Sir.« Er sah, wie der Kommandant die Lehne seines Stuhles anfaßte: etwas Persönliches, Privates. So wirkten auch seine Augen, als der Funkmeister den Spruch über den deutschen Kreuzer gebracht hatte. Das war etwas, von dem Rhodes wußte, daß er es nie ganz würde teilen oder richtig begreifen können.

»Drehen Sie an. Machen Sie einen Spruch an das Geleit,

daß der Kurs geändert wird.« Er dachte an Staggs offenbare Freude über den Verlust des Bootes. »Und machen Sie einen Spruch an *Montagus* Kommandanten, daß er sich nach dem Einlaufen hier an Bord melden soll.«

Rhodes war schon bei der Arbeit: Auf beiden Seiten der Brücke klapperten die Signallampen, und jeder Zerstörer bestätigte sofort, die Morselampen leuchteten wie glänzende Diamanten.

Sherbrooke wurde an die Worte des älteren Operationsoffiziers in Leith erinnert: »Natürlich! Auf dem Schiff, da klappte alles!«

Er faßte wieder den Stuhl an. So sollte es sein.

Die schicke Pinass mit der aufgemalten Konteradmiralsflagge auf beiden Seiten des Bugs zischte über das Wasser, und das Röhren ihrer Motoren kam als Echo von den Seiten des Fjords zurück. Am Steven bildeten sich kleine Eispartikel und brachen ab wie Glas, und als Sherbrooke sich in den Steuerstand stellte, spürte er, wie die Brise ihm ins Gesicht schnitt. Er fragte sich, wie Menschen es schafften, auf Island ein normales Leben zu führen.

Er hörte Staggs ärgerliche Stimme aus der kleinen Kabine. Sein Adjudant, Howe, bekam mal wieder die rauhe Art des Admirals zu spüren. Es war bestimmt nicht leicht, für Stagg Dienst zu tun.

Alles war von dem Augenblick an schiefgegangen, als der Anker fiel. Ihr zukünftiger Begleiter, der Geleitträger *Seeker*, war nicht klar, um in See zu gehen. Beim letzten Einlaufen war er mit einem isländischen Fischtrawler kollidiert; nichts wirklich Schlimmes, aber genug, um das Unterwasserschiff von *Seeker* zu beschädigen. Die Reparaturen in Reykjavik waren schon angelaufen, aber keiner wußte genau, wie lange sie dauern würden. Stagg war wütend gewesen, besonders als der zuständige Admiral ihm gesagt hatte, daß die isländischen Behörden darüber nachdachten, ob sie nicht gegen die Royal Navy vorgehen sollten, weil sie eins ihrer Fischereifahrzeuge schwer beschädigt hatte. Stagg hatte es auch vor den Offizieren des örtlichen Hauptquartiers nicht geschafft, seinen Zorn zu verbergen.

»Die verdammten Isländer hassen uns sowieso! Denen wäre es lieber gewesen, wenn die Deutschen vor uns hier gewesen wären! Bei Gott, ich wette, daß Admiral Dönitz ihnen eine ordentliche Lektion erteilt hätte!«

Sie waren an Bord von *Seeker* gewesen und hatten den Kommandanten besucht. Das war eine sehr angespannte Situation.

Seeker, ein Geleitträger der *Smiter-Klasse*, war weder so schön noch so großartig wie die großen Flottenträger. Die Schiffe waren ein Ergebnis des anglo-amerikanischen Leih- und Pachtvertrages und umgebaut aus Handelsschiffen mit hölzernen Flugdecks. Sie waren schlechte Seeschiffe bei jeder Art von schlechtem Wetter und hätten in den umkämpften Gewässern des Mittelmeers oder bei den Amerikanern im Pazifik keine fünf Minuten überlebt. Aber *Seeker* und die wachsende Zahl gleichartiger Schiffe erreichten – auch wenn sie ohne jeden Schick und äußerst unbequem waren – etwas, was achtzehn Monate vorher keiner für möglich gehalten hätte. In der entscheidenden Schlacht im Atlantik hatte es bisher immer ein großes Gebiet gegeben, in dem die Luftunterstützung nicht wirken konnte, dabei gab es steigende Verluste an Schiffen und der so dringlich benötigten Ladung. Ob die Konvois nun aus den USA oder Kanada oder aus Großbritannien und dem Stützpunkt hier auf Island kamen, immer gab es diese Lücke, die *Todesstrecke*, wie sie von den alten Atlantikhasen auch genannt wurde. Die U-Boote konnten ungestraft auftauchen und mit ihrer überlegenen Überwassergeschwindigkeit die Konvois verfolgen und gleichzeitig die Batterien aufladen. Nachts schlossen sie dann an die langsamen Handelsschiffsverbände heran und griffen an. Die Verluste stiegen und stiegen, und sie übertrafen die Fähigkeiten der Werften, neue Schiffe zu bauen und die Verluste auszugleichen.

Die kleinen Geleitträger hatten das alles geändert. U-Bootbesatzungen waren plötzlich Hunderte von Meilen von dem nächsten Flugplatz entfernt mit schnellen Jägern und Bombern konfrontiert, und sie hatten diese Lektion gelernt. Der Feind war jetzt gezwungen, immer mehr Zeit im getauchten Zustand zu verbringen, und bei der dadurch reduzierten Geschwindigkeit war seine Fähigkeit, die dahindampfenden Handelsschiffe zu verfolgen und zu torpedieren, erheblich reduziert. Die monatliche Versenkungsliste war endlich zugunsten der Alliierten kürzer geworden.

Sherbrooke wischte sich das Gesicht mit seinem Handschuh ab und sah die *Reliant* direkt voraus liegen. Vor den öden Hängen des Fjords sah sie ganz weiß aus und schien im gleißenden Licht zu glänzen. Der mächtige Rumpf, die hohen Aufbauten und die Schornsteine leuchteten vom Widerschein des Eises, und sie lag so still, daß sie eine Fortsetzung des Landes hätte sein können; lediglich die Flaggen und ein schwacher Rauchkringel aus einem Schornstein verriet die in ihr wohnende Stärke.

Stagg stellte sich neben ihn. »Eine Schönheit, nicht?«

Sherbrooke sah ihn an. Ruhig oder resigniert, er fragte sich das selbst.

Stagg murmelte: »Das kann Wochen dauern, bevor *Seeker* zu uns stößt. Eine verdammt schwache Leistung!«

Die Bugjungfer stand bereit, der Bootshaken war klar. Sherbrooke sah die Fallreepsgasten oben an Deck vor dem Seefallreep bereitstehen. Wahrscheinlich waren sie steif gefroren, da das Alliierte Hauptquartier an Land sicher ihre Rückkehr an Bord signalisiert hatte und sie schon lange in der Kälte warteten.

»Ein verschwendeter Tag!« Staggs Augen leuchteten. »Wenn wir an Bord sind, will ich den Kommandanten der

Montagu sprechen. Ich bin gerade in der richtigen Stimmung dazu!«

Die Seite wurde gepfiffen, und Sherbrooke bemerkte, daß Stagg ganz bewußt ohne Mantel an Bord ging. Der Adjutant pflegte den Mantel hinterherzutragen.

Fregattenkapitän Frazier stand bereit, um sie zu empfangen.

Stagg sagte: »Sie können hier an Bord die tolle Neuigkeit mitteilen, Guy. Ich geh nach achtern.« Sein Blick fiel auf eine Gruppe von Seeleuten, die versuchten, ein Auge in einen Draht aus der Vorpiek zu spleißen. Alle waren sehr junge, neue Seeleute, einige waren noch völlig verwirrt von der fremden Umgebung ihres ersten Schiffes.

Stagg ging hinüber zu ihnen und nickte einem Hauptgefreiten zu, der die Führung hatte.

Einen der neuen Rekruten sprach er freundlich an: »Wie heißen Sie?«

Der junge Bursche starrte auf den breiten Admiralsstreifen auf Staggs Ärmel und schien fast die Sprache verloren zu haben. »Baker, S-Sir.«

»Woher?«

»Aus Leeds, Sir.«

Stagg lächelte. »Na, also.« Dann nahm er den Draht aus der entnervten Hand des jungen Seemanns und einen Marlspieker aus einer anderen Hand. »So müssen Sie das machen, sehen Sie mal her. Sie müssen die Sache energisch anpacken. Sie müssen zeigen, daß Sie das richtig können! Klar?«

Er machte tatsächlich ein Stück perfekten Drahtspleiß. Dann steckte er seine Hand in die Tasche.

»Das ist wie Fahrradfahren, mein Junge – das verlernt man nicht!«

Sherbrooke hatte gesehen, daß er sich an den Fingern so verletzt hatte, daß sie bluteten, und fragte sich, warum er das wohl gemacht hatte. Der Admiral war respektiert, bewundert, ja gefürchtet; er brauchte niemanden zu beeindrucken oder irgend jemandem etwas zu beweisen.

Stagg ging nach achtern, die Mütze schief und schick auf dem Kopf.

Wie Beatty, dachte er. Vielleicht war es das.

Frazier folgte dem Kommandanten auf die Kammer, wo Unteroffizier Long erwartungsvoll bereit stand.

»Einen Drink, John?« Seine Augen fielen auf den Aktenordner, den Frazier unter dem Arm trug. »Was ist das?«

»Operative Meldungen. Sie kamen aus dem Alliierten Hauptquartier, als Sie auf *Seeker* waren.« Er zögerte. »Schade, dies Ärgernis mit *Seeker*, Sir.«

Sherbrooke, der den Ordner durchsah, antwortete nicht. Dann sagte er: »Der Admiral muß das hier sehen.«

»Ich dachte, das könnte warten, Sir. Nichts davon ist für uns bestimmt.« Es hörte sich an, als wolle Frazier sich verteidigen.

Sherbrooke sah zu Long hinüber. »Später vielleicht, danke sehr.« Zu Frazier sagte er. »Ich nehme das mit zum Admiral.«

Als er bei Stagg ankam, nahm der gerade einen Drink, seine Füße hatte er auf einen Stuhl gelegt.

»Oh, um Himmels willen, Guy. Kann das nicht warten?« Er lächelte, aber es war keine Wärme in seinen Augen.

»Der Ordner mit den operativen Sprüchen, Sir.« Er sah ihn direkt an. »Und – nein, warten kann das nicht.«

»Na los, was ist denn?«

Sherbrooke blätterte im Ordner. »Die Admiralität meldet, daß eins unserer U-Boote einen deutschen Kreuzer im Skagerrak torpediert hat. Vermutlich war es die *Flensburg*.«

»Toll für unseren mutigen U-Bootfahrer! Ich hatte Ihnen ja schon gesagt, daß die Deutschen sehr wahrscheinlich versuchen würden, Schiffe in die Ostsee zu verlegen. Ihre Truppen brauchen da jede Unterstützung, die nur möglich ist, sobald das Wetter besser wird.«

Sherbrooke sah ihn ernst an. »Die *Flensburg*, wenn sie es war, fuhr nach Westen, Sir.«

»Lassen Sie mich mal sehen.« Stagg hörte sich nur verärgert an, weil er beim Drink gestört worden war.

Sherbrooke beobachtete seine Augen, wie sie flink den Ordner durchsahen, dann wurden sie langsamer, bis er fast die Anstrengung von Staggs Konzentration spüren konnte.

»Gleichzeitig mit der Verlegung der *Minden*.« Er schüttelte mit dem Kopf. »Nein, die würden niemals einen weiteren Angriff auf einen Murmansk-Konvoi wagen, jetzt, wo die Eisgrenze so weit südlich ist. Später im April, vielleicht. Wenn unsere Schiffe bis Jan Mayen oder der Bäreninsel verteilt sind, dann vielleicht.« Er löste seine braunen Augen vom Papier. »Sie haben darüber nachgedacht, nehme ich an?«

»Ich glaube, daß der Kreuzer sich mit der *Minden* oder vielleicht auch noch anderen treffen wollte, Sir. So sieht es wenigstens aus. Die Luftaufklärung ist um diese Jahreszeit ja nie zuverlässig.« Er sah den latenten Zweifel, ja sogar eine gewisse getroffene Empfindlichkeit. »Ich glaube, die kommen in unsere Richtung, Sir. Die sind hinter dem großen Konvoi her, über den niemand sprechen darf.«

Stagg sprang auf. »Das wagen sie nicht! Wo wir doch hier sind und das Kreuzergeschwader unter Admiral Simms. Niemals!«

Sherbrooke wartete. Er sah das alles ganz klar. Er fragte sich, warum Frazier es nicht für wichtig genug gehalten hatte, sofortigen Kontakt aufzunehmen.

»Die Kreuzer stehen wahrscheinlich fünf- oder sechshundert Meilen nordöstlich von hier. Und wir? Wir wären nicht hier, wenn nicht diese Sache mit *Seeker* passiert wäre.«

Stagg nickte langsam. »Sie haben verdammt recht. Die würden nicht zögern, ein paar Kreuzer vor die Hunde gehen zu lassen, wenn sie vorher den Konvoi packen könnten.« Er starrte ihn an. Die Augen waren hart. »Wie viele Truppen werden auf dem Konvoi sein?«

»Eine ganze Armee, Sir.«

Stagg hielt sich die Hand an den Mund. Sie blutete immer noch von seiner Drahtspleiß-Vorführung.

»Meinen Sie, wir können es schaffen?«

»Wenn wir heute nachmittag Anker auf gehen, ja. Wenn Sie bei der Admiralität schwere Einheiten aus Scapa Flow anfordern, könnte das leicht zu spät sein.«

Stagg sagte kühl: »Sie vergessen Ihre alten Tricks wohl nie, was?«

Sherbrooke sah auf das eisbedeckte Stück Land, das durch die nächste Luke zu erkennen war. Er war selbst überrascht, daß er sich so ruhig anhörte. So selbstbewußt.

»Das ist wie beim Fahrradfahren«, sagte er.

4

Rettungsleine

Die Mittelwache, von Mitternacht bis morgens um vier, wurde mehr gehaßt als alle anderen Wachen. Sie begann so früh, daß die Wachgänger nicht mehr als eine Stunde Schlaf ergattern konnten, bevor sie ihre im ganzen Schiff verteilten Stationen bezogen, und wenn sie endete, stand die neue Dämmerung schon am Horizont. Es waren vier anstrengende Stunden, in denen sich die Männer auf die Routine und den teilweise langweiligen Dienst konzentrieren und dabei wach bleiben mußten, die Müdigkeit war eine ständige Gefahr.

Auf der Brücke der *Reliant* war das genauso, auch wenn sie vor Gischt und Wind geschützt war. Korvettenkapitän Evershed stand mit verschränkten Armen in der Mitte der Brücke; seine Augen und Ohren bewachten die vermummten Gestalten um ihn herum. Er achtete auf die gelegentlichen Anrufe durch die Sprachrohre oder Telefone und natürlich auf das verschwommene Bild der See vor dem Bug. Wenn er sich auf den Zehenspitzen vornüberbeugte, konnte er die sich überlappenden Rohre der 38-cm-Doppeltürme A und B sehen, ein Anblick, der ihn früher stolz und zufrieden gemacht hatte.

Evershed war der Erste Artillerieoffizier der *Reliant*, und damit war er eine der Schlüsselfiguren des »Teams« des Schiffes, wie Konteradmiral Stagg es gerne bezeichnete. Er war seit der Wiederindienststellung am Anfang des Krieges an Bord, seit drei Jahren. Unterbrechungen hatte es nur gegeben, wenn er zu weiterer Ausbildung gegangen war; so war er zum Ersten Artillerieoffizier aufgestiegen. Er glaubte, daß ihn die anderen in seinem Hauptabschnitt beneideten, genau wie er früher seine Vorgesetzten beneidet hatte.

Er drehte seinen Kopf nach einem Seemann in einem Dufflecoat, der in der Nähe der Sprachrohre stand und sich dieser Überwachung sehr wohl bewußt war. Evershed fand es angenehm, zu wissen, daß auf seinen Wachen als Wachhabender Offizier keine Gammeleien oder Verantwortungslosigkeiten vorkamen, die man ihm hinterher hätte vorwerfen können. Seine Geschütze, der gute Ausbildungsstand und die Tüchtigkeit der Geschützmannschaften waren Ziel seiner Arbeit sowie Stärke und Sinn des ganzen Schiffes. Das war stets eine fordernde Pflicht, und besonders mit einem Admiral an Bord konnte er es sich nicht leisten, auszuspannen.

Er sah, daß die Klarsichtscheiben wieder gereinigt wurden, diesmal aber nicht von Gischt oder Eis. Es war Nebel, eine Erscheinung, die in den alten Tagen eine Art Panik ausgelöst hätte, wenn das große Schiff und die sechs nicht sichtbaren Geleitfahrzeuge blind, ohne jede Geschwindigkeitsreduzierung, weitergefahren wären. Seine Augen wanderten zu dem kleinen Radarsichtgerät auf der Backbordseite der Brücke in der Nähe des leeren Kommandantenstuhls. Es war von dort aus ohne aufzustehen einsehbar.

Er sah, wie das riesige Schiff fast verächtlich durch das Wasser und den Nebel schnitt, und er stellte sich die begleitenden Zerstörer auf beiden Seiten vor, die mit ihren Asdic-Geräten zur Unterwasserschallortung langsame, vorsichtige Suchschläge machten. In dieser Gegend waren keine U-Boote gemeldet, aber sicher konnte man nie sein.

Evershed nahm seine Arme auseinander und bewegte sie rasch in der ruhigen, feuchten Luft. Er war immer bemüht, fit zu bleiben; er hielt das für wichtig für einen Offizier, der anderen ein Beispiel geben wollte. Er sah den hellen Lichtschein des Radarschirms und fragte sich, ob es wohl die Chance für ein eigenes Kommando für ihn geben würde, und das nicht irgendwann, sondern bald. Die Zerstörer hatten alle Offiziere seines Dienstgrades als Kommandanten, nur auf der *Mulgrave*, dem Führerschiff, war ein Kapitän zur See.

Er hörte jemanden flüstern und sah seinen Assistenten für die Seewache, Kapitänleutnant Gerald Drake, beim Gespräch mit einem der Signalgasten. Evershed unterdrückte einen Anflug von Verärgerung nur mit Mühe. Er war müde, und er fühlte die Belastung des dauernden Wachegehens, auch wenn er das niemals zugegeben hätte.

Er wußte, daß es keinen vernünftigen Grund gab, etwas gegen Drake zu haben oder so etwas auch nur in Erwägung zu ziehen. Drake war ein Kapitänleutnant der freiwilligen Reserve, ein Zeitoffizier für die Dauer des Krieges. Bei Kriegsausbruch waren solche Offiziere so selten auf der *Reliant* und anderen großen Schiffen, daß ihre Existenz beinahe unbekannt war. Nun waren sie überall; viele von ihnen hatten sogar eigene Kommandos und erschienen in den Titelzeilen der Nachrichten: Zerstörer und kampferprobte Korvetten aus dem Atlantik und ruhmreiche Burschen der leichten Küstenstreitkräfte, der Schnellboote und Kanonenboote. Sogar Konteradmiral Stagg, der anfangs rasch mit der Kritik an der Reservistenmarine zur Hand war, hatte seinen Ton geändert.

Bei Evershed saß es tiefer als das einfache Vorurteil gegenüber den Amateuren. Drake war jung, Mitte zwanzig, aber er strahlte ein Selbstvertrauen und eine ruhige Gewißheit aus, die zu seinem Dienstgrad und seiner mangelnden Erfahrung in krassem Widerspruch stand. Im Zivilleben war er Rechtsanwalt, und in seiner Familie hatte es schon etliche Richter gegeben, wie Fregattenkapitän Frazier gesagt hatte.

Evershed konnte fast die Stimme seines Vaters hören: *Privilegiert*.

Wie neulich in Scapa Flow, als es einen Empfang auf der *Reliant* für die Presse und einige Kriegsberichterstatter gegeben hatte. Er hatte gesehen, wie Drake von einem der Korrespondenten begrüßt wurde, einem Mann, der aus der Wochenschau und vom Rundfunk her bekannt war. Die beiden gaben sich wie alte Freunde. Sie waren offenbar zusammen zur Schule gegangen. Und er hatte das nicht als einziger bemerkt: Auch dem Konteradmiral war es aufgefallen. Evershed ging in das Kartenhaus. Es war alles so verdammt unfair. *Privilegiert* . . .

Er hörte Drake lachen; er mußte wohl mal ein ernstes Wort mit ihm darüber reden, daß er nicht mit den Mannschaften zu klönen hatte. Vielleicht wollte er sich gerne beliebt machen. Da würde er bald die Realität über diese Dinge erfahren: Die Mannschaften machen sich nämlich hinter ihren Rücken über solche Offiziere lustig.

Evershed sah sein Spiegelbild in der Tür eines Ersten-Hilfe-Schrankes: ein schmales, waches Gesicht und kurze Haare, die zurückgekämmt waren. Der Artillerieoffizier eines berühmten Schiffes; einer Legende, redete er sich ein.

Er runzelte die Stirn und sah auf die Seekarte. Vor drei Tagen waren sie Ankerauf gegangen und hatten den Seydisfjord verlassen. Südost und dann weiter nach Süden. Das schlechte Wetter hatte das Stationshalten auch für die besten Zerstörer zum Alptraum gemacht. Die Admiralität würde das wohl nicht viel länger mehr mitmachen, dachte er. Seine Augen wanderten in die Richtung der zerklüfteten Küste Norwegens, die nur hundertfünfzig Meilen an Backbordseite lag. Davor gab es sorgfältig definierte *Angemeldete Minengebiete* als Warnung für jeden Schiffsführer, der hineingeraten könnte, egal ob er feindlich oder freundlich war. Und da lag Stavanger, ein bekannter deutscher Flugplatz. Sicher war Stagg sich dieses zusätzlichen Risikos bewußt.

Er lauschte auf die Geräusche des Schiffes um ihn herum und unter ihm, das Summen der Lüfter, die stetige Vibration der Maschinen und der vier großen Schrauben; und er dachte über den neuen Kommandanten, Sherbrooke, nach und was der wohl für ein Mensch war. Er erschien immer so ruhig und doch immer so wach, als sei er ein Teil des Schiffes. Wie war das gewesen, als ihm sein vorheriges Schiff verlorenging?

Bei dem letzten Kommandanten, Cavendish, war das anders gewesen. Stets ansprechbar und bereit, zuzuhören, hatte er mehrfach die Möglichkeit einer Beförderung für Evershed angedeutet. Aber noch nicht einmal Cavendish hatte richtig verstanden, daß Evershed nicht als Chef irgendeiner Artillerieschule enden wollte oder vielleicht als Bearbeiter für höherwertige Ausbildung. Hörsäle und Diagramme... *Aber kein eigenes Schiff...*

Cavendish war gegen Ende irgendwie anders geworden. Evershed war kein Mann mit besonderer Phantasie, aber er war intelligent genug, die Veränderung zu bemerken, und er wußte, wann sie eingetreten war. Entweder gerade bevor oder direkt nachdem die deutschen Kreuzer den russischen Konvoi angegriffen hatten und Sherbrookes *Pyrrhus* die Formation verlassen hatte, um sie alleine anzugreifen. *Reliant* war klar zum Einsatz gewesen und wartete auf das Signal, daß die *Scharnhorst* oder sogar die mächtige *Tirpitz*, die solange hinter ihren Torpedonetzen tief im Inneren der Norwegischen Fjorde gelegen hatte, ausgelaufen seien, um sie herauszufordern. Aber die *Reliant* hatte nichts gemacht. Er hatte gesehen, wie Cavendish Staggs Kammer verlassen hatte, den Gesichtsausdruck des Kommandanten würde er nie vergessen: Ärger und Erstaunen und so etwas wie tiefe Sorge.

Er sah auf die Uhr im Kartenraum und unterdrückte ein

Gähnen. Drei Tage, das war lange genug. Morgen ... er verzog das Gesicht, *heute*, würde Stagg befohlen werden, diese Jagd abzubrechen. Der deutsche Kreuzer war wahrscheinlich längst wieder in seinem Fjord, und seine Besatzung schlief friedlich. *Glückliche Kerle*.

Noch eineinhalb Stunden bis zum Wachwechsel, und Rhodes würde die Wache übernehmen. Den konnte scheinbar gar nichts erschüttern.

Er drehte sich um und sagte kurz: »Was gibt's?«

Der Maat der Wache starrte ihn mit nichtssagendem Gesichtsausdruck an: »Ich glaube, Mr. Drake möchte mit Ihnen sprechen, Sir.«

Evershed starrte ihn an. »Kaum bin ich zwei Minuten außer Sicht und schon ...« Er bemerkte die plötzliche Unsicherheit. »Was ist los, Mann?«

Der Seemann folgte ihm quer durch die Brücke. Alles war genau wie zuvor, nur daß ein Mannschaftsdienstgrad die Becher für eine neue Runde Tee einsammelte.

»Nun, was ist?«

Kapitänleutnant Drake sah vom Radarsichtgerät auf. »Gerade ist die *Mulgrave* vom Sichtgerät verschwunden, Sir.« Er sprach durchaus ruhig, vielleicht sogar vorsichtig, etwa wie bei den einleitenden Worten für ein Kreuzverhör eines unbekannten Zeugen.

Evershed beugte sich über das Sichtgerät und sah auf den stetig rotierenden Radarstrahl. Die Geleitzerstörer erschienen und verblaßten wieder, in perfekter Formation.

Er sagte: »Na, da ist die *Mulgrave* doch, oder?«

»Ich dachte, ich sollte es Ihnen melden, Sir.«

Diese Haltung. Evershed hatte schon mehrfach vorher den perfekten Schnitt von Drakes Uniformen bemerkt; er hatte einen Mantel, der einem Admiral zur Ehre gereicht hätte. *Privilegiert*.

Er sagte scharf: »Sie müssen diese Dinge lernen.« Es war ihm egal, ob die anderen Wachgänger zuhörten. Drake mußte klarwerden, daß er nicht Gottes Geschenk an die Royal Navy war, und er würde auch nicht ...

»Bei Gott«, ein Hauptgefreiter aus dem Signalabschnitt konnte nicht das Maul halten. »Jetzt ist sie wieder weg!«

Evershed schubste ihn zur Seite und sah ungläubig, wie die fahlen grünen Punkte auf dem Radarschirm schwächer wurden und dann wie Gespenster in einem wilden Tanz verschwanden. Er sagte: »Los, los, der Chef von den Radartechnikern soll sofort herkommen!« Er wollte sich gerade wieder Drake zuwenden, als das Radarsichtgerät noch eimal kurz aufflackerte und dann völlig abschaltete. Nichts ging mehr an dem Ding.

Alles, was Evershed noch wahrnehmen konnte, war der riesige Schlachtkreuzer, der fast mit Höchstfahrt in den Nebel hinein raste. Völlig blind; und jederzeit konnte die kleinste Kursänderung zu einer Kollision mit einem der Geleitfahrzeuge führen.

»Voraus Halbe!« Er packte Drakes Arm. »Nein, ich will das selbst machen!« Er beugte sich über ein Sprachrohr und sagte: »Alle Maschinen Voraus Halbe«!

Es schien eine Ewigkeit zu dauern, bis der Steuerstand bestätigte, auch wenn es nur Sekunden waren. Der Rudergänger, der lange auf die stetig tickende Kreiseltochter gestarrt und das blanke Steuerrad ohne jeden bewußten Gedanken in der Hand gehalten hatte, hörte sich erstaunlich normal an.

»Alle Maschinen Voraus Halbe, Sir!« Das Geräusch des Maschinentelegraphs kam schwach durch das Sprachrohr. »Eins-eins-null Umdrehungen!«

Evershed drückte sein Gesicht gegen das schräge Brückenfenster. Der Nebel war noch dichter geworden, als ob sie in eine feste Wand hinein führen.

Er hörte sich selbst rufen: »Voraus Langsame! Siebzig Umdrehungen!« Er sah, daß Drake ihn beobachtete. »Los, machen Sie schon!«

Er stützte sich am Kommandantenstuhl ab und fühlte den Druck auf seinem Oberschenkel, als das große Schiff anfing, Fahrt zu verlieren. Die Zerstörer würden, wenn sie aufpaßten und ihre Radargeräte richtig liefen, merken, was los war. Wenn nur ...

Er fuhr zusammen, als das rote Auge anfing zu flackern und das Admiralstelefon den üblichen unangenehmen Ton von sich gab.

Er schnappte den Hörer. »Brücke, Sir. Hier ist der Wachhabende Offizier.« Weiter kam er nicht.

Stagg hörte sich mürrisch an. »Ich weiß, wer Sie sind. Warum zur Hölle haben Sie die Geschwindigkeit reduziert?«

Evershed versuchte zu schlucken, aber sein Mund war wie Sandpapier.

»Das Radar, Sir.« Er sah auf, als eine Hand an ihm vorbeireichte und den Hörer nahm. Es war Sherbrooke.

»In Ordnung, AO: Ich übernehme.« Er hielt den Hörer an sein Ohr. »Hier ist der Kommandant, Sir. Das Radar hat eine Störung. Ich werde das Geleit informieren. Außerdem möchte ich auf Gefechtsstation gehen und zur Sicherheit die Wohndecks unterhalb der Wasserlinie räumen lassen.«

Er machte eine Pause und erwartete eine Diskussion oder eine negative Reaktion des Admirals. Er spürte, daß alle ihn beobachteten, er hatte die ungewohnte Anspannung gleich bemerkt, als er die Brücke betrat.

Stagg murmelte: »Wenn Sie meinen.« Und nach einem Augenblick des Zögerns: »Gute Überlegung. Ich komme rauf.«

Rhodes, der Navigationsoffizier, war auch schon da. Vielleicht war er von dem gleichen Instinkt geweckt worden wie auch Sherbrooke in seiner kleinen Seekabine. Dieser Instinkt hatte zu ihm ebenso klar gesprochen, wie es irgendeine menschliche Stimme hätte tun können.

»Geben Sie den Alarm. Rufen Sie Fregattenkapitän Frazier hoch, und setzen Sie ihn ins Bild. Boote und Rettungsflöße klar machen, wie im Ernstfall.«

Er bemerkte Kapitänleutnant Drake, der ihm zusah. »Nichts zu tun?« Dann lächelte er. »Versuchen Sie doch mal, was zum Trinken zu besorgen, wenn's geht.«

Er merkte, wie sich die Situation entspannte. Das konnte man so leicht erreichen. Wie an dem Tag, als so viele gestorben waren. *Vertrauen.*

Die Alarmklingeln kreischten durch die Decks, und Männer rannten zu Niedergängen und wasserdichten Schotten.

Sherbrooke sah auf die Kreiseltochter. »Eins-sechs-null steuern.« Dann berührte er den Arm seines Stuhles. »Ruhig, mein Mädchen, du hast dich verständlich gemacht!«

Nur Evershed hörte ihn, aber der verstand die Sache immer noch nicht; alles, woran er denken konnte, war der Augenblick, als bei ihm selbst etwas ausgerastet war und ihn hilflos zurückgelassen hatte, unfähig, etwas zu machen oder zu denken. Wie jemand, der in sich selbst einen schrecklichen Fehler entdeckt hatte, eine Schwäche, von der er immer geglaubt hatte, daß sie nicht existieren könne.

Gestalten bewegten sich und eilten auf ihre Gefechtsstationen, die Sprachrohre und Telefone arbeiteten und summten wie Käfer in einer Schachtel. Der Navigationsoffizier stand neben ihm, seine Augen lagen im Dunkeln.

Rhodes sagte ruhig: »Gehen Sie ruhig, AO. Die Feuerleitmannschaft wartet sicher schon auf ihren Herrn und Meister.«

Evershed ging ohne ein Wort an ihm vorbei. Sie hätten Fremde sein können.

Sherbrooke kletterte in seinen Stuhl und hörte auf die letzten Meldungen von den Gefechtsstationen.

»Ganzes Schiff ist auf Gefechtsstation, Sir.«

Sherbrooke hatte Ersheds Verwirrung bemerkt, sobald er die Brücke betreten hatte: Es war, als ob er es schon vorher geahnt hätte, und das Gefühl, daß irgend etwas nicht stimmte, hatte ihn aus der muffigen Abgeschiedenheit seiner Seekabine getrieben.

Es war eine lange Nacht gewesen, und vielleicht war Evershed überlastet. *Wir sind alle überlastet.*

Mehrere Dinge waren jetzt klar. Die *Minden* hatte ihren Ankerplatz verlassen, und die Funksprüche der Admiralität hatten angedeutet, daß sie vielleicht nach Westen steuerte. Diese Information hatten sie wahrscheinlich von Agenten aus Norwegen erhalten; Menschen, die täglich ihr eigenes Leben und das ihrer Familie und Freunde riskierten, um wichtige Informationen zu senden, bevor die deutsche Militärpolizei ihren Sender genau einpeilen konnte. Der Rest war zu schrecklich, um es sich vorzustellen: Türen wurden eingeschlagen, Männer und Frauen wurden weggeschleppt, um durch die Gestapo gequält und verhört zu werden. Es war nicht verwunderlich, daß diese Mitglieder des Widerstandes von ihren eigenen Landsleuten gehaßt und gefürchtet wurden. Die Grenzlinie zwischen Terroristen und Freiheitskämpfern war schwer zu ziehen, und alles, was den Zorn der Besatzungsmacht erregen konnte, sollte nach Meinung mancher Leute vermieden werden.

Andere Funksprüche waren noch geheimer. Der Hauptteil des Truppentransportes war um Schottland herum geführt worden und sollte in den Firth of Forth geleitet werden, wo Sherbrooke vor weniger als einem Monat das Kommando übernommen hatte. Er hatte langsam das Gefühl, daß er schon seit Jahren an Bord war.

Stagg hatte diese Berichte alle kommentarlos entgegengenommen, und sein Adjudant Howe mußte die Fernschreiben hin- und hertragen, wie ein Fähnrich in der Ausbildung. Howe hatte sogar ein wackeliges Klappbett erhalten, das in dem kleinen Vorraum vor Staggs Quartier aufgestellt wurde; so war er immer rufbereit.

Da das Radar ausgefallen war, blieb nichts anderes übrig, als in den Hafen zurückzukehren. Weil sie Funkstille bewahrte, agierte die *Reliant* völlig selbständig. Aber die hohen Herren der Admiralität würden, nachdem sie durch das Wiedererscheinen der *Minden* und die Umleitung der großen Truppentransporter aufgeweckt worden waren, Stagg bald Bericht erstatten lassen und ihm befehlen, die Suche abzubrechen. Ohne Radar gab es bei diesem dichten Nebel auch keine vernünftige Alternative.

Sherbrooke dachte noch einmal über die immer wieder entwischende *Minden* nach. Nach der *Prinz Eugen* war sie angeblich das Schiff mit der besten Artillerie in der Deutschen Marine. Das hatte sie auch bewiesen, als sie sein Schiff versenkt hatte. Er war fast selbst überrascht, daß er so ruhig darüber nachdenken konnte; aber was hatte er sich eigentlich anderes vorgestellt? Dies war sein ganzes Leben, hierfür war er ausgebildet worden, Jahr um Jahr, vom Schuljungen bis er Kommandant auf der *Reliant* geworden war. Sollte er Haß oder Rachegelüste empfinden oder für sein weiteres Handeln den Segen der Leute erwarten, die mit der *Pyrrhus* untergegangen waren?

Zufälle und Umstände, nicht Strategie, machten aus einem Vielleicht brutale Realität. Die Truppentransporter waren ehemalige Passagierschiffe, schnell und sehr wohl in der Lage, den U-Bootrudeln wegzulaufen, vorausgesetzt, die Geleitzerstörer konnten die U-Boote unter Wasser halten. Ihre Ladung waren Männer aus Australien, Neuseeland und Kanada, wie der neue Walroß-Pilot, der sein Banjo mitgebracht hatte.

Wie die meisten aktiven Offiziere war Sherbrooke gegenüber allzuviel Optimismus und gutem Glauben mißtrauisch. Aber die Dinge änderten sich. Zum erstenmal war das Deutsche Afrikakorps auf dem Rückzug und in der Defensive. Die Royal Air Force und die in England stationierten amerikanischen Geschwader führten harte Schläge gegen den Feind und sein Hinterland. Fabriken, U-Bootbunker und Werften wurden Tag und Nacht bombardiert, etwas, was noch vor kurzem als nicht machbar erschien.

Der nächste Schritt mußte eine Invasion sein, ein langes Zurückdrängen des Feindes. Man würde mehr Soldaten als je zuvor brauchen, und die Stationierung solcher Truppenmassen war nichts, was man völlig geheim halten konnte.

Das war wohl alles kein Zufall. Das Deutsche Oberkommando sah offenbar das Risiko, das die *Minden* einging, als völlig gerechtfertigt an. So war das auch bei dem Durchbruch der *Scharnhorst* durch den Englischen Kanal direkt unter den Augen der Royal Navy gewesen und auch, als die mächtige *Bismarck* aus ihrem Stützpunkt ausgelaufen war, um eine strategisch günstigere Ausgangsposition im besetzten Frankreich zu erreichen. Die Britische Flotte hatte sie abgefangen und schlußendlich auch versenkt, aber erst nachdem die deutschen Artilleristen die *Hood* mit einem einzigen Schuß vernichtet hatten.

Eine Stimme sagte: »Der Admiral ist da, Sir.«

Die Tür knallte wieder zu, und Stagg trat in den gedämpften Schein der abgedunkelten Beleuchtung und flimmernden Sichtgeräte.

Sherbrooke ließ sich von seinem Stuhl gleiten. »Ich warte auf den Bericht des Technikers, Sir.«

Es kam ihm seltsam vor, Stagg so ungepflegt zu sehen. Er trug einen krausen Dufflecoat, das war wohl das erste beste, was er für den langen Weg über das Oberdeck schnappen konnte; dieser Weg war notwendig, um die geschlossenen wasserdichten Schotten zu umgehen.

Stagg gab einen verächtlichen Ton von sich.

»Was das wohl nützen wird! Das wird doch nur ein Durcheinander von technischen Fachausdrücken, die kein Mensch versteht!« Er sah sich nach den anderen Leuten um. »Den Radarleuten in der Werft ziehe ich das Fell über die Ohren, wenn wir wieder im Stützpunkt sind!« Er ging in den

Kartenraum und wartete, bis Sherbrooke die Tür geschlossen hatte. Im hellen Licht sah er sehr gestreßt aus, er war unrasiert.

Sherbrooke schwieg, während er die Seekarte und die sauberen Rechnungen neben den Eintragungen prüfte, dann sagte er: »Kapitän zur See Cavendish war nicht zufrieden mit den letzten Instandsetzungen, Sir. Da war zuviel Zeitdruck...«

Stagg starrte ihn an. »Wer hat Ihnen das gesagt?«

»Das stand in seinem Tagebuch, Sir. Ich hab' das gelesen, als ich die Bücher und Unterlagen des Schiffes durchgearbeitet habe.«

»Ach so.« Er wandte sich verärgert ab. »Jetzt ist er ja nicht mehr hier, oder? Das ist das erste Mal, daß ich davon was höre. Ich kann ja auch nicht alles selbst machen!«

Sherbrooke sagte: »Ich denke immer noch, daß da zuviel zusammenpaßt, als daß es Zufall sein könnte.«

Stagg schien seine Gedanken nur mühselig wieder konzentrieren zu können. »Mit der *Minden*, meinen Sie?«

»Wenn sie an die Truppentransporter herankommt, haben die keine Chance.«

Stagg murmelte: »Wenn es nicht den Zwischenfall mit dem verdammten Fischdampfer gegeben hätte, wäre unser eigener Träger bei uns!«

Sherbrooke reagierte nicht darauf. Der Admiral war müde und kurz angebunden, aber er war nicht dumm. Auch er selbst glaubte nicht, daß bei diesem Wetter Flugzeuge von irgendeinem Flugzeugträger hätten starten können, den Flugzeugen würde der Sprit ausgehen, und sie würden ins Wasser stürzen, ohne den Träger im Nebel finden zu können. Es gab keinerlei Luftrettungorganisation in diesen öden Gewässern zwischen Norwegen und den Shetlandinseln. Die Flieger würden nur ein paar Minuten im Wasser überleben.

Das Telefon klingelte, Sherbrooke hob ab. Offenbar

wollte es keiner riskieren, Stagg durch ein Öffnen der Tür zu stören.

»Kommandant.«

Es war Rhodes. »Habe Verbindung mit dem Geschwaderkommandeur auf der *Mulgrave*, Sir. Die haben alles klar auf dem Radar.«

Sherbrooke wiederholte die Nachricht laut. Stagg beugte sich wieder über die Karte.

»Hier führt der Blinde den Blinden. Ich werde die *Minden*, diesen Bastard, verlieren, Guy.« Er seufzte. »Wir müssen einen Funkspruch für die Admiralität fertig machen.« Er sah Sherbrookes Gesicht, als er näher an die Beleuchtung kam. »Was ist?«

»Ich denke, wir sollten zum Konvoi laufen, Sir. Egal ob Nebel ist oder nicht.«

Stagg öffnete den Mund, als ob er widersprechen wollte, aber er sagte nur: »*Und weiter?*«

»Die *Mulgrave* kann vorausfahren und ein Hecklicht zeigen. Das mag schon reichen, aber wir können auch noch eine Telefonverbindung zur Back herstellen und dort einen erfahrenen Offizier aufziehen lassen, um sicherzustellen, daß wir unseren Führer nicht übermangeln.«

Stagg rieb sein Kinn, die Hand scheuerte auf den Bartstoppeln. Sherbrooke spürte seinen Zweifel.

»Island wird die Admiralität über unsere Absichten informiert haben, Sir.« Er hörte die Geräusche der Geräte und Navigationsinstrumente, das war auf diesem Schiff eigentlich ungewöhnlich. Bei der langsamen Fahrt rollte das Schiff leicht, und jede Umdrehung der Schrauben brachte das Schiff weiter nach Süden.

Er sagte: »Ich denke, die *Minden* ist längst an uns vorbei, Sir. Sie hat da einen Vorteil, und vermutlich hat sie einen genaueren und aktuelleren Informationsstand als wir.«

Stagg beobachtete ihn, seine Augen waren ausdruckslos und kalt.

»Das ist meine Verantwortung, Guy. Ich muß nichts machen...«

Der Telefonhörer in Sherbrookes Hand murmelte: »Sind Sie noch dran, Sir?«

Stagg reichte impulsiv danach. »Lassen Sie mich mal.« Er sagte: »Kramen Sie Ihr Wissen über die Operationsführung heraus und ermitteln Sie einen Kurs für ein Rendezvous mit dem besonderen Konvoi, NO. Der Kommandant wird Ihnen alles weitere sagen.« Er legte den Hörer auf und starrte ihn noch ein paar Sekunden an. Dann sagte er: »Ich hoffe bei Gott, daß Sie recht haben, das ist alles.«

Sherbrooke ging hinaus zu den anderen. Ein kurzer Blick verriet ihm, daß das Radar immer noch außer Betrieb war.

»Ich will ein paar Dinge sofort erledigt haben. Rufen Sie Fregattenkapitän Frazier.«

Einer der Schatten bewegte sich. »Hier, Sir.«

»Wir werden der *Mulgrave* auf dem neuen Kurs folgen. Ich will ein Signal an den Geschwaderkommandeur der Zerstörer absetzen. Jetzt sofort.«

Der Signalmeister hielt seinen Schreibblock dicht an eins der abgedunkelten Lichter und schrieb sorgfältig mit. Sherbrooke erklärte, was von *Mulgrave* und den anderen Geleitzerstörern auf dem neuen Kurs erwartet wurde. Als der Signalmeister gehen wollte, rief Sherbrooke: »Warten Sie, Donovan. Fügen Sie noch hinzu: *Viel Glück*.«

Der Portepeeunteroffizier sah ihn gleichgültig an. »Schon geschehen, Sir.« Er zögerte. »Ich heiße Yorke, Sir.«

Sherbrooke streckte seinen Arm aus und berührte seinen Ärmel. »Ja natürlich. Tut mir leid.«

Er mußte das nicht erklären. Wenn die Marine eine Familie war, dann waren die Signäler ihre Hauptstütze. Alle wußten, daß Donovan der Signalmeister auf der *Pyrrhus* war, als sie sank.

Stagg ging zwischen ihnen auf und ab. »Sie können von

Gefechtsstationen gehen lassen, denke ich. Lassen Sie warmes Essen und Getränke auf den Kriegsmarschstationen verteilen. Hein Seemann arbeitet besser mit vollem Bauch!« Er sah hinüber zu Sherbrooke, ohne auf die andern zu achten. »Ich übrigens auch!« Mit Blick auf die erschöpfte Figur seines Adjutanten: »Also los, Bürschchen, husch, husch. Wir haben noch eine Menge zu tun!«

Einige der Männer grinsten sich heimlich an. Sie freuten sich oder waren sogar stolz, daß sie das alles mitkriegten.

Sherbrooke ging zu seinem Stuhl und ordnete seine Gedanken, bevor er sie vermittelte.

Er hatte kurz zuvor einen lebendigen Artikel über Stagg in einer bekannten Zeitung gelesen. Der Reporter hatte das Charisma des Konteradmirals beschrieben und seine Fähigkeit, seine Männer mitzureißen. Er hatte das gerade selbst in Realität erlebt.

Es war, als ob ein Film rückwärts liefe. Bilder jener Jahre, als sie beide noch zusammen als Kapitänleutnante auf ebendiesem Schiff fuhren; sie lernten und übten für das Unausweichliche, vom Begleiten königlicher Reisen durch das Empire bis zum Elend des spanischen Bürgerkrieges. Bei Flottenparaden hatten sie deutsche Offiziere getroffen und ihre Gesellschaft genossen. Der Kommandant der *Minden* war wahrscheinlich einer von ihnen gewesen.

Er hörte die Stimme im Geiste mit erstaunlicher Klarheit: der alte Vizeadmiral bei dem Begräbnis, der in jenen hellen, fast unwirklich schönen Tagen ihr Kommandant gewesen war.

Es war hier auf der Brücke gewesen, die Einzelheiten waren im Laufe der Zeit in Vergessenheit geraten, aber die Worte waren plötzlich klar und lebendig.

»*Sie mögen ja versuchen, andere zu bluffen, Mr. Stagg, aber mich täuschen Sie nicht.*«

Überraschenderweise schien ihn der Gedanke zu beruhigen. Er sah in ihre erwartungsvollen Gesichter. Rhodes gab ihm seinen kleinen Notizblock und wartete, die Augen voller Fragen.

Sherbrooke sagte: »Wenn wir das Wetter und unsere Geschwindigkeit, die auch vom Wetter abhängt, berücksichtigen, werden wir nach den Aufzeichnungen des NO bis morgen mittag wissen, ob wir den Feind verpaßt oder ob wir ihn versenkt haben.« Bei diesem Satz sah er den NO fest an, und ihre Blicke waren wie ein fester Händedruck.

Er wandte sich ab, er konnte ihre Gesichter nicht länger ansehen. Es waren zu viele andere Gesichter dazwischen, die eigentlich nicht hätten da sein sollen, wie der Signalmeister Donovan, Cavendish und viele andere. Geister.

Er sagte unvermittelt: »So, nun aber los!«

Dafür steh ich. Er war bereit.

Kapitänleutnant Dick Rayner von der Königlichen Kanadischen Marine Reserve zog den Reißverschluß seiner fellgefütterten Fliegerjacke zu. Es war frühmorgens, und als er das letzte Mal hinausgesehen hatte, war die See pechschwarz gewesen. Es war verdammt kalt, auch nach kanadischen Maßstäben. Alles im Schiff war sehr ruhig, nur das Rauschen des Wassers an der Bordwand und manche Bewegungen an den Geschützen waren zu hören. War es nur ein neuer langweiliger Tag, oder sollte es diesmal zum Gefecht kommen? Keiner war wohl sicher, und wenn der Admiral oder der Kommandant etwas wußten, dann ließen sie es sich nicht anmerken.

Alles war ruhig geblieben. Die Freiwache war geweckt und die stehende Wache abgelöst worden, es gab Tee und Corned-beef-Brote, die so dick waren, daß man kaum abbeißen konnte. Ein zeitiges Frühstück; wahrscheinlich das letzte, hatte irgendein Spaßvogel gesagt.

Rayner sah sich um in seinem »Bereitschaftsraum«, wie der genannt wurde. Es erinnerte ihn an eine große triste

Blechdose, voller Akten, Fotografien und Einzelinformationen zu feindlichen Schiffen und Flugzeugen; eine kleine Ecke, wo man im letzten Augenblick noch einen Brief nach Hause schreiben konnte, und eine andere Ecke mit Gerät zur Ersten Hilfe. Am einzigen Tisch saß immer noch sein Kamerad und Flugbeobachter, Leutnant zur See Buck, ein Neuseeländer aus Wellington, dessen Stift schwebte über einem leeren Stück Papier. Rayner war sechsundzwanzig Jahre alt, und in der Gesellschaft einiger junger Offiziere der *Reliant* kam er sich alt vor. Buck, oder Eddy, wie er von seinen Freunden genannt wurde, war neunzehn und sah aus wie zwölf, liebenswert und oberflächlich, durch nichts belastet außer durch einige Mädchen, denen er schrieb. Das waren aber wohl eine ganze Reihe.

Rayner dachte an sein eigenes Elternhaus in Toronto. Da war jetzt auch Frostwetter, und der Wind vom See war scharf wie ein Messer. Sie waren drei Jungen und ein Mädchen. Seinem Vater ging es gut, und sie lebten in einem alten geräumigen Haus. Er hatte sich oft gefragt, wie sein Vater wohl zurecht gekommen war, als die Depression Kanada in den dreißiger Jahren so richtig erwischt hatte, nach dem Börsenzusammenbruch: Damals hatte er eine kleine LKW-Spedition besessen, irgendwie war er durchgekommen, und er hatte in zwei kleine, bankrotte Fabriken investiert. Der Krieg hatte ihm Wohlstand gebracht. Die Fabriken stellten jetzt Waffen her, und die Speditionsfirma war in ganz Kanada bekannt. Es war für ihn schwer gewesen, zu verstehen, daß zwei seiner Söhne sich zur Marine meldeten, und Rayners Mutter konnte es noch weniger verstehen.

Rayners älterer Bruder Larry war auch zu den Marinefliegern gegangen, er hatte allerdings behauptet, das sei die einzige Möglichkeit, der endlosen Ausbildung an Land zu entkommen. Er war abgeschossen worden, als er einen Konvoi nach dem umkämpften Malta verteidigte. Sein jüngerer Bruder, Bob, war nach Kingston gegangen und hatte sich zur

Kanadischen Luftwaffe gemeldet. Er war noch ein Kind, wie Eddy hier. Dessen Vater hatte bestimmt die gleiche Frage gestellt. *Warum meldeten sie sich freiwillig?* Und seine Mutter pflegte ihn anzusehen, und sie liebte den Mann, der für sie und seine Familie alles gegeben hatte, und sie antwortete dann: *Und warum hast du dich freiwillig gemeldet im letzten Krieg?*

Er hörte die Techniker hinter der geschlossenen Stahltür reden. Sie langweilten sich auch, aber aus einem anderen Grund. Sie waren kein fliegendes Personal. Sie alle arbeiteten eng zusammen, und es waren kaum Formalitäten zu erkennen. Aber sie waren kein fliegendes Personal. Das war der Hauptunterschied.

Er dachte an das große, plumpe Walroß-Amphibienflugzeug draußen auf dem Katapult. Nur wenige Leute verstanden, daß ein brillanter Konstrukteur wie Reginald Mitchell, der die Spitfire, vermutlich das schönste Flugzeug des ganzen Krieges, geschaffen hatte, sich die häßliche, schwerfällige Fledermaus hatte ausdenken können.

Angespornt durch das Beispiel seines Bruders und die Berichte vom Luftkrieg um England, hatte Rayner von Anfang an Jagdflieger werden wollen. Er hatte endlosen Drill und Besichtigungen ertragen; er hatte Fachworte und sogar die Geheimnisse von Spleißen und Knoten erlernt, das eigentliche Ziel immer vor Augen. Sogar als er zu den Marinefliegern zur Pilotenausbildung kam und den einzelnen geschwungenen Streifen eines Reservisten auf dem Ärmel trug, war er immer noch überzeugt, daß es das Richtige für ihn sei.

Das war so lange gutgegangen, bis ihm einmal rausrutschte, daß er schon ein voll ausgebildeter Pilot war, und daß er Wasserflugzeuge an der Kanadischen Westküste geflogen hatte. Der Ausbildungsleiter war sehr erstaunt, als er hörte, daß er als junger Mann kleine Wasserflugzeuge geflogen hatte.

»*Sie sind also gewohnt, auf dem Wasser zu landen?*«

Ab da war alles klar. Man hatte ihn nach Halifax und von dort nach England, zum Marinefliegerhorst in Yeovilton, geschickt. Nach Schottland und nach Scapa Flow, richtiges Fliegen, die Ausbildung war hart und unerbittlich. *Geh zur Marine und sieh die Welt. Geh zu den Marinefliegern und sieh dich vor.* Er war dann auf einen großen alten County-Klasse-Kreuzer mit drei dünnen Schornsteinen versetzt worden. Das war anfangs hart gewesen. Die Marine hatte ihn zum Piloten gemacht, aber das richtige Fliegen hatte er auf dem alten Kreuzer gelernt.

Wo auch immer das Schiff war, es gab harte Kämpfe, und sie waren immer auf dem Rückzug. Sie waren eingesetzt als schweres Geleit für Konvois von und nach Kanada und den USA, nach Gibraltar und in die täuschend freundlichen blauen Gewässer des Indischen Ozeans; aber meist war es der bittere Atlantik gewesen. Versenkte Schiffe, die alleine zum Sterben zurückgelassen wurden, weil keiner ihretwegen stoppen durfte. Er konnte nicht mehr fassen, wie oft er mit der alten Walroßmaschine gestartet war und nach aufgetauchten U-Booten gesucht hatte. Eins davon hatten sie vielleicht sogar mit den Wasserbomben versenkt. Aber der Kreuzerkommandant hatte mit wildem Gesichtsausdruck gesagt: »Keine Beweise! Also keine Behauptungen!«

Das war wohl das britische Gefühl für fair play, dachte er. Da würde er sich dran gewöhnen. Vielleicht. Auf diese Weise hatten sie schon fast den Krieg verloren. Das konnte immer noch passieren.

Aber in seinem Herzen glaubte er nicht daran. Im Urlaub in London und in Plymouth, in der Nähe des Marinefliegerhorstes, wo die Bombardierung stark und gnadenlos gewesen war, hatte er die bescheidene Entschlossenheit gespürt, über die sein Bruder schon berichtet hatte, als er selbst noch nicht daran glauben wollte.

Da war noch was, was er gelernt hatte: das dickfellige

Übergehen, das Zukitten, wenn einer aus den eigenen Reihen dran glauben mußte. Man brütete nicht darüber, man konnte selbst der nächste sein.

Manchmal waren sie auf dem Wasser gelandet, um benommene und kaum noch bei Bewußtsein befindliche Überlebende zu retten.

Wenn die Toten und Überlebenden Marineuniform trugen, kam es ihnen vor, als seien es Spiegelbilder ihrer selbst, nach Luft schnappend und jenseits von Hoffnung oder Dank.

Er erinnerte sich an die Ungewißheit, als der Kreuzer nach einigen Beinahetreffern im Kanalausgang ins Dock beordert wurde und er einen kurzen, nicht gewünschten Urlaub hatte, bevor er auf den Schlachtkreuzer *Reliant* kam. Es war eine unerwartete Wende gewesen, daß er den alten Kreuzer mit den langen Schornsteinen verließ. Er kannte gerade jeden in der Besatzung; sogar der Kommandant hatte ihm alles Gute gewünscht und hatte ihm gesagt, daß seine Beförderung zum Kapitänleutnant bestätigt worden sei.

Er sagte: »Die *Reliant* ist ein gutes Schiff. Aber sie ist groß. Da müssen Sie eins nach dem anderen machen.« Näher war Rayner dem Kommandanten emotional nie gekommen.

Und nun mußte er alles wieder neu lernen. Namen und Gesichter und welche Funktion sie an Bord hatten.

Und er hatte immer noch seine häßliche Fledermaus, für die er eine widerstrebende Liebe empfand. Er war tief gerührt gewesen, als er sah, daß einer seiner Mechaniker ein strahlendes rotes Ahornblatt außen an das Cockpit gemalt hatte. Keiner hatte es erwähnt, es war nicht gemacht worden, um Eindruck oder Wohlwollen zu schinden. So was hatte er schon auf dem alten Kreuzer erlebt.

Über seinen alten Traum als Jagdpilot mußte er lächeln. Er konnte sich nicht mehr vorstellen, ein anderes Flugzeug als die Fledermaus zu fliegen!

Er sah Eddy Buck aufspringen, als das Telefon laut klingelte. Er sagte: »Nimm ab, Eddy. Ich geh' raus zum Flugzeug.«

Der schmächtige Leutnant aus Wellington sprach kurz, dann hielt er die Hand auf den Hörer.

»Das ist für dich. Ich konnte schlecht sagen, du seist draußen.«

Er nahm den Hörer. »Rayner.«

»Kommandant. Kommen Sie doch mal auf die Brücke, bitte.« Dann Stille.

Rayner sagte ruhig: »Das war der Kommandant. Nicht einer von seinen Hiwis. Da bist du platt, was?«

Buck verschloß einen Umschlag und steckte ihn in den kleinen Kasten.

»Der mag dich wohl leiden. Der denkt sicher, daß wir aus den Kolonien komische Kerle sind.«

Rayner nahm seine Mütze und erinnerte sich an Sherbrookes alt-junges Gesicht, als sie sich das erste Mal trafen. Sie warteten auf dasselbe Schiff. Äußerlich waren seine Erfahrungen nicht zu erkennen, außer vielleicht in den Augen. Wieviel konnte ein Mann ertragen, wegstecken und dabei unverändert bleiben?

Eddy sagte: »Wenn wir aufhören, für eine Zeitlang auf dem verdammten Ozean herumzufahren, gehen wir zusammen an Land. Ich mach das für dich klar. Ein nettes Mädchen, weißt du?«

»Ja, ja, kann ich mich schwach dran erinnern.«

Der junge Leutnant grinste: »Okay, Papi!«

Es war ein langer Aufstieg zur Brücke, und unterwegs sah Rayner all die Vorbereitungen für ein Gefecht, die Geschützmannschaften in Dufflecoats, Stahlhelme und Hitzeschutzüberzüge lagen bereit. Sechs 38-cm-Rohre in drei großen Türmen und zwanzig 10-cm-Rohre, einige davon in Drillingstürmen; sie bildeten einen massiven Feuerschirm gegen Flugzeuge und schnelle feindliche Fahrzeuge auf dem Wasser.

Er war auf dem Signaldeck angekommen, wo Signalgasten in Ölzeug zu dem nächsten Zerstörer hinüberstarrten. Der Nebel war fast weg, aber es war noch etwas Dunst über der starken Dünung, die man neben dem Schiff beobachten konnte. Die Bugwelle verlief dort wie eine halbe Pfeilspitze.

Hinein in die Brücke, mit ihren murmelnden Sprachrohren und dem Gefühl äußerster Wachsamkeit. Die Gläser waren auf das Hecklicht des vorausfahrenden Zerstörers gerichtet, das aussah wie ein verschwommenes blaues Auge und sich in der schäumenden Hecksee des Anführers spiegelte.

Kapitänleutnant Frost, mit seinem lächerlichen Bart, sah ihn an und machte einen dummen Witz. Niemand lachte.

Sherbrooke drehte sich in seinem Stuhl um. »Langer Anstieg, oder?«

Er sah gelassen und entspannt aus, obwohl er schon viele Stunden ohne Pause auf der Brücke war, wie Rayner gehört hatte.

Rayner stand neben dem Stuhl und sah auf das große Vorschiff, das sich langsam hob und senkte und Gischt wie kleine Kügelchen emporwarf.

Der Kommandant sagte: »Nichts Neues über die *Minden*. Vielleicht haben wir sie im Nebel verloren. Aber auch nichts Neues über den Konvoi.«

Es war, als ob er über das Wetter sprach, dachte Rayner. Er studierte sein Profil, jugendlich und klar geschnitten, hohe Backenknochen, alles gut geformt. Ein Gesicht, das in der Menge auffiel und sich einprägte.

»Wir hatten aber doch einen Funkspruch.« Sherbrooke drehte sich mit fragenden Augen in seinem Stuhl um. »Ein Flugzeug der US-Air Force ist abgestürzt. Der Stützpunkt auf Island hat es gemeldet, sobald sie den Notruf erhielten. Vermutlich war es das Postflugzeug nach Schottland.«

Rayner nickte, als er den Funkspruch sah. »Wahrscheinlich eine Dakota, Sir. Meist sind das solche Flugzeuge. Gute Maschinen, zuverlässig, ... aber ...«

»Besatzung?«

»Vier, Sir. Vielleicht auch noch Passagiere.«

»Davon war nicht die Rede.«

Die Klarsichtscheiben quietschten wieder, und Rayner beobachtete, wie Sherbrooke eine Hand in die Tasche steckte. Eine Reaktion? Eine Gewohnheit? Vielleicht eine Erinnerung an irgend etwas.

Er sagte: »Hier in diesen Gewässern würden sie es nicht lange aushalten.«

»Weiß ich wohl.«

Rayner wäre fast zurückgezuckt, als ihn die blauen Augen ansahen.

»Tut mir leid, Sir. Ich wollte nur sagen . . .«

Sherbrooke ergriff seinen Arm, die vier neuen, glänzenden goldenen Streifen schienen seltsam fehl am Platz.

»Ich weiß, was Sie meinten. Ich frage mich nur.« Er sah wieder auf die Klarsichtscheiben. »Bei dieser Sicht.«

Rayner hörte sich selbst antworten, ohne jedes Zögern, ohne jeden Zweifel. »Ja, ich kann das machen, Sir.« Er dachte wieder an seinen Vater. *Warum meldeten sie sich freiwillig?* »Der Seegang ist gar nicht so schlimm, oder?«

Sherbrooke gab seinen Arm frei. »Guter Bursche. Gehen Sie los und machen Sie alles fertig.« Er sah ihn wieder in seiner direkten Art an. »Keine Heldentaten. Aber wenn die da draußen sind . . .«

Er sah Rayner hinterher, als der ging, und einige der Wachgänger drehten sich auch nach ihm um.

Er hörte, wie Rhodes seinen Assistenten anpfiff: »Wenn Sie Ihr Gesicht da hätten, wo Ihr Arsch ist, würde ich es mit einem Tritt durch das Schott befördern!« Er sah, daß Sherbrooke ihn beobachtete, und sagte: »Ich werde dem Flugzeug alle Informationen, die wir haben, mitgeben, Sir. Mögliche Peilungen und das Suchgebiet. Viel ist es nicht, aber vielleicht hilft es.«

Sherbrooke nickte anerkennend. Stagg war es egal. Der

hatte schon alle Chancen abgeschrieben, die *Minden* zu erwischen, falls sie doch noch in der Nähe sein sollte.

»Bringen Sie das selbst runter zum Flugzeug, NO. Das wird dem Piloten gefallen. Bei mir würde so was auch gut ankommen.«

Zehn Minuten später wurde das Walroß nach kurzen Startschwierigkeiten vom Katapult in die Luft geschleudert.

Sherbrooke stand in der Brückennock, die Kälte beachtete er nicht, als das Wasserflugzeug mit seinem einen Motor, der Schieber genannt wurde, startete. Dabei spiegelte sich der wackelige Flieger im Wasser, und es sah fast so aus, als wolle es neben dem Schiff auf das Wasser klatschen. Dann endlich gewann es Höhe, der Motor hörte sich an wie ein D-Zug in einer Waldschneise, und schließlich flog es gelassen über den nächsten Zerstörer.

Irgendeiner klatschte Beifall. Das Risiko für Walroß und Besatzung war leicht vorstellbar.

Aber wenigstens taten sie etwas. Sie alle.

Sherbrooke hing sich sein Fernglas um den Hals und ging wieder in die Brücke.

Irgend jemand, vielleicht nur ein einziger Überlebender, würde die Fledermaus kommen hören und wissen, daß er nicht vergessen worden war. Er ergriff die ungenutzte Pfeife in seiner Tasche mit fester Hand.

Eine Rettungsleine.

5

Rendezvous

Es gab kein zweites Gefühl auf der Welt wie dies. Fliegen und fliegen, scheinbar ins Nichts, mit gelegentlichen Ausblicken auf die See, die erst schwarz wie geschmolzenes Glas erschien und dann, als das Walroß für ein paar Augenblicke Höhe verlor, ein Wechsel zu einem harten hai-blauen Farbton, der sich auf beiden Seiten in die Unendlichkeit zu erstrecken schien.

Rayner saß bequem und ganz entspannt, er war zu Hause in seiner kleinen, privaten Welt. Sie waren die ganze Zeit nach Norden geflogen, bis auf eine kurze Kursänderung, um etwas aufzuklären, was er zunächst für ein Wrackteil gehalten hatte. Das aber war aufgeflogen, sicher mit schreiendem Protest: ein Schwarm Möwen, der sich bis zum Tageslicht ausruhen wollte und durch das überraschende Auftauchen des Flugbootes aufgescheucht worden war.

Rayner sah auf seine Uhr und bemerkte, wie sich Buck nach ihm umsah. Er lächelte. Es war eine sehr teure Uhr, ein Geburtstagsgeschenk seiner Eltern, bevor er nach England abgereist war. Der jugendliche Neuseeländer dachte sicher, genau wie einige andere junge Messemitglieder der *Reliant*, er sei der verzogene Sohn irgendeines reichen Industriellen. Wenn sie doch nur wüßten, wie es wirklich war. Noch nicht einmal er selbst verstand richtig, wie sein Vater damals durchgekommen war, als viele seiner Freunde und ihre Unternehmen in der Depression untergegangen waren.

Sein Vater hatte einmal einen Hinweis gegeben, daß nicht alle Geschäfte, die er damals gemacht hatte, ganz dem Gesetz entsprachen, und Rayner wußte, daß er einmal mit seinem kleinen LKW-Fuhrpark während der Zeit der Prohibition Spirituosen zu den schmachtenden Yankees gefahren hatte. Gefährlich, aber es hatte sich gelohnt.

Er sagte: »Zeit zur Kursänderung in ein paar Minuten, Eddy. Wir sind jetzt eine Stunde unterwegs.« Er versuchte, das etwas zu erläutern. »Wir wollen ja unser Schiff nicht verlieren, oder?«

Buck lehnte sich in seinem Anschnallgurt nach vorne, um auf das Wasser zu sehen. »Ah, Tageslicht, endlich!«

Rayner hörte auf das dumpfe Röhren des Sternmotors über und hinter seinem Sitz. Der Schieber machte das Abspringen gefährlich, wenn man nicht alle Vorsichtsmaßnahmen getroffen hatte. Die großen Propellerblätter konnten leicht Hackfleisch aus einem machen. Er spürte, daß die beiden anderen Besatzungsmitglieder sich unruhig hinter ihm bewegten. Rob Morgan, ein ehemaliger Milchmann aus Cardiff mit einem Gesicht wie ein Mops, war Funker und Schütze, und der andere, ein Schütze in der Ausbildung, war James Hardie aus London, die ganze Stadt nannte er »den Qualm«. Rayner hatte nie nach dem vorherigen Piloten gefragt, und keiner hatte ihn je erwähnt. So war das bei der Marine.

Er stellte sich vor, wie der große Schlachtkreuzer durch die See dampfte. Da das Radar ausgefallen war, bedeutete das Walroß eine Erweiterung des Horizonts für den Kommandanten. Ein zusätzliches Augenpaar, wenn auch nur in der vagen Hoffnung, abgestürzte Flieger zu finden.

Er sprach wieder in sein Mikrofon: »O.K., Eddy, mach die Thermosflasche auf. Danach ändern wir Kurs.«

Er dachte wieder an das Schiff, seine Größe, seine Bordorganisation. Er war dem Admiral nur einmal begegnet, nachdem sie den Firth of Forth verlassen hatten. Stagg hatte den

Eindruck erweckt, als mache er eine unangemeldete persönliche Besichtigung. Er wurde von seinem Adjutanten und von Frazier, »dem Kerl«, begleitet. Er lächelte wieder, die Engländer hatten wirklich einen seltsamen Slang.

Stagg war um das Katapult herumgegangen und hatte Rayner ein paar Fragen zu seiner Person und zu seinen bisherigen Erfahrungen gestellt. Er hatte das Gefühl, daß Stagg das meiste davon sowieso schon wußte, genau wie er das Gefühl hatte, daß der Besuch im Flugbereich des Schlachtkreuzers keineswegs aus einer Augenblickslaune heraus stattfand.

Stagg hatte ein enormes Wissen über Flugzeuge und die Marinefliegerei gezeigt, die Taktiken des Angriffs und der Verteidigung; und auch über den Einsatz kleiner Schlaggruppen nach amerikanischem Muster.

Während einer kurzen Pause hatte Fregattenkapitän Frazier gestichelt: »Mich wundert, daß Sie nicht selbst Flieger geworden sind, Sir.«

Rayner hatte gesehen, wie der Konteradmiral seine Augen mit starrem Blick auf den Fregattenkapitän heftete.

»Ich hatte zu viel zu tun. Keine Zeit!«

Buck sagte: »Worüber denkst du nach, Dick?«

Er bewegte den Steuerknüppel leicht, die Augen auf dem Kompaß. »Sieht nicht gut aus. Wir sind jetzt eine Stunde in der Luft. Wir machen noch einen Suchschlag und dann geht's zurück zum Schiff. Der Kommandant will auch nicht ewig auf uns warten.«

Er beugte sich vor, um die Wolken unter den Tragflächen durchstreichen zu sehen, der erste Sonnenschein lag auf dem Wasser, etwa viertausend Fuß unter ihnen. Ein kaltes, hartes Licht, über der schwach bewegten Oberfläche waren immer noch Spuren des sich auflösenden Nebels. Er freute sich über die verbesserte Sicht. Die Fledermaus hatte eine Reichweite von sechshundert Meilen; das hörte sich viel an, aber es war wenig genug, wenn man nach dem Mutterschiff suchen mußte. Seine Besatzung schien entspannt und locker, die Becher wurden sorgfältig für den warmen, süßen Tee vorbereitet.

Es würde komisch sein, wenn sie erst einmal mit dem Geleitträger zusammenarbeiteten, und wenn er die anderen Piloten treffen würde. Alle diese strahlenden, angeberischen Typen, Kampfflugzeugpiloten, die viel Lärm darum machten, wie gut sie waren und wahrscheinlich mit Mitleid oder sarkastischer Freude auf sein plumpes Walroß herabsahen.

Buck schnappte sein Fernglas und spannte sich gegen seinen Anschnallgurt.

»Was ist?« Rayner fluchte leise, als die Wolken verstärkt die nasse Kanzel umhüllten.

Buck sah ihn mit glänzenden Augen verwirrt an.

»Ein Licht. Ein Blitz. Ich bin nicht sicher.«

Rayner zuckte mit den Schultern. »Achtung, Leute, – ich mache kehrt!« Er fügte hinzu: »Halt den Tee fest, Rob!«

Es war wahrscheinlich nichts. Kein Überlebender hatte eine Lampe, die hell genug war, um auf diese Entfernung gesehen zu werden, selbst wenn er noch die Kraft haben sollte, sie auf das Flugzeug zu richten.

Er wurde an das Gesicht des Kommandanten erinnert, als er die Wahrscheinlichkeit, Überlebende aufzufinden, angesprochen hatte. Der wußte es besser als jeder andere. Einer von acht Überlebenden hatte man erzählt. Alles war verloren gegangen mit der *Pyrrhus*, ausgelöscht in einer Sekunde.

»Komm wieder auf den alten Kurs.« Buck sprach durch die Zähne, sehr angespannt. Unsicher.

Es lohnte den Versuch. Er neigte das Flugzeug in die Kurve und sah den ersten richtigen Sonnenschein auf der feindlichen See.

Buck rief: »Flugzeug! Im Wasser!«

Rayner verminderte den Druck auf das Steuer und sah das ganze Geschehen in einer Haufenwolke verschwinden.

»Auf dem Wasser, Eddy. Nicht im Wasser.« Er war selbst

überrascht, daß er sich so ruhig anhörte. Wäre nicht Bucks Wachsamkeit gewesen, hätten sie es leicht übersehen können. Nur Sekunden, aber Bucks Alarm hatte ihm genug Zeit gegeben, in der Drehung noch das starke Fernglas zu ergreifen. Nur Sekunden..., mehr war nicht erforderlich. Der Lichtschein, den Buck gesehen hatte, mußte wohl eine Reflektion des Sonnenlichts von der Tragfläche gewesen sein, die sich in der Dünung hin und her bewegte. Ein Wasserflugzeug, ein Eindecker, das langsam um ein gelbes Schlauchboot herummanövrierte. Sekunden. Eine Arado 196, wie sie an Bord von großen deutschen Kriegsschiffen, wie zum Beispiel der *Minden*, gefahren wurde.

Buck fragte heiser: »Was sollen wir machen?«

Rayner sagte: »Er hat uns nicht gesehen, und da sein Motor läuft, hat er uns auch nicht gehört. Wenn er uns bemerkt, wird er uns verfolgen.« Er sah das plötzliche Verstehen auf Bucks Gesicht: »Er ist viel schneller als wir, und er hat 20-mm-Kanonen und Maschinengewehre. Wir hätten keine Chance gegen ihn.« Er drehte sich um, um alle zu beteiligen, und damit sie verstanden, was passierte. »Der nimmt uns glatt zum Frühstück.« Er dachte an seinen Bruder Larry, der im Mittelmeer abgeschossen worden war. Schnell? Langsam? Hatte er es kommen sehen? Hatte er gelitten?

Er hörte Morgan, den Ex-Milchmann, wie er sich auf dem internen Sprechkreis räusperte. »Dann wird die alte *Reliant* nie erfahren, was mit uns passiert ist.«

Rayner versuchte, das Steuer unverkrampft zu halten. Morgan hatte recht. Das deutsche Wasserflugzeug war gelandet, um das im Wasser treibende Schlauchboot zu untersuchen. Um Nachrichten zu gewinnen oder wegen der Kameradschaft von Pilot zu Pilot? Das war jetzt egal. Sein Flugzeug und die Männer waren seine Verantwortung. Der Rest war ein Mythos, wie sein Bruder wohl schon selbst hatte merken müssen.

Er sagte kurz: »Wasserbomben klarmachen. Ich greife an. Wir haben nur eine Chance.«

Buck sagte mit dünner Stimme: »Alles klar!«

Hardie, der Schütze in der Ausbildung, murmelte: »Klar zum Einsatz!«

Es erschien unwirklich, wie sie durch die Wolken rasten, das Brummen der Maschine steigerte sich zum Schreien, sie protestierte wie die aufgescheuchten Möwen. Dann das glänzende, grelle Sonnenlicht, und wieder Wolken, die durch das Gestänge und die Tragflächen sausten wie Dampf unter hohem Druck.

Dann nur noch die See. Die Wasseroberfläche schien auf sie zuzurasen, auch wenn die Höchstgeschwindigkeit der Fledermaus bei nur hundertdreißig Knoten maximal lag.

Da war alles zu sehen. Das Flugboot, das nicht mehr tollpatschig in der Dünung schwabberte, sondern bereits Fahrt aufgenommen hatte und mit den beiden Schwimmern rasiermesserscharfe Furchen in das Wasser schnitt, während es immer schneller wurde. Das zurückgelassene Schlauchboot trieb ab, der einsame Insasse hing über einer Seite, als sei er eingeschlafen.

Rayner fühlte, wie seine Zähne vor Konzentration knirschten. *Der nimmt uns zum Frühstück.* Seine eigenen Worte klangen wieder, als ob sie ihn ärgern wollten.

Fünfzehn..., zehn Sekunden..., sie brummten über das in Bewegung befindliche Flugzeug hinweg, und der bizarre Schatten des Walrosses bedeckte die ganze Szene.

»Los!«

Er spürte, wie das Flugzeug einen Satz machte, als die beiden Wasserbomben gelöst wurden. Gott sei Dank für die gute Wartung, die jedes Detail geprüft hatte. Hätte auch nur eine Bombe geklemmt, wäre alles aus gewesen.

»Na los, altes Mädchen!« Er spürte, wie sich sein Sitz zur Seite bewegte, und konnte sehen, wie das andere Flugzeug eine äußerst heftige Kursänderung machte, als Pilot und Besatzung die Gefahr erkannten.

Sie hatten das Ziel verfehlt. Mit einem Auge auf dem Kompass drehte er das Walroß in eine neue Kurve.

Er starrte nach unten, erschreckt, als Bucks Finger seinen Arm wie mit einem Schraubstock ergriffen. Er rief etwas in sein Mikrofon, aber es kam nichts an.

Rayner beobachtete, und das Bild setzte sich bei ihm fest, als ob es eingefroren sei, wie die beiden Wasserbomben fast gleichzeitig explodierten. Nicht sehr nahe: Jeder U-Bootkommandant hätte sich nur bekreuzigt und gegrinst. Aber dicht genug für das grazile feindliche Wasserflugzeug. Die Explosionen hatten eine Tragfläche völlig abgesprengt, das Flugzeug kippte um, und das Wasser wurde um den Propeller geschleudert, bis auch der schließlich stillstand. Wie ein toter Vogel. Keine Bedrohung. Nichts.

Buck war wieder ganz munter. »Du hast es geschafft, Dick! Schlauer alter Lump!«

Rayner ließ seine Nerven zur Ruhe kommen. »Du hast es selbst gut gemacht, mein Junge.« Dann fügte er mit förmlicher Stimme hinzu: »Und jetzt gib mir den Kurs. Wir fliegen zurück.«

Was ist bloß in mich gefahren? Die hätten uns wie nichts abknallen können. Und das hätten sie auch, wenn sie nicht so neugierig nach dem toten Flieger im Schlauchboot gesehen hätten. Oder taten sie nur, was er selbst auch getan hätte, aus Humanität?

Diese Gedanken beunruhigten ihn, und er verdrängte sie.

Sie stiegen wieder bis in die Wolken, und jeder durchlebte noch einmal für sich, was sie eben gemeinsam gesehen hatten.

Hardie kroch neben den Steuerknüppel, eine Tasse Tee in der ölverschmierten Hand. Er beobachtete Rayner, wie er mit den Zähnen einen Handschuh auszog.

Dann, fast scheu, sagte er: »Gut, Sie als Flugkommandanten zu haben, ganz bestimmt.«

Rayner lehnte sich in seinem harten Stuhl zurück und schlürfte seinen Tee. Es war der Beste, den er je getrunken hatte. Später, vielleicht viel später, würden sie die Drinks fertig machen und feiern, und jemand würde ein kleines Symbol auf die Seite des Flugzeuges unter dem Cockpit malen, als Zeichen für den Abschuß. Nach diesem Erfolg würde er überall Anerkennung finden. Und vielleicht würde er später erst merken, was das für ihn bedeutete.

Aber jetzt wollte er nur die *Reliant* finden, um zu berichten, wie und wo sie ihre Entdeckung gemacht hatten. Dennoch, er wußte, er würde nie vergessen, wie ihm zumute gewesen war.

»Das Flugzeug hängt am Kran, Sir.«

Sherbrooke ging in die äußerste Ecke der Brückennock und sah auf das Wasser hinunter, das war tief unten im Vergleich zu seinem letzten Schiff. Er konnte vom Walroß nur die Spitzen der Tragflächen sehen, aber der große Ausleger des Flugzeugkrans schwenkte langsam herein, um das Flugzeug auf dem Katapult abzusetzen.

Der Walroß-Pilot hatte seine Sache gut gemacht, und er spürte die Erleichterung um ihn herum, als der verstümmelte Funkspruch angekommen war und das Flugzeug gesichtet wurde, knapp über der Wasseroberfläche. Das hatte alles seine Zeit gedauert. Das Schiff hatte die Fahrt vermindert und Lee gemacht, als das Walroß sorgfältig längsseits manövriert war. Eine falsche Bewegung oder eine plötzliche Wetterveränderung und das Walroß wäre wie ein Spielzeug gegen den Rumpf geknallt worden.

Nur einmal hatte Stagg angerufen von seiner eigenen Admiralsbrücke unterhalb der eigentlichen Brücke des Schiffes. Die Admiralsbrücke war ein Nervenzentrum mit Verbindung zu den Fernmeldekreisen, den Rechenstellen und auch mit einem Radarsichtgerät.

Als Sherbrooke ihm gemeldet hatte, daß das Walroß klar

zum Einsetzen war, hatte er nur kurz gesagt: »Hat auch lang genug gedauert!«

»Alles gesichert, Sir.«

Sherbrooke ging an seinem Stuhl vorbei und sah voraus durch ein Brückenfenster. Es war neblig. Vielleicht kam noch mehr Nebel. Wenn das der Fall war, hatte Rayner mehr Glück gehabt, als ihm selbst klar war.

»Gehen Sie wieder auf alten Kurs und Fahrt, NO. Informieren Sie den Geschwaderkommandeur der Zerstörer, daß wir unser Flugzeug wieder eingesetzt haben.«

Er konnte sich den Geschwaderkommandeur genau vorstellen, eine untersetzte, fast quadratische Figur; er war den größten Teil seiner Dienstzeit auf Zerstörern gefahren. Zu Beginn seiner Dienstzeit hatte er nach der großen Revolution erschreckte Weißrussen in Odessa aufgesammelt und zuletzt die Schlacht um Narvik und die blutige Evakuierung Kretas miterlebt. Das, was er von dem Mann gesehen hatte, fand Sherbrooke gut, obwohl er gemerkt hatte, daß Stagg weniger begeistert war. Der Geschwaderkommandeur der Zerstörer sollte wohl Admiral werden, vielleicht war das der Haken, obwohl Stagg bestimmt keinen Grund zur Eifersucht hatte.

»Kurs zwo-neun-null, Maschinen machen Umdrehungen für halbe Fahrt, Sir.«

Sherbrooke ging zum Navigationsoffizier an der Kreiseltochter.

Rhodes sagte. »Die Sicht wird wieder schlechter, Sir.« Sherbrooke wollte zu seinem Stuhl zurückkehren, aber jeder Muskel verriet ihm, wie sehr er Ruhe brauchte. Jetzt einzuschlafen wäre fatal.

»Ich will mal sehen, was Rayner berichtet, und dann werde ich mit dem Admiral sprechen.«

Es war noch ein Funkspruch von der Admiralität gekommen, kurz und gar nicht hilfreich. *In Ihrer Nähe sind drei U-Boote.* Das konnte alles bedeuten. Als Stagg informiert wurde, hatte er gesagt: »Wahrscheinlich wollen die nach Island. Ich breche nicht die Funkstille, um danach zu fragen!«

Eine Tür ging auf und Kapitänleutnant Rayner betrat die Brücke.

Sherbrooke sagte: »Gut gemacht. Nun berichten Sie mal.«

»Ein Arado-Flugboot, Sir. Ich konnte es einfach nicht sein lassen. Wenn es uns verfolgt hätte, wir hätten nicht die geringste Chance gehabt.«

Für einen so jungen Mann, der seine Fähigkeiten als Pilot schon bewiesen hatte, sah er sehr ausgelaugt und niedergeschlagen aus.

Sherbrooke sagte: »Mal weiter.« Er sah, wie Rhodes zurücktrat, als wolle er vermeiden zu stören, und das auf der überfüllten Brücke.

»Die untersuchten das Schlauchboot, Sir. Da war ein toter Flieger drin. Die machten genau das, was wir auch gemacht hätten.«

Sherbrooke sah ihn bedeutungsvoll an. Was *du* gemacht hättest, dachte er. Das also war es. Als ob man jemanden mit einer Parlamentärsflagge erschossen hätte. Aber ganz so war es nicht.

Er sagte: »Das hätten die auch für Sie getan, wenn die Umstände so gewesen wären. Das sollten Sie wissen. Und auch akzeptieren.«

Rayner rang sich ein Lächeln ab. Es ließ ihn jung und verletzlich aussehen.

»Ja, so ist das wohl, Sir.«

Sherbrooke hörte die gewohnten Geräusche wieder um sich herum, die Brücke kehrte wieder zum normalen Betrieb zurück. Er sagte: »Ein feindliches Flugzeug vernichtet. Ich sorge dafür, daß das in Ihre Personalakte kommt. Gut gemacht.«

Eine weitere Tür flog auf, und Stagg schritt in die Brücke.

War es nur, weil er seine eigene kleine Privatbrücke als zu eng empfand, oder wollte er sich nicht nur als Zuschauer bei den Ereignissen fühlen?

Er starrte Rayner, der immer noch seine Fliegerjacke anhatte, genau an und sagte: »Na, Sie haben ein deutsches Flugzeug vernichtet, was? Da kann ich auch nicht viel mit anfangen, oder?«

Sherbrooke wollte unterbrechen, aber das war nicht nötig. Rayner antwortete ganz ruhig: »Es war eine Arado 196, Sir. Die kann nur von einem großen deutschen Kriegsschiff gekommen sein. Wir sind zu weit weg, als das sie von woanders hergekommen sein könnte.«

Stagg sah ihn kalt an. »Glauben Sie?«

Rayner sagte: »Weiß ich, Sir.«

Stagg neigte seinen Kopf nach vorne, scheinbar zog er die Stirn in Falten. Als er wieder aufsah, war sein Mund zu einem Grinsen geformt. »Guter Bursche. Sie machen das toll.« Er wandte sich an Sherbrooke: »Aber das reicht doch nicht, oder?«

Sherbrooke antwortete: »Ich habe da ein Gefühl, Sir.«

Stagg zuckte mit den Schultern. »Das reicht auch nicht, Guy. Es steht zu viel auf dem Spiel. Wenn wir den verfluchten Träger hätten . . .« Er schob seine Hände in die Taschen seiner Wetterjacke, die Daumen standen wie Hörner nach vorne heraus. »Das wird nichts. Diesmal nicht. Kommen Sie mit in den Kartenraum. Man wird uns nach Scapa zurückrufen, ich kann den verdammten Funkspruch schon vor mir sehen!«

Er sah auf den Nebel hinter dem feuchten Glas. »Und das blöde Zeug da draußen hilft uns auch nicht.«

Sie starrten beide den Brückenlautsprecher an, als Evershed Stimme bekanntgab: »Brücke von Feuerleitstand: Radar sendet wieder. Einige Sichtgeräte bleiben aber noch unklar.«

Sherbrooke sah fragend auf das Sichtgerät, dessen Versagen Evershed so aus der Ruhe gebracht hatte. Es war immer noch ausgefallen.

Stagg schnarrte: »Warten Sie nur, bis ich meine Hände an die Radartechniker an Land gelegt habe, diese geistigen Krüppel!«

»Brücke von Rechenstelle.« Fraziers ruhige, stetige Stimme war unverkennbar. »Sichtgeräte sind wieder in Ordnung.«

Sherbrooke nahm ein Sprechgerät und sagte: »Hier ist der Kommandant. Wie sieht es aus, John?« Er konnte Staggs Ungeduld und Frust spüren, fast konnte er Sherbrooke leid tun. Fast. Wenn sie nicht durch die Admiralität zurückgerufen wurden, war Sherbrooke entschlossen, die erforderliche Entscheidung selbst zu treffen.

Frazier antwortete: »Alle Techniker arbeiten daran. Das ist nicht das erste Mal, daß so etwas passiert.« Weiter wollte er sich aber wohl nicht festlegen.

Sherbrooke legte das Sprechgerät wieder ab und spürte Staggs Augen auf sich. Schließlich sagte Stagg: »Ich werde die Funkstille brechen. Dann sollen die Admiralität und der Oberbefehlshaber der Home-Fleet entscheiden, was wir machen sollen.«

Es war das erste Mal, daß Sherbrooke erlebte, daß bei dem Admiral wirklich alle Luft raus war. Er hatte noch nicht einmal versucht, durch den sonst bei ihm üblichen Bluff aus der Situation herauszukommen.

Wieder der Lautsprecher, eine andere Stimme, schärfer und sehr angespannt: »Radarkontakt, Sir. Schiff in Peilung drei-zwo-null, Entfernung zwohundertzwanzig hundert!«

Es war, als sei ein elektrischer Schlag durch die Brücke gefahren, der für einen Augenblick alle bewegungsunfähig gemacht hatte.

Dann begannen die Sprachrohre zu schnattern, und sogar das Radarsichtgerät gab wieder schwache Lebenszeichen von sich.

»Gegner Kurs und Fahrt bestimmen.«

Sherbrooke ging zu seinem Stuhl zurück und hielt sich daran fest, in seinen Gedanken entwickelte er eine riesige Seekarte. Ein Schiff. Irgendwo da draußen, elf Meilen entfernt.

»Ziel bewegt sich nach links. Entfernung noch zwohundertzwanzig. Entfernung abnehmend.«

Er konnte sich Evershed vorstellen, alle Zweifel waren von ihm abgefallen. Kopf, Auge und Verstand reagierten auf jede Peilungs- und Entfernungsmeldung. Elf Meilen. Und der Gegner näherte sich mit zweihundert Yards pro Minute. Schnell und entschlossen.

Der Gegner hatte Kurs geändert und steuerte vermutlich einen westlichen Kurs, so daß sich die Schiffe immer näher kamen. *Reliant* mußte alle drei Türme zum Einsatz bringen, und zwar sofort.

Stagg stand plötzlich neben ihm, sein Gesicht war sehr ernst. »Ich geh' in meinen Hühnerstall, Guy.« Er sah Sherbrooke mit grimmiger Eindringlichkeit an. »Setzen Sie das Schiff ordentlich ein, Guy! Vernichten Sie den Bastard!« Dann verschwand er.

Sherbrooke sagte: »Ändern Sie den Kurs, NO: Lassen Sie drei-null-null steuern.« Er langte nach dem roten Sprechgerät und stellte sich vor, wie der Chief ebenfalls sein Telefon ergriff, sein Monteuranzug war sicher strahlend weiß wie immer.

»Kommandant. Wir laufen dem Feind entgegen. Er steht an Steuerbord voraus. Ich brauche volle Maschinenleistung, wenn es soweit ist.« Er wartete nicht auf eine Antwort. Keiner verstand sein Geschäft so gut wie Onslow.

»Spruch an das Geleit. *Feind in Sicht. Klarmachen zum Torpedoangriff.*« Er sah den Signalmeister in seinem nassen Ölzeug, wie der ihn aus der Brückennock beobachtete, es war der Mann, den er Donovan genannt hatte.

»Hell genug, Signalmeister?« Sofortiges Verstehen und so etwas wie ein leichter Anflug von Traurigkeit waren auf dem

Gesicht des Signalmeisters zu sehen. »Gefechtsflaggen setzen!«

Er übernahm das Mikrofon der Schiffslautsprechanlage von einem Fähnrich und fühlte, wie die Hand des jungen Mannes zufällig seine eigene Hand berührte. Sie war eiskalt und zitterte. Als er ihn ansah und fragte: »Alles klar, Mr. Crawford?« sah er Entschlossenheit und das Überwinden der Angst.

Der Fähnrich murmelte: »Mir geht's gut, Sir. Für mich ist es das erste Gefecht.«

Sherbrooke drückte den Knopf. Der Kommandant konnte es sich nicht leisten, Gefühle oder persönliche Sympathien zu zeigen. Dafür war kein Platz: Der Krieg ließ solchen Luxus nicht zu. Er sah, daß Rayner noch da war, er erschien seltsam fehl am Platze mit seiner Fliegerjacke, und die Schutzbrille hing noch um seinen Hals. Er hatte Feinde getötet, aber in seinem Herzen hatte er sie nur als Flieger, als Männer, wie er selbst einer war, gesehen.

Er sagte freundlich: »Bleiben Sie, wenn Sie wollen.«

Ihre Augen trafen sich mit seltsamer Sympathie, wie damals, als sie sich in Staggs Pinasse getroffen hatten.

»Danke, Sir.«

»Hier spricht der Kommandant, wir werden gleich den Feind angreifen.«

Rhodes löste eine kleine Abdeckung über dem Sichtschirm und sah zu ihm herüber. Sogar durch das Rauschen der Lüftung und das Gurgeln des Wassers an der Bordwand konnte Sherbrooke es hören: Die Leute vom Oberdeck brüllten Beifall. Die Männer lehnten sich aus ihren Geschützen, angezogen mit der Flammschutzbekleidung und den ungewohnten Stahlhelmen, brüllten sie vor Begeisterung, wie sie es auch in der Skagerrak-Schlacht getan hatten, als die *Reliant* trotzig vor dem äußerst starken Beschuß abgedreht war. Männer, die er kaum kannte, einige hatte er noch nie gesehen. Aber sie konnten vor Begeisterung brüllen. Es war eine Art Verrücktheit, eine Art wilde Droge, alles wurde größer als im wirklichen Leben und irgendwie irreal, wie die riesigen Gefechtsflaggen an beiden Masten, die zu Staggs Stander paßten, leuchtend rot und weiß im Gegensatz zu dem eintönigen Nebel und den Wolken.

»Gegnerpeilung zwo-sieben-null, Entfernung zwohundertfünfzehn, abnehmend.«

Sherbrooke ergriff den Handläufer unter den Brückenfenstern und sah, wie die beiden vorderen Türme sich langsam nach Steuerbord drehten, die Rohre erhoben sich, als ob sie den Feind wittern wollten. Achtern drehte sich auch schon der dritte Turm, der nur von Marineinfanterie besetzt war, in die gleiche Richtung, seine Rohre hatten verschiedene Rohrerhöhung für die ersten Salven. Jeder der großen Türme wog Hunderte von Tonnen und bewegte sich doch mühe- und geräuschlos.

Vom Turm bis zur Munitionskammer unten im Schiff arbeiteten Richtmänner, Ladenummern und Munitionsmänner im Takt mit der Maschinerie, die die Lebenszyklen von Eversheds gut ausgebildeten Leuten mit dem ersten Befehl *Laden – Laden – Laden* übernommen hatte. Die sechs Rohre wurden mit 38-cm-Geschossen beladen, massige panzerbrechende Projektile, deren Zünder explodierten, während sie die Panzerung des Gegners durchschlugen.

Sherbrooke sah, wie ein Seemann sich duckte und sein Gesicht bedeckte, als ein riesiger Schwall grauen Wassers hoch über dem Backbordbug emporstieg und die See einen Augenblick orangefarben glühte, als wenn es einen Vulkanausbruch am Meeresboden gegeben hätte. Sherbrooke sah auf die Uhr. Die *Minden* hatte das Feuer eröffnet. Was die Feuerkraft anbetraf, hatte die *Minden* zwar keine Chance gegen die *Reliant*, aber es gehörte mehr dazu, eine Schlacht zu gewinnen, als eine starke Breitseite.

Jetzt. Wie mit einer anderen Stimme, die gar nicht zu ihm gehörte, rief er: »*Feuer eröffnen!*«

Die Brücke wackelte so, als ob sie selbst von einem Einschlag getroffen worden wäre. Alle drei Türme hatten gleichzeitig gefeuert, und jetzt noch, während die Geschosse den Wolken entgegenrasten, bevor sie sich wieder in Richtung des Gegners herabsenkten, standen die rauchenden Verschlüsse in den Türmen offen wie hungrige Riesenmäuler, und die nächsten Geschosse und Treibladungen wurden in Stellung gebracht.

Lichter blinkten und neue Entfernungswerte und Aufsatzwerte kamen von der Feuerleitung. Die Turmbesatzungen schwitzten trotz der kalten, feuchten Luft.

Sherbrooke sagte: »Höchstfahrt, NO. Spruch an das Geleit...« Er spürte die rasche Reaktion, der ausladende Steven schnitt durch das Wasser, als der Chief die Ventile öffnete, und die Zerstörer waren kaum noch in der Lage, ihre Station relativ zum Flaggschiff einzuhalten.

»Höhe eingestellt, steht! Seite eingestellt, steht!« Kurze Pause. »*Feuer*!«

Wieder und wieder der gleiche Ablauf. Auch Einschläge von der *Minden,* vielleicht an der Stelle, wo die *Reliant* gewesen wäre, wenn sie nicht so beeindruckend die Fahrt erhöht hätte.

»Zwo vor! Eingestellt! Steht! *Feuer*!«

Jemand schrie auf, als Metallstücke gegen die Brückenschotten flogen, und irgendwelche Teile flogen durch ein Brückenfenster.

Sherbrooke sagte: »Schadensmeldungen an die Brücke!« Er sah, wie der Fähnrich ihn mit weit geöffneten und erschreckten Augen anstarrte. Die *Reliant* war getroffen worden. Aber die Türme drehten sich weiter, und die fleckigen Rohre reckten sich wie lange graue Finger, die nach dem Feind greifen wollten.

»Feuer!«

»Schiffssicherung meldet einen Treffer in der vorderen Cafeteria, Sir.« Es war Kapitänleutnant Frost, Rhodes zweiter Mann. Er klang ruhig, sogar unbeteiligt, als er hinzufügte: »Drei Tote oder Verletzte, Sir.«

Dann wieder Evershed, seine Selbstbeherrschung hatte ihn für einen Augenblick verlassen. »Herr Kap'tän, wir haben den Gegner eingegabelt! Gegner verliert an Fahrt!«

Ein Gong ertönte leise im Hintergrund, als die sechs Rohre wieder losdonnerten. Sie hatten den Gegner eingegabelt. Sein Schicksal war schon entschieden.

»Feuer!«

»Gegner hat gestoppt, Sir!«

Sherbrooke erhob sein Glas und sah auf den nächsten Zerstörer. Die Sicht war jetzt besser, und die Flaggen standen kontrastreich vor dem gräulichen Wasser. Der Nebel hob sich. Dabei sah er die weiß gemalten Ankerketten auf der Back und einige eingemummte Seeleute mit Stahlhelmen, die Schläuche nach Backbordseite rüber verlegten. Sie unterstützten das Schiffssicherungsteam in dem Bereich, in dem das feindliche Geschoß, vielleicht vorzeitig, explodiert war, bevor es tiefer in den Rumpf zu den Kraftstoffbunkern oder Munitionskammern durchschlagen konnte. Geschosse rasten über sie hinweg und explodierten völlig ungefährlich weit hinter den Geleitzerstörern.

Ein Signalgast reichte ihm einen Telefonhörer. »Der Admiral, Sir.«

Sherbrooke senkte sein Glas. Er hatte Staggs Anruf gar nicht mitbekommen. Gerade hatte er das feindliche Schiff zum erstenmal seit jenem schrecklichen Tag wiedergesehen. Er wußte, daß es die *Minden* war, auch wenn die Artillerie der *Reliant* das Schiff in ein qualmendes Wrack verwandelt hatte. Die Geschütze zeigten sinnlos in den Himmel oder auf die offene See, mehrere Feuer loderten ungehindert, und man konnte sogar durch große Löcher in den unteren Teil des Rumpfes hineinsehen. Nur ein Geschütz feuerte noch unregelmäßig und in großen Zeitabständen.

Stagg sagte: »Bringen Sie die Sache zu Ende. Machen Sie

einen Spruch an *Mulgrave*. Angriff mit Torpedos.« Er konnte seine Aufregung und seine Freude nicht verbergen. »Ich mache einen Funkspruch an die Admiralität.«

Sherbrooke erhob sein Glas mit einer Hand; es kam ihm schwer wie Blei vor.

Er hörte das Geklapper der Morselampe, und er sah die brillant-helle Bestätigung des Zerstörers.

Der große M-Klasse-Zerstörer drehte schon an, die Torpedorohre schwenkten quer über sein Deck; der Kommandant, der zur Beförderung zum Admiral vorgesehen war, führte sein Schiff zum entscheidenden Schuß.

»Der Gegner hat das Feuer eingestellt, Sir.«

Sherbrooke sah den Qualm aus den eigenen Geschützrohren aufsteigen. Evershed würde nicht mehr schießen, es sei denn, es würde ihm ausdrücklich befohlen.

Rhodes fragte: »Sollen wir die *Mulgrave* zurückrufen, Sir?«

Sherbrooke schüttelte den Kopf. »Erst wenn es vorbei ist.«

Er sah, daß Rayner ihn beobachtete, der fühlte mit ihm und nahm wohl auch richtig Anteil.

Sherbrooke ging in die Brückennock hinaus, in die bitterkalte Luft.

Ein Seemann, Schütze einer der kleinen Oerlikonkanonen auf dem Brückendeck, drehte sich in seinem Gurt um und rief: »Wir haben es geschafft, Sir! *Wir haben es geschafft!*«

Sie starrten auf das feindliche Schiff und umarmten einander; sie waren ein kleiner Teil der blutigen Geschichte dieses Krieges geworden.

Und der Konvoi war völlig unbeschädigt; Tausende Soldaten waren gerettet und standen für ein eindrucksvolleres Schicksal zur Verfügung.

Aber alles, was Sherbrooke sah, war das sterbende Schiff. Es war, als ob er sich selbst beobachtete, als ob er die *Pyrrhus* sähe. Es gab eine gedämpfte Explosion, und dann eine zweite. Zwei Torpedos würden reichen: Die *Minden* begann schnell zu sinken, aus Qualm wurde Dampf, als die See in die Maschinen- und Kesselräume hineinstürzte. Der Zerstörer lief mit hoher Fahrt von dem sinkenden Kreuzer ab, und Sekunden später zerriß ein greller, großer Blitz das Bild, so daß sogar die See seine Farbe annahm.

Sherbrooke beobachtete, wie sich das Heck des Kreuzers langsam anhob, ein paar kleine Figuren, die sogar durch das Fernglas fast wie Ameisen aussahen, versuchten, immer höher hinauf zu klettern. Irgendeine Verrücktheit ließ sie wohl glauben, daß sie sicherer seien, wenn sie bei ihrem Schiff blieben. Seeleute ändern sich wohl nie . . . Er fühlte, daß ein langes Schütteln durch die *Reliant* ging. Als ob sie etwas wüßte. Als ob sie schon immer etwas gewußt hätte.

Er sagte: »Spruch an die *Mulgrave*. Überlebende auffischen.«

Es gab noch eine massive Explosion. Als er wieder hinsah, war der Zerstörer allein auf der See.

Er erinnerte sich an die Worte, die er Rayner zum Flugzeug der *Minden* gesagt hatte. *Die hätten das auch für Sie getan, wenn die Gelegenheit dagewesen wäre*. Oder an den Augenblick, als er den Befehl zur Feueröffnung gegeben hatte; es war so, als ob jemand anderes die Worte für ihn gesprochen hätte.

Ein Sieg also? Die *Minden* gab es nicht mehr. Einige ihrer Leute, die da draußen jetzt nach Luft schnappten und um Hilfe schrien, wußten jetzt wohl, was seine eigenen Leute erlitten hatten, als ihr Schiff von den feindlichen Geschossen auseinandergerissen worden war.

Viele Dinge waren jetzt zu erledigen: Sprüche mußten abgefaßt, Schäden beurteilt und Verwundete getröstet werden.

Er berührte den nassen Stahl, als er sich von der See abwandte. Es war ein Augenblick, den er mit niemandem teilen konnte, außer mit jenem anderen Kommandanten.

Aber Sieg? Noch nicht.

6

Bekanntmachung

Kapitän zur See Guy Sherbrooke behandelte den Brief sehr sorgfältig und legte ihn in die Ablage zu all den anderen. Dieser war anders als die übrigen, offiziellen Briefe, die alle seine Unterschrift erforderlich machten: Anträge für Versorgungsgüter und ein ganzer Haufen von operativen Fernschreiben, die seiner Zustimmung bedurften.

Dieser Brief, den er selbst handgeschrieben hatte, war persönlich. Teil des Schiffes und daher auch Teil seiner selbst. Der Gefallene der *Reliant* war sofort durch den Luftdruck getötet worden, als das Geschoß explodiert war, bevor es tiefer in die leeren Wohndecks durchschlagen konnte.

Von den beiden Verletzten hatte einer einen Arm verloren und der andere lediglich eine Schnittwunde über einem Auge erlitten. Alle drei waren Heizer aus dem Schiffssicherungsabschnitt. Es war Pech, und der feindliche Kreuzer war schon so stark beschädigt gewesen, daß er nicht mehr lange überleben konnte.

Sherbrooke stand unruhig auf und ging zur nächsten Luke. Es war seltsam, im Schiffsinneren empfand er es als leise, obwohl das Schiff doch gefangen war in einer lauten Umgebung zwischen Rost und arbeitenden Schweißbrennern. Wie die anderen hochbeschäftigten Marinewerften auch, war Rosyth voll von Schiffen, die instand gesetzt, umgebaut oder in manchen Fällen auch zusammengeflickt wurden, nachdem sie vorher schon fast zu Tode geschunden worden waren. Die Marinewerft in Rosyth war auch das Hauptquartier des Vizeadmirals mit dem Oberbefehl über die schottische Küste.

Kaum zu glauben, daß er wieder einmal die alte Forth-Brücke sah, die er das letztemal von Staggs Pinasse erblickt hatte, als er das Kommando über die *Reliant* übernahm. Leith lag auf der anderen Seite des Firth of Forth, unsichtbar im Nebel und in dem dauernden Nieselregen, der auch ihre geräuschvolle Heimkehr begleitet hatte. Typhone, Pfeifen und das Willkommensgebrüll der Schiffsbesatzungen und der Werftarbeiter hatten sie begrüßt. *Reliant* mußte einen stolzen Anblick abgegeben haben, die Besatzung stand vorn und achtern angetreten und der ausladende Steven war von Splittern übersät. Das mit vielen Zacken versehene Einschlagsloch des Geschosses in der Bordwand war zu sehen, Stagg mit seinem charakteristischen Sinn für das Dramatische hatte darauf bestanden, daß die Abdeckung vom Einschlagloch für diese Gelegenheit abgenommen wurde.

Er sah wieder auf den Brief. Sollte er ihn zerreißen? Sollte er die Angelegenheit den offiziellen Wegen und dem Fürsorgepersonal überlassen, die in diesen delikaten Dingen viel erfahrener waren? Edinburgh. Die Frau des Toten hatte vielleicht sogar die *Reliant* einlaufen sehen und gewußt, daß ihr Mann an Bord war, und das in dem Glauben, alles sei in Ordnung. Er konnte sich an den Mann nicht erinnern, aber er hatte gehört, daß der Chief und Fregattenkapitän Frazier darüber gesprochen hatten, daß das erste Kind des Mannes in der Schiffsglocke getauft werden sollte. Nein, der Brief würde auch nicht weiterhelfen. Später einmal, vielleicht ... Ein Geräusch an der Tür unterbrach seine sorgenvollen Gedanken.

»Herein!«

Es war Frazier, die Mütze unter dem Arm. Seine Augen wanderten schnell in der Kammer umher, als ob er erwartete, ein persönliches Geheimnis darin zu entdecken, irgend etwas Besonderes, das diesen Kommandanten von Cavendish unterschied.

»Die Urlauber sind alle von Bord, Sir. Ich habe Landgang hier am Ort für die anderen genehmigt.«

Die *Reliant* mußte in Rosyth bleiben, bis die Reparaturen beendet waren. Zehn Tage sollte es dauern. Er hörte das pausenlose Geknatter der Niethämmer, wie bei metallenen Spechten, und das gelegentliche Krachen, wenn etwas Schweres auf die Pier oder sonstwohin fiel.

»Gehen Sie nur in Urlaub, John.«

Frazier betrachtete ihn unsicher. »Es sei denn, Sie benötigen mich, Sir?«

Sherbrooke schüttelte den Kopf. »Nein, machen Sie das Beste aus Ihrer Zeit. Sie haben es verdient.«

Frazier hatte das scheinbar nicht gehört. »Ich möchte Sie gerne meiner Frau vorstellen, Sir. Sie ist in Edinburgh – bis sich die Lage geklärt hat. Aber es gibt wohl eine Menge Dinge zu besprechen zwischen uns. Sie wissen, wie das ist.« Er sah auf die Uhr. »Sie sind nicht verheiratet, Sir?«

»Nein.« So rutschte ihm das immer raus, es war als ob eine Tür zugeschlagen wurde. Mehr war dazu nicht zu sagen. Die Affäre war zu Ende gewesen, bevor sie richtig begonnen hatte.

»Der NO vertritt mich, Sir. Wenn Sie etwas benötigen . . .«

Sherbrooke hörte dumpfes Klopfen über sich und wußte, daß der Decksmeister, der Smarting, die ganze Zeit hinter den Werftarbeitern her war, um sicherzustellen, daß sie auch nicht eine einzige Planke des makellosen Achterdecks der *Reliant* beschädigten oder auch nur ankratzten oder befleckten. Das war immer ein Kampf gegen Windmühlenflügeln.

Frazier sagte: »Heute war etwas in den Nachrichten, über uns, Sir.«

»Ich weiß. Die haben daraus eine richtige Schlacht gemacht.« Er sah auf das Wappen des Schiffes. »Sie hat sich aber gut geschlagen.«

Seine Gedanken entführten Sherbrooke: Er hatte die Brücke verlassen, nachdem *Reliant* und die Geleitzerstörer das Seegebiet verlassen hatten, in dem das kurze, aber heftige Gefecht stattgefunden hatte. Die meisten deutschen Überlebenden waren von der *Mulgrave* aufgefischt und auf das Flaggschiff gebracht worden. Die *Reliant* war nicht nur besser ausgerüstet, um Verwundete zu behandeln, es war auch ein erfahrener Sanitätsoffizier an Bord. Flottillenarzt Dr. Farleigh war ein ganz beachtlicher Mann, der keinerlei Einmischungen in seinen Zuständigkeitsbereich duldete und sich auch von Stagg nicht beeindrucken ließ.

Er hatte Sherbrooke ohne jede Freundlichkeit begrüßt. »Zweiundfünfzig, Sir. Ein paar sind noch auf *Mulgrave,* aber es sind die, von denen wir befürchten müssen, daß sie es nicht schaffen werden, und wir können sie nicht hierher transportieren.« Er war Sherbrooke zwischen die Kojenreihen gefolgt.

Einige der Überlebenden der *Minden* waren bemerkenswert gut gelaunt, sie rauchten zollfreie Zigaretten, und nur ihre Sprache unterschied sie von all den anderen Überlebenden, die die *Reliant* in den drei Jahren des Krieges aufgefischt hatte.

Die Offiziere waren von den anderen getrennt, einer hatte Augen und Hände verbunden, er bewegte den Kopf jedoch, als wolle er verstehen, was gesagt wurde. Ein anderer, ein Kapitänleutnant, versuchte aufzustehen, als er den Dienstgrad auf Sherbrookes Ärmel erkannte. Sherbrooke hatte die Hand nach ihm ausgesteckt und auf seine Schulter gelegt, dann schüttelte er den Kopf. »Nein, bleiben Sie ruhig. Sie sind jetzt in Sicherheit.«

Falls der Mann kein Englisch konnte, hatte er zumindest den Sinn verstanden. Er nickte schwach.

»Danke, Herr Kapitän, danke sehr!« sagte er auf deutsch.

Einige seiner Kameraden waren nähergerückt, als ob sie unruhig oder vielleicht überrascht wären.

Sherbrooke fragte abrupt: »Wurde ihr Kommandant gerettet?«

Er hatte bemerkt, daß der Flottillenarzt ihn aufmerksam beobachtete. Vielleicht war er enttäuscht, daß der Kommandant nicht zu seiner vorherigen Diagnose paßte.

Der denkt, ich bin hier runter gekommen, um zu glotzen. Das machte Sherbrooke in unsinniger Weise ärgerlich. Er war todmüde, und das Ganze wurde ihm langsam zuviel, aber er konnte den Ärger nicht unterdrücken.

Farleigh sagte: »Er ist gefallen, Sir.«

»Ja, ich glaube, das wußte ich schon.«

Er war durch den großen Sanitätsbereich zurückgegangen und fühlte ihre Augen auf sich. Wußten sie, wer er war? War es ihnen egal? Sie hatten den Krieg hinter sich. Sie waren die Glücklichen.

Das also ist der Feind. Vielleicht war es besser, sicherer für den eigenen seelischen Zustand, die Männer nicht näher von Angesicht zu Angesicht kennenzulernen.

Ihm wurde wieder klar, daß Frazier mit ihm sprach. *Es muß mich mehr getroffen haben, als ich dachte.* Völlig weggetreten oder Dachschaden, so nannten es die Seeleute. Er konnte sich nicht vorstellen, welchen medizinischen Fachbegriff Flottillenarzt Farleigh dafür gehabt hätte.

»Ich bin dann weg, Sir. Hab mir ein Taxi bestellt.« Aber Frazier zögerte immer noch. »Ich muß das beste draus machen, wie sie sagen, Sir.«

Sherbrooke setzte sich wieder, nachdem Frazier gegangen war, und fragte sich im stillen, wie Fraziers Frau wohl war. Worüber würden sie reden? Über den Kampf mit der *Minden*, über das Schiff? Er lächelte selbstkritisch. *Über mich?*

Die Tür ging auf, und Maat Long betrat die Kammer mit einem Tablett in der einen Hand.

Sherbrooke sagte: »Genau der richtige Zeitpunkt. Danke.«

Long arrangierte das Glas und etwas Ginger Ale. »Etwas früh, Sir, aber da wir allein sind, dachte ich – was kann es schaden?«

Allein. Stagg raste wieder nach London. Es wäre bestimmt sehr interessant, wenn nicht erleuchtend gewesen, eine Fliege an der Wand der Admiralität zu sein und so Gelegenheit zu haben, zuzuhören, wie der Admiral die Jagd und die Vernichtung der *Minden* noch einmal zum Leben erweckte.

Flunki Long sah zu, wie der erste Horse's Neck getrunken und gewürdigt wurde.

»Fast hätte ich es vergessen, Sir.« Er holte einen Umschlag mit einer aufgedruckten Vizeadmiralsflagge hervor. »Dieser Brief ist gerade an Bord gekommen, Sir.«

Er sah den Widerwillen, mit dem Sherbrooke den Umschlag öffnete. Long wußte, was in dem Umschlag war: Kommandantenstewards wußten alles. Das mußten sie auch. Und er wußte, daß es dem Kommandanten überhaupt nicht gefallen würde. Man sagte, daß er kaum geschlafen hatte, als das Schiff auf See war. Jetzt kam er auch nicht dazu.

Eine Einladung in das Haus des Vizeadmirals. Das war keine Bitte, sondern ein Befehl.

Sherbrooke sagte: »Wie komme ich daran vorbei?«

Long sog die Luft ein. »Da müssen Sie hin, Sir. So ist das nun mal. Konteradmiral Stagg ist nicht hier, da gibt es wirklich keinen Ausweg.«

Sherbrooke stand auf und ging an das Bullauge. Es regnete immer noch. Er hätte sich das vorher denken können, Stagg hatte die Sache mit dieser Einladung vermutlich selbst eingefädelt. Ein Treffen mit dem Kommandanten, der die *Minden* versenkt und das Konto ausgeglichen hatte ... Er wollte sich aber nicht an Stagg vorbei profilieren.

Long hatte natürlich recht. Die Pflichten eines Kommandanten bezogen sich nicht allein auf sein Schiff. Sherbrooke starrte auf die handgeschriebene Vorladung.

Es gab keinen Ausweg.

Long bemerkte, wie er kurz das leere Glas ansah und wie er dann offenbar zu einem neuen Entschluß kam. Der neue Kommandant, was auch immer er schon durchgemacht haben mochte, hat das nötige Format, dachte er. Von Maat Long konnte man kein höheres Lob bekommen.

Der Vizeadmiral wartete schon, er empfing Sherbrooke in dem Augenblick, als er aus dem Dienstwagen ausstieg, der ihn in der Werft abgeholt hatte. Er war ein untersetzter Mann mit hellen Augen, wettergegerbtem, aber trotzdem jung wirkendem Gesicht; ein Veteran, der aus der Pensionierung wieder eingestellt worden war. Er hatte mehr inneren Antrieb als viele jüngere Leute, die Sherbrooke kannte, und eine beeindruckende Menge von Orden.

Er faßte Sherbrooke am Arm und führte ihn durch eine große Doppeltür, er vertat keine Zeit.

»Tut mir leid, daß ich Sie hierherbestellen mußte, Sherbrooke. Ich habe nicht vergessen, wie es ist, wenn man ein Schiff nach einem Gefecht in die Werft bringt – manche haben da keine Ahnung, was?«

Man bot ihm einen Stuhl an. Er hatte den angenehmen Eindruck, daß die Entschuldigung ehrlich gemeint war.

»Tatsache ist, daß ich wichtigen Besuch im Haus habe, Sir Graham Edwardes.« Er legte den Kopf auf die Seite wie ein Spaßvogel. »Ich seh es Ihnen an: Sie dachten, den gibt es schon längst nicht mehr!«

Sherbrooke lächelte, er fand den kleinen Vizeadmiral auf einmal nett. Der fragliche Mann, »den es schon längst nicht mehr gab«, hätte schon lange tot sein können, aber sein Name würde niemals vergessen werden: Edwardes von der Straße von Dover, ein Held in den Augen eines jeden Schuljungen, wegen seiner Verdienste im Englischen Kanal und in der Nordsee, auf der Doggerbank und in der Schlacht im Skagerrak.

»Ja, so ungefähr, Sir.«

»Er hat jetzt eine wichtige Aufgabe, mit dem Segen der Admiralität. Er reist im Lande umher, und er vertritt die Royal Navy; er überzeugt die Leute davon, ihre Ersparnisse in dem Bau von Kriegsschiffen anzulegen oder die materielle Fürsorge für Schiffe zu übernehmen. Das ist gut für die Moral, oder wie Sie es auch immer nennen wollen.« Er zog eine Grimasse. »Und nun ist er hier. Er erwartete Konteradmiral Stagg, aber scheinbar hat ihm keiner verraten, daß der Erste Seelord Stagg nach London bestellt hat. Da wußte mal wieder die rechte Hand nicht, was die linke tat – Sie wissen, wie das ist.«

»Was kann ich dazu beitragen?«

»Die *Reliant* ist ein bekanntes Schiff, und sie hat gerade einen deutschen Kreuzer versenkt. Das ist so was, was die Leute hören wollen, woran sie teilhaben wollen. So eine Gelegenheit gibt es nicht häufig.«

»Propaganda?«

»Wenn Sie so wollen, ja. Die Marine ist verdammt oft zu zurückhaltend in diesen Dingen, wenn Sie mich fragen!«

Ein Steward in perfekt gebügeltem weißen Jackett trat ein und wartete, seine Augen waren diskret abgewandt, in der Hand hielt er ein Tablett.

Der Vizeadmiral sagte: »Für mich das Übliche, Wilson. Für Sie einen Horse's Neck, was, Sherbrooke?«

Sherbrooke konterte: »Hier bleibt auch nichts geheim, Sir!«

Der Vizeadmiral rief dem Steward nach: »Große Portionen!« Dann sagte er: »Das Abendessen kommt später. Ich wollte Sie vorher nur kurz ins Bild setzen. Morgen werden Sie noch von zwei zahmen Journalisten interviewt, und es werden ein paar Fotos gemacht. Sie wissen, wie das ist.«

Sherbrooke wußte es nicht. Kein Wunder, daß man es eigentlich auf Stagg abgesehen hatte. Der lebte bei solchen Sachen richtig auf.

Die Drinks kamen, und der Vizeadmiral sagte: »Sir Graham liebt keinen Alkohol, da dachte ich, wir gönnen uns vorher einen!«

Er schien Sherbrookes Unsicherheit zu bemerken. »Es ist alles geklärt, und Ihr Konteradmiral Stagg wird inzwischen auch schon informiert sein. Prost!«

Sherbrooke dachte an Longs offenbare Sorge und seine Erleichterung, als er den zweiten Drink abgelehnt hatte. Long hatte wohl befürchtet, der Kommandant könne einen Fehler beim Von-Bord-Gehen machen oder sogar das ganze Schiff blamieren.

Der Kopf des Stewards erschien an der Tür. »Im Zeichenraum, Sir.«

Der Vizeadmiral sah bedauernd auf sein leeres Glas. »Also dann, man los! Aber lassen Sie sich nicht täuschen, der Mann ist noch ganz schön auf zack!«

Der Zeichenraum war, wie die anderen Zimmer des Hauses, die Sherbrooke gesehen hatte, düster und irgendwie feucht. Mehrere Gemälde von berühmten Seeschlachten zierten die Wände, viele der Details waren jedoch im Gilb der Jahre verlorengegangen.

Drei Leute warteten, einer von ihnen war Sir Graham Edwardes, mit gerader Haltung und sehr ernst, in einem dunklen Anzug. Sherbrooke hatte über die Jahre sehr viele Fotografien von ihm gesehen, immer war er in Uniform, so daß sein Erscheinen in Zivil wie ein Schock auf Sherbrooke wirkte. Er sah zu *alt* aus. Es war da noch ein zweiter Mann, etwas ungepflegt, zweifellos einer von den zahmen Journalisten. Die dritte Person war eine Frau. Sherbrooke hatte einen kurzen Eindruck von sehr dunklen Augen und streng zurückgekämmtem Haar, das die Ohren frei ließ. Und jünger, viel jünger als er selbst. Sie erwiderte seinen Händedruck, und Sir Graham stellte sie als »Mrs. Meheux, meine Assistentin. Eine echte Perle«, vor.

Sie setzte sich und schlug ihre Beine übereinander, und Sherbrooke sah, daß der andere Mann ganz unverhohlen dahin glotzte. Wie erwartet, war er ein Journalist aus dem Informationsministerium.

»Es freut mich, daß Sie die Lücke gefüllt haben, Kapitän Sherman ...«

Er drehte sich um und zog die Stirn in Falten, aber das Mädchen korrigierte ganz ruhig: »Sherbrooke, Sir Graham. Kapitän zur See Sherbrooke.«

Überraschenderweise lachte Edwardes. »Natürlich. Ich habe zuviel gearbeitet, daran wird's wohl liegen, oder?«

Der Vizeadmiral sagte freundlich: »Bitte entschuldigen Sie mich. Die anderen Gäste kommen.«

Sherbrooke konnte immer noch den Weinbrand auf seiner Zunge schmecken. Welche Marke auch immer es war, der war besser als sein Zeug auf der *Reliant*.

Es kam ihm wärmer vor jetzt, die großen altmodischen Heizkörper waren wohl angegangen. Er sah, wie die junge Frau ihren schweren Mantel öffnete, den sie wohl in der Erwartung, daß sie nicht lange bleiben werde, nicht abgelegt hatte. Eine Brosche in der Form eines Regimentsabzeichens glänzte von der Bluse unter ihrem Mantel. Die Königlichen Pioniere.

Mrs. Meheux war also mit einem Pionier verheiratet. Sie sah nicht älter aus als fünfundzwanzig, und er fragte sich, ob ihr Ehemann sich wie Frazier über die Trennung grämte und Angst hatte, daß man sich entfremdete.

Sir Graham sagte: »Gute Sache mit der *Minden*, Sherbrooke. Ein erstklassiges Artillerieschiff, glaube ich. Diese Deutschen wissen wirklich, wie man Geschützoptiken und Entfernungsmesser baut – das ist mir völlig klar!«

Sherbrooke versuchte zu entspannen. Es war ein Wunder,

daß Edwardes vom Feind nicht als von den Hunnen gesprochen hatte.

Er sagte: »Ihr Kommandant hatte keine Chance, meine ich, Sir Graham. Er war völlig unterlegen und weit entfernt von jeder Unterstützung.«

Edwardes preßte die Fingerspitzen zusammen und bemerkte: »So wie Sie, als Sie das erste Mal mit ihm zusammenstießen, was?«

Der kleine Admiral hatte recht. Diese Bemerkung saß.

Sherbrooke sagte: »Ich hatte auch noch Zerstörer, Sir. Vielfach ist das auch eine Frage von Zufällen, Glück, wenn Sie es so wollen. Ich hatte unser Walroß gestartet, um nach ein paar abgestürzten Fliegern zu suchen. Der Pilot fand an deren Stelle das Bordflugzeug der *Minden*. Danach war mir alles klar. Es ging um die Existenz des bewußten Konvois.«

Edwardes lächelte. Seltsamerweise ließ ihn das älter aussehen. »Sie sind wohl reichlich bescheiden, scheint mir.«

Sherbrooke sah, daß der Journalist sich Notizen machte und seinen Fuß nach dem Takt einer unhörbaren Musik bewegte.

Er sah, daß das Mädchen ein Gähnen unterdrückte, und er hatte auch schon gesehen, daß es auf ihre Uhr geschielt hatte. Ein langer Tag.

Er sagte abrupt: »Der deutsche Nachrichtendienst ist gut, Sir Graham. Sie wußten von dem Konvoi und seiner Wichtigkeit, sie hatten ein ganzes U-Bootrudel darauf angesetzt, daher war ja auch die Notroute um Schottland erforderlich.«

»Ja, aber das ist es doch!« Er lächelte wieder, wie ein geduldiger Lehrer bei einem dummen Schüler. »Wir haben den Konvoi durchbekommen, und darauf kommt es an.«

Sherbrooke sagte: »Sieben Geleitfahrzeuge wurden versenkt, Sir Graham.«

Edwardes antwortete: »Wir vergessen den Kern der Sache. Sie haben einen von Hitlers letzten großen Kreuzern vernichtet. Hätten Sie das nicht geschafft, wäre die *Minden* unter die Truppentransporter gefahren wie der Fuchs unter die Küken im Hühnerstall. Das wäre ein reines Massensterben geworden!« Er sah den Journalisten an. »Haben Sie das?« Er sprang auf. »Entschuldigen Sie, ich muß mal die Bilgen lenzen!«

Sherbrooke sah auf das Mädchen, aber sie zeigte nicht, daß sie etwas gehört hatte. Der Mann war wohl eine ältere Ausgabe von Stagg. Hatte er sich etwa so ausgedrückt, um sie zu erschrecken oder in eine peinliche Situation zu bringen?

Der Journalist murmelte: »Kapitän Sherbrooke, ich stelle für den Bericht ein paar Fragen.«

Sherbrooke antwortete gleichmütig: »Man los.«

»Natürlich habe ich schon das meiste zusammengekratzt. Ihr letztes Schiff wurde versenkt, als sie einen russischen Konvoi verteidigten, und nur acht Mann wurden gerettet. Das muß ja eine schreckliche Erfahrung gewesen sein.«

Sherbrooke saß ganz still, aber er sah, wie das Mädchen den Ehering um den Finger drehte. Es wollte weg.

»Ja, das war es.« Er bildete sich ein, wieder die Stimmen zu hören. Sie riefen, sie bettelten und schließlich starben sie, schweigend unter dem Griff der Kälte. Er sperrte seinen Verstand dagegen und sagte: »Unsere Seeleute tragen dieses Risiko an jedem Tage ihres Lebens.«

Der Journalist machte weiter, als ob er ein Kapitel abschließen wollte: »Dann bekamen Sie die *Reliant*, ein viel größeres Schiff. Hatten Sie da ... eh ... eine gewisse Scheu?«

Sherbrooke sagte: »Ja, eigentlich schon. Sie ist ein tolles Schiff, das letzte ihrer Klasse. Ich habe ein Gefühl, als kenne ich sie schon mein Leben lang. Ich bin auch vorher schon auf ihr gefahren, wie viele andere auch. Für mich ist sie die Marine.«

Wie leicht es ihm gefallen war, das zu sagen. Es war seine wirkliche Überzeugung.

Das Mädchen sagte plötzlich: »Ich muß jetzt gehen. Sagen Sie es bitte Sir Graham, John. Ich werde morgen wie abgesprochen zur Stelle sein.«

Sherbrooke stand auf. »Ich komme mit und sehe nach dem Dienstwagen.«

Sie sah mit festen Augen zu ihm hoch. »Ich kann mir alleine helfen, Herr Kapitän, aber danke sehr. Es war gut, daß Sie Ihren Terminplan für uns geändert haben.« Ein nüchterner, fester Händedruck. »Ich weiß, daß es für Sie für ein Umstand war. Sie haben uns damit überrascht.« Sie sah, daß er zu lächeln begann, und fügte hinzu: »Nein, ich meine das ehrlich. Ich wollte eigentlich auch nicht kommen. Genau wie Sie bin ich sehr müde. Aber ich freue mich, daß ich hier war. Ich verstehe sehr wenig von Schiffen, wissen Sie.«

Sherbrooke sah auf die Brosche. »Er ist ein Pionier.«

Sie sah ihn an, als ob sie nach etwas suchte. »Ja.«

Draußen waren Stimmen, und sie sagte: »Sie sind nicht verheiratet.«

»Ich sehe, daß auch Sie Ihre Schulaufgaben gemacht haben.«

Sie schüttelte den Kopf. »Nein, ich höre nur zu. Ich höre solche Sachen. Das lernt man bei meiner Arbeit. Aber das war grob von mir, Entschuldigung.«

Der Vizeadmiral betrat den Raum, seine wachen Augen schweiften umher. Zu Sir Graham sagte er: »Wir können das beim Essen abschließen. Sie wissen jetzt, worum es geht. Das sollte erst einmal ausreichen.«

Sie gingen alle in die Empfangshalle. Dieser Raum hatte etwas von seiner ehemaligen Schönheit bewahrt und das, obwohl Verdunklungsklappen angebracht waren und mehrere Feuerlöschpumpen, Wassereimer und Sand gegen Brandbomben bereitstanden.

Das Mädchen sprach mit einem Fahrer der Marineinfanterie und gab ihm Anweisungen. Sherbrooke stellte sich vor, daß sie zu ihrem Gatten fuhr. In irgendein Hotel, dachte er, oder vielleicht war er ja auch in der Nähe stationiert. Sie würden einander begrüßen und alles vergessen, solange es dauerte . . .

Als ob sie geahnt hätte, daß er sie beobachtete, sah sie zu ihm hin.

»Viel Spaß und guten Appetit, Herr Kapitän.«

Sie drehte sich um, um dem Fahrer zu folgen, und er sagte abrupt: »Kommen Sie morgen an Bord, Mrs. Meheux?«

Edwardes, der ihr Zögern bemerkte, kicherte: »Wenn ich einen Rat geben darf: Sie würden es sicher interessant finden.« Der kleine Vizeadmiral strahlte und rieb sich die Hände kräftig, froh, daß die Sache gleich vorüber war.

Sie sagte: »Ja, ich würde gerne kommen, Herr Kapitän.«

Edwardes rief ihr nach: »Ziehen Sie lieber Hosen an, Emma. Auf einem Schlachtkreuzer gibt es viele Leitern zu steigen, und Sie wissen ja, wie die Seeleute sind.«

Sie sah über ihre Schulter, ihre Augen waren wie abwesend. »Ich komme schon zurecht, Sir Graham.«

Dann war sie verschwunden, und Sherbrooke hörte, wie das Auto sich in der Dunkelheit und im Regen entfernte.

Der Vizeadmiral sagte: »Ich habe ein paar Drinks mit den anderen Gästen arrangiert, Sir Graham. Kann ich Sie diesmal in Versuchung bringen?«

Edwardes sagte etwas und ging, um mit dem ungepflegten Journalisten etwas zu besprechen.

Der Vizeadmiral murmelte zu Sherbrooke: »War doch in Ordnung, oder?«

Sherbrooke dachte an das Mädchen in dem Dienstwagen, die zu einem Leben zurückkehrte, von dem er fast nichts wußte. »Ich nehme an, Mrs. Meheux ist mit einem Königlichen Pionier verheiratet? Glücklicher Bursche.«

Der Vizeadmiral räusperte sich. »Da bin ich nicht so sicher. Er war in Singapur beim Einmarsch der Japaner.«

»Kriegsgefangener?«

»Vermißt. Keine Meldung von irgendeiner Seite. Da gibt es natürlich viele Fälle. Das muß hart sein – für sie, meine ich.«

Sherbrooke hörte Gelächter und Gläserklingen.

Der Vizeadmiral grunzte gerade: »Das müssen Sie sich wie einen verdammten Konvoi vorstellen. Das ganze Ding muß man nur heil durchbekommen!«

Sherbrooke lächelte und hörte kaum zu, er war froh, gekommen zu sein, obwohl die ganze Veranstaltung so verlogen war. Es war absurd, und das war ihm bewußt, aber er würde an sie denken, wenn er irgendwann auf das Schiff zurückkam. *Emma.*

Der Lärm und die Willkommensgrüße schlugen über ihm zusammen, und er setzte nochmal ein Lächeln auf, als er hörte, wie jemand einen »Echten Helden« begrüßte. Aber es war Edwardes von der Straße von Dover, der mit ernster Miene die Begrüßung erwiderte.

Der Steward fragte: »Was darf ich Ihnen bringen, Sir?« Er senkte seine Stimme und sagte vertraulich: »Mein Bruder ist Hauptgefreiter. Er fährt auf der *Reliant*.«

Sherbrooke sah, daß Edwardes sie anstarrte.

Er dachte an all die anderen ... an die junge Frau, nicht weit weg in Edinburgh, die von ihrem Mann nur noch ein Foto und ein Baby hatte, das in der Schiffsglocke hätte getauft werden sollen. Er dachte an Rayners unbekannten Flieger, der allein in seinem Schlauchboot in jenen eiskalten Gewässern trieb, und an den verwundeten Deutschen, der sich bei ihm bedankt hatte. An so viele. Zu viele.

Er klopfte dem Steward auf die Schulter. »Horse's Neck, bitte. Einen großen!« Er sah den Mann grinsen. Die Geschichte würde bald die Runde machen und Flunki Long wahrscheinlich noch erreichen, bevor der Tag zu Ende war.

Und an Emma dachte er, deren Gatte vermißt war.

Er erinnerte sich an die Traurigkeit in ihren Augen, als Edwardes seine grobe Bemerkung zu den Hosen gemacht hatte. Sie verstand genau, daß alles, was Edwardes noch hatte, die Erinnerung war. Der Rest war nur Wichtigtuerei.

Der Vormittag verging besser, als Sherbrooke es zu hoffen gewagt hätte. Eine Kameramannschaft und mehrere Fotografen schwirrten über das Schiff. Sie machten Aufnahmen an Oberdeck, besonders von den langen grauen Rohren der Türme A und B, die an Deck arbeitenden Seeleute wurden stolz und selbstbewußt, als sie merkten, daß sie gefilmt wurden. Sogar das Interview klappte recht gut; es wurde von einem sehr professionellen Kriegsberichterstatter geführt, der sich als alter Schulfreund von Kapitänleutnant Drake entpuppte, dem jungen Rechtsanwalt auf der *Reliant*.

Der Tag hatte schlecht angefangen. Sherbrooke hatte gegen einen Alptraum angekämpft, mit den Armen um sich geschlagen und laut gebrüllt; er war aufgewacht in durchgeschwitztem Pyjama, und Maat Long hatte ihm seine Hand auf die Schulter gelegt, in der anderen Hand hielt er eine Tasse schwarzen Kaffee auf einem Tablett. Sherbrooke hatte auf der Party des Vizeadmirals zuviel getrunken, und dafür mußte er jetzt büßen. Er merkte auch, daß seine Uniform, die er nur zur Seite geworfen hatte, bevor ihn das Bewußtsein verlassen hatte, verschwunden war. Sie wurde ihm später auf einem Kleiderbügel, gebügelt und ausgebürstet für die heutigen Termine, gebracht.

Long hatte unbeteiligt gesagt: »Da war ein Anruf von Land für Sie, Sir. So gegen sechs Uhr heute morgen war das. Ich hab' dem Anrufer gesagt, er soll mir seine Nummer geben.« Er setzte ein elfenartiges, unschuldiges Grinsen auf. »Eine Nummer in London, im Stadtteil Mayfair. Sehr fein.«

Das war offenbar Stagg gewesen, und er war auch sicher, daß Long das gewußt hatte. Dieser Mann hätte einen perfekten Butler abgegeben.

Es war nicht einfach, ein Vorrangsgespräch am Tage nach London durchgestellt zu bekommen, aber er hatte den Wachhabenden Offizier angewiesen, alles zu versuchen.

Er sah Sir Graham Edwardes unter einem 10-cm-Turm ein eigenes Interview geben, seine Augen blickten in ziemlich einstudierter Weise ernst und wichtig. Was war mit dem Helden von Dover los? Sherbrooke hatte seinen Vater älter werden sehen, aber der war ein und derselbe Mann geblieben, bis er starb ... Er formulierte seinen Gedanken neu, brutaler: bis er getötet wurde.

Frazier stand neben ihm. »Ich hoffe, daß Sie zu uns in die Offiziersmesse kommen, Sir.«

Theoretisch war der Kommandant immer ein Gast in der Offiziersmesse, er hatte sich allerdings schon öfter gefragt, ob je einem Kommandanten der Zutritt verweigert worden war.

Die Messe erschien größer als sonst, einige Offiziere waren für einen unerwarteten Urlaub abwesend und andere waren an Land, um wichtige Dinge für ihre Abschnitte zu erbetteln, zu leihen oder auch zu stehlen.

Er hatte Emma Meheux mit anderen an Bord kommen sehen, hatte aber keine Gelegenheit gehabt, mit ihr zu sprechen. Sie trug den gleichen schweren Mantel wie gestern, aber darunter trug sie ein schlichtes grünes Kostüm mit der Brosche der Königlichen Pioniere. Sie unterhielt sich mit mehreren Offizieren.

Der kanadische Pilot erklärte ihr irgendwas, die Hände gestikulierend in der Luft, und die anderen grinsten über ihn. An anderen Frauen waren zwei weibliche Offiziere der Marinehelferinnen aus dem Marinestützpunkt anwesend, sehr aufgeweckt und selbstsicher in einer Umgebung, die sie verstanden und zu der sie gehörten.

Frazier hüstelte höflich, und die anderen verschwanden unauffällig, bis auf Rayner, der sagte: »Ich habe gerade Mrs. Meheux erklärt, wie man Hummer zubereitet, Sir.«

Sie sagte: »Danke. Ich werde versuchen, mich daran zu erinnern, wenn sich die Gelegenheit ergibt.«

Sherbrooke schaltete sich ein: »Ich hoffe, daß alle gut für Sie gesorgt haben.«

Sie sah ihn direkt an und ließ die üblichen Einleitungsfloskeln weg. »Es hat doch alles ganz gut geklappt mit dem Interview, oder?«

So ruhig, so sicher; kein Wunder, daß der offenherzige Rayner mit ihr so gut zurechtgekommen war.

»Ich bin das ja nicht gewohnt«, sagte er. »Ich nehme an, daß es zu irgendwas nutze ist. Hab' ich recht?«

Sie anwortete, ohne zu lächeln: »Wir hoffen das. So ein Interview ist alles, woran sich manche Leute halten können.«

War sie wirklich so überzeugt, und hatte sie wirklich alles so fest im Griff?

Er fragte: »Bleiben Sie länger hier in Schottland?«

Sie schüttelte den Kopf, und er merkte zum erstenmal, wie lang ihr Haar war. Kastanienbraun, wie die frischen Früchte, die Farbe des Herbstes. Sie hielt es zurückgebunden, das wirkte fast streng.

»Nein, ich fahre noch heute abend nach London zurück.«

»Ich hätte Ihnen gerne das ganze Schiff gezeigt.«

»Tut mir leid, ich kann nicht. Vielleicht ein andermal.«

Sie beendete das Ganze, bevor es richtig begonnen hatte. Jede Frau mit ihrem Aussehen würde immer Aufmerksamkeit erregen. Der Ehering war kein Schutz in Kriegszeiten, Einsamkeit war da für viele die größte Belastung.

Er sagte: »Lieben Sie Ihre Arbeit?«

Sie zuckte mit den Schultern und lehnte mit einer Hand ein neues Tablett mit Drinks ab. »Ich bin Beamtin, das ist alles. Mein Vater und mein Bruder sind beide Ärzte. Dazu hatte ich nie Lust.« Sie lächelte. »Und auch nicht die Gelegenheit!« Sie machte eine Pause, vielleicht um zu überlegen, ob sie noch mehr sagen sollte. »Wir haben in Bath gelebt; als ich meinen ersten richtigen Posten antrat, war das im dortigen Büro der Admiralität, wo sonst? Natürlich in Bath!«

Nur für ein paar Sekunden hatte Sherbrooke das junge, unbeschwerte Mädchen in ihr entdeckt. Es kam ihm vor, als ob er etwas Geheimes mit ihr teilte.

Sie sagte schnell, fast kurz angebunden: »Wenn ich das Interview gemacht hätte, hätte ich Ihnen andere Fragen gestellt.«

»Welche?«

Sie sah weg. »Wie Sie sich gefühlt haben, als Sie Ihr Schiff verloren haben... Ob Sie glauben, daß wir diesen Krieg gewinnen. Ich habe Sie heute beobachtet, als Sie mit einigen Ihrer Männer sprachen. Nicht unter dem Auge der Kamera, sondern bei anderen Gelegenheiten. Und ich dachte, es ist ein großes Schiff, aber trotzdem scheinen Ihnen alle zu trauen, und es ist, als ob der vorherige Kommandant vergessen worden sei.« Sie sah ihn wieder an. »Na, ich habe zuviel geredet. Gin vor dem Mittagessen ist niemals gut.«

»Entschuldigen Sie, Sir.« Es war der Wachhabende Offizier. »Ihr Gespräch nach London ist da.« Seine Augen wanderten auf das Mädchen und dann wieder zurück. Das würde eine prima Geschichte zum Rumerzählen sein.

Sherbrooke zeigte, daß er verstanden hatte und sagte: »Bitte, gehen Sie nicht, bevor ich wieder da bin, Mrs. Meheux. Ich beeile mich.«

Der Wachhabende Offizier sagte hilfreich: »Ich habe das Gespräch schon in den Vorraum der Messe legen lassen, Sir.«

Sie sah ihnen hinterher und blickte auf ihre Uhr. Edwardes würde Verständnis haben, und sowieso...

»Kann ich irgend etwas für Sie bringen lassen?« Es war Frazier, der das fragte.

Er fühlte sich ausgelaugt und verärgert. Während seines Urlaubs war etwas passiert, das vorher noch nie vorgekommen war. Er hatte einen Streit mit seiner Frau gehabt, ein kurzes, ärgerliches Wortgefecht, das dann aber aus Stolz und mit Rücksicht auf die dünnen Hotelwände unterdrückt worden war.

Sie antwortete: »Ich muß wohl um Entschuldigung bitten, Kap'tän Frazier.«

Er lächelte und versuchte zur guten Unterhaltung beizutragen. »Schade, Mrs. Meheux. Ich habe unseren Kommandanten schon lange nicht so gut gelaunt gesehen.«

Sie drehte sich ihm halb zu. »Ich finde ihn nett. Es wundert mich, daß er nicht verheiratet ist.«

Frazier zuckte mit den Schultern. »Ich kenne die Geschichte nicht genau, aber die Marine ist wie eine Familie, da habe ich natürlich was gehört. Sein Vater hat viele Jahre als aktiver Offizier gedient, dann wurde er krank und mußte ausscheiden. Als der Krieg anfing, wollte er unbedingt nach Portsmouth. Ich glaube, er wollte in der Nähe der Welt sein, die er liebte, oder irgend sowas. Dann, vor zwei Jahren – Sie werden das ja auch wissen – gab es eine Reihe von Luftangriffen auf die Stadt und große Teile wurden zerstört. Der Vater des Kommandanten kam bei einem dieser Angriffe ums Leben.« Er zögerte. »Das Mädchen, das der Kommandant heiraten wollte, war gerade zu Besuch. Auch sie starb bei dem Luftangriff. Das muß sehr hart für ihn gewesen sein.«

Sie sagte sehr ruhig: »Danke für die Information. Ich werde es nicht weitererzählen.«

Frazier sagte genauso ernst: »Das weiß ich.«

Die Stewards sahen auf die Uhr in der Messe. Einige Offiziere kamen schon zum Essen. Jede Unterbrechung der Routine war willkommen.

Sherbrooke kam zurück in die Offiziermesse und sagte: »Tut mir leid, daß ich weg mußte.« Und dann zu Frazier: »Es war Konteradmiral Stagg. Er wollte natürlich wissen, wie es heute geklappt hat mit dem Interview und den Aufnahmen.«

Zu dem Mädchen sagte er: »Können Sie nicht doch noch etwas länger bleiben?«

»Ich fürchte, nein. Ich habe einen Platz reserviert im Nachtzug von Edinburgh Waverley.« Sie drehte sich, um noch etwas zu Frazier zu sagen, aber der war gegangen.

»Er ist ein netter Mensch«, sagte sie.

»John? Ja, bestimmt. Ich wüßte nicht, wie ich ohne ihn zurechtkommen sollte.«

Sie sah wieder im Raum umher. Sie bereitet ihre Flucht vor, dachte er.

Sie sagte: »Er hält viel von Ihnen, ganz bestimmt.« Dann ergänzte sie in der direkten Art, die sie schon bei ihrem ersten Gespräch gezeigt hatte: »Er hat mir von Ihrem Vater erzählt, es tut mir wirklich leid, was da passiert ist.«

Dann war Stille. Er fand es schwierig, das Schweigen zu unterbrechen. Schließlich sagte er: »Mein letztes Kommando war ein Schiff aus Portsmouth.« Er sah in der Messe umher, wie ein Fremder. »Wie die *Reliant* auch. Nach diesen Luftangriffen gab es viele verzweifelte Leute.«

»Ich glaube, Sie haben gerade die Fragen beantwortet, die ich in meinem Interview gestellt hätte.«

Er sagte: »Ich bringe Sie von Bord, Mrs. Meheux.«

»Von Bord. Bei Ihnen klingt sogar das freundlich.« Sie lachte, aber etwas in ihren Augen verriet, daß das nicht ehrlich war.

Er sagte: »Ich werde sicherstellen, daß Ihr Auto auch da ist.« Er sah zu, wie sie durch die Offiziersmesse ging, um sich von dem Vizeadmiral und dem Helden von Dover zu verabschieden.

Er machte sich hier zum Idioten. Vermißt oder nicht, die Frau war verheiratet, und vermutlich würde sie sich an den Besuch hier kaum noch erinnern können, wenn sie erst einmal in London war.

Er ging hinaus auf das feuchte Oberdeck und sah, wie die Wache aufmerksam reagierte. Der Wachhabende Offizier war anwesend, und auf der Pier wartete ein Auto, der Fahrer sprach mit dem Posten der Marineinfanterie.

Er dachte an Staggs Interesse an dem Interview, das zeitlich so ungünstig lag, daß es in seiner Abwesenheit passierte. Er war sicher, daß Stagg sich einbildete, er hätte das alles viel besser gemacht. Doch der zweite Aspekt dieser Sache verblieb fest in seinen Gedanken, so wenig entfernbar wie eine Gräte im Hals.

Eine Frau war am Telefon gewesen, mit barscher, ungeduldiger Stimme. »Vincent! Es ist die *Reliant*!«

Bei dieser stark gestörten Telefonverbindung konnte man sich irren. Dann erinnerte er sich an den Friedhof, mit der Flagge über dem Sarg. Er hatte sich nicht geirrt. Er hätte Janes Stimme überall erkannt. Er ging an die Reeling und starrte auf die unten herumliegenden rostigen Trossen und Haufen alter Panzerplatten herab, jetzt war das alles nur noch Schrott. Die *Reliant* würde bald wieder in Ordnung und wieder auf See sein. Rosyth, wie alle anderen Werften auch, benötigte die Liegeplätze.

Sherbrooke hörte ihre Schritte auf dem Deck und bereitete sich bewußt darauf vor, sie anzusehen.

»Ich hoffe, daß wir uns noch mal wiedersehen, Mrs. Meheux. Das meine ich ehrlich. Eventuell bekomme ich ja doch noch meine Chance, Ihnen die *Reliant* zu zeigen. Vielleicht in London . . .«

Sie sah ihn fest an, neugierig, keck und doch auf der Hut.

»Ich glaube, das wäre nicht klug, Kapitän Sherbrooke. Für uns beide nicht.«

Sie hielt ihm die Hand entgegen.

»Passen Sie gut auf sich auf. Ich werde diesen Besuch nicht vergessen.«

Er ergriff ihre Hand und konnte die Augen der Fallreepsgasten fast körperlich bei jeder Bewegung auf sich spüren.

Er hatte sie beleidigt, oder, vielleicht noch schlimmer, sie war verärgert wegen seiner tolpatschigen Aufmerksamkeit oder seiner Arroganz.

Sie ließ die Hand los und legte den Kragen ihres Mantels zurecht.

Er riet: »Halten Sie sich am Handläufer fest, die Stelling ist sehr steil.«

Sie sah ihn wieder genau an, gerade, als wäre sie erstaunt über seinen Ratschlag.

Sie sagte: »Es beginnt wieder zu regnen!« Sie schien sich entschlossen zu haben. »Wenn Sie es wirklich wünschen...« Sie machte eine Pause. »Meine Telefonnummer ist in den Unterlagen zum Interview.«

Sherbrooke grüßte, als sie das Schiff verließ. Sie sah sehr klein aus vor dem Grau des Schiffes und dem blendenden Licht der Schweißbrenner. Sie sah nicht mehr zum Schiff hoch, aber er sah hinter dem Auto her, bis es im Durcheinander der Werft verschwand. Und irgendwie war ihm klar, daß sie das wußte.

7

Freunde

Zur Überraschung aller wurden die Instandsetzungsarbeiten auf der *Reliant* planmäßig beendet; allerdings dauerte es noch einen Tag, um das Schiff auszudocken und an einen neuen Liegeplatz zu verholen. Die Übernahme von Munition und Versorgungsgütern begann sofort. Das war auch der Tag, an dem Konteradmiral Stagg wieder zurückkam, und es war vom Augenblick seines Anbordkommens an klar, daß er schlechte Laune hatte. Die Gespräche in der Admiralität mit den dortigen Abteilungsleitern hatten keinerlei Ergebnisse gebracht, wenigstens stellte Stagg das so dar.

»Und all das nur wegen dieses verdammten Flugzeugträgers, der *Seeker*! Die ist immer noch da oben auf Island, eine verflixte Verzögerung nach der anderen. Das kann noch Wochen dauern, bis die endlich zu uns stößt! Und die Herren in der Admiralität haben die Hosen so voll nach dem Zwischenfall mit der *Minden,* daß mein Flaggschiff einen weiteren Truppentransport begleiten soll, der für nächsten Monat geplant ist. Australische und neuseeländische Divisionen diesmal. Die kommen von Ceylon um das Kap der Guten Hoffnung. Die denken nur noch an die Kreuzer, die Handelskrieg führen!«

Sherbrooke beobachtete ihn, er sah seinen Ärger und Groll.

»Ich verstehe das schon, Sir. Wenn in den Gewässern etwas passiert . . .«

Stagg schnarrte: »Gott verdammt, Guy, Sie sind ja genauso schlimm wie die anderen Kerle! Ich will meine eigene Schlaggruppe, eine aktive Streitkraft – etwas, das in diesem Stadium des Krieges wirkliche Bedeutung hat. Unser Oberbefehlshaber, der First Sea Lord, hat ganz eindeutig gesagt, daß wir in diesem Jahr die Invasion schaffen oder nie. Ich habe nicht die Absicht, als Konvoi-Begleiter benutzt zu werden. Jedes vergammelte alte Schlachtschiff kann das!«

Er starrte auf seinen Adjutanten, der legte Ordner mit Fernschreiben auf seinem Tisch zurecht. »Und ich habe Ihren Bericht über das Mist-Radar gelesen. Alles in Ordnung, sagen die, was? Die hätten mal mit da draußen sein sollen, oder?«

Sherbrooke verstand das auch nicht. Ein seltsamer Zufall, eine unerklärte zeitweilige technische Störung. Schließlich steckte das Radar noch in den Kinderschuhen.

Die klare Tatsache blieb jedoch, daß die *Minden* mit ihren besonderen Empfängern die Position der *Reliant* hätte ermitteln können, wenn das Radar mit voller Stärke gestrahlt hätte. Die *Minden* war weder auf der erwarteten Position gewesen, noch hatte sie den von der *Reliant* angenommenen Kurs gesteuert. Hätte Rayner nicht das Arado-Bordflugzeug gesichtet, und hätten sie nicht den Ausfall des Radarsenders gehabt, hätte der Gegner leicht die erste entscheidende Breitseite schießen können. Sherbrooke erinnerte sich an die Antworten, die er dem ungepflegten Journalisten gegeben hatte. Glück, Zufall, vielfach war das so. Diesmal aber war es mehr gewesen. Wie Vorhersehung.

Das war natürlich lächerlich. Er war müde, und Staggs unduldsame Stimmungslage hatte die Situation auch nicht besser gemacht.

Stagg sagte scharf: »Aber wenn wir erst einmal *Seeker* bei uns haben, dann wird das anders, das sage ich Ihnen!«

Sherbrooke dachte an die lange Fahrt nach Süden. Gibraltar, der Südatlantik, wahrscheinlich würden sie ein anderes schweres Geleit in Kapstadt ablösen. Weg vom Eis und den dunklen, unangenehmen Seegebieten.

Stagg sagte: »Oh, dies hier ist gerade angekommen. Der alte Knabe, dem Sie hier begegnet sind, Sir Graham Edwardes.« Er nahm das Fernschreiben in die Hand. »Zwei Tage nach seinem Besuch auf der *Reliant* ist er abgekratzt, sozusagen hat er das letztemal losgeschmissen. Herzinfarkt, offenbar.« Er grinste sarkastisch. »Das muß wohl die Wirkung sein, die Sie auf die Leute ausüben.«

Sherbrooke sah, wie die Augen des Adjutanten zwischen ihnen hin- und herwanderten. Er war bei dem Besuch auch an Bord gewesen: Stagg nahm ihn offenbar nie zu wichtigen Dingen mit.

Er erinnerte sich an die Warnung des Vizeadmirals an dem Abend: *Der ist noch ganz schön auf Zack.* Und jetzt war er tot.

Stagg sagte: »Sie haben hart gearbeitet, seitdem Sie das Kommando hier übernommen haben. Sie hatten noch keine Pause, da wette ich.« Sein Humor kehrte zurück. »Wissen Sie, Guy, ich habe allerlei zu tun, und da Sie bei meiner Abwesenheit mit den Interviews und den anderen Sachen einen so guten Eindruck gemacht haben, denke ich, Sie sollten an meiner Stelle zu der Trauerfeier fahren. Als eine Art Anerkennung.«

Sherbrooke starrte ihn an. »Eine Gedächtnisfeier für Sir Graham?«

Stagg hätte ihn fast angelächelt. »Die Marineführung erwartet das. Das ist auch jedesmal ein prima Besäufnis. Und ich weiß es bestimmt zu würdigen, wenn Sie das für mich machen.«

Sherbrooke hörte geordnete Schritte auf dem Achterdeck, das Schiff wurde nach der Invasion durch die Werftarbeiter jetzt wieder Herr seiner selbst.

Der Adjutant sagte höflich: »Das findet in Portsmouth statt, Sir.«

Stagg schnarrte: »Reden Sie nicht dazwischen, Adju.«

Und an Sherbrooke gewandt: »Ich werde dafür sorgen, daß die Luftwaffe Sie die größte Strecke fliegt. Das ist doch das mindeste, was ich tun kann, oder?«

Sherbrooke zögerte. »Wann wird das sein, Sir?«

Stagg hatte genug von dem Thema. »Nächsten Donnerstag. Kein Problem. Machen Sie das klar, Adju. Und dann sagen Sie meinem Sekretär, er soll hereinkommen.«

Sherbrooke ging zur Tür. Es stimmte. Seitdem er das Kommando übernommen hatte, war er außer auf Island und innerhalb der Werft nicht an Land gekommen. Frazier konnte übernehmen, das hatte er schon vorher getan. Er bildete sich ein, wieder ihre Stimme zu hören, wie bei dem Empfang in der Offiziersmesse: *Er hält viel von Ihnen!* Aus dem Blickwinkel hatte er Frazier noch nie betrachtet. Er war ein Perfektionist, was die Arbeit anbetraf, aber sonst mitunter geradezu geistesabwesend und sehr zurückhaltend, bis auf den kurzen Augenblick auf der Brücke. *Vielleicht lernen wir ja alle noch dazu.*

Stagg sagte: »Das wollte ich Ihnen noch sagen, Guy. Ich habe Jane Cavendish in London getroffen. Bin mit ihr zum Essen gegangen. Sie sieht ganz gut aus, wenn man die Umstände betrachtet.«

Zum Essen. Maat Long hatte gesagt, daß der erste Anruf von Land morgens um sechs gekommen war.

Sherbrooke hörte sich selbst sagen: »Ich freue mich, daß es ihr gutgeht.« Es konnte ja auch Zufall gewesen sein.

Stagg sagte gleichgültig: »Ach, sie wird schon drüber wegkommen.«

Sherbrooke riskierte nicht, noch mehr zu sagen, und verließ die Admiralskammer. Es war also wahr, und alles, woran er denken konnte, war Cavendish, der in seinem geliebten Auto saß und den Motor bei geschlossener Garage laufen ließ.

Sie wird schon drüber wegkommen. Aber er war nicht drüber weggekommen!

Weiter vorn im großen Rumpf der *Reliant* waren etliche Schreibstuben und die Büros des Schiffes. Dort wurde alles organisiert, von der Ausgabe von Rum und Dosenkaffee bis zur Verteilung von Wetterschutzbekleidung und Rollenkarten, damit die Neuankömmlinge wußten, was sie zu tun hatten.

In einer dieser Schreibstuben saß der Sekretär des Admirals, Kapitänleutnant James Villar, mit gekreuzten Beinen und versuchte ein Kreuzworträtsel zu lösen. Er war spät in die Royal Navy eingetreten, und seine Lebensgeschichte war so wenig bemerkenswert, daß er es manchmal für erforderlich hielt, sie auszuschmücken. Er war mit seinen dreißig Jahren schon älter als die meisten Offiziere der *Reliant* und hatte ein dunkles, fast schwarz-braunes Gesicht mit ruhelosen, durchdringenden Augen, denen kaum etwas entging. Offiziere und Mannschaften kamen und gingen; sie machten Lehrgänge zur Weiterbildung oder für Beförderungen; sie füllten Lücken, die Verstorbene oder Desertierte hinterlassen hatten. Villar hatte sie alle beobachtet. Es war mehr als ein Hobby: Es war hingebungsvolle Verfolgung. Offiziere seiner Verwendungsgruppe, der Versorgungs- und Stabsdienstlaufbahn, durch weißes Tuch zwischen den goldenen Ärmelstreifen besonders gekennzeichnet, wurden von den anderen mitunter als notwendiges Übel angesehen. Die normalen Truppenoffiziere, die Artillerieoffiziere und die Flieger, glaubten, daß sie auf einem anderen Planeten lebten.

Aber Villar war der Sekretär des Admirals, und daher fühlte er sich allen anderen überlegen.

Mit jedem Menschen an Bord verband sich irgendeine besondere Geschichte, und häufig ging Villar daran, diese Geschichte zu entdecken.

Er drehte seinen Kopf, als etwas leise quietschte, ein feuchtes Ledertuch auf einer der dick verglasten Lüftungsöffnungen.

Villar klopfte mit dem Bleistift an seine Zähne. Vermutlich steckte auch dahinter eine Geschichte, aber er hatte Zweifel, ob er sich die Mühe machen würde, diese Geschichte herauszubekommen.

Der Mannschaftsdienstgrad, der das Glas reinigte, drehte sich um und sah ihn an.

»Sonst noch was, Sir?«

Villar sah ihn ernst an. »Der Schrank da. Es ist hierdrin für Sie doch angenehmer als draußen auf dem kalten Deck, nicht wahr?«

Gefreiter Alan Mowbray war jung und sah noch sehr knabenhaft aus, obwohl Villar wußte, daß er fast neunzehn war. Sogar in seinem Arbeitsanzug wirkte er immer gepflegt, sein Haar war sorgfältig gekämmt und sauber. Wieso er auf einem Schlachtkreuzer gelandet war, verstand Villar nicht. Er war als ehemaliger Offiziersanwärter in den Personallisten aufgeführt, an irgendeiner Stelle der Ausbildung war er durchgefallen, »rausgeflogen«. Villar hatte sich schon öfter gefragt, warum wohl. Mowbray hatte viele Fähigkeiten, die denen der Offiziere, die Villar jeden Tag in der Offiziersmesse traf, in nichts nachstanden. Er hatte angenehme Umgangsformen und konnte sich ruhig und klar artikulieren. Vielleicht hatte ihm nur der Ehrgeiz seiner Kameraden gefehlt.

Er sah ihm zu, wie er den Schrank putzte. Er hatte fein gegliederte, fast feminine Hände, aber er schien sich gut in die vollen und von rauher Hand regierten Mannschaftsdecks eingefunden zu haben. Wenn das nicht der Fall gewesen wäre, hätte Villar davon gehört.

Er sagte plötzlich: »Was haben Sie gemacht, bevor Sie sich zur Marine gemeldet haben, Mowbray?«

Der Junge sah ihn an. »Ich war Student, Sir.« Er zögerte. »Kunststudent.«

»Ah, ja. Und waren Sie da enttäuscht, als das mit der Offizierlaufbahn nicht geklappt hat?«

Mowbray überlegte. »Also, das passierte halt so, Sir. Ich bin nicht sicher, was ich eigentlich selbst wollte.« Er putzte weiter.

»Waren Sie gut? Als Künstler meine ich.«

Das Putztuch stand wieder still. »Ich denke schon, Sir.« Er sah auf, die Stirn in Falten, verletzlich. »Ich arbeite immer noch auf dem Gebiet, wenn ich die Zeit finde.«

Villar verlor das Interesse an der Unterhaltung. »Sie müssen mir irgendwann mal eins Ihrer Meisterstücke zeigen.«

Er sah sich um, als es an die Tür klopfte.

»Ja?«

Es war ein völlig Fremder, ein Leutnant zur See der Reserve, so neu, daß sein geschwungener Ärmelstreifen wie pures Gold aussah.

»Ich suche den Ersten Offizier, Sir. Ich bin gerade an Bord gekommen. Leutnant zur See Peter Forbes...«

»Hier sind Sie falsch. Ich bin der Sekretär des Admirals.« Das Telefon neben seinem Ellenbogen klingelte und unterbrach die plötzlich eingetretene Stille. Villar hob ab.

Es war Howe, der Adjutant.

»Der Boss möchte, daß Sie nach achtern kommen. Los, los!«

Aber Villar hörte ihn kaum. Er sah auf den neuen Leutnant und den Mannschaftsdienstgrad, der vor dem Schrank kniete.

Forbes sagte gerade: »Alan, du bist es! Ich wußte gar nicht, daß du auf der *Reliant* bist. Das hättest du mal sagen sollen! Hättest du doch mal geschrieben!«

Der Gefreite stand auf, er drehte das Putzleder in den Händen.

»Tut mir leid, Peter... äh, ich meine, Sir. Ich konnte nicht...«

Villar sagte leise ins Telefon: »Bin unterwegs, Adju.« Aber er beobachtete die beiden verhohlen noch weiter, sah, wie sie die Hände ausstreckten und schüttelten, spürte die Unannehmlichkeit und die Bestürzung in dieser Begegnung. Und noch etwas.

Er legte den Telefonhörer geräuschvoll nieder. »Ich gehe in die richtige Richtung, Leutnant. Ich helfe Ihnen weiter.« Und zu dem jungen Seemann: »Machen Sie hier weiter. Das dauert ja nicht mehr lange. Vielleicht benötige ich Sie dann noch.«

Er sah, wie sie noch schnell Blicke austauschten, und war zufrieden. Das war nun wirklich eine Geschichte.

Sie alle waren auf der *Reliant*, sowohl Maat Long, der seinem Kommandanten für die Reise nach Süden den Koffer packte und dabei darüber nachdachte, wie der sich verändert hatte, als auch Kapitänleutnant Dick Rayner aus Toronto, der voller Zweifel dem Vorschlag von Eddy Buck zugestimmt hatte, einen gepflegten Landgang zu machen. Zwölfhundert Offiziere und Mannschaften, vom Konteradmiral zum jüngsten Matrosen. Sie alle konnten zusammen nur so stark sein wie das Schiff, das ihrer aller Lebensumstände bestimmte.

Das Taxi mußte wohl schon lange vor dem Krieg hergestellt worden sein. Jedesmal, wenn der Fahrer schaltete, hörte sich das an, als sei es das letzte Mal. Die Nacht war absolut dunkel, und die Abdunklung der Scheinwerfer, die wegen der Gefahr von Luftangriffen erforderlich war, machte es unmöglich, zu erkennen, wohin sie fuhren. Rayner wischte das Fenster mit seinem Ärmel ab und sah auf ein verdunkeltes Haus, das neben der Straße emporragte.

»Wo zur Hölle ist das Lokal, Eddy?«

Buck sagte voller Hoffnung: »Ich glaube, wir sind fast da.«

Rayner zog in der Dunkelheit eine Grimasse. »So? Ich glaube, wir haben uns verirrt!«

Es hatte sich alles ganz einfach angehört, aber das war bei Buck fast immer der Fall. Sie wollten zum Malcolm Hotel,

»nur ein paar Meilen die Queensferry Road hinauf«. Dort gab es Musik und Tanz. Die meisten Männer kamen aus der örtlichen Heereskaserne, und natürlich waren auch Mädchen dort, sogar von Dunfermline, und bei Buck hatte sich das angehört wie Las Vegas.

Der Fahrer, zurückhaltend bis zur Unfreundlichkeit, hatte von Anfang an klargemacht: Zahlung im voraus und für die Rückfahrt in der Nacht den doppelten Preis. Buck schob das zur Seite, indem er sagte: »Zurück nimmt uns bestimmt einer mit, vom Heer oder von der Luftwaffe, ganz bestimmt.« Erst später hatte er zugegeben, daß er vorher erst einmal in dem Hotel und daß das mitten am Tage gewesen war.

Rayner sagte: »Wir hätten an Bord bleiben können oder auf den Kreuzer, der auch da liegt, für einen Drink gehen sollen. Das hätte mehr Spaß gemacht.«

Immerhin, es regnete zur Abwechslung mal nicht. Feuchter Nebel hing an den Scheiben; aber das macht nichts, dachte Rayner, es gab sowieso nichts zu sehen.

Er wollte eigentlich nach Hause schreiben, aber dann hatte Buck ihn solange gequält, bis er dem Landgang zugestimmt hatte. Er wollte seinen Eltern von seinen Erlebnissen berichten, aber er wußte sehr wohl, daß es nicht die geringste Chance gab, so etwas an der Zensur vorbei zu bekommen. Er hätte sich ihnen gerne anvertraut. Die Tatsache, daß er zwei Deutsche getötet hatte, wollte er ihnen mitteilen, zwei Flieger, wie er selbst. Nicht um sich zu entschuldigen oder sich zu rechtfertigen. So war der Krieg nicht...

Buck sagte: »Ah, ich erkenne das jetzt. Es ist nicht mehr weit!«

Rayner grinste. »Du und deine verdammten Abkürzungen.«

Es war schon seltsam, wenn man darüber nachdachte. Zwei junge Männer von den entgegengesetzten Ecken der Erde tappten in Schottland herum, um für kurze Zeit von

Maschinen und Routine, von Langeweile und plötzlicher Gefahr loszukommen.

Auch darüber wollte er seinen Eltern schreiben.

Er hörte, wie der Fahrer etwas murmelte, und dann sagte Buck: »Da hat doch einer genau in der Kurve geparkt. Verdammt gefährlich ohne jede Beleuchtung.«

Rayner sagte: »Na, so viel Verkehr ist hier ja auch nicht.«

Sie fuhren vorsichtig an dem Auto vorbei, das in entgegengesetzter Richtung stand. Irgend jemand, der immer noch Benzin bekam, trotz der strikten Rationierung...

Er stieß den Fahrer gegen den Arm. »Halten Sie das Taxi an!«

Der Fahrer trat auf die Bremsen. »Was haben Sie gesehen, Mann?«

Es war dasselbe Gefühl, eiskalt und hellwach, ein Instinkt.

Buck sagte: »Oh, um Gottes willen, kannst du denn nicht warten, bis wir da sind?«

Aber Rayner war schon raus aus dem Taxi, seine Schuhe rutschten auf den losen Steinen, als er die Straße in Richtung auf das abgedunkelte Auto überquerte.

Es passierte alles in einer Sekunde, aber sein Verstand registrierte jede Einzelheit, wie bei einer Landung oder einem plötzlichen Flugmanöver, um überraschendem Flakbeschuß auszuweichen. Rayner riß die Tür auf und sah einen Mann, der ihn anstarrte, wilde Augen in der schwachen Beleuchtung; er schlug mit der Faust zu, aber Rayner spürte den Schlag kaum. Er sah vielmehr das Mädchen, hintenübergedrückt auf dem Beifahrersitz, ihr Rock war nach oben geschoben, eine Schulter war nackt, das Kleid zerrissen.

Sie versuchte wohl zu schreien oder zu sprechen, stummer Schrecken und Unglauben waren ihr ins Gesicht geschrieben.

Rayner verspürte den Geschmack von Blut in seinem Mund und wurde plötzlich geradezu blindwütig. »Du Bastard! Du Hundesohn!« Er fühlte den Schmerz von seinem eigenen Schlag seinen Arm hochsteigen und bekam kaum mit, daß Buck versuchte, an ihm vorbeizulangen, um ihn zu unterstützen.

Rayner brauchte keine Unterstützung. Der Mann fiel wild um sich schlagend aus dem Auto, seine Wut machte Furcht Platz, als Rayner ihn immer wieder traf.

Buck rief: »Hör auf, du Verrückter! Der ist schon bewußtlos!«

Rayner lief schnell auf die andere Seite, riß die Tür auf. Sie machte keinen Versuch, sich zu widersetzen, als er den Arm um sie legte, und sie blieb still, als er versuchte, ihre Beine mit ihrem Rock zu bedecken. Nur ihre Augen bewegten sich, ohne daß man ihnen allzuviel ansehen konnte, aber Rayner bemerkte ihre Freude, als sie erkannte, daß sie gerettet war.

Sie stand neben ihm auf der Straße. Rayner zog seinen blauen Regenmantel aus, führte ihre Arme in die Ärmel und zog ihr den Mantel an, er knöpfte ihn zu und zögerte, als er mit seinen Fingern ihre Haut an der Stelle berührte, an der das Kleid zerrissen worden war.

Er sagte: »So ist es schon besser.« Und zu Buck: »Hol das Taxi, Eddy.«

Buck sagte: »Der ist abgehauen. Der war vielleicht 'ne große Hilfe.«

Sie blickte auf den immer noch fast Ohnmächtigen am Boden. »Das Hotel ist gleich um die Ecke.« Sie sprach sehr sorgfältig, so als ob sie Angst hätte, damit irgend etwas heraufzubeschwören. »Wir waren auf einer Geburtstagsfeier. Es waren viele von uns da, aber ich mußte zurück. Er bot an, mich mitzunehmen.« Plötzlich streckte sie den Arm aus, und der Ärmel von Rayners Mantel rutschte über ihre Hand. »Mein Geldbeutel ist noch da drin. Würden Sie ihn holen, bitte?«

Sie schwankte leicht, und Rayner hielt sie sanft, während Buck den Geldbeutel holte.

Buck griff noch einmal in das Auto und nahm den Zündschlüssel. »Ich rufe die Polizei an, Dick.«

Sie gingen um die Kurve, und da stand auch das Hotel. Es war nichts Tolles, und Musik und Tanzen gab es zumindest an diesem Abend auch nicht.

Sie schoben sich durch die verrauchten Verdunkelungsvorhänge in das grelle Licht. Es waren etliche Leute da, die meisten in Uniform, darunter ein paar Krankenschwestern. Eine stand neben einem Geburtstagskuchen, und Rayner dachte völlig blödsinnigerweise, daß es wohl die Süßigkeitsrationen von allen gekostet haben mußte, diesen Kuchen zu backen. Er hatte schon eine Menge gelernt, seit er nach Großbritannien gekommen war.

Sie drehte sich um, und er sah ihr Gesicht zum erstenmal. Sie war hübsch, und ihr Haar war so blond wie seins.

Dann nahm sie ihr Taschentuch aus seiner Manteltasche und tupfte seinen Mund ab, sehr vorsichtig, aber mit sicherer Hand. »Da werden Sie morgen eine ordentliche Delle haben.«

Buck grinste: »Der da draußen auch.«

Sie sah die Schwingen auf Rayners Ärmel. Das schien sie zu überraschen, sogar zu mißfallen. »Sie sind Flieger, ich dachte – als ich die Uniform sah . . .«

Alle drängten sich um sie, stellten Fragen, wollten helfen; irgend jemand gab ihr ein Glas mit einem Getränk. Nebenan konnte Rayner jemanden telefonieren hören, er erkundigte sich nach der Polizei.

Rayner antwortete höflich: »Na, was ist denn dabei? Mögt ihr keine Flieger?« Das war wenigstens etwas, was man in dieser Situation noch sagen konnte. Sie versuchte das Getränk hinunterzuschlucken, und er fühlte den blinden Zorn wieder, als er die Kratzer an ihrem Hals und auf ihrer Backe sah.

Sie würgte, und schließlich sagte sie: »Nein, so ist das nicht. Ich arbeite in dem neuen Krankenhaus, . . . das ist nicht weit von hier. Wir haben auch viele Kriegsverletzte,

Rehabilitationsfälle und Verbrennungen. Wir bekommen da viele Flieger.«

Er sagte: »Ja, abseits der eingefahrenen Wege.« Er konnte seine Verbitterung nicht verbergen. Er hatte Piloten mit schweren Verbrennungen und Entstellungen gekannt, die in abgelegene Orte wie diesen hier geschickt worden waren, damit sie mit ihrem Aussehen die Menschen nicht erschreckten.

Er sagte: »Der Mann, kannten Sie ihn?«

»Nein, eigentlich nicht. Er wußte, daß ich Krankenschwester bin ... er muß wohl bei der Unterhaltung zugehört haben.« Sie schloß ihre Augen, als ob sie etwas aus ihrem Gedächtnis verdrängen wollte. »Man darf ihnen nie sagen, daß man Krankenschwester ist. Die denken, eine Krankenschwester sei für jeden und für alles da.«

Jemand rief: »Ich bring dich jetzt zurück, Andy!«

Die ganze Sache ging jetzt völlig durcheinander. Rayner hörte, daß Türen auf- oder zugeschlagen wurden, und energische Stimmen, die sich kaum von den Stimmen der Polizisten in Toronto unterschieden.

Sie hielt seinen Arm, suchte nach Worten, es war wie bei einer Verabschiedung auf einem Bahnhof, wenn einem die richtigen Worte nicht einfielen.

Sie sagte: »Ich werde Ihnen den Mantel schicken. Ich weiß noch nicht mal ...«

»Dick Rayner. Ich bin auf der *Reliant*.« Er konnte fast die Poster vor seinen Augen sehen, die zur Schweigsamkeit aufforderten. *Schwätzerei kostet Leben! Feind hört mit!* Aber das war ihm jetzt egal.

»Ich rufe Sie morgen an.« Er sah ihre Unsicherheit, die Angst und der Schock kamen wieder. »Ich möchte Sie nicht verlieren. Nicht jetzt.«

Sie sagte sehr sanft: »Ich bin Andrea Collins.« Und wieder versuchte sie, zu lächeln. »Meine Freunde nennen mich Andy.«

Sie hielt seinen Arm so fest, daß er ihren Schmerz und auch ihren Ekel spüren konnte.

»Der hat versucht, mich zu vergewaltigen...«

Dann schwanden ihr die Sinne, und sie wäre hingefallen, hätte Rayner sie nicht gehalten.

»In Ordnung, Herr Kapitänleutnant, wir kümmern uns um sie«, sagte eine ältere Krankenschwester. Sie mußte wohl in ihren jungen Tagen eine echte Schönheit gewesen sein, dachte er. Sie war das Geburtstagskind.

»Nehmen Sie diese Karte«, sagte sie. »Das ist die Anschrift des Schwesternwohnheims. Sie haben da wirklich eine gute Tat getan.«

Dann plötzlich waren alle verschwunden, bis auf Buck und zwei große Polizisten.

Einer der Polizisten sagte: »Hab' ich gehört, daß Sie von der *Reliant* sind, Sir? Das ist eine tolle Sache, was, James? Ein echter Held!« Er sah den Wirt mit starrem Blick an. »'Ne ganze Flasche von deinem besten Stoff, Alex.« Er strahlte die beiden Marineoffiziere an. »Und dann müssen Sie mal eine kleine Geschichte erzählen.« Er schüttelte freundlich Rayners Hand. »Aber erst den Malt Whisky, und machen Sie sich keine Sorgen, wie Sie zum Schiff zurückkommen. Wir bringen Sie hin.«

Rayner sah auf seinen Ärmel, und er erinnerte sich, wie sie sich daran festgehalten hatte. Dann grinste er seinen Freund an. Auch Eddy konnte diese Sache nicht überbieten, wenn es um den besten Landgang ging.

Meine Freunde nennen mich Andy.

Er sagte: »Also, verdammt noch mal. Na klar!«

Und alle lachten.

Die Kathedrale St. Thomas à Becket war klein, ja sogar intim, wenn man sie mit zeitgleich gebauten Gotteshäusern in anderen Städten verglich, aber in den Jahren des Krieges war sie zu einem mächtigen Symbol für alle die geworden, die sie kannten. Während der unerbittlichen, fortwährenden Bombardierung der ersten harten Monate, als die Stadt mitansehen mußte, wie das berühmte Rathaus in einen Haufen Asche verwandelt wurde und wie Straßen und ganze Wohnviertel platt gemacht wurden, gab sie Portsmouth Hoffnung und Stärke zum Überleben und schließlich auch dazu, den Kampf aufzunehmen. Genau so wie H.M.S. *Victory* in ihrem Trockendock, um das herum die meisten Gebäude in Schutt und Asche gelegt oder bis auf die Grundmauern niedergebrannt waren, wirkte die Kathedrale wie ein Fanal.

An diesem klaren, kalten Morgen war sie fast auf den letzten Platz gefüllt; die Gemeinde bestand aus höheren Offizieren, zwei Mitgliedern des Parlaments, Regierungsvertretern und einer kleinen Gruppe von Männern und Frauen, einige davon schon sehr alt, die aber immer noch die bekannten Kirchenlieder mitsingen konnten. Ihre Orden waren aus einem anderen Krieg, sie wurden mit Stolz an dieser Stätte, an der schon so viele Helden begrüßt und geehrt worden waren, zur Schau gestellt.

Weiter hinten saßen jüngere Marineoffiziere, viele von Schiffen in der Marinewerft. Sherbrooke stand neben einem bulligen Major der Marineinfanterie und sah sich kurz in der Runde nach den anderen um. Wahrscheinlich waren viele zur Teilnahme abgestellt worden, damit der Gottesdienst, der wohl in großer Hast vorbereitet worden war, eine ordentliche Besucherzahl hatte.

Der Oberbefehlshaber, Portsmouth, las den Bibeltext, und der Probst hielt eine kurze, aber bewegende Ansprache. Sherbrooke erinnerte sich an den alten Mann, den er in Rosyth erlebt hatte, und er fand es schwierig, seinen eigenen Eindruck von dieser Person mit dem Helden in Übereinstimmung zu bringen, der hier gefeiert wurde.

In den ersten Tagen des Krieges hätte man es nie gewagt, eine Feier mit einer solchen Teilnahme hier abzuhalten. So viele wichtige Leute unter einem Dach, das hätte das Schicksal allzusehr herausgefordert.

Sherbrooke war auf See gewesen, als jener letzte Angriff gegen die Stadt und die Werft geflogen wurde. Über dreihundert Bomber hatten die ganze Nacht fast ununterbrochen Angriffe geflogen, viele Menschen wurden getötet oder verletzt und über dreitausend verloren ihre Wohnung. Eine Bombenreihe war über den Point gefallen, wo sein Vater ein kleines Haus hatte, von dem aus er über den Solent sehen konnte. Er hatte ein altes Teleskop auf der Veranda, damit konnte er die Kriegsschiffe beim Ein- und Auslaufen beobachten; die meisten kannte er genau.

Sie mußten sehr schnell zusammen gestorben sein. Das war ein ausgesprochen schwacher Trost.

Portsmouth hatte für die Toten ein Denkmal errichtet, und er fragte sich, ob er einmal hingehen und es sich ansehen sollte. Er sah auf die Büsten und Erinnerungstafeln, alles berühmte Namen und Siege, die ihresgleichen suchten, eben die Geschichte einer Stadt und einer Marine.

Reliant hatte Portsmouth als Heimathafen, aber wie die anderen größeren Schiffe auch, kam sie selten hierher. Auch wenn es immer mehr Luftunterstützung, starke Flakbatterien und Sperrballons gab, es gab immer das Risiko eines energisch vorgetragenen Angriffes, und ein Schlachtkreuzer im Dock wäre für die Deutschen ein so wichtiges Ziel gewesen, daß sie es nicht hätten auslassen wollen. Sherbrooke sah auf das Blatt mit den Kirchenliedern in seiner Hand. Das letzte Lied sollte *Für jene in Gefahr auf See* sein. Er lächelte still für sich. Das war so ziemlich das einzige Lied, für das die Seeleute nicht eine verballhornende Version hatten.

Er dachte darüber nach, wie Frazier wohl zurechtkam. Er hatte bei ihrem letzten Treffen ziemlich abgespannt ausgesehen. Es war irgend etwas Persönliches, das mußte so sein. Irgendwas außerhalb des Schiffes, außerhalb seines eigenen Einflusses oder auch Verständnisses. Wenn man Frau und

Kinder hatte und durch den Krieg getrennt wurde ... Sherbrooke hörte auf, darüber nachzudenken. Er hatte keins von beiden.

Und nach dieser Sache hier: noch ein Konvoi. Gelegenheit, mit dem Schiff in südlichen Gewässern zu arbeiten, ohne die stetige Bedrohung von U-Bootangriffen. Er würde das Schiff noch besser kennenlernen und lernen, mit den vielen Gesichtern, die ihn ansahen oder aber seinem Blick auswichen, Namen zu verbinden.

Er dachte an seinen Flug von Schottland nach Süden, in einem Lysander-Flugzeug der Luftwaffe; die Besatzung war so locker und wohlgelaunt gewesen wie auf einem Ferienausflug. Für sie war er nur Ladung, eine vorübergehende Verantwortung. Stagg hatte sicher eine Menge Einfluß, obwohl der beim Besorgen des Fluges nur für eine Richtung gereicht hatte. Zurück würde er mit dem Zug nach Rosyth fahren müssen.

Die Kathedrale schien zu beben, als die vereinten Stimmen der Soldaten und der weiblichen Militärangehörigen zusammen mit den Veteranen erklangen. Die Veteranen nahmen an dem Gottesdienst teil, weil ihr eigenes Leben durch den Mann beeinflußt worden war, an dessen Leben und Tod hier erinnert wurde.

Für jene in Gefahr auf See.

Er war überrascht, daß es ihn immer noch bewegte. Er hörte jemanden schluchzen, als die Orgel verstummte und blickte auf die andere Seite des Ganges. Obwohl fast versteckt hinter einer Säule, erkannte er sie und sah, daß sie zu ihm hinüberblickte. Er hatte sie vorher noch nicht wahrgenommen. Vielleicht wollte sie das so.

Sie hob ihr Liedertextpapier und lächelte. Fast scheu, nervös.

Er nahm seine Mütze und ließ die Honoratioren zuerst in Richtung Ausgang gehen, zurück in ihre einzelnen Einrichtungen, vielleicht für einen Drink und einige geladene Gäste sicher auch für mehr. Die Veteranen gingen zusammen, einer saß in einem Rollstuhl; er drehte seinen Kopf nach oben, um nach den Verzierungen und den Anzeichen vergangenen Ruhmes zu sehen.

Er hörte, wie ein junger Kapitänleutnant darüber sprach, daß man noch andere ernste Musik hätte spielen können. Ein anderer antwortete sarkastisch: »Ich dachte, du wärst mehr für Schlagermusik.« Sherbrooke lächelte. Er freute sich, daß dieser Geist immer noch da war, genau wie damals in den Tagen nach den Bombardierungen.

Dann war sie neben ihm, fast hätte sie ihn in dem Gedränge sich langsam bewegender Menschen berührt. »Ich habe mitbekommen, daß Sie hier teilnehmen würden, Kapitän Sherbrooke. Es gab da ein Fernschreiben. Das ist gut, daß Sie gekommen sind.«

»Sie müssen Sir Graham vermissen, Mrs. Meheux.«

Sie sah zu ihm empor: »Ja, ich denke, ich werde ihn vermissen. Er konnte manchmal schwierig sein, aber so war er nun mal. Ich glaube, er übertrieb vieles...«

»Was machen Sie jetzt? Ich meine beruflich?« Er sah sie an, ihr langes Haar war unter ihrem dicken Mantel verborgen, eine lange Strähne war über ihre Augenbrauen geweht.

»Oh, ich werde mich schon an meinen neuen Boss gewöhnen, nehme ich an. Obwohl, nach dem, was ich gehört habe...« Sie berührte seinen Arm. »Ist auch egal. Wann fahren Sie zurück?«

»Morgen. Bei uns an Bord ist allerhand los.«

Sie gingen hinaus an die frische Luft, die Menschen hielten sich noch vor der Kirche auf oder zerstreuten sich in Gruppen, je nachdem, wie sie ihre Stimmung trieb. Die Türen wurden geschlossen, und die Orgel schwieg. Es war vorbei.

Sie sagte: »Es war eine lange Reise für Sie. Wo sind Sie untergebracht?«

»Mein Koffer steht im Marineclub. Ich wollte ihn gerade holen.«

Sie beobachtete ihn und bemerkte seine Unsicherheit.

»Was ist? Stimmt etwas nicht?«

Warum sollte er es ihr erklären?

»Ich wollte zum Point wandern. Da steht ein Denkmal.«

Sie sagte: »Ihr Vater?«

Er antwortete, nach einem Augenblick: »Ich dachte gerade..., aber man weiß ja nie.« Er war sich ihrer Hand auf seinem Ärmel bewußt, der Ehering glänzte wie eine Warnung.

»So dürfen Sie nicht reden. Sie sind am Leben. *Das ist wichtig.*«

»Danke sehr. Ich wollte Sie wirklich nicht langweilen.«

Sie sah ihn ruhig an. »Sie langweilen mich nicht.« Sie zögerte. Dann fügte sie abrupt hinzu: »Nehmen Sie mich doch mit. Ich werde auch nicht zu viele Fragen stellen.« Er wollte gerade antworten, als jemand sagte: »Oh, Kapitän Sherbrooke! Sie sind es doch, oder?«

Er drehte sich um und sah eine Frau in einem langen Pelzmantel und mit einem schwarzen Hut auf sich zukommen. Sie war nicht alt, aber sie hatte jene Art von Härte und Selbstvertrauen, die sie bald alt machen würden. Hellbraunes Haar, eine Dreierreihe Perlenketten über dem Mantel und frisches, überzeugendes Auftreten. Er hatte keine Ahnung, wer sie war.

Sie sagte. »Das liegt schon etwas zurück.« Sie streckte ihre Hand aus. »In Cowes, glaube ich. Sie hatten damals drei Ärmelstreifen.« Sie lachte. »Gerade bekommen.«

Es kam ihm vor, als blättere er ein altes Photoalbum rückwärts durch.

Olive, dachte er, die Frau hieß Olive.

Er sagte ruhig: »Mrs. Stagg – natürlich. Ich bin gestern gekommen, weil...«

Sie sah mit großem Interesse das Mädchen an. »Ich weiß,

warum Sie gekommen sind. Er hat mich angerufen. Und dies ist?«

Sie antwortete selbst. »Emma Meheux. Ich war die Assistentin von Sir Graham in der Admiralität.«

»Ein Offizier der Marinehelferinnen?«

»Nein.« Sie schien völlig ruhig. »Ich bin Beamtin.«

»Na denn.« Staggs Frau wandte sich wieder Sherbrooke zu, als ob sie sie ausschließen wollte. »Ich habe ein Auto. Johnnie wird uns fahren. Wir könnten irgendwo essen gehen, bevor Sie wieder nach Norden abreisen.«

Sherbrooke sah einen schwergewichtigen Heeresoffizier, vermutlich einen Generalleutnant, herumstehen und den Gang der Konversation beobachten. *Johnnie.*

Das Mädchen sagte: »Ich muß mit Kapitän zur See Sherbrooke zu einem festen Termin, Mrs. Stagg.«

»Ah, ich verstehe.« Ihre Augen blitzten zwischen ihnen hin und her. »Denn mal zu. Sicher geht es wieder um eine Befragung zum Sieg meines Mannes.« Sie streckte ihre Hand aus. »Macht nichts, vielleicht ein andermal.«

Sherbrooke grüßte und sah mit Erleichterung, wie Staggs Frau zu einem Dienstwagen geleitet wurde.

»Danke. Jetzt ist mir klar, warum Sie den Job bei Edwardes erhalten haben!«

Sie lächelte. »Vergeben Sie mir, Kapitän Sherbrooke. Ich hatte so ein Gefühl, als müßte ich Sie beschützen – etwas selbstsüchtig, wenn Sie so wollen.«

Er nahm ihren Arm, und zusammen gingen sie zu der Straße, wo nur noch die Bordsteine die Stelle markierten, wo einmal Menschen gelebt, geliebt und gehofft hatten.

Sie sagte mit weicher Stimme: »Wenn ich das gewußt hätte, hätte ich ein paar Blumen mitgebracht. Aber in den Geschäften gibt es zu dieser Jahreszeit auch nichts Tolles.« Sie verfiel in Schweigen, als der Kapitän neben ihr seine Mütze abnahm und vor dem kürzlich errichteten Gedenkstein niederkniete.

Von den Seeleuten, die vorbeikamen, sahen einige bewußt weg, einige grüßten, und andere respektierten einfach seinen Wunsch, in Ruhe gelassen zu werden.

Sie beobachtete ihn mit gefalteten Händen und war tiefer bewegt, als sie sich das hätte vorstellen können. Sie sah, wie er nach dem Namen in der langen Liste suchte. *Fregattenkapitän a.D. Thomas Sherbrooke, Königliche Marine.* Sie wartete und hielt den Atem an, seine Hand suchte weiter nach oben und unten. Eine schöne, starke Hand; eine Hand, dachte sie mit plötzlichem Schmerz, die fast gestorben wäre.

Er sagte: »Man hätte die Namen zusammen aufführen sollen. Aber die haben das ja nicht gewußt, verstehen Sie. Sie war ja nur zu Besuch. Und es waren so viele Tote in der Nacht.«

Sie sah, wie er ein paar verwelkte Blumen am Fundament des Steines berührte, er war wohl ganz in seinen Gedanken verloren. Sie bemerkte, daß sein Haar bis an seinen Kragen ging, es war länger, als sie das eigentlich bei einem Marineoffizier erwartet hätte. Das Haar war braun, aber die Schläfen waren grau.

Sie konnte nicht an sich halten. »Wer war sie?«

Er stand auf und setzte die Mütze wieder auf, die goldenen Eichenblätter auf dem Schirm glänzten.

»Ein Mädchen, das ich schon lange kannte. Ich habe gerade an sie gedacht. Wenn ich an sie denke, erscheint sie mir immer in ihrer Schuluniform, einem grünen Blazer und einem Panama-Schlapphut. Lächerlich, nicht?«

Sie wartete; sie wollte ihn gerne von diesem Ort wegbringen; dabei war ihr klar, daß eine zerbrechliche Bindung in die Brüche gehen könnte.

»Das glaube ich nicht. Mein Mann war ein Reservist vor dem Krieg. Er wurde sofort einberufen. Wir haben in seinem ersten und einzigen Urlaub geheiratet, und schon am dritten Tag wurde er zu seiner Einheit zurückgerufen. Glauben Sie mir, ich verstehe Ihre Situation. Sehr gut, sogar.«

Sie gingen weiter, an den Trümmern der bekannten alten Gaststätte The George vorbei; sie war auch ein Opfer der Bomben geworden. Das war Nelsons letzter Aufenthalt gewesen, bevor er an Bord der *Victory* gegangen war.

Er sagte: »Sie werden sich über mich lustig machen.«

»Nein, das werde ich nicht.«

»Ich möchte Sie gern wiedersehen. Dazu habe ich natürlich keinerlei Recht, und so wie der Krieg sich entwickelt, könnte das für Sie nur eine zusätzliche Sorgenquelle werden. Aber ich möchte Sie wirklich wiedertreffen und näher kennenlernen. Mir liegt sehr daran.«

Als sie schwieg, sah er zu ihr herab und war schockiert, Tränen auf ihren Wangen zu sehen.

»Oh, das tut mir leid.«

»Braucht es nicht. Aber wir beide wissen, daß es falsch wäre, zu hoffen. Wir dürfen nichts wagen, das könnte etwas Besonderes in uns verletzen. Es wäre grausam . . . unfair gegen uns selbst.«

»Wenn aber . . .«

Sie wischte sich die Backen mit ihren Fingern ab, wieder ein junges Mädchen. »Wenn aber, was?«

»Wenn ich etwas Urlaub bekomme. Wir könnten uns treffen. Essen gehen, reden, uns verstehen, wie andere Menschen auch.«

»Als Freunde, meinen Sie?« Sie schwieg und wartete, bis er sie ansah. »Und wie lange soll das dauern?«

»So lange, wie Sie das mit mir aushalten, Emma.«

Sie schüttelte den Kopf. »Ich bin nicht soweit. Ich dachte, ich hätte das alles im Griff. Weiß Gott, es ist so einfach, etwas Leichtsinniges zu tun, die beiden Mädchen, mit denen ich zusammenwohne, reden die ganze Zeit davon. Was glauben Sie, wie ich mich fühlen würde? Eine Bekanntschaft mit Ihnen, aber doch nicht so richtig?« Sie streckte ihre Hand aus. »Nein, ich bin stark. Ich mußte es immer sein.« Dann erhob sie ihren Kopf, ihre dunklen, strahlenden Augen verbrannten ihn. »Ich habe Sie gerade beobachtet, wissen Sie. Ich habe Ihr Schicksal mit Ihnen geteilt, vieles ist wie meine eigene Situation. Ich wollte Sie umarmen, egal was ihre gaffenden Seeleute oder ihre Konteradmiralsfrau gedacht hätten. Aber dann wurde mir klar: Ich konnte es nicht. *Wir* konnten es nicht.«

Sie nahm den Ring an ihrem Finger und drehte ihn.

»In meinem Herzen weiß ich, daß er noch lebt, egal was mir alles über das Vermißtsein erzählt wird. Wenn auch nur die Hälfte von dem stimmt, was mir erzählt wird, dann kommt er zurück – zu mir. Und er wird mich brauchen, vielleicht war das vorher noch nicht einmal so. Drei Tage..., das war alles, was wir hatten.« Sie fügte hart, als ob sie sich selbst strafen wollte, hinzu: »Zwei Nächte. Mehr wußte ich eigentlich nicht über ihn. Davor war er, ähnlich wie Sie und Ihre Freundin, eigentlich nur jemand, mit dem ich aufgewachsen bin!«

Sie sah auf ihre Uhr, wie bei ihrem ersten Treffen in Schottland.

»Ich muß gehen. Mein neuer Boss erwartet mich. Ich bin hierhergekommen für den Fall, daß Sie an Stelle von Stagg kommen würden... Ich hatte mir selbst gesagt, sei nicht so ein blöder Idiot, aber Sie sind ja gekommen. Vielleicht wäre es besser...«

Er merkte, wie sie ganz steif wurde, als er seinen Arm um ihre Schulter legte.

»Bitte«, sagte sie, »lassen Sie das.«

Er sagte: »Keine Überredungen und keine Verspechungen.« Er hob ihr Kinn mit sanfter Hand. »Aber ich werde Ihnen auch nichts vormachen.«

Sie nickte langsam, ihre Augen lösten sich nicht voneinander.

»Freunde.«

Er sah ihr nach, als sie fortging, und er wartete für den Fall, daß sie sich noch einmal umsah.

Diesmal drehte sie sich um, vielleicht war das aber auch nur Wunschdenken von ihm. Als er wieder hinsah, war sie verschwunden.

Er ging dann noch einmal zu dem Gedächnisstein, er redete sich ein, daß der ja auf dem Weg zum Marineclub lag.

Dort machte er eine längere Pause, dachte über viele Dinge nach und durchlebte sie noch einmal Augenblick für Augenblick.

Dann tippte er an seine Mütze und sagte laut: »Danke.« Sein Vater hätte das verstanden.

8

Schneller Konvoi

Sherbrooke ging in die Backbordbrückennock und richtete sein Fernglas auf den nächsten Zerstörer. Er konnte die Wärme der Sonne auf seinen Schultern und im Gesicht spüren, und er fühlte auch ein Gefühl der Leichtigkeit, an das er sich kaum noch erinnern konnte. Er beobachtete, wie der Steven des Zerstörers sich in der tiefblauen See hob und senkte, der Himmel war so leer und wolkenlos, daß er fast farblos wirkte.

Morgen, so hatte Rhodes gesagt, würden sie Land sichten und den Tafelberg am Tag darauf.

Drei Wochen waren vergangen, seit sie die Kälte und Feuchtigkeit Schottlands verlassen hatten, und es war fast unmöglich, diesen Unterschied richtig zu begreifen, geschweige denn, was die geänderten klimatischen Bedingungen alles für die Besatzung der *Reliant* bewirkt hatten. Es gab sogar ein paar Fälle von Sonnenbrand.

Sechstausend Meilen. Sie hatten täglich mit den sechs Zerstörern geübt. Jetzt waren es nur noch fünf Zerstörer, da einer, *Mediator*, durch ein technisches Problem an einer seiner Schraubenwellen gezwungen war, den Verband zu verlassen und nach Gibraltar zu fahren.

Sherbrooke war mit Stagg im Kartenhaus, als dieser darüber informiert wurde.

Stagg sagte verächtlich: »Gott, heutzutage werden auch keine Schiffe mehr gebaut, die etwas aushalten können!«

Und dann, grinsend: »Und auch nicht mehr die Männer dafür. Nicht so wie wir, was, Guy?«

Vielleicht war das das Stichwort, auf das er schon gewartet hatte.

»Ich habe gehört, daß Sie sich mit der Assistentin vom alten Edwardes getroffen haben, als Sie in Portsmouth waren. Ziemlich jung, nehme ich an?«

Sherbrooke war es schwergefallen, ein unbeteiligtes Gesicht zu machen. Mrs. Stagg beobachtete genauso scharf wie ihr Gatte, zumindest bei gewissen Dingen.

Stagg hatte insistiert. »Ist sie hübsch?«

»Ich denke schon.« Es hatte ihn selbst überrascht, wie leicht er das sagen konnte.

Selbst wenn er sie vor der Abreise zum Kap noch einmal hätte sehen können, es war alles nur eine Illusion, eine Einbildung. Aber ein Moment im Leben, den er nie vergessen würde.

Stagg hatte den Kopf geschüttelt. »Sie sind ein tiefes Wasser, ganz bestimmt. Und das waren Sie schon immer. Halten Sie sich an das Schiff. Das ist auf die Dauer weniger gefährlich.«

Sherbrooke ließ das Fernglas auf seine Brust zurückfallen, und der Zerstörer wurde wieder ganz klein in der Ferne.

Neben sich konnte er die Unterhaltung der Signalgasten hören, und Yorke, der Signalmeister, verglich seine Aufschreibung mit der eines Hauptgefreiten.

Frische Rekruten und andere Mannschaften waren direkt aus der Ausbildung neu an Bord gekommen. Diese lange Fahrt hatte sie zusammengeschmiedet. Sie hatten an der Äquatortaufe teilgenommen, als die *Reliant* die Linie überquerte. Die meisten Besatzungsmitglieder waren noch nie soweit südlich gewesen: Die *Reliant* hatte im Krieg im Nordatlantik gekämpft, sie hatte im Norwegen-Feldzug an der zweiten Schlacht um Narvik teilgenommen, Gefechte mit deutschen Kreuzern, die hinter den Rußland-

Konvois her waren, geführt, und sie war einmal bei einer unglücklichen Sache runter nach Afrika gedampft. *Reliant* hatte, zusammen mit anderen schweren Einheiten, die französische Flotte in Dakar beschossen, um zu verhindern, daß die sich später vielleicht mit den Deutschen und ihren italienischen Verbündeten vereinen könnte. Als Frankreich sich ergeben hatte und Großbritannien ganz alleine stand, stellte der mögliche Verlust der französischen Flotte an Deutschland eine erhebliche Gefahr dar. Ihre Vernichtung war notwendig, wenigstens wurde das behauptet, aber viele Franzosen würden den Vorfall mit Haß quittieren.

Er hörte die Schiffslautsprechanlage vom Hauptdeck heraufschallen: »Rumausgabe! Decksälteste zur Rumausgabe!«

Das sorgte für freudige Gesichter bei den Wachgängern auf der Brücke.

Er dachte noch einmal über den Konvoi nach. So viele Truppen, das mußte etwas bedeuten. Das deutsche Afrika-Korps befand sich weiter auf dem Rückzug. Der alliierte Sieg in der Wüste Afrikas war nicht mehr vom Glück abhängig, war nicht mehr lediglich ein Hoffnungsschimmer. Der Konvoi, den sie begleiten sollten, bestand aus ehemaligen Passagierschiffen und modernen Frachtern, schnell und durchaus in der Lage, mit irgendwelchen Handelskreuzern, die es auf sie abgesehen hatten, mitzuhalten. *Reliant* konnte den Konvoi natürlich auch gegen solche Angriffe verteidigen.

Er sah nach oben und schützte seine Augen etwas vor dem grellen Sonnenschein. Oben wehte Staggs Wimpel in der starken Brise. Wenn es eine Invasion geben sollte, Stagg würde mitten drin sein wollen.

Er hörte Fraziers Stimme aus der Brücke, er war wie immer mit seinen Listen und Musterungen beschäftigt. Der Tag hatte für ihn mit Gesuchen und Rapport begonnen. Er fungierte mal wieder als Bürgermeister und Ordnungsbehörde.

Viele Rapportfälle gab es nicht. Die Männer benahmen sich bestens, keiner wollte die Chance auf einen Landgang in Kapstadt leichtfertig vertun. Den meisten von ihnen würde das fremd und wie aus einer anderen Welt vorkommen. Sherbrooke lehnte sich nach vorne und konnte sehen, wie die Techniker an dem Walroß-Flugboot arbeiteten. Es sollte ein zweites Flugzeug kommen, sobald eins verfügbar war. *Reliant* hatte genug Platz im Hangar für drei Flugzeuge. Er dachte an Rayners Überraschung und Erstaunen, als er ihn hatte holen lassen und ihm mitteilte, daß er für eine Erwähnung im Kriegsbericht vorgeschlagen worden sei, und zwar sowohl wegen seines Einsatzes gegen das Wasserflugzeug der *Minden* als auch wegen der äußerst positiven Beurteilung, die der Kommandant des alten Kreuzers über ihn abgegeben hatte.

Rayner hatte an die Schorfstelle an seinem Mund gefaßt. »Oh, vielen Dank, Sir.« Dann hatte er gegrinst. »Das war die Sache wert.«

Alles in allem: Eine gute Besatzung. So gut wie ... Er strich den Gedanken aus seinem Kopf und ging zurück in die Brücke.

Frazier stand dort mit einem stabil gebauten Portepeeunteroffizier mit gerader Haltung. Aber dies war kein ganz normaler PUO. Es war Keith Gander, der Wachtmeister, sein Spitzname war »Der Elegante«. Als Chef des inneren Dienstes war er Polizist, Beichtvater und Gefängnisaufseher in einer Person. Hätte man ihn gelassen, wäre er auch gerne in einigen Fällen der Henker gewesen. Gefürchtet, gehaßt, respektiert; er konnte jeder Herausforderung mit praktizierter Autorität begegnen. Früher wollte er immer Polizist werden, sogar als kleiner Junge. Als es soweit war, mußte er feststellen, daß ihm an der verlangten Körpergröße zweieinhalb Zentimeter fehlten; so war er dann zur Marine gegangen, ob aus reinem Groll oder purer Enttäuschung, das wußte er selbst nicht mehr. Aber in seiner sauberen Uniform, mit der Krone und den umgebenden Lorbeerkränzen auf beiden Ärmeln, hatte er, wenn auch auf Umwegen, doch noch sein ursprüngliches Ziel erreicht.

Es war klug für junge Offiziere, wenn sie sich an seine Ratschläge hielten. Wenn ein Offizier das bei einem Gesuch oder einer Beschwerde nicht beachtete oder glaubte, auf Ratschläge von Unteroffizieren nicht angewiesen zu sein, hatte er so gut wie verloren. Wenn man ihn jetzt bei Frazier stehen sah, konnte man sich kaum noch vorstellen, wie er vor ein paar Tagen mit goldener Krone und rotem Bart als König Neptun an Bord gekommen war und in der althergebrachten Weise Hof gehalten hatte.

Frazier sagte: »Nichts Besonderes, Sir. Ein Seemann bittet um Erlaubnis, heiraten zu dürfen, aber er ist minderjährig. Noch ein Kind.«

Der Wachtmeister grinste, und das kam bei ihm nicht oft vor.

»Übrigens, Sir, die Dame hat einen zweifelhaften Ruf, wie schon ihre Mutter, als ich auf der alten *Revenge* war. Ich werde mal in Ruhe mit ihm reden.« Das Grinsen verschwand. Er wartete, bis Frazier seine Vorgänge unterschrieben hatte, und marschierte dann von der Brücke.

Sherbrooke sagte: »Der Mann ist unbezahlbar.«

Frazier sah unruhig umher, durch die Schiffslautsprechanlage kam: *»Alle Köche in die Kombüse.«*

Sherbrooke nahm ihn zur Seite.

»Ist alles in Ordnung, John?«

»Wieso?« Frazier war sofort wieder Herr der Situation. »Meine Frau und ich waren verschiedener Meinung. Das muß nicht an die große Glocke.«

»Wenn Ihnen mal nach einem Schwatz zumute ist, Sie wissen, wo ich bin.«

Frazier sagte ernst: »Vielen Dank. Ich weiß das zu würdigen, Sir.« Er sah einen Unteroffizier, der mit ihm sprechen wollte. »Ich muß los. Ich muß noch mit der Bootsmannsgruppe ein paar Dinge üben. Beim Einlaufen und Ankern in Kapstadt muß das ja alles klappen.« Weg war er, untergetaucht in die Welt des Schiffes.

Der bärtige Navigationsoffizier wartete.

»Ich habe die Konvoilisten, Sir. Sieben große Schiffe, alles in allem. So wie es aussieht, sollten sie achtzehn Knoten schaffen können.«

Sherbrooke sah sich die Namen der Schiffe an. Das war nicht mehr wie in jenen Tagen im Nordatlantik, als die Geschwindigkeit des Konvois immer nur die Geschwindigkeit des langsamsten Schiffes sein konnte. Damals schafften einige nur acht Knoten, die meisten davon hatte es dann auch erwischt.

Rhodes sagte: »Der Leichte Kreuzer *Diligent* wird noch zu uns stoßen. Der wurde etwa gleichzeitig mit der *Reliant* gebaut, sehr nützlich für uns, wenn auch nicht gerade schön. Sechs 15-cm-Kanonen auf der Mittschiffslinie. Keine Panzerung.«

Das war eine grobe, aber richtige Zusammenfassung. Ein anderes Schiff ähnlicher Bauart, *Curacao*, hatte vor vier Monaten als schneller Geleitschutz für einen Truppentransporter im Atlantik fungiert, gerade als Sherbrooke sich von seiner eigenen Erfahrung mit der *Pyrrhus* erholte. Dies war aber nicht irgendein Truppentransporter; es war der Stolz der Cunard-Reederei, die *Queen Mary*, vollgepackt mit Soldaten. Noch wurde es geheim gehalten, und es war auch nicht klar, welcher Zickzackplan die *Curacao* direkt vor den Steven ihrer riesigen Schutzbefohlenen geführt hatte, aber der Leichte Kreuzer wurde bei der Kollision glatt in zwei Hälften geschnitten. Das Gerücht ging um, daß einige der eingeschifften Truppen auf der *Queen Mary* noch nicht einmal irgendeine Erschütterung dabei verspürt hatten.

Das war eine Erfahrung, die kein Kommandant in einem schnellen Konvoi vergessen durfte.

Sherbrooke sah auf, als Frazier wieder erschien, mit einem Papier in der Hand. Sie gingen wortlos in das Kartenhaus. Sherbrooke beugte sich zu Rhodes: »Kommen Sie auch mit, NO.«

Er las die saubere, schuljungenhafte Schrift des Funkmeisters.

Dann sagte er ruhig: »Ein neutrales Schiff, ein Spanier, ist gestern als Einzelfahrer beschossen worden, vermutlich von einem deutschen Handelskreuzer.« Er sah, wie Rhodes sich über den Kartentisch beugte. »Etwa zweihundert Meilen südwestlich von Freetown, Sierra Leone. Sonst wurde nichts gemeldet.«

»Wir müssen an dem unverschämten Schwein vorbeigekommen sein«, sagte Frazier.

Rhodes grunzte: »Der ist bestimmt nicht mehr hier in der Gegend. Der Spanier hat Glück gehabt.«

Frazier sagte: »Vielleicht wollte er nach Westen steuern, in die Karibik oder vielleicht nach Südamerika. Vielleicht ist es auch ein Versorgungsschiff oder ein Mutterschiff.«

Rhodes klopfte mit seinem Zirkel auf den Kartentisch. »Keinerlei Berichte über solche Einheiten, Sir.«

Hinter der Tür schnarrte das Telefon. Stagg hatte auch eine Kopie des Funkspruches erhalten.

Sherbrooke hörte ein Klopfen an der Tür. »Mit etwas Glück bekommen wir bald mehr Information.«

Nur ein Schiff, vermutlich ein umgebautes Handelsschiff. Das war meistens so bei den Handelskreuzern. Eines der 38-cm-Geschosse der *Reliant* würde die Sache beenden.

Aber wenn ... Er erinnerte sich daran, was er Emma in Portsmouth gesagt hatte. Er achtete nicht auf die fragenden Gesichter, als er durch die Brücke ging und den Hörer aus der Hand des Fähnrichs vom Dienst nahm, es war eben der, der so ängstlich gewesen war.

»Kommandant hier, Sir.« Seine Stimme verriet nichts. Und das war auch gut so.

Es war Nachmittag, und die große Offiziersmesse der *Reliant* war seltsam leer. Das Essen war vorbei, und die langen Vorhänge, die vor den Essensbereich gezogen waren, trennten diesen von der Ecke, in der einige wenige Offiziere, die nicht auf Wache benötigt wurden, es sich in den tiefen Sesseln bequem gemacht hatten. Sie dösten oder blätterten durch die abgegriffenen Magazine, von denen einige schon Monate alt waren. *Lilliput*, *Men Only* und *London Opinion* waren die klaren Favoriten.

Kapitänleutnant Rayner ging zum schwarzen Brett und zu den leeren Regalen zur Postverteilung. Er hatte ein intensives Gespür für das Schiff entwickelt, das jetzt in schneller Fahrt wieder nach Norden dampfte. Kapstadt lag in guter Erinnerung, zu kurz war alles gewesen, als daß es mehr sein konnte als ein Traum. Lichter überall. Für Männer, die an Verdunkelung und Mangel in ihrem Land gewohnt waren, war Kapstadt atemberaubend gewesen. Gastfreundlichkeit, Essen und Trinken, ein Seemann brauchte nur sein Portemonnaie zu ziehen, und bestimmt würde jemand die Runde bezahlen oder ihm etwas anderes Gutes zukommen lassen.

Und die *Reliant*, vielleicht genoß sie es ja, zu einem Leben, das sie einmal gut gekannt hatte, zurückzukehren, sie hatte im Zentrum von allem gestanden. Die Sonnensegel waren gesetzt, die Marineinfanterie marschierte zu munteren Weisen, umschwärmt von Booten mit neugierigen Ausflüglern, da war sie in ihrem Element.

Das war nun drei Tage her. Jetzt, mit dem Konvoi von sieben großen Truppentransportern in zwei krummen Kiellinien, war sie unterwegs zurück in den Krieg.

Rayner sah sich um. Nach kurzem Zögern ging er zu einem Sessel neben Kapitänleutnant Gerald Drake, der ein zerrupftes Buch mit großem Interesse las.

Rayner hatte mit dem ehemaligen Rechtsanwalt nicht viel Kontakt gehabt, vielleicht hatte er ihn sogar vermieden. Drake hatte ein rundes Gesicht und war freundlich, fast mißtrauisch, mit täuschend unschuldigen Augen. Sie waren etwa gleich alt, aber in seiner Gesellschaft fühlte Rayner sich irgendwie ungeschickt und tollpatschig.

Drake sah zu ihm hoch. »Hocken Sie sich hin, alter Knabe. Was für ein schrecklicher Kaffee!«

Rayner ließ sich in den Sessel sinken. »Ist mir gar nicht aufgefallen.«

»Ich habe von Ihrer bevorstehenden Auszeichnung gehört. Herzlichen Glückwunsch.«

Rayner rutschte in seinem Stuhl hin und her. »Noch ist nichts entschieden.« Dann lächelte er. »Meine Eltern würden sich natürlich freuen.«

Eine schwache Erschütterung ging durch das Deck, und Rayner stellte sich vor, wie der große Steven des Schlachtkreuzers durch die See schnitt. Der Schlachtkreuzer mußte einen tollen Anblick abgeben, besonders aus der Luft.

Er fragte: »Warum sind Sie zur Marine gegangen?«

Drake sah ihn freundlich an. »Mir gefiel die Uniform besser als bei den anderen Teilstreitkräften. Und jetzt, wo ich dabei bin, will ich auch tun, was ich hier gelernt habe. Schon fünf Minuten nach meiner Ernennung zum Offizier versicherte mir irgend jemand, daß ich bald eine Stelle in der Militärgerichtsbarkeit erhalten könne!« Er klang verärgert. »Dafür bin ich nicht zur Marine gegangen!«

Rayner sah sich um, aber es hörte keiner zu. Einige waren fest eingeschlafen, sie gönnten sich Ruhe zwischen den Wachen, oder sie erholten sich von den Parties in Kapstadt.

»Sie waren doch Rechtsanwalt. Ich hoffe, es ist Ihnen recht, wenn ich frage ...«

Drake sah auf seine sehr gepflegten Fingernägel. »Sind Sie an der Juristerei interessiert?«

»Nicht sosehr. In Schottland bin ich vor unserem Auslaufen in einen Zwischenfall an Land verwickelt worden. Es ging um ein Mädchen, eine Krankenschwester. Ein blöder Kerl wollte sie...« Er senkte den Blick und bemerkte das interessierte Flackern in den Augen seines Gegenüber nicht. »Ich bin dazwischen gegangen. Wahrscheinlich haben Sie den Rest schon gehört.«

Drake nickte ernst. »Ich habe auch Ihre kleine Verletzung bemerkt.«

Rayner zögerte, aber Drake reagierte nicht weiter. »Eddy Buck und ich haben bei der Polizei ausgesagt. Das ist doch ein Vergewaltigungsversuch, oder?«

»Ein ernster Vorwurf. Sehr ernst in Kriegszeiten, wenn so viele Soldaten nicht zu Hause sind.« Er fühlte die Sorge, die Verzweiflung im Ton des Kanadiers. »Mal weiter.«

»Es war ein Zivilist, ein Geschäftsmann oder so. Der hatte 'ne sehr teure Uhr.«

Drake sah auf Rayners eigene Uhr. Ganz klar, der konnte beurteilen, ob eine Uhr teuer war.

»Dann nimmt der sich auch einen Anwalt. Das könnte ihn sonst ruinieren.«

»Aber der hätte sie vergewaltigt, wenn ich nicht dagewesen wäre. Sie war völlig außer sich vor Angst.«

»Das schottische Recht kennt viele Schliche.« Er machte eine Pause. »Der fragliche Mann ist gut beraten, wenn er sich den besten Anwalt nimmt, den er bekommen kann.«

»Das ist doch nicht gerecht.«

Drake lächelte. »Na, vielleicht ist es das wirklich nicht.« Er fügte abrupt hinzu: »Sie kannten das Mädchen nicht.« Er sah das kurze Kopfschütteln. »Und sie war damit einverstanden, daß er sie in seinem Auto mitnahm?«

»Ja, aber nur zurück zum Krankenhaus. Jeder wußte...«

»In diesem Falle ist das Ziel unbedeutend, Dick. Darf ich Sie so nennen? Vielleicht hat sie ihm einen Anreiz gegeben, ihn sogar ermutigt.«

Rayner sah weg. Es kam ihm vor, als hörte er ihre Stimme und spürte ihre Verachtung. *Man darf ihnen nie sagen, daß man eine Krankenschwester ist. Sie denken, man sei für jeden und für alles da.*«

Drake streckte den Arm aus und tippte freundlich an sein Knie. »Ich formuliere nur, was sein Rechtsanwalt vorbringen könnte.«

»So war es aber nicht. Sie ist ein nettes Mädchen und arbeitet in dem Rehabilitationskrankenhaus dort.« Er sah ihn ärgerlich an. »Würden Sie das auch in einem solchen Fall vorbringen?«

Drake lehnte sich in seinem Sessel zurück. »Sie kommt in ein Kreuzverhör, mit allen Details. Die Anklage müßte damit fertig werden. Es hängt viel von dem Zeugen ab.«

»Für das Opfer.«

»Ja, genau. Aber Eure Aussagen sind alles, woran das sich halten kann. Die und die Aussage des Mädchens und irgendwelche Sachbeweise, wenn es denn welche gegeben hat.«

Rayner sah auf den ausgetretenen Teppich hinab. Hier ruhten sich die Offiziere zwischen ihren Wachen aus, verbargen ihre Sorgen mit wechselnden Erfolgen voreinander und sahen dem Tag entgegen, an dem der Krieg wieder sein Recht fordern würde.

»Ich wünschte, ich könnte an der Verhandlung oder was auch immer das wird, teilnehmen. Ich würde es denen schon klarmachen.«

Drake sah auf die Uhr. »Dann sagen Sie es *ihr*, Dick. Schreiben Sie ihr. Das könnte viel für sie bedeuten.«

Der Lautsprecher in der Offiziersmesse ertönte: »Kapitänleutnant Rayner sofort auf die Brücke.«

Drake sah ihn an. »Sie müssen mich mal mit auf einen Flug nehmen.« Er fügte freundlich hinzu: »Tut mir leid, daß ich nicht mehr helfen konnte.«

Rayner drehte sich um und lächelte: »Sie haben mir doch geholfen, bestimmt. Ich mach' das, ich schreibe.«

Drake sah ihn auf die Tür zugehen, auf dem Weg schnappte er sich seine Mütze. Ein netter Kerl. Er sah angewidert auf seine Kaffeetasse.

Egal, wenn es mein Fall wäre, würde ich lieber verteidigen, als die Anklage zu vertreten.

Rayner kam auf der Brücke an und war überrascht, feststellen zu müssen, daß er zum ersten Mal außer Atem war. Kein Sport, zu viel schweres Essen. Er mußte darauf achten.

Er dachte über seine Unterhaltung mit Drake nach. Er hatte sich irgendwie sehr schuldig gefühlt, als er ihm den Vorfall mitgeteilt hatte. Warum hatte er ihn überhaupt gefragt, wenn nicht, um sich rückzuversichern? Und da war nicht viel draus geworden. Er versuchte, sich an ihr Gesicht zu erinnern, an jede Einzelheit. Ihr Haar war kurz und blond, über den Backen stand es vor wie kleine Flügel. Auf dem Niedergang machte er eine Pause, um sich zu erholen. Auf den Backen hatte er die Kratzer und den Beginn einer Schwellung gesehen. Er lehnte sich auf der Treppe zurück und sah auf das schnurgerade Kielwasser des Schlachtkreuzers, die zwei Reihen von Schweren Handelsschiffen folgten achteraus. Der Leichte Kreuzer *Diligent*, der von Simonstown aus zu ihnen gestoßen war, fuhr als letzter und die Zerstörer, die weit voraus und an den Seiten stationiert waren, konnte man in der blendenden Helligkeit kaum noch erkennen.

Wozu, dachte er, konnte Regen jemals nützlich sein?

Er sah den Kommandanten zusammen mit Fregattenkapitän Frazier; der bärtige Navigationsoffizier schrieb irgendwas in seinen Notizblock.

Sherbrooke sagte: »Tut mir leid, aber ich mußte Sie mal hier hoch rufen. Ganz schöne Kletterpartie, oder?«

Rayner grinste: »Ich hab' wohl zu gut gelebt, Sir.«

»Na, dann geht es wenigstens einem gut hier!«

Rayner merkte, daß Konteradmiral Stagg auch da war, er saß in dem Kommandantenstuhl und rutschte unruhig hin und her, sein Fuß wippte auf und ab.

Sherbrooke sagte, ohne auf den Admiral zu achten: »Wir machen gute Fahrt. Morgen werden wir bei Beginn der Dämmerung etwa sechshundert Meilen westlich von Loango stehen.«

Der NO fügte gut gelaunt hinzu: »Französisch-Kongo, mein Junge. Ich zeig' es Ihnen auf der Karte, wenn Sie wollen.«

Sherbrooke sagte: »Danach werden wir Kurs ändern auf Nordwesten, die nächste Kursänderung ist dann südlich von Freetown, und dann geht es raus in den Atlantik. Es sind auch noch zwei weitere Konvois unterwegs.«

Stagg murmelte: »Ein echter Sturm im Wasserglas, wie es aussieht!«

Sherbrooke sah zu ihm hinüber. »Wir können es uns nicht leisten, irgendwelche Risiken einzugehen, Sir.«

Rayner dachte an die schwer beladenen Truppentransporter. Er hatte sie durch ein Fernglas beobachtet, als die *Reliant* mit hoher Fahrt an ihnen vorbeigedampft war, um die Position an der Spitze einzunehmen.

Abertausende von Soldaten, und auf einem Schiff waren es auch Frauen gewesen, hatten wie verrückt gewinkt, als die *Reliant* an ihnen vorbeifuhr. Er hatte von dem angeblichen deutschen Handelskreuzer gehört und von dem Schiff, auf das er geschossen hatte. Das war wohl keine allzugroße Bedrohung, wenn man die starke Bewaffnung der *Reliant* sah. Aber sicher, man wollte kein Risiko eingehen, die vielen Männer verließen sich darauf. Auch die Krankenschwestern, wie Andy.

Sherbrooke sagte: »Ich wünsche, daß Sie morgen früh beim ersten Tageslicht klar sind zum Start mit ihrem Flugzeug. Das Wetter müßte gut sein. Die Einzelheiten bekommen Sie morgen.«

Er sah zu ihm hinüber und fügte hinzu: »Vielleicht bekommen wir bald ein zweites Flugzeug, damit Sie Gesellschaft haben und etwas entlastet werden.«

Rayner sah, daß die anderen ihn beobachteten, und er dachte plötzlich an seinen Bruder, der bei der Verteidigung eines Konvois nach Malta abgeschossen worden war. Und an das Mädchen, das Flieger wie ihn pflegte, nur daß sie dann keine Gesichter mehr hatten. Das berührte ihn und machte ihn stolz.

Er sagte: »Wir kriegen das zurecht, Sir.«

Stagg grunste: »Wir verlassen uns drauf.«

Sherbrooke sagte: »Wir verlassen uns alle aufeinander.«

Rayner kletterte wieder die Niedergänge runter.

Er würde ihr schreiben. Eine gute Idee. Er würde über den Kommandanten schreiben, was der für ein Mann war. Und über *uns* ...

Sherbrooke ging in die Backbordbrückennock und sah in den Himmel. Das beginnende Tageslicht war seine Lieblingszeit; es wurde ihm nie zuviel, die Morgendämmerung zu beobachten. An Backbord war die See noch dunkel, wie ein glattes Samttuch, nur wenn man sich über das Schanzkleid beugte, konnte man die weiße Bugwelle sehen, und man hatte wieder das Gefühl von Stärke und Geschwindigkeit. Durch die Brücke hindurch schimmerte der Horizont auf der anderen Seite, eine dünne goldene Linie, noch nicht einmal hell, wie geschmolzenes Metall. Dies würde wieder ein heißer Tag werden, aber bald war das vorbei: Noch eine Woche, dann waren sie wieder im Atlantik, jener grimmigen Welt, die sie kannten. Im richtigen Krieg, wie die Matrosen sagten. U-Boote, Langstrecken Focke-Wulf Condors, um sie an ihre Ziele heranzuführen und überforderte Geleite aus Fregatten, Zerstörern und Korvetten, die einen dauernden Abwehrkampf führten.

Er drehte sich um, als er den Pegasus-Motor des Walrosses anspringen hörte; die Geräusche gingen dann in ein gesundes Brummen über. Er stellte sich Rayner mit seinen drei

Mann Besatzung vor, und er erinnerte sich an seine Worte gestern hier auf der Brücke. *Wir kriegen das zurecht, Sir.* Er selbst würde es auch zurechtkriegen.

Sherbrooke hatte von dem Zwischenfall gehört, als sie noch in Rosyth lagen, aber er hatte es gegenüber Rayner nicht erwähnt. Er hatte den Bericht der Untersuchungsstelle der Marine gelesen, und er hatte auch selbst Rayners kleine Verletzung gesehen. Aber mit seiner Stellung als Offizier hatte das nichts zu tun. Es war eine ganz normale Reaktion gewesen.

»Flugzeug ist klar, Sir.«

»Starten.«

Die Brücke vibrierte ganz schwach, als die Fledermaus mit einem knarrenden Knall von ihrem Katapult geschleudert wurde und sofort in einen leichten Steigflug überging. Sie sollten eine gute Aufklärung der Umgebung machen: Rayner würde vielleicht sogar den anderen Konvoi sichten, aber das war eher unwahrscheinlich. Als er wieder hinsah, war das Flugzeug schon in der immer noch vorhandenen Dunkelheit an Backbordseite verschwunden.

Rhodes stand in der Brückentür. »Zeit zur Kursänderung, Sir.«

»Prima, NO. Informieren Sie den Konvoi-Kommodore.«

Das Schiff des Konvoi-Kommodore war der alte Passagierdampfer *Canberra Star*, in der Zeit vor dem Krieg sehr bekannt bei Kreuzfahrtanhängern, also Leuten, die es sich leisten konnten. Er fragte sich, was ihr alter Kapitän jetzt wohl von ihr denken würde. Tarnanstrich und Rost und auch viele Beulen, die sie sich im Laufe der Zeit geholt hatte. Aber sie konnte immer noch über zwanzig Knoten laufen, wenn es erforderlich war.

Er hörte den Befehlen und Bestätigungen nur halb zu.

»Neuer Kurs wird drei-eins-fünf, Sir.«

»Backbord zehn. Mittschiffs. Recht so. Drei-eins-fünf steuern.«

Nur an der Gischt der Bugwelle, die von ihrem ausladenden Steven aufgeworfen wurde, konnte er erkennen, daß sie Kurs geändert hatten.

Die anderen würden in gehorsamen Reihen folgen, der Leichte Kreuzer *Diligent* würde drehen, und die Zerstörer würden darauf achten, daß sie in der richtigen Peilung blieben.

Er dachte an Stagg, der achtern in seiner Kammer war, und wahrscheinlich das gute Frühstück genoß. Wieviel wußte »Olive« über Jane Cavendish zum Beispiel? Vielleicht war sein Verdacht ja auch ungerechtfertigt. Nichts war sicher. Stagg strebte sicher nach viel Höherem. Er würde niemals einen Skandal riskieren.

Aber er erinnerte sich an Staggs große Neugierde bei der Erwähnung von Emma Meheux. *Ist sie hübsch?*

Er ging in die Brücke und konnte jetzt Gesichter erkennen, wo vorher nur dunkle Gestalten gewesen waren.

Der Navigationsmeister spitzte gerade Bleistifte; ein seemännischer Unteroffizier half einem der Signalgasten beim Spleißen einer Flaggleine. Ein neuer Tag, und die Erinnerung an Kapstadt wurde mit jeder Schraubenumdrehung verschwommener. Kapitänleutnant Frost beobachtete die Kreiseltochter, wie die Anzeige geräuschlos hin- und herpendelte, weit unter ihm, im gepanzerten Teil des Schiffes, hielt der Rudergänger das Schiff auf seinem Kurs, keine leichte Aufgabe in dem abgeschlossenen Steuerstand.

Irgend jemand stieß einen Alarmschrei aus, als eine Erschütterung dumpf an der Bordwand der *Reliant* widerklang.

Für einen Augenblick glaubte Sherbrooke, daß ein Schiff des Konvois torpediert worden sei. Es waren zwar keine U-Boote in diesem Seegebiet gemeldet, aber möglich war es immer. Er lief wieder in die Brückennock und richtete sein Glas nach achtern. Gleich erschienen die anderen Schiffe größer und mit mehr Einzelheiten. Er konnte sogar Hunderte von Khaki-Hemden sehen, die die Stagen und die Takelage des ersten Truppentransporters in der Backbordkiellinie zierten.

Frazier war auf die Brücke gekommen und suchte wie die anderen den Grund für die Erschütterung.

Sherbrooke sagte: »Eine Explosion, ich kann aber nirgends etwas sehen.«

Sie drehten sich beide um, als der Wachleiter der Signäler rief: »Spruch vom Kommodore, Sir. Feuer auf der *Orlando*. Vermutlich Großbrand.«

Sherbrooke sagte: »Bestätigen. Spruch an den Kommodore: Konvoi soll Kurs und Fahrt beibehalten. Wir leisten Beistand.«

Er hörte wieder jemanden stöhnen, als ein Funkenregen zu sehen war, der scheinbar direkt aus der See emporstieg.

Rhodes sagte: »Die *Orlando* hat sowohl Fahrzeuge als auch Truppen geladen, Sir.«

Vermutlich auch Benzin, dachte er. Er sagte : »Runtergehen auf zweiundsiebzig Umdrehungen, NO. Spruch an *Diligent*: Station an der Konvoispitze übernehmen.«

Die Signallampen klapperten schon, und die kurzen Antworten wurden zurückgeblinkert. Es hätte zu lange gedauert, die *Reliant* umzudrehen und auf die *Orlando* zu stationieren, sie war das achterste Schiff in der Steuerbordkiellinie. Er konnte sich die Aufregung auf der *Diligent* vorstellen, als der Spruch empfangen wurde. Vielleicht sogar Begeisterung darüber, den Platz der *Reliant* an der Spitze einnehmen zu können und mal von der Langeweile des Lumpensammlers am Ende der Formation freizukommen.

Es war eine nicht ganz gefahrlose Situation. Die großen Handelsschiffe passierten die *Reliant* schon auf beiden Seiten, sie schienen ordentlich Dampf aufgemacht zu haben.

Sherbrooke ging auf die andere Seite der Brücke. »Ich geh' so dicht ran wie möglich, NO.«

Rhodes beobachtete neue Feuerausbrüche, und diesmal

brannten sie weiter. Zum Glück waren die Passagiere an Bord Soldaten. Wären es normale Passagiere gewesen, hätte die Gefahr einer Panik bestanden, und sie wären vielleicht in die Boote gestürmt. Niemand hätte diese Situation mehr steuern können.«

Frazier kommentierte: »Es wäre gefährlich, längsseit zu gehen, Sir.«

»Weiß ich. Aber die Geleitfahrzeuge sind zu klein dazu. Wir müssen vielleicht alle Passagiere übernehmen. Das kann bei einem Schiff dieser Größe kein Zerstörer, und *Diligent* auch nicht.«

»Schon richtig, Sir.« Er hatte seinen Punkt gemacht, er hielt das für seine Pflicht gegenüber dem Schiff und der Besatzung.

»Ich will alle Brandangriffstrupps, die sie haben, an Steuerbordseite. Und die ganze Rolle für Hilfeleistung in See.« Er bemerkte Fraziers Sorge, seinen Zweifel. »Freiwillige, aber Männer, die wissen, was sie tun.«

Er sah das Schiff des Konvoi-Kommodore neben Fraziers Schulter. Die Decks waren voll von Menschen, Zuschauer, die vielleicht gar nicht verstanden, was passierte. Auf der anderen Seite holte eine schlanke Silhouette schnell auf, Qualm quoll aus ihren hohen, unvergleichlichen Schornsteinen: *Diligent* in voller Fahrt.

Glücklicherweise war es nicht stürmisch, aber die Brise war stark genug, den beißenden Geruch des Feuers herüberzutragen. Feuer wurde von den Seeleuten mehr gehaßt und gefürchtet als irgendeine andere Gefahr auf See.

»Und lassen Sie die Boote an Backbordseite ausschwingen und die Rettungsflöße klarmachen, falls einige von ihnen springen sollten.« Er tippte auf Fraziers Arm und fühlte, wie aufmerksam er war. »Alles Ihre Entscheidung, aber das Schiff unter der Wasserlinie räumen lassen und natürlich einen ordentlichen Verschlußzustand!«

In der Brückennock suchten seine Augen nach Ordnung

in einer für den Laien als absolutes Chaos erscheinenden Szenerie. Männer rannten auf ihre Stationen, Feuerlöschschläuche, Feuerlöscher, Erste-Hilfe-Personal, Tragbahren, alles raste durcheinander. Auf der anderen Seite wurden schon die Boote von den Heiß- und Fiermannschaften in ihren Davits ausgeschwungen.

In dem zunehmenden Sonnenlicht konnte er Inseln der Autorität in der Masse erkennen: Farleigh, der Schiffsarzt, zog gerade seinen weißen Umhang mit Hilfe eines seiner Assistenten an. Der Decksmeister, der Smarting, winkte mit den Armen und rief Männer mit Tampen und Drähten, Fendern und Strops, er war der echte Seemann.

Schließlich kamen sie bei der *Orlando* an. Sherbrooke schaltete den Lautsprecher ein, als er sah, daß ganze Trauben von Soldaten sich bei den vorderen Ladebäumen gebildet hatten. *Orlando* war früher ein Linienfrachter gewesen und hatte einer Reederei aus Neuseeland gehört. Bisher war sie ein glückliches Schiff, bis heute. Was war passiert? Hatte jemand da geraucht, wo das Benzin für die Autos gelagert war? Sorglosigkeit und Dummheit? Das war jetzt allerdings erst einmal egal.

Er schaltete den Lautsprecher ein und rief: »*Orlando*, ahoi!« Er sah die Gesichter, die herübersahen, und fühlte, daß etwas seinen Arm berührte. Es war seine Mütze, die er wohl auf dem Kartentisch liegen lassen hatte. Der junge Signalgast, der sie ihm anbot, grinste unterwürfig und zog sich zurück.

Sherbrooke setzte seine Mütze auf. Daran hätte er selbst denken können. Das Zeichen der Autorität, für die anderen vielleicht das Zeichen der Rettung.

»Hier spricht der Kommandant!« Seine Stimme, hart und metallisch, echote über das Wasser. »Ich komme längsseits, mit meiner Steuerbordseite. Laufen Ihre Pumpen noch?«

Die Stimme des Frachterkapitäns antwortete: »Ja, Sir. Wenigstens jetzt noch. Der Brand ist in Luke vier.«

Sherbrooke beobachtete, wie die *Reliant* weiter achteraus sackte, bis die Brücke genau auf der Höhe der lodernden Flammen war. Er war noch zu weit weg, als daß er die Hitze der Flammen hätte spüren können, das wußte er wohl. Dennoch bildete er sich ein, sie zu spüren, wenn auch mit irgendwas anderem als seiner Haut.

Er rief: »An den Ersten Offizier: Anfangen.«

Die langen Schläuche wurden steif und spuckten Wasser in großen Bögen in Richtung des anderen Schiffes. Er konnte hören, wie Rhodes zum Steuerstand sprach. Macallan, der Rudergänger, war auf direkte, genaue Befehlsgebung angewiesen, er konnte die Nähe der Gefahr ja nicht sehen.

Näher und näher kamen sie, bis Sherbrooke das Ausmaß des Schadens erkennen konnte, ein riesiges Loch im Hauptdeck, das durch die Explosion verursacht worden war. Jeder, der unten in der Luke gewesen war, mußte tot sein.

Er schaltete ein anderes Mikrofon ein und sah, wie die Männer zu ihm heraufsahen.

»Das Personal für die Hilfeleistung weiter voraus!«

Er sah, wie sie sich in Bewegung setzten, wie ferngesteuert. Das Wasser zwischen dem Vorschiff der *Reliant* und dem anderen Schiff wirbelte wild durcheinander, so dicht waren die beiden Schiffe sich jetzt gekommen.

Die Feuerlöschspritzen erreichten jetzt ihr Ziel, die Flammen wurden auseinandergetrieben, Aufbauten und Geräte wurden angefeuchtet, und neu auftauchende Flammen wurden sofort mit Wasser bespritzt.

Stagg stand plötzlich neben ihm, Hände in der Jackentasche, seine schicke Mütze schräg im Stil von Beatty.

»Ich hab' Sie nicht angerufen, Guy, mir war ja klar, daß Sie ordentlich beschäftigt sind.« Seine Augen leuchteten im Widerschein eines frisch ausgebrochenen Feuers, unbesorgt und ohne Mitleid. »Das muß ja ein toller Anblick für unseren Kanadier sein.« Er grinste wild. »Lassen Sie es langsam angehen, Guy, sonst hat der arme Kerl kein Schiff, zu dem er zurückkehren kann!«

Die Männer um ihn herum hatten mitgehört und lachten trotz des Zustandes des anderen Schiffes, des Leids und der Gefahr für sie selbst. *Den Kommandanten juckt die ganze Situation nicht, und der Admiral ist auch ganz ruhig, warum sollten wir uns aufregen?*

»Der erste Trupp ist drüben, Sir!«

Rhodes sah durch die Brückenfenster und ballte dabei seine Faust, als wolle er die Leute vorwärtstreiben. Sherbrooke sah die Seeleute auf dem ungewohnten Deck der *Orlando* laufen und rutschen, Schläuche spritzten sie naß, um sie vor der Hitze zu schützen. Einige der eingeschifften Truppen rückten auch gegen die Brände vor, Feldwebel mit Schlapphüten brüllten lauter, als der Lärm schon war, kohlende Planken und Lukendeckel wurden auf die andere Schiffsseite gezerrt.

Stagg ergriff ein Fernglas aus einem Flaggenspind und sah in Richtung des Qualms.

»Mein Gott, Frazier ist auch da drüben mit an Bord!« Er hörte sich erstaunt und ärgerlich an. »Also, ich will nicht, daß die Stabsoffiziere sich benehmen wie Leutnante im ersten Jahr!«

Sherbrooke sah Fraziers Mütze zwischen einem Trupp von Seeleuten, die Feuerlöschschaum in eine offene Luke spritzten; er demonstrierte schon durch seine Anwesenheit, daß er bei ihnen und einer *von* ihnen war und daß all der Schweiß und die viele Ausbildung sich gelohnt hatten. Er fragte sich, ob Fraziers Frau sich ihren Mann je so vorgestellt hatte, er hatte da Zweifel.

Es gab eine weitere gedämpfte Explosion; ein paar Figuren stolperten in die Luke, die nun schon bald mit dem Wasser aus den Schläuchen geflutet sein mußte. Minuten später wurden die ersten Verletzten hochgebracht, einige mußten gestützt werden, während Verbände angelegt und Brandwunden abgedeckt wurden. Einige schlugen wild um sich, sie konnten nicht verstehen, was passierte. Etliche blieben da liegen, wo sie hingelegt worden waren, offenbar war jede Hilfe zu spät. Er hatte sich nie daran gewöhnt, noch nicht einmal, wenn er hörte, wie die Männer Witze über die Brutalität des Krieges machten.

Kapitänleutnant Frost rief: »Die schaffen es, Sir!« Er schwenkte seine Mütze in der Luft und schrie: »Los, Männer von der *Reliant*, strengt Euch an!«

Der Signalmeister lächelte grimmig, und einer seiner Signalgasten tippte sich mit dem Finger an den Kopf.

Es wurden noch mehr Schläuche auf das Vorschiff der *Reliant* gebracht. Ihre eigene Bordwand war stellenweise versengt und mit Blasen übersät, gar nicht weit von der Stelle des alten Einschlagloches und der Werftreparaturen entfernt. Stagg würde sauer sein, wenn dadurch eine neue Instandsetzung erforderlich sein sollte und das Schiff so von der Teilnahme an kriegsentscheidenden Operationen abgehalten werde würde.

Der Lautsprecher der *Orlando* schallte gegen die Brücke: »Feuer ist gelöscht. Fünfzehn Tote und Schwerverletzte!« Der Sprecher brach ab und hielt seine Hand über die Augen, um durch den Rauch über dem Wasser sehen zu können. »Vielen Dank, *Reliant*! Gott segne euch!«

Sherbrooke konnte Beifall von den Soldaten hören. Sogar die Australier waren beeindruckt.

Stagg schnüffelte nach dem Rauch. »Ich will mit Frazier sprechen, sobald er wieder da ist, Guy.«

Sherbrooke sagte ruhig: »Ist doch meine Sache, Sir. Außerdem denke ich, er hat das richtig gemacht.«

Stagg starrte ihn durchdringend an. »Also gut. *Ihre* Sache.« Das wilde Grinsen war wieder da. »Wir hätten ja auch echten Ärger gehabt, wenn wir einen Truppentransporter verloren hätten, was?« Das Grinsen verschwand wie eine fallengelassene Maske. »Einen neuen Ersten Offizier können wir dagegen jederzeit bekommen.«

Sherbrooke beobachtete, wie Stagg wegging. Stagg hielt noch einmal an, um mit einem Läufer zu sprechen, einem jungen Mann, der seinen Admiral mit großer Scheu angaffte. Stagg hörte nie auf zu schauspielern, dachte er. Vielleicht konnte er einfach nicht aufhören.

Sherbrooke sagte: »Sagen Sie der Schiffssicherungszentrale, die sollen einen Sachstand melden, NO. Wir bleiben noch eine Stunde in Stand-by, dann holen wir die Leute von der *Orlando* zurück. Die haben das gut gemacht.«

Der Navigationsoffizier nickte: »Denke ich auch, Sir.« Als Sherbrooke auf die andere Seite hinüberging, sagte er still für sich: »Du auch, mein Sohn.«

Sherbrooke dachte an die bewegungslosen Körper, die er an Deck des anderen Schiffes hatte liegen sehen. Pfarrer Beveridge, der Gottes-Bootsmann, hatte so wenigstens was, das ihn beschäftigt hielt.

Er seufzte. Wer keinen Witz abkann, hätte nicht zur Marine gehen sollen, sagte man.

9

Ihre Entscheidung

Dick Rayner legte das Walroß in eine leichte Kurve und sah hinab auf die See. In dem grellen Licht war von der Bewegung des Flugzeugs kaum etwas zu spüren, es gab nur Weite und Tiefe, von Horizont zu Horizont.

Er sagte: »Ist bald Zeit zur Umkehr, Eddy. Das Schiff wird nicht allzulange auf uns warten wollen.«

Buck bemerkte trocken: »Kommt mir irgendwie bekannt vor.«

Rayner sah auf seine Instrumente, sein Gehör ganz auf das Brummen des Motors gerichtet. Sie flogen nach Nordwesten, in etwa viertausendfünfhundert Fuß Höhe. In dieser Höhe war die Fledermaus am leistungsfähigsten. Sie konnte dann einhundertdreißig Knoten fliegen, bei Rückenwind sogar mit Leichtigkeit. Die Versuchung war groß gewesen, noch in der Nähe des Konvois zu bleiben, als auf einem der Truppentransporter ein Brand ausbrach; aber Rayner kannte die Gefahr und die Dummheit, sich vom eigentlichen Auftrag durch andere noch so eindrucksvolle Ereignisse ablenken zu lassen, wenn man doch dabei nicht helfen konnte.

»Ist da noch etwas Saft?«

Buck schüttelte mit dem Kopf. »Die anderen beiden Tölpel haben alles ausgesoffen!«

Rayner leckte seine Lippen. Sein Mund war trocken wie Sand. Er trank fast immer nur Saft, trotz der Preise in der Messe, auf die der Chief ja hingewiesen hatte. In der Nacht, als die zwei Polizisten den Wirt dazu gebracht hatten, eine Flasche echten Malz-Whisky herauszugeben, war das eine Ausnahme gewesen.

Auch das hatte er in Großbritannien gemerkt: Schottischer Whisky war aus den Kneipen verschwunden. Einfach weg, für die Dauer des Krieges. Ob für den Export, fragte er sich? Er hatte aber auch bemerkt, daß die höheren Offiziere offenbar trotzdem ohne Schwierigkeiten daran kamen.

Wenn man in einer normalen Kneipe nach Whisky gefragt hätte, wäre man wohl für einen deutschen Spion gehalten worden, der gerade mit einem Fallschirm abgesprungen war, oder für einen Verbrecher, der die Zeit seit Anfang des Krieges im Gefängnis zugebracht hatte. Er dachte an das Mädchen, Andrea, die fast das Würgen bekommen hatte, als sie ein Glas voll bekam. Was sie jetzt wohl machte? Mit wem sie wohl zusammen war?

Er merkte, daß Buck mit Hingabe die Aufzeichnungen in einem Notizblock prüfte, der an seinen Oberschenkel geschnallt war.

Er sagte: »O.K., ich mach' schon kehrt. Kannst du jemals an was anderes denken als an deinen Bauch?«

Buck starrte nach draußen, wegen der gleißenden Helligkeit hatte er die Augen etwas zugekniffen.

»Schiff! An Backbord.«

Rayner runzelte die Stirn. »Nimm das Fernglas. Los, nun mach schon!«

Buck sah sorgfältig durch das Fernglas und das etwas verschmierte Plexiglas der Flugzeugkanzel. »Frachter. Hat Flagge auf die Bordwand gemalt.«

Morgan war mit einem zweiten Fernglas neben sie geklettert.

»Rot und gelb. Ein Spanier, ein verdammter Neutraler.«

Buck grinste: »Ist das der Status, den sie für Wales erhoffen?«

Rayner sah wieder auf seine Armaturen. »Ich will lieber selbst mal sehen.« Auch die Neutralen gingen ein Risiko ein, wenn sie sich in die Kampfgebiete begaben. Er ließ das Walroß in einen langsamen Sinkflug übergehen, bis sie ihren eigenen Schatten wie einen Zwilling über das bewegte Wasser rasen sehen konnten. Es war ein schmutziges Schiff, Männer arbeiteten an Deck, einige sahen hoch und winkten, als sie vor dem Bug kehrtmachten und auf der anderen Seite des Schiffes entlangflogen.

Der Name des Schiffes war auf ein großes Segeltuch gemalt, *Cabo Fradera*. Vermutlich extra für neugierige Leute wie uns, dachte Rayner.

Plötzlich fiel ihm was ein. »Das ist der Dampfer, der gemeldet hat, daß er von einem Handelskreuzer beschossen worden ist! Die lernen es auch nie!«

Die Deutschen legten sich nur selten mit spanischen Schiffen an; sie hatten sehr viel gemeinsam. Churchill hatte es in einer seiner feurigen Rundfunkansprachen eine »einseitige Neutralität« genannt.

Hardie, der vierte Mann in ihrer kleinen Besatzung, sagte: »Die schmeißen ihren Abfall außenbords, die schlampigen Kerle!«

Rayner legte den Steuerknüppel leicht zur Seite. Die kleinen Figuren, die an Deck des Frachters arbeiteten, deckten irgend etwas mit einem Stück Persenning ab; Rayner nahm an, um es vor der Sonne zu schützen. Nur für eine Sekunde hatte er es gesehen. »Sieh mal, am Heck!«

Buck war überrascht: »Ich seh' nichts, Skipper! Was denn?«

Der »Abfall«, der über das Heck außenbords gekippt wurde, die Persenning, die irgendwas verdeckte: metallene Schienen, wie schmale Eisenbahnschienen.

Er rief aus: »Die legen Minen, um Himmels willen! Rob, nimm Verbindung mit dem Schiff auf! Wir hauen hier ab, so schnell es geht.«

Er merkte, wie der Motor lauter wurde, und sah die glitzernde Wasseroberfläche unter sich durchrasen.

Er konnte seine Gedanken kaum noch ordnen. Die legten Minen, und die Minenschienen waren fast leer gewesen. Der Spanier hatte sie schon alle geworfen. Das waren keine Ankertauminen. Dazu war es hier zu tief, er hatte das auf Rhodes Karte geprüft, bevor sie gestartet waren. Fast sechstausend Meter. Die Minen würden an der Oberfläche bleiben, Treibminen, ungesteuert und ohne jede Intelligenz, tödlich für jeden Sorglosen. Er versuchte zu schlucken und seine Erkenntnis an Morgan weiterzugeben.

»Minen, Rob! Sagen Sie es dem Schiff!«

Es konnten Dutzende oder Hunderte sein, soweit er das wußte. Es konnte auch sein, daß er sich hier zum Idioten machte. Aber wenn er recht hatte ... Er hörte das Funkgerät knistern und hoffte darauf, daß die Verbindung klappen würde. Der Spanier hatte vielleicht schon seit Stunden Minen gelegt oder vielleicht sogar seit dem Zwischenfall mit dem Handelskreuzer, den sie gemeldet hatten.

Sie mußten das an die *Reliant* weitergeben.

Er spürte die Explosion nicht. Es war etwa so, als ob er mit Macht hochgeschleudert und dann wieder fallengelassen worden wäre. Im Flugzeug breitete sich übelriechender Rauch aus, und einen Augenblick dachte Rayner, daß das Flugzeug brennt. Aber der Rauch nahm dann wieder ab, und Rayner kämpfte mit der Steuerung. Er starrte ungläubig auf die scharfkantigen Löcher im Flugzeug, durch die kalte Luft hereinströmte. Sie waren getroffen worden. Und mit dieser Erkenntnis kam auch der Schmerz, wie ein heißes Eisen in seiner Seite, stechend und brennend, so daß er seine Augenmaske abriß, als wolle sie ihn erwürgen. Buck hielt ihn und starrte ihn an, während er an seiner ledernen Fliegerjacke zerrte.

Rayner schnappte nach Luft: »Weißt du den Kurs, Eddy? Du mußt den Kurs zurück steuern!«

»Mach' ich, O.K.?« Er nahm seine Hand zurück und sah das Blut.

Rob Morgan, der ehemalige Milchmann aus Cardiff, war wieder da. Er sah blaß und irgendwie verklärt aus. »Das Funkgerät ist hin!«

Buck sagte: »Wie geht es Jim?« Er legte seinen Arm um Rayners Schulter und hielt ihn gerade. Morgans kurzes Kopfschütteln verriet alles.

»Dann mal hier weiter, Rob. Hier, hilf mir mal. Hol Verbandszeug.« Er warf einen schnellen Blick auf den Höhenmesser und den Kompaß. Die alte Fledermaus flog von selbst. Er wollte lachen oder weinen. Aber er wußte, daß er nicht hätte wieder aufhören können...

Rayner blinzelte mit Schwierigkeiten. »Wie lange ist es her, Eddy?«

»Eine halbe Stunde. Mach dir keine Sorgen. Ich hab' das Flugzeug im Griff.«

Rayner ließ den Kopf wieder sinken. So lange? Wie konnte das angehen? Es war doch gerade erst passiert. Flak. Das hätte er wissen müssen. Sich denken können.

Er hatte gefühlt, wie das Blut in seine Hose in die Leistengegend lief, dickes Blut. Er unterdrückte den Schmerz. Obszön. Aber jetzt war ein Verband auf der Wunde. Wie hatten sie das bloß hingekriegt?

Morgan sagte: »Der Konvoi ist in Sicht, Skipper.« Er verspürte weder Erleichterung noch irgendwelche Gefühle. Das lag hinter ihm.

Rayner versuchte, sich zu bewegen. »Was ist mit Jim?« Das Walroß drehte und verlor an Höhe. Dabei schien die Sonne durch die Splitterlöcher, und die Sonnenstrahlen strichen langsam über die offenen Augen des Seemannes, aber sie schlossen sich nicht und blinzelten auch nicht.

Rayner sagte: »Morselampe. Ruft die an...« Seine Stimme war kaum mehr als ein Wispern.

Ich muß sie heil runterbringen. Ich muß. Erst als er Bucks festen Griff spürte, wurde ihm klar, daß er laut gesprochen hatte.

»Haltet mich fest. Achtet auf die Landeklappen, ruhig und gleichmäßig.« Wenn die Landung schiefging, war es auch egal, ob die Wasserbomben explodierten.

Er hörte das Geklapper der Morselampe halb im Unterbewußtsein und Morgans Stimme: »Die haben es gesehen!«

Sie konnten noch nicht einmal wissen, wie schwer der Schaden war. Sie mußten eine Notwasserung machen und dann darauf hoffen, gerettet zu werden. Oder vielleicht zurückgelassen zu werden, wie die Deutschen in ihrer Arado. Ausgleich . . .

Er sagte ruhig: »Besuch mal das Mädchen für mich, Eddy, mach das. Sag ihr, daß ich schreiben wollte.«

Dann setzten sie auf dem Wasser auf. Buck spürte, wie es durch die Löcher spritzte.

Rayner mochte mit dem Tode ringen, aber Buck sah seine Hand mit blutverschmiertem Handschuh weitersteuern, als sei nur sie noch am Leben. Er sah auf die See, es ging auf und ab, das kleine Flugboot wurde herumgeschleudert wie ein Blatt im Mühlenbach. Buck hielt die blutige Hand mit seiner eigenen fest, der Motor hustete und schüttelte sich, bis er stand.

»Wir sind unten! Du hast es geschafft, du verrückter Heini!«

Morgan sagte: »Die *Reliant* muß aber jemanden schikken!« Er wurde sich der Situation langsam bewußt.

»Sie kommt. Das werdet ihr sehen.« Dann schwandem ihm wieder die Sinne.

Buck versuchte, das Gesicht seines Freundes mit seinem einzigen sauberen Taschentuch abzuwischen, aber seine Finger zitterten dermaßen, daß er den Versuch wieder aufgab.

»Du wirst es ihr selbst sagen«, murmelte er. Hinterher redete er sich selbst ein, daß Rayners Lippen sich zu einem schwachen Lächeln verzogen hätten.

Korvettenkapitän Rhodes senkte sein Fernglas und beobachtete, wie auf der *Orlando* immer mehr rauchende Überreste ergriffen und außenbords geschmissen wurden. Die Seeleute der *Reliant* arbeiteten prima mit den australischen Soldaten zusammen, so, als ob sie das seit Jahren schon getan hätten.

Er hörte den Kommandanten auf einem Sprechkreis mit dem Schiffssicherungsgefechtsstand sprechen, um ein klares Bild über irgendwelche Schäden zu erhalten, die bei der Berührung der beiden großen Schiffe entstanden sein konnten. Rhodes brach der Schweiß aus, wenn er nur daran dachte. *Reliant* hatte zweiunddreißigtausend Tonnen Wasserverdrängung, und beim Bau des alten Frachters hatte man auch nicht an solche Situationen gedacht. Und dennoch hatte Sherbrooke das Schiff so dicht herangeführt, daß die wartenden Leute an Deck der *Orlando* unter dem überhängenden Vorschiff der *Reliant* verschwanden. Ein einziger Irrtum oder ein launischer Windstoß im Augenblick des Berührens, und das Unglück wäre da gewesen. Er hatte das Schiff wie einen Zerstörer gefahren oder vielleicht wie seinen vorherigen Kreuzer.

Sherbrooke kam zu ihm und sagte: »Wir holen jetzt unsere Leute zurück. Der Kapitän der *Orlando* hat offenbar alles im Griff.«

Rhodes sagte: »Wäre ich nicht dabei gewesen, ich hätte es nicht geglaubt.«

Sherbrooke sah ihn an, oder er sah mit abwesendem Blick durch ihn hindurch, als ob er alles noch einmal durchlebte.

Dann lächelte er: »Also, NO, ich hatte selbst auch zeitweise meine Zweifel.«

»Flugzeug, Steuerbord viereinhalb Dez, kommt direkt auf uns zu.«

Aus dem Lautsprecher der Artillerie hörten sie Eversheds Stimme, abgehackt und angespannt, als ob er schon lange darauf gewartet hätte, etwas zu sagen.

»Ziel auffassen!«

Aber es war Bob Yorke, der Signalmeister, der die Situation als erster erfaßte. Er schnappte sich das lange, unmoderne Teleskop, das er jedem Fernglas vorzog, rannte in die Brückennock, und seine Lippen bewegten sich tonlos, während er das langsam fliegende Wasserflugzeug beobachtete. Sherbrooke steckte seine Hand in die Tasche und hielt seine Pfeife fest in der Hand, als das einem Drachen ähnliche Walroß sich der harten Wasseroberfläche rasch näherte, gerade als ob es nicht mehr in der Luft bleiben könne. Yorke blinzelte trotz des grellen Sonnenscheins nicht. »Vom Walroß, Sir.« Er zog die Stirn in Falten, er war das langsame, zögerliche Morsen nicht gewohnt. »*Habe im Nordwesten Minenleger gesichtet. Minen auf Konvoi-Route.*«

Jemand sagte ganz leise: »Die armen Schweine sind getroffen worden.«

Rhodes beobachtete das Flugboot jetzt auch, es war nun dicht über dem Wasser. Irgendwie mußte es dazu verleitet worden sein, dem Minenleger, wer auch immer sich dahinter versteckte, zu nahe zu kommen.

Sherbrooke sagte: »Spruch an den Konvoi-Kommodore, Signalmeister: ›Konvoi ändert Kurs. Schiffe ändern Kurs nacheinander. Neuer Kurs wird zwo-fünf-null.‹ Danach schießen Sie einen weißen Stern, um die Ausgucks auf die Gefahr hinzuweisen.«

Rhodes stand am Sprachrohr zum Steuerstand bereit, ihm entging nichts.

Sherbrooke fügte noch in freundlichem Ton hinzu: »Und rufen Sie auch den Geschwaderkommandeur der Zerstörer an, halten Sie ihn informiert über das, was hier passiert.«

Staggs Telefon meldete sich wieder, ein Signalgast wollte es reichen. Sherbrooke sagte: »Warten!«

»Alle Einheiten haben den Empfang unserer Signale quittiert, Sir.«

Ein schneller Blick auf die Uhr. Wie viele Minuten, seitdem wir dem Konvoi die Kursänderung angekündigt haben? Genug, daß sich alle darauf vorbereiten konnten? »Ausführung für die Kursänderung des Konvois!«

Sherbrooke ging in die Brückennock und ergriff den Lautsprecher: »*Orlando*, ahoi. Unsere Leute bleiben erstmal bei Ihnen an Bord!«

Er beobachtete, wie die Truppentransporter einer nach dem anderen mit einer Art schwerfälliger Würde nach dem Schiff des Kommodore den Kurs änderten.

Jemand lachte nervös: »Da wird der Erste Offizier, ›der Kerl‹, aber staunen! Der denkt jetzt, wir würden ihn zurücklassen!«

Plötzlich war eine gedämpfte Explosion zu hören, die bei der *Reliant* als schwache Erschütterung ankam.

Sherbrooke sah, wie direkt am Steven der *Diligent* eine hohe Wasserfontäne aufstieg. Es schien eine Ewigkeit zu dauern, bis die Fontäne wieder in sich zusammengefallen war, danach war Rauch zu sehen. Keinerlei Lichtblitz, aber als die *Diligent* wieder aus dem zusammenbrechenden Sprühnebel hervorkam, konnte man schon sehen, daß sie langsamer wurde, ihre Hecksee wurde schnell kleiner, und schließlich stoppte sie ganz.

Sherbrooke beobachtete sie gelassen. »Alle Maschinen halbe Kraft voraus! Neuer Kurs wird...« Er zögerte und sah zu Rhodes hinüber. »Wo ist das Walroß, NO?«

»Gelandet, Sir. Aber Bruchlandung.«

»Spruch an den Geschwaderkommandeur der Zerstörer, er soll sich klar halten und *Diligent* unterstützen. *Diligent* soll Schadensumfang melden.«

Er hörte nicht auf das Geklapper der Signallampen und richtete sein Glas auf das Wasserflugzeug. Das Walroß schlingerte in der See, ohne jeden Antrieb. Es war erstaunlich, daß das Flugzeug überhaupt hatte landen können.

Er glaubte Rayners Stimme zu hören. *Wir schaffen das schon.* Dann faßte er den Entschluß. »Ändern Sie den Kurs

Richtung Walroß, NO, in fünf Minuten auf zweiundsiebzig Umdrehungen runtergehen. Das müßte hinkommen.« Er drehte sich um und sah wie der Maat der Wache ihn anstarrte. »Sie, Oldfield war doch Ihr Name? Machen Sie Durchsage: Die Kutter Heiß- und Fiermannschaft und die Kutterbesatzung sollen das Backbord Whaler-Boot aussetzen.«

Er ging schnell zum Radarsichtgerät und dachte über die Freude des Mannes nach, weil er ihn beim Namen angesprochen hatte. Sein Vater hatte ihm einmal gesagt: *»Präg dir ihre Namen ein. Das ist fast das einzige, was sie besitzen!«*

Stagg ging durch die Brücke: »Wie sieht es mit *Diligent* aus?«

Rhodes rief: »Vorschiff liegt tief im Wasser, Sir. *Montagu* ist bei ihr.«

»Das Boot ist klar, Sir.«

»Sehr gut.« Sherbrooke sah hinüber zu Rhodes. »Voraus langsame. Ganz langsame, wenn Sie meinen. Sagen Sie dem Chief, was los ist.«

Stagg sagte scharf: »Ich will das auch wissen!«

»Wir können das Walroß nicht wieder einsetzen, Sir. Es ist wohl zu sehr beschädigt. Wir nehmen die Flugzeugbesatzung wieder auf.«

Stagg starrte ihn an und ging in die offene Brückennock hinaus.

Hier oben kamen die Befehle zum Aussetzen des Bootes nur schwach an. »Klar zum Aussetzen! Über Wasser!«

Sherbrooke hatte es schon tausendmal gesehen, das Boot hing an den Läufern der Aussetzvorrichtung und schwang langsam über der schwachen Bugwelle. Die fünf Männer zum Pullen trugen dicke Schwimmwesten, der Bootssteuerer war klar, seine Kommandos zu brüllen.

Stagg erhob eine Hand, als wolle er das Ganze anhalten, als könne er immer noch nicht glauben, was passierte.

»Zu Wasser!«

Das Boot fiel frei in den hinteren Teil der Bugwelle, schor ab an der langen Seefangleine, die es freizog von der Bordwand der *Reliant* und ihren riesigen Aufbauten. Ein spannender Augenblick für jede Bootsbesatzung.

Rhodes sagte: »Sie sind fast beim Flugzeug, Sir.« Es war zu hören, daß er in der Sache aufging. »Der Bootssteuerer winkert.« Er schnappte sich wieder sein Fernglas, die winzige Gestalt im Heck des Bootes winkerte mit den Händen, das Whaler-Boot bewegte sich im Seegang und schlug manchmal gegen das treibende Walroß.

»Einer tot. Einer verwundet. Kehre zurück.«

Stagg schnappte: »Setzen Sie das Boot wieder ein und dann sofort hinter den anderen her!«

Er ging an die Tür und wartete kurz. »Und dann möchte ich Sie in meiner Kammer sprechen, sobald das möglich ist und es sich mit der Sicherheit dieses Schiffes vereinbaren läßt!«

Rhodes und sein Vertreter hatten jedes Wort mitgehört, und Sherbrooke wußte, daß Stagg das auch beabsichtigt hatte.

»Das Boot wird jetzt eingesetzt, Sir.« Das war Yorke, sein Gesichtsausdruck war ungewöhnlich ernst, als ob ihn das, was er gerade gesehen hatte, sehr bewegte.

»Fahren Sie weiter, NO. Gehen Sie auf den neuen Kurs und auf einhundertzehn Umdrehungen.« Er fühlte die schnelle Reaktion der Maschinen, wie ein Schütteln, das vom Kiel bis auf die Brücke reichte.

Er hörte Rhodes sagen: »Backbord zehn, ... mitschiffs, ... recht so.« Jetzt wieder entspannt, da das Schiff wieder Fahrt aufgenommen hatte und immer schneller wurde. Frazier mußte alles von der *Orlando* aus beobachtet haben.

Was hätte er in meiner Situation getan?

Er richtete sein Fernglas auf die *Diligent*, die etwas Schlagseite hatte. Es war jetzt die Entscheidung ihres Kommandanten, ob er das Schiff aufgeben mußte und seine

Leute auf den wartenden Zerstörer *Montagu* bringen wollte oder ob er sich für den Versuch entschied, allein einen Hafen zu erreichen. Auf halbem Wege zwischen dem Leichten Kreuzer und der *Reliant* lag das schwerbeschädigte Walroß, vielleicht schwamm es noch Wochen, bis ein Sturm es fand und ein neues Opfer des Atlantiks aus ihm machte.

Er hörte Rhodes an einem Telefon sprechen und wartete. Rhodes sagte: »Der Tote heißt Hardie, er war neu hier an Bord. Kapitänleutnant Rayner ist verletzt.«

Es war wahrscheinlich nur Zufall, vielleicht wäre keine einzige der Minen des unbekannten Gegners je mit einem Schiff dieses Konvois in Berührung gekommen. Eine hätte aber gereicht, um aus einem Triumph ein Desaster zu machen. Er sah auf seine Hände, doch die waren ruhig, was ihn selbst überraschte. Er spürte, wie das Schiff durch das Wasser schnitt und die Handelsschiffe wie ein Windhund überholte und den ihm zustehenden Platz an der Spitze des Konvois wieder einnahm. Wo die *Diligent* gewesen war, als sie auf die Mine lief.

Einer der jungen Signalgasten sagte: »Ich dachte jetzt gerade, Herr...«

Der Signalmeister klopfte ihm auf die Schulter. »Überlassen Sie das Denken den Pferden. Die haben größere Köpfe als Sie.« Er lächelte dabei, er wußte, was der junge Mann wollte: »Gehen Sie los und holen Sie Tee für die Wache.«

Sherbrooke sagte: »Fahren Sie weiter, NO. Ich gehe zum Admiral. Aber vorher gehe ich in den Sanitätsbereich.«

Erst gegen acht Glasen der Abendwache schaffte er es, die Unterkunft des Admirals aufzusuchen. Jeder Muskel und jeder Knochen schmerzten ihn, und er hatte ein Gefühl, als ob er seit Tagen ohne Pause auf den Beinen gewesen sei.

Der Adjudant und Staggs dunkelhäutiger Sekretär, Kapitänleutnant Villar, waren schon da, aber sie gingen sofort, ohne ein Wort zu sagen. Als ob sie diese Situation schon vorher eingeübt hätten.

Stagg sagte: »Alles wieder völlig in Ordnung?« Aber seine Augen schienen zu fragen: »*Was hat Sie solange beschäftigt?*«

»Ja, Sir. Ich habe sichergestellt, daß Ihre Sprüche richtig abgesetzt worden sind, und ich habe mir noch ein paar Einzelheiten über den Minenleger angehört. So wie es aussieht, war es entweder wirklich die spanische *Cabo Fradera*, die gemeldet hat, sie würde beschossen, aber in Wirklichkeit von den Deutschen benutzt wurde oder aber es war ein deutscher Handelskreuzer, der getarnt war, um wie das spanische Schiff auszusehen und sich so ungeprüft zwischen den Konvois durchschmuggeln zu können.«

Er sah, wie Stagg seinem Ersten Steward, Taffy Price, energisch zunickte, dieser zog sich daraufhin sofort zurück. Es sollte also eine echte Konfrontation werden.

Der Beobachter des Walroß-Flugbootes, der Neuseeländer, hatte noch jünger ausgesehen, als Sherbrooke mit ihm im Sanitätsbereich gespochen hatte. Buck ließ sich eine klaffende Wunde auf seinem Handgelenk verbinden, er wußte wirklich nicht, wobei er sie sich zugezogen hatte.

Er konnte eine gute Beschreibung des Minenlegers und sogar der Minenschienen geben; auch den behelfsmäßigen Namen auf einem Stück Persenning hatte er genau beobachtet. Das Geschütz, das auf sie geschossen hatte, war ihm nicht aufgefallen, aber das war kein Wunder. Die deutsche Geschützmannschaft konnte unter diesen Umständen kaum vorbeischießen.

Die Admiralität mußte entscheiden, was weiter passieren sollte. Einer der neuen Geleitträger, wie *Seeker*, die immer noch auf Island repariert wurde, wäre ideal gewesen. Sie selbst konnten aber keine weiteren Risiken eingehen, was diesen Konvoi anbetraf.

Sherbrooke sagte: »*Diligent* geht nach Freetown. Dort stehen Schlepper zur Verfügung.«

Stagg sagte: »Deshalb habe ich Sie nicht hierher gebeten.« Er zog die Augenbrauen hoch. »Nun?«

»Vielleicht möchten Sie wissen, daß Kapitänleutnant Rayner überlebt hat und daß er völlig wiederhergestellt werden wird.«

Stagg starrte ihn hart an. »Natürlich, dazu komme ich noch.« Er bewegte unruhig seine Hände und schob einen Briefbeschwerer so zurecht, daß er mit der gold eingefaßten Tischkante eine Linie bildete.

»Sie sind ein großes Risiko eingegangen, als Sie bei der *Orlando* längsseit gingen. Das war Ihre Entscheidung, und sie war in mancher Beziehung mutig. Wäre das Feuer außer Kontrolle geraten, hätten wir vielleicht die *Orlando* aufgeben müssen. Eine unangenehme Situation. Aber ich habe Ihre Entscheidung gestützt, und mehr will ich auch dazu nicht sagen.«

Sherbrooke fühlte, wie die Müdigkeit ihm zusetzte. *Oder Sie werden sagen, es sei Ihre Entscheidung gewesen.*

Stagg fuhr fort: »Aber die *Reliant* aufzustoppen, wo doch ein Geleitfahrzeug schon auf eine Mine gelaufen war, ein Boot auszusetzen und so das ganze Schiff einer unmittelbaren Gefahr preiszugeben, das war unverzeihlich.«

»Es war ein Risiko; nach meiner Meinung gerechtfertigt.«

Stagg schien gar nicht zuzuhören. »Mein Gott, wir stoppen noch nicht einmal, wenn ein Schiff im Konvoi torpediert wird, das wissen Sie doch! Nicht stoppen, nie zurücksehen. Sie müßten das doch am besten wissen!«

»Ich weiß das, Sir. Ich habe Menschen sterben sehen, weil niemand zur Hilfe kam, bevor es zu spät war.«

»Das war eine ganz andere Situation!«

»Vielleicht. Aber wenn Rayner die Minen nicht gemeldet hätte, hätten wir nichts gewußt, und schnell hätte es für einen der Truppentransporter zu spät sein können. Vielleicht sind nur einige wenige Minen geworfen worden, vielleicht waren es aber auch Hunderte, vielleicht wäre uns auch keine vor den Bug gekommen. Eine hat aber immerhin auch so ein Schiff des Verbandes getroffen!«

»Sie brauchen deswegen nicht mit erhobener Stimme zu sprechen.«

»Tut mir leid, Sir. Als ich das Kommando über die *Reliant* angetreten habe, war ich nicht nur überrascht, sondern auch dankbar. Das formt den Menschen. Ich wollte dies Kommando, mehr als Worte es sagen können. Das Schiff schien mir wie ein alter Freund zu sein, der mir die Hand ausstreckte.«

Er war plötzlich wütend auf Stagg, aber noch wütender war er auf sich selbst, weil er versucht hatte, zu erklären, was ihm das alles bedeutete und was es ihn innerlich gekostet hatte. Aber das war persönlich, und er hätte es mit niemandem teilen sollen.

»Ich habe für Rayner und seine Flugzeugbesatzung gestoppt, weil wir ihm so viel verdanken.«

Er dachte an das treibende Walroß, wie er es von der Brücke gesehen hatte, und an das eine tote Besatzungsmitglied. Er erinnerte sich an den Flieger, den Rayner beschrieben hatte, tot und steifgefroren in seinem Schlauchboot. Der Krieg hatte viele Gesichter.

Stagg schob den Briefbeschwerer zur Seite, der war ihm wohl langweilig geworden. »Ich weiß schon lange, daß Sie so eine sentimentale Type sind, Guy.«

Sherbrooke ballte seine Finger langsam und fest in eine Faust. Jetzt also wieder Freundlichkeit mit Vornamen . . .

»Ich finde, wir könnten einen ganz kleinen Drink vertragen, oder?«

Sherbrooke sagte: »Ich lieber nicht, Sir.«

Stagg drückte auf den kleinen Klingelknopf, und Price erschien sofort.

»Wie Sie wollen, aber vergessen Sie nicht, was ich gesagt habe. Es bleibt zwischen uns.«

Sherbrooke schloß die Tür hinter sich. Er hatte sich einen Feind geschaffen, aber vielleicht war dieser Feind schon immer dagewesen und hatte nur gewartet. Wie die Minen.

Es war Mitternacht, als Sherbrooke wieder in den Sanitätsbereich kam. Hier war alles so weiß und steril, fast friedvoll; eine Krankenaufsicht döste auf einem Stuhl, der Kopf bewegte sich im Takt mit den leichten Bewegungen der *Reliant*.

Er war schon durch das ganze Schiff gegangen. *Ich werde auch langsam wie John Frazier.* Unfähig, eine Pause einzulegen und zu entspannen.

Er blieb bei der einzigen Koje stehen, in der das Licht brannte. Welcher Unterschied gegenüber der geschundenen und mit Blut beschmierten Gestalt, die er besucht hatte, bevor er zu Stagg nach achtern gegangen war.

Flottillenarzt Dr. Farleigh hatte die Wunde in der ihm eigenen genauen, knappen Art beschrieben: Die Hilfe war gerade noch rechtzeitig gekommen, und die Wunde war sauber. Aber das Ganze war nur ein oder zwei Zentimeter an einer Arterie vorbeigegangen, und Rayner hatte viel Blut verloren. Er hatte auch starke Quetschungen von dem Aufschlag bei der letzten, verzweifelten Landung, obwohl er, genau wie Buck, wohl nicht mehr wußte, wo sie hergekommen waren.

Sherbrooke sah, daß Rayners Augen offen waren und ihn ansahen, sie versuchten den Nebel zu durchdringen, den die Betäubungsmittel, die er gegen die Schmerzen erhalten hatte, um ihn verbreiteten.

Rayner sagte heiser: »Sie waren schon früher hier, das haben die mir erzählt.«

Sherbrooke berührte seine nackte Schulter. Die Haut fühlte sich heiß an, wie bei Fieber.

»Freut mich, daß man Ihnen das erzählt habt. Mir hat man gesagt, daß es Ihnen wieder gutgehen wird.«

Er sah, wie plötzlich Sorge und Angst wiederkehrten, vielleicht zusammen mit der Erinnerung.

»Ich hab' gehört, daß Jim tot ist. Ich fühl' mich da sehr schlecht. Ich hätte wissen müssen, daß der Dampfer vielleicht schießt.«

»Machen Sie sich keine Vorwürfe. Wahrscheinlich haben Sie viele Menschenleben gerettet.« Er sah in die Runde. In seiner Vorstellung sah er die deutschen Überlebenden hier in dieser kühlen, antiseptischen Umgebung auf den Kojen sitzen.

»Vielleicht haben Sie die *Reliant* vor Schaden oder vor Schlimmerem bewahrt. Da sollte man dran denken. Sie hatten sich zu entscheiden, daher machen Sie sich selbst Vorwürfe. Ich kenne das. Aus eigener Erfahrung.«

»Ich werde nicht auf ein anderes Schiff geschickt, Sir?«

»Nein, natürlich nicht. Wir sollten jetzt das neue Flugzeug etwas schneller bekommen, dank Ihrer Mithilfe, danke sehr dafür!«

Er stand auf. Rayner schwanden wieder die Sinne, und er selbst war sehr müde.

»Noch eins, und dann lasse ich Sie schlafen.«

Er sah, wie Rayner darum kämpfte, wachzubleiben, um zuhören und ihn verstehen zu können.

»Die Erwähnung im Kriegsbericht. Das wird wohl nichts werden.« Er beugte sich über die Koje, damit Rayner seinen Zeigefinger auf seinem Orden am Jacket sehen konnte. »Ich denke, daß so etwas eher angebracht wäre.«

Rayner starrte ihn an, er konnte das nicht verarbeiten.

Sherbrooke trat zurück in den Schatten, und er dachte an Staggs letzte Worte: *Es bleibt zwischen uns.*

Ein Läufer murmelte: »Herr Kapitän, Sie werden auf der Brücke benötigt.«

Sherbrooke sah auf Rayners Gesicht, jetzt tief im Schlaf. Das Ganze war die Sache wert gewesen.

10

Überlebende

Der uniformierte Portier prüfte den amtlichen Ausweis und das Empfehlungsschreiben der jungen Dame und sagte: »Bitte gehen Sie doch schon ins Büro, Mrs. Meheux, Kapitän zur See Thorne wird Sie nicht allzulange warten lassen.«

Als sie durch die andere Tür ging, sah er mit Bewunderung hinter ihr her.

Sehr hübsch. Manche Leute haben eben immer Glück.

Sie setzte sich in den Stuhl und sah sich in dem Büro um. Es war, wie viele andere auch, für den Kriegsgebrauch requiriert worden.

An der Tür war ein kleines Schild: *Leiter der Marine-Informationsabteilung. Zutritt verboten.* Es war nachmittags, und sie war zu Fuß hierhergekommen von ihrem alten Büro in den Grand Buildings am Trafalgar Square, wo sie die Geschäfte von Sir Graham Edwardes abgeschlossen hatte. Sie hatte alles an eine andere Frau übergeben, die ihr völlig desinteressiert an der Arbeit und den damit verbundenen Herausforderungen erschienen war.

Sie streckte ein Bein aus und betrachtete es kritisch. Es war ihr letztes Paar guter Strümpfe. Bei den Mädchen, mit denen sie zusammenlebte, waren die Strümpfe nie knapp. Offenbar waren die Amerikaner sehr großzügig, dachte sie sich.

Sie lächelte für sich selbst. Auch das war alles anders jetzt. Diese neue Stellung war angeblich eine Beförderung, viel wichtiger war ihr die Tatsache, daß mit der neuen Tätigkeit eine kleine Dienstwohnung verbunden war. Es war eine Etagenwohnung in Chelsea, nicht weit von der King's Road; dort war eine Wohnung noch schwieriger zu bekommen als gute Strümpfe. Die anderen Häuser versperrten die Aussicht, sie konnte die Themse nicht sehen; aber sie empfand es schon als angenehm, zu wissen, daß der Fluß da war.

Sie lockerte ihre Bluse. Es war erstaunlich, wie das Wetter sich geändert hatte, und sie war ohne Mantel hergekommen. Der Himmel war mit niedrigen Wolken bedeckt, und man konnte die Sperrballons daher nicht sehen, aber es war April. Ein neuer Kriegsfrühling. Wo war bloß die Zeit geblieben?

Sie hatte ihrem Vater geschrieben, über die neue Stellung, über London und über den letzten Brief, den sie vom Kriegsministerium erhalten hatte. Darüber hatte sie in Ruhe nachgedacht. Philip ... Es gab immer noch keine Nachricht von ihm, und es hatte den Anschein, daß die einzigen Quellen für Informationen das Schweizer Rote Kreuz und andere neutrale Organisationen waren. Leutnant Philip Meheux von den Königlichen Pionieren war zum letztenmal bei seinem Verband, oder dem, was davon noch über war, gesehen worden, an dem Tag, an dem Singapore gefallen war. Es gab keine Meldung, ob er getötet oder gefangen genommen worden war, ja, es gab noch nicht einmal den geringsten Hinweis. Das Kriegsministerium hatte mitgeteilt, daß es noch Hoffnung gäbe, aber sie hatte sich gefragt, ob in ihrer Situation überhaupt noch irgend jemand daran glauben würde.

Bei ihrer vorherigen Arbeit für den Helden des letzten großen Krieges hatte sie alle Berichte, die über Singapore freigegeben waren, sorgfältig studiert: Viele aber, das wußte sie wohl, blieben unter Verschluß. Sie hatte von der Rolle der Marine in diesem hoffnungslosen Versuch, Singapore zu verteidigen, gehört und von der Tragödie der beiden großen Schiffe, *Repulse* und *Prince of Wales*. Mit ihrer Vernichtung hatte sich die Stärkeverteilung bei den Seestreitkräften völlig verändert, Singapore war von dem Augenblick an so gut wie verloren.

Sie hatte an Singapore gedacht, als sie Rosyth besucht hatte. Die *Reliant* war ein Schwesterschiff der *Repulse*, aber sie konnte sich nicht erinnern, ob sie das nur gelesen oder ob Guy Sherbrooke es ihr erzählt hatte. Sie konnte auch den Besuch in der Kathedrale von Portsmouth nicht vergessen und auch die Stunde danach nicht, als sie und Sherbrooke den Gedächtnisstein, der an nur einen der vielen schrecklichen Luftangriffe erinnerte, besucht hatten.

Sie wußte genau, daß ihr Vater mit den üblichen Trostworten zurückschreiben und ihr von den Neuigkeiten ihres Geburtsortes berichten würde, wo sie mit Philip in die Schule gegangen war und wo sie Freunde geworden waren. Was wäre wohl passiert, wenn der Krieg nicht gekommen wäre? Sogar die Hochzeit wurde in Eile durchgezogen, eine dringende Angelegenheit neben vielen anderen im Rahmen der Kriegsvorbereitungen. Philip in Uniform, die Zeremonie und der kurze Hotelaufenthalt, Konfetti war aus ihrem Koffer gefallen, irgendeiner hatte es hinein geschmuggelt, so daß alle wußten, daß sie frisch verheiratet waren.

Drei Tage und zwei Nächte, und er war weg. Sie dachte wieder an Sherbrooke und wie er das Mädchen beschrieben hatte, die zusammen mit seinem Vater gestorben war. Das war etwas, was sie teilten. Sie spürte – und bei ihr war das auch so –, daß er sie nicht wirklich gut gekannt hatte, vielleicht hatte er sie noch nicht einmal mit der Liebe eines reifen Menschen richtig geliebt.

Sie wußte nicht, wo die *Reliant* jetzt war oder ob er sich noch an den Tag erinnerte, an dem sie Staggs Frau getroffen hatten. Sie war über ihre eigene Frechheit erschreckt, die Art, wie sie ihn unter einem Vorwand von der anderen Frau weggezerrt hatte. Aber sie wußte, daß er sich darüber gefreut hatte und erleichtert war; in seinem Gesicht hatte sie danach etwas Jugendhaftes entdeckt, einen Ausdruck des jungen Mannes, der er einmal war.

Ein Mann kam durch die Tür und sagte: »Er wird jetzt mit Ihnen sprechen.«

Wichtigtuerisch, dachte sie. Warum hatten in den Streitkräften, wenn auch verdeckt, Zivilisten das Sagen? Sie stand auf, zog ihren Rock zurecht. *Zivile Beamte, so wie ich.*

Das Büro war sehr geräumig, und sie vermutete, daß sie die Themse hätte sehen können, wenn die Vorhänge ganz offen gewesen wären.

Kapitän zur See Roger Thorne erhob sich, um sie zu begrüßen. Seine Augen blieben auf sie gerichtet, während sie von der Tür zu ihm hinging. Er war groß, sein Haar fast grau, das Gesicht mit scharfen Zügen, intelligent; für die meisten Menschen wäre er wohl dem Idealbild eines Marineoffiziers nahegekommen. Seine Stimme war tief und voll, und sie dachte, daß er in seiner Jugend bestimmt einmal gut ausgesehen hatte. Thorne war offenbar auch ein Offizier, der wieder aktiviert worden war, obwohl er schon lange die Hoffnung aufgegeben hatte, jemals wieder eine Uniform tragen zu können.

»Nehmen Sie doch Platz, Mrs. Meheux. Sie sind etwas zu früh gekommen, ich liebe das. Pünktlichkeit ist wie der ganze Dienst – eine Pflicht, für mich wenigstens.«

Sie wurde etwas lockerer. An der Wand hingen ein gerahmter Druck von Nelson und eine Weltkarte auf der anderen Seite. Dann war da noch ein schönes Modell eines Kriegsschiffes mit vier Schornsteinen, sie nahm an, daß das wohl in seinem Leben irgendeine Rolle gespielt hatte.

»Diese Abteilung wächst und findet ihren Platz im ganzen Geschehen. Wenn die Alliierten erst ihre Landung auf dem europäischen Kontinent gestartet haben, werden wir noch wichtiger. Ich habe die Beurteilungen über Ihre Arbeit als Assistentin von Graham Edwardes alle gelesen. Sie haben das wirklich gut gemacht. Soweit ich den alten Teufel kannte, muß es wohl zeitweise nicht einfach gewesen sein, für ihn zu arbeiten.«

Nach einer kurzen Pause antwortete sie: »Er wollte vor allen Dingen jetzt in Kriegszeiten die Marine und ihre Erfolge so darstellen, daß die normalen Leute es verstehen und sich damit identifizieren können.«

Er ging zum Fenster. »Manchmal denke ich, daß wir den Leuten zuviel erzählen.«

»Sie müssen auch vieles ertragen, Sir.«

Er sah sie an, sein Gesichtsausdruck wurde durch das Licht, daß über seine Schultern herein fiel, verborgen.

»Ich muß Ihnen sagen, Mrs. Meheux, daß ich eigentlich um einen Offizier der Marinehelferinnen gebeten hatte. Das soll Ihre Verdienste nicht schmälern, und die hohe Admiralität hat ja auch anders entschieden.«

Sie lächelte ihn direkt an. »Ja, das wurde mir schon eröffnet.«

Er sah weg. »Ah ja, na denn . . .« Er versuchte es noch einmal. »Ich glaube, wir werden schon gut miteinander auskommen. Aber ich kann mich nicht daran gewöhnen, Sie immer ›Mrs. Meheux‹ zu nennen, außer natürlich, es handelt sich um eine formelle Sache.«

Sie nickte. *Ich habe mich auch nie daran gewöhnt, so genannt zu werden, die Zeit war zu kurz.*

Sie sagte: »Mein Vorname ist Emma.«

Er lächelte und sah auf das Porträt von Nelson.

»Sehr passend.«

Sie dachte an die Frau, mit der sie zuerst über diese neue Stelle gesprochen hatte. »Kapitän Thorne ist o.k., meine Liebe. Wenn er mehrere Gins getrunken hat, neigt er dazu, rumzufummeln, Sie wissen, was ich meine.«

Sie wußte es.

Thorne sagte: »Ich kann Sie immer in Ihre Unterkunft nach Chelsea bringen lassen, wissen Sie. Wir müssen manchmal abends lange arbeiten, Besprechungen, Vorbereitung von Presseveröffentlichungen und solche Dinge. Ich hoffe, Sie fühlen sich da draußen nicht zu einsam?«

»Ich denke, es wird mir gefallen.« Sie versuchte, die Sache so zu beschreiben, wie sie das für ihren Vater getan hätte. »Chelsea ist fast wie ein Dorf. Bis auf die Bomben, aber im Gebäude ist ein guter Luftschutzbunker.«

Sie beobachtete ihn, und sie wußte, was er dachte.

Der weiß alles über mich. Mein Alter, daß mein Vater und mein Bruder Ärzte sind, daß Philip vermißt ist. Und jetzt weiß er auch noch, wie ich aussehe.

Er verschränkte seine Arme, aber ihren besonderen Gesichtsausdruck bemerkte er nicht, den plötzlichen kleinen Schock, als ihr klar wurde, daß auch er vier Ärmelstreifen trug, genau wie Sherbrooke, aber trotzdem völlig anders war.

»Also, eh, ... Emma«, er lächelte sie wieder an. »Wir werden sehen, wie sich das alles zurechtläuft, nicht?«

»Ja, natürlich, Sir. Mir wurde gesagt, daß ich immer zurückgehen könne zur Waffenbeschaffungsstelle in Bath, wenn ich wollte.« Das war gelogen, aber es wirkte.

»Lassen Sie uns einen Tee trinken. Nichts Alkoholisches, leider.«

Sie stellte ihre Beine nebeneinander und sah seine Reaktion. Grapscher, dachte sie. Er soll es mal versuchen!

»Eine Ihrer letzten Arbeiten bei Sir Graham Edwardes war das Organisieren des Interviews und der Rundfunksendung an Bord der *Reliant* vor ein paar Monaten, wenn ich das richtig erinnere?«

Sie sah auf ihre Hand auf ihrem Schoß, die linke Hand mit dem Ring.

»Ja, Sir.« Sie war wirklich froh, als ein Bote mit einem Tablett mit Tee und Keksen erschien. Thorne kam ihr vor wie einer, der ein Geheimnis kannte, obwohl es überhaupt kein Geheimnis zu kennen gab.

Er sagte: »Nach meinem Verständnis sollte Konteradmiral Stagg ja wohl auch bei dem Interview anwesend sein. Ich glaube, er wurde in der Admiralität aufgehalten.« Er machte eine Pause, dann sagte er mit so etwas wie Bewunderung: »Der Mann ist ein echter Reißer! Den werden wir auf höchsten Posten sehen, bevor der Krieg zu Ende ist, denken Sie später mal an das, was ich jetzt sage.«

Sie lehnte sich vor, um eine der Tassen zu nehmen, und zuckte, als ihr langes Haar in einem ihrer Kragenknöpfe hängen blieb. Thorne bewegte sich, als ob er ihr helfen wolle, aber sie löste es und sagte kühl: »Mein Fehler. Ich sollte es kurz schneiden lassen.«

Er sagte: »Das wäre aber wirklich sehr schade. Es sieht entzückend aus. Und es steht Ihnen.«

Sie hörte sich selbst den Gesprächsstoff wechseln. »Ist die *Reliant* wieder im Hafen, Sir?«

»Ja, das ist sie. Sie hat mit ihrem Verband eine Übungsphase durchlaufen und die ganze Sache ziemlich gut gemacht.«

Sie führte die Tasse sorgfältig an den Mund. *Was ist bloß los mit mir? Warum bilde ich mir denn ein, daß alle Männer hinter mir her sind?* Oder wurde sie von Schuldgefühlen und Einsamkeit zerrissen?

Thorne sagte: »Ich zeige Ihnen meine Kopie des Berichtes. Das ist alles ganz geheim und darf niemals diesen Raum verlassen. Aber Sie sind ja für alle Verschlußsachen ermächtigt, da ist das ja auch in Ordnung.«

»War sie in ein Gefecht verwickelt?«

Er rührte seinen Tee um, und sein Gesicht war voller Neugierde.

»Na, Sie haben doch von dem deutschen Kreuzer, der *Minden*, gelesen? Das hat viel Aufsehen erregt. Danach hat die *Reliant* gute Arbeit bei einem besonders wichtigen Konvoi geleistet. Darüber werden Sie nichts lesen, fürchte ich. Streng geheim!« Er grinste breit, als wollte er sagen: *Aber natürlich weiß ich alles.* »Nun, wo war ich stehen geblieben?« Er griff nach einer Schachtel Zigaretten. »Möchten Sie eine?«

»Nein, danke sehr, Sir. Ich rauche nicht.«

Er steckte sich die Zigarette mit seinem Feuerzeug an und lächelte sie durch den Rauch hindurch an. »Nicht eins Ihrer Laster, was?«

Sie lächelte zurück. Ja, sie wurde mit dieser Situation leicht fertig. »Noch nicht, Sir.«

Entweder das Lächeln oder die Antwort schien ihn aus der Fassung zu bringen. »Ja, egal, wie ich sagte, Konteradmiral Stagg wird wieder nach London kommen.« Er setzte ein wissendes Lächeln auf. »Mal wieder.«

Er sah auf seine Uhr. »Ich muß gehen, ich muß noch zum Vertreter unseres Oberbefehlshabers, zum Zweiten Seelord. Vielleicht komme ich nicht mehr zurück heute. Sie können die Stellung halten, oder? Mr. Cousins kann in Zweifelsfällen helfen. Da werden Sie gleich ins kalte Wasser geschmissen, was?«

Sie ging ans Fenster und sah den Fluß. Das Savoy Hotel war am Ufer auf der linken Seite. Sie und Philip hatten immer über die Idee gescherzt, dort zu übernachten, bevor sie verheiratet waren. Sie war anfangs ziemlich geschockt gewesen über diesen Vorschlag und darüber, was er alles bedeutete; das paßte gar nicht zu ihm. Aber der Gedanke hatte gleichzeitig etwas seltsam Prickelndes. Wieso waren sie eigentlich wieder davon abgekommen?

Sie hörte auf den stetigen Lärm des Verkehrs. Krieg oder Frieden, Nebel oder Luftangriffe, London schlief nie.

Thorne ergriff eine Aktentasche. »Wenn Sie an Land gehen, müssen Sie sich aus der Liste austragen. Ted kann Ihnen einen Wagen besorgen.«

Wenn Seeleute, wie die auf der *Reliant*, mit denen sie gesprochen hatte, davon sprachen, daß sie an Land gingen, hörte sich das ganz natürlich an. Das mochte auch noch für die gelten, die in Kasernen lebten. Aus Thornes Mund, ob er nun Kapitän zur See war oder nicht, hörte es sich schmierig an. Unehrlich.

Das Telefon klingelte laut, und Thorne hielt sich einen Finger auf den Mund.

»Ich bin schon weg. Nehmen Sie die Nachricht entgegen oder geben Sie sie weiter an Mr. Cousins!« Er öffnete die Tür. »Ich bin weg!«

Sie hob das Telefon ab, und eine Stimme sagte: »Ein Gespräch für Kapitän zur See Thorne.«

Sie antwortete: »Tut mir leid, er ist nicht hier.« Sie ergriff einen Bleistift. »Stellen Sie es bitte durch, ich nehme die Nachricht entgegen.«

Eine andere Stimme sagte: »Mir wurde gesagt, daß Mrs. Meheux in Ihre Abteilung versetzt worden ist.«

Sie starrte auf den Bleistift in ihrer Hand.

»Am Apparat.«

Es gab eine lange Pause.

»Emma?«

Sie sagte schwach: »Sind Sie es, Kapitän Sherbrooke?«

Er sagte: »Geht es Ihnen gut? Wenn es Ihnen jetzt nicht paßt, rufe ich . . .«

Sie schüttelte den Kopf, gerade so, als ob er sie sehen könne. »Nein . . . nein, kein Problem. Bitte, sagen Sie mir, wie es Ihnen geht.«

»Gut.« Er hörte sich unsicher an. »Ein bißchen müde, aber sonst, wirklich gut.«

Irgendwo im Hintergrund hörte sie eine schrille Pfeife und das Zischen von Dampf. Offenbar war er auf einem Bahnhof.

Er sagte: »Ich komme nach London. Ich würde Sie gerne wiedersehen. Sehr gerne.«

Er wartete und fragte dann: »Sind Sie noch da?«

»Ja.« Sie sah auf das Porträt von Nelson. »Das wäre schön. Ich hab' an Sie gedacht und mich gefragt, wo Sie wohl sind.«

Sei nicht eine solch' dumme Gans. Ihr werdet beide hin-

terher traurig sein. Denk daran, was du bei ihm vielleicht anrichtest.

Sie hörte sich selbst sagen: »Rufen Sie mich doch an, wenn Sie hier sind.« Irgend jemand sprach drängend im Hintergrund. Vielleicht war das ja Stagg.

Er sagte: »Haben Sie meinen Brief erhalten, Emma?«

»Nein.«

»Wenn Sie ihn erhalten...« Aber es war zuviel Lärm, und er sagte schnell: »Wiedersehen...«

Sie legte den Telefonhörer ab, als ob er sehr zerbrechlich wäre.

Er war da. Und sie hattte Angst.

Sie sah auf das Porträt von Nelson. *Und er hat mich Emma genannt.*

Der Krankenwagen des Heeres mit dem großen Roten Kreuz auf der Plane fuhr um eine weite Kurve und schlingerte über ein Stück frisch reparierter Straße. Kapitänleutnant Dick Rayner biß die Zähne zusammen und fühlte den pochenden Schmerz in seiner Seite. Gott stehe jedem Verwundeten bei, der in dieser Klapperkiste landet, dachte er.

Er sah sich um. Wie anders jetzt alles aussah, als damals bei seinem einzigen Besuch in Eddy Buck's »Lebhaftem Hotel«. Er fühlte sich seltsam verloren und gleichzeitig unbeschwert, als ob er nirgendwo mehr hingehöre. Als die *Reliant* den Konvoi an den zuständigen Geleitverband übergeben hatte, war er an Land und schließlich in das Marinelazarett in Haslar gebracht worden.

Der Chirurg hatte den Schiffsarzt und die Sanitäter der *Reliant* sehr gelobt und darauf hingewiesen, was er für ein Glück gehabt hatte. Ein paar Zentimeter mehr nach links oder rechts, und das wäre das Ende gewesen. Rayner fragte sich, wie oft und gegenüber wie vielen Leuten diese Worte wohl schon gefallen waren.

Nach einer Woche in Haslar wurde ihm gesagt, daß er nach

Norden, in den Sanitätsbereich von Rosyth verlegt werden sollte. Er fühlte sich zu der Zeit so niedergeschlagen, daß diese Neuigkeit gar nicht zu einem besseren Augenblick hätte kommen können. Er dachte immer an die *Reliant* und an die Freunde, die er dort gewonnen hatte. Er wußte, wie das war: Er würde bald vergessen sein, und vielleicht würde er auch nie zurückkommen, auch wenn der Kommandant es anders gesagt hatte. Nur ein Pilot. Also, wen kümmert's?

Zwei Tage lang hatte er nach seiner Ankunft in Rosyth vor sich hingebrütet, all die üblichen Untersuchungen über sich ergehen lassen und den Papierkrieg darüber, daß er noch am Leben war, ertragen müssen. Danach hatte er sich diese Mitfahrt in dem Krankenwagen des Heeres besorgt. Er ließ den Fahrer halten, um in einem kleinen Geschäft ein paar Blumen zu kaufen. Dabei beobachtete der Fahrer ihn amüsiert. Es war April. Frühling. Rayner sah wieder auf die Blumen, Tulpen. Vielleicht fand sie das doof. Vielleicht hätte er versuchen sollen, etwas Ausgefalleneres zu finden.

Der Fahrer fragte höflich: »Unterwegs zu einer Hochzeit, Sir?«

Rayner hatte ein seltsames Gefühl der Verlorenheit empfunden, als er den Liegeplatz sah, an dem die *Reliant* gelegen hatte. Jetzt lagen da ein Flugzeugträger und ein Schlachtschiff, aber das war nichts im Vergleich zur Eleganz und Stärke der *Reliant*. Er hatte seinen Eltern über die jüngsten Ereignisse geschrieben, seine Verletzung hatte er weggelassen, den Besuch des Kommandanten im Sanitätsbereich und die Sache mit dem Orden auch.

Der Soldat, der den Wagen fuhr, sagte: »Nicht mehr weit.«

Rayner lächelte nervös. Genau das hatte Eddy Buck an jenem Abend auch gesagt. Vielleicht hatte sie gar keine Zeit, ihn zu begrüßen, und vielleicht wollte sie das ja auch gar nicht. Für ein Mädchen wie sie, die immer mit dem Militär zu tun hatte, gab es bestimmt viele Angebote.

Er fragte: »Kommen Sie oft hierher?«

Der Fahrer zuckte mit den Schultern. »Ich war schon ein paarmal hier. Die meisten von uns kommen natürlich in das Militärlazarett. Ein paar Leute habe ich aber schon hierhergebracht.« Er hatte die Pilotenschwingen auf Rayners Ärmel gesehen, als der gefragt hatte, ob er ihn mitnehmen würde. »Es bricht einem das Herz, Sir. Was einem Mann alles passieren kann.«

Offenbar war der Mann aus London. Der Akzent erinnerte ihn an Jim Hardie, der auch aus »dem Qualm« kam.

»Ich weiß wohl«, sagte er.

Der Mann sah ihn an und sagte: »Ich glaube, ich gehe nach Kanada, wenn das hier erst vorüber und vorbei ist. Da ist wenigstens Platz zum Atmen. Vielleicht gründe ich eine Familie.« Er grinste. »Ich bin ein alter Tagträumer, ganz bestimmt, Sir.«

Und dann, plötzlich, waren sie da. Das Gebäude war wahrscheinlich zwischen den Kriegen gebaut, sehr massiv, unattraktiv, funktional.

Der Fahrer stützte sich auf sein Lenkrad. »Das war ein Krankenhaus für geistig Behinderte. Das sagt alles, oder?«

Rayner gab ihm eine Schachtel Zigaretten und dankte ihm, dann ging er durch das offene Tor, ein uniformierter Portier beobachtete ihn und seinen Blumenstrauß mit Interesse. Hinter sich hörte er den Krankenwagen weiterfahren.

Der Portier sah aus seinem kleinen Schapp hervor. »Kann ich was helfen, Sir?« Seine Augen beurteilten Rayner in einer Sekunde: ein Koffer, keiner, der ihn stützen mußte, kein offenbarer Grund für einen Aufenthalt in diesem Hospital.

Rayner sah an ihm vorbei auf das Hauptgebäude, das war größer, als er erwartet hatte, und es hatte offenbar spätere Anbauten erhalten. Es sah sehr wenig einladend aus.

»Ich möchte Krankenschwester Collins besuchen..., Andrea Collins, wenn es geht.«

Der Portier zog die Stirn in Falten. »Schwester Collins, meinen Sie. Erwartet sie Sie, Sir?«

Warum nannten die sie immer nur »Schwestern«, als ob es ein Haufen Nonnen wären?

»Nein, nicht wirklich. Ich war selbst im Krankenhaus.« Er unterbrach. »Tut mir leid, ich rede dummes Zeug.«

Der Portier lächelte, zum ersten Mal. »Ich will mal sehen, was sich machen läßt.« Er nahm das Telefon ab und drehte sich um, so daß Rayner nicht hören konnte, was gesagt wurde.

Er fröstelte. Es war sehr kalt hier, wenigstens kam ihm das so vor. Sie würde irgendeine Entschuldigung finden und ihm sagen, daß er wieder gehen könne. Was hatte er bloß anderes erwartet?

Der Portier sah ihn ernst an und sprach dann wieder durch die Öffnung in der Scheibe.

»Ja, das ist er ganz offenbar.« Er legte das Telefon ab. »Geradeaus die Straße entlang. Zweiter Eingang auf der rechten Seite.« Dann, mit ernster Stimme: »Schwester Collins ist im Dienst, aber sie läßt sagen, daß Sie auf sie warten sollen.«

Ein Krankenwärter mit weißem Umhang erwartete ihn an der Tür, und Rayner vermutete, daß der Portier das abgesprochen hatte.

»Nehmen Sie Platz, Sir. Die Zeitungen sind noch nicht gekommen, so angenehm zu lesen sind sie ja heutzutage auch nicht.«

Rayner versuchte zu lächeln. *Das muß der mir sagen.* »Oh, es wird schon werden«, sagte er.

Der Krankenwärter seufzte: »Ich frage mich manchmal, wie wir bloß in diesen ganzen Mist hineingeraten sind.«

Er nahm eine Uniformjacke vom Bügel und bürstete sie. Es war das Jacket eines Offiziers der britischen Luftwaffe, der Royal Air Force (R.A.F.). Rayner sah sich die Jacke mit professionellem Interesse an, das auch, um sich etwas von seiner augenblicklichen Nervosität abzulenken. Eine Leutnantsuniform mit zwei Orden, die im Einsatz als Pilot verdient waren. Solche Orden wurden nicht mit der Schokoladenration ausgegeben, dachte er. Der Mann war offenbar ein echter Held.

Er sagte: »Die Jacke sieht aber sehr gepflegt aus. Wie neu.«

Der Krankenwärter sah ihn ausdruckslos an. »Er kann sie natürlich nicht mehr tragen. Er will nur, daß sie da ist.«

Rayner sah den Krankenpfleger mit der Jacke weggehen, etwas, an dem ein Überlebender hing.

Er sah in die andere Richtung und sah sie im Eingang stehen, die Hände an der Seite und fast nicht zu erkennen in der gestärkten Uniform mit der lustigen kleinen Kappe, die die englischen Krankenschwestern trugen. Und dennoch, so bekannt . . .

Er sprang auf, sagte eilig: »Sehen Sie, da bin ich wieder. Unkraut vergeht nicht. Tut mir leid, daß ich so überraschend komme, . . . ich hätte mich vorher anmelden sollen. Aber so haben Sie auch was vom Durcheinander bei der Marine!« Er hörte, wie die Worte herauspolterten, gerade als könne er sie nicht bei sich behalten, und er wußte, daß er sich dumm anstellte. Er reichte die Blumen. »Die sind für Sie. Es gab leider nicht viel Auswahl.«

Sie nahm die Blumen und hielt sie an ihre Nase, obwohl sie keinen Duft hatten, den er bemerkt hätte. »Die sind wunderschön. Vielen Dank.« Sie schien ihn genau anzusehen. »Sie haben abgenommen.« Sie gingen durch den Raum, nebeneinander, Fremde, die sie waren.

Rayner sagte: »Ich hatte ein paar Schwierigkeiten.« Er sah, wie eine dicke Strähne ihres blonden Haares sich aus der Haarklammer löste und über eine Gesichtshälfte fiel, wie er es schon mal beobachtet hatte.

Sie sagte: »Ich weiß. Ihr Freund Eddy hat mich angerufen. Er wollte nicht zuviel sagen, er hatte Angst, daß man das Gespräch abschalten würde – das machen die ja, wenn sie meinen, sie hätten leichtsinnige Telefonierer erwischt.« Sie blieb stehen und sah ihn an. »Ist wirklich alles in Ordnung?«

Er sagte: »Ja, bestimmt. Ich fühle mich gut. Habe enormes Glück gehabt.« Und weiter: »Ich habe die ganze Zeit an Sie gedacht.« Er sah ihre skeptischen Augen. »Nein, wirklich. Ich sage das nicht nur so. Ich habe über den Abend nachgedacht – wie ist es Ihnen hinterher ergangen? Gab es eine Gerichtsverhandlung?«

Sie lächelte, aber er spürte, daß sie das nur für ihn tat. »Er war ein ›sehr ehrenwerter Bürger‹«, und er hatte ›so hart gearbeitet und ein paar Gläser zuviel getrunken‹«. Sie machte eine Pause und sagte mit bitterer Stimme: »Er hatte einen guten Rechtsverdreher. Und er hat sich entschuldigt. Die Anklage wurde fallengelassen; er wurde lediglich wegen Trunkenheit in Tateinheit mit unkorrektem Benehmen verurteilt.«

Rayner sagte: »Nicht zu glauben. Ich war doch dabei. Ich habe doch gesehen, was der Bastard Ihnen angetan hat und wo drauf er aus war!«

Sie sagte: »Vielen Dank, daß Sie das so sagen. Aber ich hatte keine Wahl. Ich mußte mich damit zufriedengeben. Meine Arbeit ist hier, und meine Mutter hätte auch was davon mitbekommen, wenn die Polizei dann weitere Nachforschungen angestellt hätte.«

Rayner sagte. »Ich bring' den Kerl um. Sollte ich ihn je wiedersehen . . .«

Sie ergriff seinen Arm, wie sie das schon im Hotel gemacht hatte.

»Versuchen Sie, die Sache zu vergessen. Sie waren da, Sie haben mich gerettet. Ich hätte selbst vorsichtiger sein müssen, aber es war Marys Geburtstag. Ich hätte die Gefahr vorher erkennen müssen.«

Sie öffnete eine Tür, und er vermutete, daß dahinter ein

Aufenthaltsraum für die Mitarbeiter lag. Er wartete, während sie, wohl aus irgendeiner Kantine, Tee holte.

Er sah sie aufmerksam an und dachte schon, es sei alles nur Teil seiner ausfernden Phantasie, wie in jenen Stunden im Sanitätsbereich der *Reliant,* nachdem seine Wunde genäht worden war. Im Nebel der Betäubungsmittel waren Gesichter gekommen und gegangen: Eddy fast in Tränen und gleichzeitig Witze machend, Rob Morgan mit seinem singenden walisischen Dialekt und mit einer Hand auf seinen nackten Schultern, als wolle er seine große Körperkraft so übertragen. Und der Kommandant, der ihn mehrfach besucht hatte, Rayner dachte jetzt, daß ein Teil der Besuche wohl nur in seiner Phantasie stattgefunden hatte. Und immer wieder, in jeder Pause zwischen den Schmerzanfällen, hatte er sie gesehen. Dieses Mädchen.

»Ich bin jetzt im Sanitätsbereich der Marine«, sagte er.

Sie legte ihre Hand auf den Rücken seiner Hand. »Weiß ich wohl, hab' ich selbst schon rausgefunden.«

Sie drehte sich um, als jemand von der Kantine hereinkam und eine Blumenvase brachte.

Rayner betrachtete sie, ihre Wimpern, die feine Gesichtsform und ihre Haut, und er freute sich über den angenehmen Druck ihrer Hand auf seiner eigenen. Es war real, es passierte wirklich, jetzt, in diesem Augenblick.

Sie fragte, ohne ihn anzusehen: »Wie lange?«

»Ich weiß es nicht. Das Schiff ist wieder auf See. Wenn der Arzt mich gesund schreibt, soll ich wieder an Bord.«

Sie sagte leise: »Sie vermissen Ihr Schiff, nicht? Ich kann das gut verstehen.«

»Ich habe Sie vermißt...« Er zögerte. »Andy, die Bedingungen, unter denen wir uns kennengelernt haben, sind jetzt egal. Ich weiß nur, daß ich Sie gerne wiedersehen möchte.« Er senkte den Blick, er konnte sie nicht mehr ansehen. »Und nochmal, bitte, lachen Sie nicht über mich. Ich meine es ehrlich. Ich war noch nie verliebt.«

Ihr Griff um seine Hand wurde fester. »Sie sind so nett. Wie frische Luft. Wie ... das Leben.«

Er sagte: »Sind Sie schon lange hier draußen?«

»Nein, ich war in einem großen Krankenhaus in East Drayton.«

»Wo ist das?«

»Unten im Süden. Ich wurde gebeten, hier oben zu arbeiten, als diese Anstalt eröffnet wurde.« Sie zuckte leicht mit den Schultern. »Und nun bin ich da.«

»Können wir uns irgendwo hier treffen? Zusammen essen gehen oder so etwas?«

Sie zog ihre Hand zurück und lächelte ihn an. »Essen gehen? Ich sehe schon, daß Sie die Gegend hier nicht kennen!«

Sie sah seine Gefühle, die ganz offenbar und auch so klar und ehrlich waren, daß sie am liebsten geweint hätte, aber sie hatte ihre Tränen völlig im Griff, das mußte sie bei ihrem Beruf auch.

Sie ließ sich erweichen und sagte: »Ja, es ist aber trotzdem eine gute Idee.« Und, um dem Gespräch mehr Leichtigkeit zu geben: »Aber Sie werden schon sehen, wenn Sie erst wieder an Bord Ihres ach so kostbaren Schiffes sind, werden Sie mich bald vergessen haben.«

Sie spürte, daß sie ihn verletzt hatte, fast körperlich. »Tut mir leid. Das war gemein von mir.« Sie sah auf, als ein Schatten auf sie fiel.

»Nummer sieben, Schwester. Das wird schwierig. Der ist sauer, weil er weg soll.« Sie stand auf. »Ich komme sofort.«

Der Krankenwärter sagte: »Nur ein paar Minuten, Schwester, bis die Ablösung kommt. Wir sind im Augenblick knapp mit dem Personal.«

Rayner stand auf. »Ich helfe.«

Der Krankenwärter sagte: »Nein, Sir. Sie verstehen die ganze Situation nicht.«

Sie sagte scharf: »Natürlich versteht er das. Er ist einer von ihnen. Wir sind das nicht.«

Sie gingen zusammen in einen benachbarten Gebäudeflügel, die gleichen gebohnerten Flure und numerierten Türen. Der Krankenwärter, den er vorher getroffen hatte, saß vor einer dieser Türen.

»Es war das Jacket«, sagte er. »Das mußte ja passieren.«

Sie sagte zu Rayner: »Leutnant Bowles wird heute in eine andere Rehabilitationsklinik verlegt.« Sie sah auf die kleine Uhr, die an ihrer Bluse steckte. »In einer Stunde.«

Der Krankenwärter sagte: »Ich hole den diensthabenden Arzt, Schwester.«

Sie schüttelte den Kopf. »Er haßt die Ärzte, verstehen Sie das denn nicht?«

Rayner beobachtete sie, klein und hübsch, aber mit einer Stärke und Energie, die er zum erstenmal bei ihr beobachtete.

»Warum soll er denn weg?«

Sie sagte, ohne irgendein Zeichen von Gefühl: »Weil hier nichts mehr für ihn getan werden kann. Aber dies ist der einzige Ort, den er noch kennt. Für ihn ist das hier das Ende der Welt.«

In dem Raum fiel irgend etwas hin und zerplatzte. Rayner sagte: »Lassen Sie mich.«

Sie öffnete die Tür, und er ging hinter ihr ins Zimmer. Es war sauber, aber spartanisch eingerichtet. Der Koffer und das sauber gebügelte Jackett verrieten alles.

Der Offizier saß auf der Kante seines Bettes und starrte auf einen Riß in den Verdunkelungsvorhängen, die Sonne schien hindurch, und es sah aus, als liefe eine gelbe Linie quer über den Mann.

Er sagte: »Gut. Ich habe denen schon gesagt, daß Sie den Unsinn nicht mitmachen würden, Andy!« Er drehte Kopf und Schultern um und fragte scharf: »Wer ist das?«

Sie sagte: »Kapitänleutnant Rayner, ein kanadischer Pilot.«

Er nickte, hatte es verstanden. »In Biggin Hill hatten wir

auch ein paar von euch. Alles in allem keine schlechten Leute.«

Rayner sagte: »Wir geben uns Mühe.«

Der Leutnant versuchte zu lachen, aber es war nichts zu hören.

»Was für einen Vogel fliegen Sie denn?«

Rayner dachte an das Walroß, das mit Schlagseite im Südatlantik trieb.

»Walroß, Amphibienflugzeug.«

»Mein Gott, besser Sie als ich. Reichlich alt für unsere Art der Kriegführung, denke ich. Geben Sie mir eine Spitfire, und ich trete damit gegen alles an, was fliegt!«

»Ja, mein Bruder war ein Spitfire-Pilot. Na ja, die Marineversion.«

Schweigen, dann sagte der andere Mann: »War? Ist er abgestürzt?«

»Ja. Über dem Mittelmeer.«

Das Mädchen stand bewegungslos, sie wagte kaum zu atmen. Zwei Piloten unterhielten sich, als sei es die natürlichste Sache der Welt.

Rayner hörte den Wind an dem Fenster rütteln und sah, wie der Sonnenschein Durchlaß durch den schweren Vorhang suchte und an ein paar Stellen auch fand. Er hatte Kriegsversehrte schon vorher gesehen: Die meisten Piloten hatten das schon, und die glücklichen Unversehrten dankten ihrem Schicksal – gewöhnen konnte man sich an den Anblick nicht.

Die Augen waren blau wie die seines Kommandanten; wie sie das Feuer und die anschließenden Operationen heil überstanden hatten, blieb ein Wunder. Vom ganzen Gesicht war nur noch eine groteske Maske übriggeblieben. Kein Wunder, daß es hier keine Spiegel gab.

Rayner sagte: »Ich höre, daß Sie heute weggehen. Schade. Wir hätten irgendwo einen trinken können. Ich hätte Ihnen mal was über ein richtiges Flugzeug erzählt – meine Fledermaus!« Er konnte die Anspannung seines Gegenübers spüren. »Vielleicht ein andermal.«

Unerwartet streckte der Leutnant seine Hand aus. Die war auch schrecklich entstellt. »Ein andermal, das ist richtig.« Er sah durch den Raum. »Ich darf hier nichts vergessen...«

Dann sagte er in einem anderen, härteren Ton: »Und halt dir den Rücken frei, mein Junge. Gib den Kerlen auch nur die geringste Chance, und du hast verspielt. *Halt dir den Rücken frei.*«

Auf dem Flur waren Geräusche, Stimmen. Die Ablösung war gekommen.

Der Leutnant sagte: »So, Andy, ich muß mich verabschieden. Schade, wirklich schade, daß ich weg muß, aber so ist es.« Er sah auf Rayner. »Ist das der bewußte Bursche?«

Er wartete nicht auf eine Antwort und nahm seine Uniformjacke. Mehr war nicht geblieben.

Er sagte leicht dahin: »Und vergessen Sie mich nicht, Andy. Seeleuten können Sie nicht trauen, das wissen Sie ja.«

Sie legte ihren Arm um seinen Hals und hielt ihn für mehrere Sekunden.

»Wir werden Sie vermissen, Jamie. Bleiben Sie optimistisch. Alle kümmern sich um Sie, das müssen Sie wissen.« Dann küßte sie ihn.

Rayner sah weg, er war unbeschreiblich bewegt. Er sah, wie ein Krankenwärter gerade den Koffer und einen Bilderrahmen nahm.

Draußen auf dem Korridor waren plötzlich noch mehr Männer mit ähnlichem Schicksal, einige in Uniform oder Uniformteilen, andere in Bademänteln oder verschiedensten Mischungen ziviler Bekleidung.

Während der Leutnant auf den Ausgang zuging, traten einige an ihn heran und klopften ihm auf seine Schulter; einige riefen Hurra, ihre schrecklichen Verletzungen waren für einen Augenblick vergessen. Sie waren wieder sie selbst, junge Männer, einige sehr jung, die viel gegeben hatten, zu viel.

Die Tür ging zu, und als Rayner sich wieder umsah, war der Korridor schon wieder leer, gerade als seien es die Geister irgendeines Schlachtfeldes gewesen, die ihren letzten Gruß erbrachten.

Sie sagte sehr sanft: »Sie waren gerade ganz wunderbar. Ich war sehr stolz auf Sie. Sie haben ihm das Gefühl vermittelt, daß er noch gebraucht wird.«

»Sie auch. Kein Wunder, daß Sie hier alle gern haben.«

Sie sah auf ein kleines blinkendes Licht am Ende des Korridors. »Ich muß dahin, wenn sonst keiner geht.«

Genau wie das böswillige kleine rote Licht von Stagg, dachte Rayner.

Aber er sagte: »Und ich hab' Sie auch sehr gern, Andy. Das wissen Sie, nicht wahr?«

»Sie kennen mich doch kaum.« Aber sie zog sie nicht zurück, als er ihre Hand ergriff.

»Das läßt sich ändern, wenn Sie einverstanden sind.«

Sie sah ihn an, ihre Augen waren ganz ruhig. »Ja, ich bin einverstanden.«

Eine Stimme rief: »Schwester! Nummer neunzehn, schnell bitte!«

Sie streckte den Arm aus und legte ihm ihre kühlen Finger auf den Mund. »Ruf mich an. Morgen, wenn's geht.«

Er sah sie fortlaufen, dann ging er zurück in das leere Zimmer des Leutnants. Er sagte laut: »Ich werde es nicht vergessen. Ich werde mir den Rücken freihalten, für uns beide.«

Draußen nahm er ein Taxi, aus dem gerade ein älteres Ehepaar ausgestiegen war, der Fahrer freute sich über den Passagier für die Rückfahrt.

Während der Fahrt rief er den ganzen Ablauf seines Besuches in allen Einzelheiten in sein Gedächtnis zurück.

Wie die erste richtig geglückte Landung bei der Fliegerei: Ab jetzt würde alles anders sein.

Er dachte daran, wie sie mit dem Leutnant umgegangen war, dem Mann ohne Gesicht. Er war voller Dankbarkeit.

11

Überraschungsangriff

Der erste Tag in der Admiralität in London kam Sherbrooke endlos vor. Die meiste Zeit blieb er bei Konteradmiral Stagg, in zwei Fällen mußte er allerdings irgendwelche Berichte in anderen Büros durcharbeiten. Er vermutete, daß dies nur so arrangiert war, damit Stagg in seiner Abwesenheit freier sprechen konnte.

Die *Reliant* und ihr neuer Geleitträger, die *Seeker,* lagen in Greenock, gar nicht weit vom Ufer des Clyde, wo der Kiel der *Reliant* vor dreißig Jahren zum ersten Mal Wasser gespürt hatte.

Die Reise von Schottland nach London war lang und unbequem gewesen. Stagg hatte zwar nichts dazu gesagt, aber Sherbrooke spürte, daß Stagg innerlich vor Wut schäumte, weil ihm kein Flugzeug genehmigt worden war.

Sie hatten den ganzen Vormittag bei Vizeadmiral James Hudson zugebracht, der als Chef des Stabes und auch als persönlicher Marineberater von Winston Churchill fungierte. Ein großer, schlanker Mann mit der Erscheinung eines überbeschäftigten Schulrektors, aber es stellte sich schnell heraus, daß er der richtige Mann für diesen Job war.

Karten wurden gebracht, Stabspersonal kam und ging schweigend, der Straßenverkehr ließ ab und zu die Fensterscheiben klirren und brachte so die andere Welt da draußen wieder in Erinnerung. Es ging um Nordafrika, das war kein

Gerücht mehr oder nur eine leere Hoffnung. Das war Tatsache: Das viel gerühmte Afrikakorps, Rommels unschlagbare Armee, war in vollem Rückzug begriffen. Der schlanke Viezeadmiral hatte geheime Informationen aus nachrichtendienstlichen Quellen erhalten, daß Rommel selbst auf Befehl Hitlers abgelöst werden sollte. Das war vielleicht das wichtigste Stück Neuigkeit. Rommel, das war das Afrikakorps. So einfach war das wirklich. Bei all den anfänglichen deutschen Erfolgen entlang der afrikanischen Küste war Rommel immer dabeigewesen, vor Ort bei seinen Männern und Panzern; alle wußten, daß er alle Gefahren mit ihnen teilte. Britische Generale waren von einigen offenherzigen Parlamentsabgeordneten und Journalisten dafür kritisiert worden, daß sie viel Zeit in Kairo und wenig Zeit an der Front zubrachten. Und das war noch eine zurückhaltende Formulierung gewesen. In diesem Krieg gab es keine Schützengräben oder feste Stellungen. Panzer, Versorgungartikel und entsprechend ausgerüstete Infanterie, das waren die Schlüsselelemente, und die fehlten den Britischen Streitkräften, zumindest bis General Montgomery, genannt Monty, kam. Er hatte vielleicht nicht den Schneid und Stil seines deutschen Counterparts, aber er hatte etwas gleich Wichtiges: Hingabe. Er hatte als junger Mann im Dreck und Horror von Flandern gekämpft, und er war fest entschlossen, das Leben seiner Soldaten nicht durch zu voreilige Entscheidungen oder für Schlagzeilen in den Zeitungen zu opfern.

In El Alamein, vor den Toren Alexandrias, stellte sich Montgomery. Die Deutschen und ihre italienischen Verbündeten hatten schon über einen Siegesmarsch durch Kairo nachgedacht. Montgomery hatte sich diese Stelle ausgesucht, auf der einen Seite das Mittelmeer und auf der anderen Seite die für Panzer ungünstige Katarra-Senke. El Alamein war ein Kaff gewesen, jetzt hatte dieser Name Eingang in die Geschichte gefunden. Das Afrikakorps war zum Rückzug gezwungen worden, vorbei an den bekannten, umkämpften Orten Sollum, Tobruk, Benghazi, Tripolis. Für die Alliierten war es der lange Weg zurück.

Jetzt endlich wurden die Deutschen auf die vorspringende Halbinsel von Kap Bon zurückgeworfen, und nur ein völlig unvorhergesehenes Ereignis hätte dies noch ändern können. Kap Bon war die einzige Stelle, von der sie Hoffnung auf eine Evakuierung nach Sizilien, einhundert Meilen jenseits der Meerenge, haben konnten. Britische Konvois zur Verstärkung Maltas hatten bei den Versuchen, durch diese Meerenge hindurchzukommen, schwere Verluste erlitten. Wracks auf jeder Meile des Meeresgrundes waren Zeuge ihres Mutes, jedoch dieser Mut allein war nicht genug gewesen.

Vizeadmiral Hudson hatte auf seine Karte gestarrt. »An dem Tag, an dem der letzte feindliche Soldat tot oder gefangen ist, gehört Afrika uns.« Er sprach ohne jede Emotion, aber Sherbrooke dachte, daß seine Ruhe die Situation nur noch bewegender machte.

Nach einem kurzen Imbiß in dem gleichen Raum hatte Hudson den Anteil Staggs an den letzten Teilen des großen Plans erläutert.

Seit ihrem ausgeprägten Meinungsunterschied auf der *Reliant* waren Sherbrookes Kontakte mit Stagg auf die Notwendigkeiten des Dienstes und der gemeinsamen Übungen mit *Seeker* beschränkt gewesen. Die Neuigkeiten, die sie jetzt in London erfahren hatten, änderten alles. Stagg gab sich wieder wie früher; er hatte mit Genialität sein altes Verhalten wieder eingenommen. Endlich bekam er, was er wollte, nicht nur eine Rolle als Lückenfüller oder als Führer eines Geleites für einen »Haufen von Miniverbänden«, wie er die Konvois genannt hatte. Er war im Begriffe, den ihm gebührenden Platz im Ablauf der Geschehnisse zu erhalten, und diese Erkenntnis hatte ihn völlig verwandelt.

Es sollte auch eine kleine Party in einer Etagenwohnung in der Stadt stattfinden mit ein paar Freunden von Stagg und anderen höheren Offizieren. Sherbrooke sah, wie Staggs kräftige Finger durch einen Ordner blätterten. Emma Meheux würde auch mit ihrem neuen Boß da sein. Er prüfte seine Gefühle, er fand die Gedanken daran angenehm und war sich doch der Gefahren bewußt. *Freunde* . . .

Hudson sagte: »Sie müssen noch ein paar Tage bei mir bleiben, Vincent. Der Premierminister will noch mit Ihnen sprechen. Das läßt er sich nicht nehmen bei seinen Lieblingsvorhaben.« Er lächelte fast. »Wird Ihnen ja auch nicht schaden, wissen Sie.«

Stagg grinste: »Verstanden, Sir.« Er sah Sherbrooke an: »Sie müssen leider zurück nach Greenock, Guy. Alle Mann zurückrufen und die Versorgung und Verpflegungsübernahme durchführen, wie wir das auf dem Herweg besprochen haben.«

Sherbrooke lächelte schwach. Ein paar Grunzer und Kopfnicken waren eigentlich alles, was auf dem Herweg stattgefunden hatte. Stagg gab sich jovial, seine gute Laune war offenbar wiedergekehrt. »Na, Sie hatten ja auch ein paar Tage zum Ausspannen, was? Sind Sie im Club untergebracht?« Er wartete nicht auf eine Antwort, er wollte auch gar keine haben. Seine Gedanken waren schon bei der nächsten Frage an den Vizeadmiral: »Und wir sollen auch einen der bekannten Kriegsberichterstatter mitbekommen, Sir?«

Hudson nickte und preßte seine Fingerspitzen aneinander: »Pat Drury. Der soll gut sein. Glaube ich.«

Stagg rieb sich das Kinn. »Ob unser junger Rechtsanwalt den auch wieder kennt?«

Hudson öffnete einen Umschlag. Er hatte den bis zum Schluß aufbewahrt.

»Übrigens, Ihr Minenleger wurde letzte Woche von einem amerikanischen U-Boot gesichtet und versenkt. Der muß immer noch Minen an Bord gehabt haben, es gab eine große Explosion, und er wurde restlos in Stücke gerissen. Leider keine Überlebenden, daher ist da nichts mehr rauszufinden. Die Deutschen haben nichts dazu gesagt, aber das war auch nicht zu erwarten. Es verstößt gegen die Genfer Konventionen, Treibminen zu werfen, jedes neutrale Fahrzeug kann ihnen zum Opfer fallen.«

Stagg schnaubte: »Die Konventionen sind doch schon lange in den Wind geschrieben!«

Hudson sah ihn mit Erstaunen an. »Nicht für mich, Vincent. Sonst wäre das hier alles unehrlich.«

Und wieder, keine Gefühle, kein Ärger, aber die klare Aussage war gemacht. Der Vizeadmiral sah zu Sherbrooke herüber und sagte: »Ich habe die Berichte gelesen. Der Einsatz Ihrer Walroß-Mannschaft war anerkennenswert. Das sind ja auch nicht gerade alte Seebären, oder?«

Stagg antwortete: »Ich hab' den Piloten für einen Orden vorgeschlagen.« Er sah Sherbrooke an. »Das war wirklich angebracht.«

Sherbrooke sagte nichts. Das war der Stagg, den er kannte.

Stagg sagte: »Ich hoffe, daß Sie zu unserem kleinen Empfang kommen, Sir?«

Hudson schüttelte den Kopf. »Leider noch weitere Besprechungen usw., aber grüßen Sie bitte Ihre Frau Gemahlin.«

Danach verließen sie das Dienstzimmer und liefen die Treppen in Richtung Ausgang hinunter. Dort waren Barrieren aus bunten Sandsäcken aufgebaut.

Stagg sagte kalt: »Gott sei Dank, daß der nicht kommt! Der würde die Stimmung auf jeder Party versauen.«

Er sah Sherbrooke wieder flüchtig an. »Aber Sie kommen doch? Machen Sie das man.« Mehr sagte er nicht. Das war auch schon genug.

Ein Auto der Admiralität wartete am Straßenrand auf sie. Als sie einstiegen, marschierte ein Zug Soldaten vorbei. Sherbrooke sah, daß sie zur Freien Polnischen Armee gehörten. So sah es in London aus: viele Uniformen, jede Farbe, jede Nationalität, jede Teilstreitkraft. Wie mochten die sich fühlen? Sie kämpften für ein Land, das vom Feind besetzt und beherrscht war.

Stagg steckte sich eine Zigarre an, der Fahrer der Admiralität beobachtete ihn verstohlen im Spiegel.

»Polen, was?« Er rauchte zufrieden »Echte Schweine, wenn es um Frauen geht!«

Sie fuhren los, und Sherbrooke bemerkte, daß Stagg mit dem Fahrer nicht ein Wort gewechselt hatte. *Vielleicht bin ich ja naiv.* Stagg hatte selbst nicht den besten Ruf, was Frauen anbetraf, oder wenigstens war das so, als sie zusammen noch Kapitänleutnante waren.

Stagg bemerkte. »Ich hab' meine Etagenwohnung hier in der Stadt behalten. Sehr nützlich, wenn ich hier bin. Ich kann die Hotels heutzutage nicht ab, voll von ungepflegten Offizieren und jammernden Amerikanern.« Er lachte kurz. »War die Idee meiner Frau. Eine ihrer besseren Ideen.«

Vertraute Szenen zogen an dem ruhig dahin gleitenden Humber-Pkw vorbei, wie auf alten Postkarten aus Vorkriegstagen. Trafalgar Square mit Tauben überall; Uniformen über Uniformen, Soldaten mit ihren Mädchen, Matrosen, die einem Unterhaltungssänger vor einem Kino zuhörten; Hyde Park Corner und die ersten Anzeichen der Bombenangriffe, ein Haus, von dem nur noch die Außenwände standen, sozusagen nur noch die Schale. Ein Feuerlöschbehälter stand da, wo einst Großmütter Kinderwagen geschoben hatten. Eine Hauptstadt im Kriege.

Stagg sagte: »Gott sei dank ändert sich dieser Teil von London kaum.«

Sie fuhren dann am Dorchester-Hotel vorbei, es überragte seine Sandsackbarriere weit.

Das Auto bog in eine Seitenstraße ab, und Stagg sagte: »Wie ich sehe, sind einige zu früh gekommen.« Er kicherte. »Da können sie in Ruhe hinter meinem Rücken über mich reden.« Der Gedanke schien ihn zu amüsieren.

Sie gingen in eine geräumige Empfangshalle, ein uniformierter Portier hätte fast militärisch gegrüßt, als er sie sah.

Die Wohnung war im ersten Stock, und Sherbrooke konnte die Anspannung in seinen Muskeln fühlen, schon bevor die Tür geöffnet wurde. Stimmen, Leute, die er nicht kannte. Wann würde er je diese Menschenscheu ablegen? Als er aus dem Krankenhaus gekommen war, hatte er es schon bemerkt, er wollte niemanden mehr sehen oder sprechen. Gleichzeitig wußte er, daß es aber seine einzige Chance war, jemals wieder über das, was ihm passiert war, hinwegzukommen.

Auf den ersten Blick sah die Wohnung genauso groß wie die Offiziersmesse der *Reliant* aus. Sie schien voller Menschen zu sein, manche in Uniform, andere nicht. Offenbar gab es viel zu trinken, und später sollte es auch noch Essen geben. Stagg hatte gute Beziehungen.

Sherbrooke erkannte einige Gesichter, einer der Besucher beugte sich gerade zu einem attraktiven weiblichen Offizier der Marinehelferinnen herab. *Das ist Sherbrooke, der Kommandant der* Reliant. Oder vielleicht: *Der arme Kerl, der sein Schiff verloren hat. Nur acht Mann wurden gerettet, wissen Sie.*

Er sollte es einfach akzeptieren. Es würde immer so bleiben.

Stagg hatte sich in die Schlacht gestürzt wie ein brünftiger Hirsch, er wedelte mit den Armen, und sein Grinsen wirkte wie ein Leitstrahl.

Und dann sah Sherbrooke sie. Sie stand bei einem großen Marineoffizier: Das mußte Roger Thorne sein, ihr Boss.

Thorne kam herüber und streckte seine Hand aus. »Oh, Sie sehen gut aus! Sie werden sich nicht mehr an mich erinnern, ich war der schreckliche Erste Wachoffizier auf der alten *Montrose*!« Er drehte sich um und grinste das Mädchen neben ihm an. »Damals war er nur ein junger Leutnant! Nun, sehen Sie sich ihn jetzt an!«

Sherbrooke sagte ruhig: »Ja, ich erinnere mich an die alte

Montrose! Das war kurz bevor ich auf die *Reliant* kam, im Mittelmeer.«

Thorne machte eine extravagante Geste. »Dies ist meine Assistentin, Frau Emma Meheux, aus dem Informationsministerium.« Er zog die Stirn in Falten. »Aber Sie haben sich doch schon kennengelernt. Ich hab' jetzt gar nicht dran gedacht!«

Sie reichte die Hand und lächelte. Ihre Augen sagten: *Doch, du hast wohl dran gedacht!*

»Schön, Sie wiederzusehen, Herr Kapitän. Wir haben ein paar tolle Sachen über Sie gehört.«

»Wahrscheinlich alles gelogen«, sagte er. Er sah auf ihren Mund und den schwachen Puls, den man an ihrem Hals erkennen konnte. Sie fühlte sich unwohl, vielleicht wegen dieses arrangierten Zusammentreffens.

Thorne sagte: »Verdammt lahmer Dampfer, dieser hier. Ich werde mich mal um den Service kümmern.« Damit ließ er sie allein.

Sherbrooke sagte: »Ich habe viel an Sie gedacht, Emma, und mir alle möglichen Fragen gestellt.«

Impulsiv ergriff sie seine Hand: »Wie ist es Ihnen ergangen, mal ehrlich?«

»Oh, es hätte schlimmer sein können, viel schlimmer.«

Sie lächelte, aber der Ausdruck ihrer Augen veränderte sich nicht. »Mir war klar, daß Sie das sagen würden.«

»Und wie ist es bei Ihnen?«

Sie schüttelte den Kopf und zuckte mit den Schultern, er sah ihr langes Haar auf ihrem Rücken. »Nichts Neues.« Sie sah an ihm vorbei. »Wie lange bleiben Sie in London?«

»Zwei Tage.« Er sah etwas in ihrem Gesicht, von dem er glaubte, es sei Enttäuschung, vielleicht bildete er sich das auch nur ein. Vielleicht erinnerte sie sich daran, wie sie zum letztenmal ihren Gatten getroffen hatte.

Dann sagte sie, fast drängend: »Ich weiß, das ist alles geheim, aber Sie laufen bald wieder aus, oder?« Sie sah, wie er nickte. »Ich denke an Sie und Ihr Schiff. Ich fühle, daß ich sie beide gut kenne.« Ihre Augen warnten: »Thorne kommt zurück.«

»Wie ist er denn?«

»Meistens ganz in Ordnung.«

Sherbrooke sagte: »Ich hab' ihn nicht näher gekannt. *Schrecklicher Erster Wachoffizier* oder nicht, ich kann mich kaum an ihn erinnern.«

Sie lachte, und die Anspannung wich sichtbar aus ihrem Gesicht. »Der ist eifersüchtig wie die Hölle auf Sie!«

Thorne brachte ein Tablett mit sechs Gläsern.

»Alles Gin. Aber es gibt hier auch nichts Besseres, so wie es aussieht.«

Eine weibliche Stimme sagte laut: »Ah, Mrs. Meheux, da sind Sie ja!« und Staggs Frau kam zu ihnen und sah sie alle genau an. »Dies ist doch ein guter Ort für so ein Treffen! Ich freu' mich sehr, daß Sie gekommen sind.« Mit einem schwachen Lächeln sah sie zu Sherbrooke auf. »Sie machen einen tollen Eindruck auf meinen Gatten, Guy. Lassen Sie ihm bloß nicht immer seinen Willen!« Sie sah das Mädchen noch einmal schmeichelnd an. »Geben Sie gut auf sie acht, Kapitän Thorne!«

Thorne grinste wild: »Na klar, was denn sonst!«

Sherbrooke beobachtete, wie Staggs Frau sich durch die Menge schob und zu ihrem Gatten ging.

Ein Kapitänleutnant fand Thorne und flüsterte ihm etwas zu.

Thorne leerte ein weiteres Glas Gin und rief aus: »Verdammte Hölle, man hat nie seine Ruhe. Ich komme gleich zurück!«

Sie sagte sanft: »Sie mögen solche Parties nicht, oder?«

»Ich wollte gern mit Ihnen reden und bei Ihnen sein.« Sherbrooke sah sich um, und sie sah es wieder in seinen Augen: Er fühlte sich *gefangen*.

Die Verdunkelungsjalousien waren geschlossen, das hatten sie noch gar nicht bemerkt. Es wurde sehr stickig und warm, vom Essen war immer noch nichts zu sehen.

Sie sah Sherbrooke herausfordernd an und sagte: »In meiner Wohnung ist nicht viel los, aber ich kann Ihnen ein Brot machen. Ich hab' auch etwas Scotch – den hat Sir Graham mir zu Weihnachten geschenkt. Bisher hab' ich ihn nicht angebrochen.«

Er nahm ihre Hand, aber er verdeckte diese Geste vor den anderen.

»Das fände ich prima.«

»Aber Sie wissen, was wir ausgemacht haben. Ich möchte nichts verderben.«

Er schloß seine Finger vorsichtig um ihr Handgelenk. »Ich hab' Sie doch gerade erst wiedergefunden. Ich möchte nicht einen einzigen Augenblick unseres Treffens verderben.«

Staggs Stimme unterbrach ihn. »Dafür hab' ich viel Verständnis.« Er grinste das Mädchen breit an. »Bis morgen.« Er hätte fast mit den Augen gezwinkert. »Denken Sie an das Motto unseres alten Schiffes, Guy!«

Die Köpfe drehten sich hinter ihnen her, als sie zur Tür gingen. Seine Mütze lag neben den anderen auf einem Tisch. Daneben stand ein Telefon, und Sherbrooke sah auf die Telefonnummer. Sehr fein, hatte Maat Long gesagt. Es war eben die Nummer. Von dieser Wohnung hatte Jane Cavendish seinen Anruf beantwortet.

Sie fragte: »Was ist das mit dem Motto? Sagen Sie es mir.«

»Wir werden uns nie ergeben.« Er fühlte, wie sie sich bei ihm einhakte. »Machen Sie sich nichts draus. Der ist so eine Type.«

Sie dachte an die prüfenden Augen von Olive Stagg und an Thorne. Wenn er ein paar Gin getrunken hat ... Was danach kam, wollte sie sich wirklich ersparen. Die Menschen konnten so grausam sein, und manche waren es auch schon zu ihr gewesen.

Sie fanden in der Nähe des Dorchester Hotels ein Taxi.

Der Taxifahrer, der eine Feuerlöschpumpe an seinem Wagen hängen hatte, sah sie ohne jede Neugierde an. »Nach Chelsea, mein Herr? Also, wenn die Pumpe da eingesetzt werden muß, kostet es das Doppelte!«

Sie saßen hinten im Taxi und hielten sich die Hand. Genau wie alle anderen Seeleute auch, dachte Sherbrooke.

Sie flüsterte: »Bitte gib mir einen Kuß, Guy.«

Er war unsicher, nervös und hatte Angst, er könne hier was anfangen, das sich allen Spielregeln entzog und das, genau wie der mysteriöse Minenleger, sie beide vernichten könnte.

Sie zog sich zurück, er spürte die Süße ihres Mundes auf seinen Lippen.

Sie sagte: »Ich dachte...«

Im Innern des Taxis wurde es hell, und Sherbrooke sah kleine helle Punkte von Geschützfeuer, weit weg, wahrscheinlich irgendwo im Süden von London. Der Taxifahrer fluchte vor sich hin. »Ich lass' Sie auf der King's Road raus, das ist das Beste.«

Sie standen auf dem dunkler werdenden Pflaster, und Sherbrooke hörte das eindringliche Dröhnen der Luftalarmsirenen.

Er ergriff ihren Arm: »Das gefällt mir nicht, Emma.« Als er zu ihr runtersah, lachte sie.

»So ist das hier immer, Guy. Es ist nicht mehr so schlimm wie früher, aber manchmal gibt es eben doch noch Alarm.«

Sie sah in den Himmel, und als sein Blick folgte, sah er den Mond schwach über dem Fluß.

Sie sagte: »Bombermond wird er jetzt genannt.«

Dann führte sie ihn in eine schmale Straße und meinte: »Tagsüber sieht es hier viel besser aus.«

Eine Klingel bimmelte, und eine Geschäftstür wurde leise geöffnet und geschlossen.

»Laß es uns in diesem Geschäft versuchen. Vielleicht haben die Wein«, sagte sie leise zu ihm.

Er bemerkte ihre plötzliche aufgeregte Gier nach einem Gaumenschmaus, fast wie bei einem Kind. Vielleicht war es bei ihnen beiden so, zumindest im Augenblick.

Hinter dem Tresen stand ein Mann mit einer Schürze, er unterhielt sich mit einer großen, stark geschminkten Frau, die Glander, der Wachtmeister, wohl als Flittchen bezeichnet hätte. Sie blickte sich um und sah das Mädchen und den Offizier, nur um sie völlig zu ignorieren.

Der Geschäftsmann spreizte seine Hände. »Wein, meine gute Frau? Ich will mal sehen, was sich machen läßt, aber Sie wissen ja wie das ist!«

Sie flüsterte zu Sherbrooke: »Und jetzt haut er uns über's Ohr.« Dann starrte sie ihn an, die Augen weit geöffnet, voller Angst. »Was ist los?«

Sherbrooke schlang seine Arme um sie und schubste sie in eine Ecke.

»*Runter!*«

Das war alles, wozu er noch Zeit hatte. Dann explodierte die Welt.

Er hatte keine Ahnung, wie lange es gedauert hatte, bis seine Sinne sich von der direkten Explosionswirkung erholt hatten. Die Druckwelle hatte er bewußt erlebt, seine Lungen konnten keine Luft atmen, und jedes Gleichgewichtsgefühl war ihm verlorengegangen. Und dennoch: Er wußte genau, wo er war, und daß er sie eng in seinen Armen hielt und sie sich auf Knien gegen irgendeine Wand drückten und daß Staub, Holzbruchteile und Putz überall um sie herum herabrieselten. Die ganze Szene wurde völlig irreal durch eine einzige Glühbirne, die noch brannte, obwohl der Lampenschirm in tausend Stücke zersplittert war.

Dann, als das Hörvermögen wiederkehrte, hörte Sherbrooke das Geräusch von zerspringendem Glas, und er hörte jemanden schreien, schreien wie ein gequältes Tier.

Er hielt ihren Kopf in seinen Händen, und er benutzte einen Ärmel, um Mörtelstaub aus ihrem Gesicht zu wischen; er sagte ihren Namen immer wieder, ohne überhaupt zu wissen, daß er sprach.

Sie öffnete die Augen und sah ihn an, der erste Schock machte jetzt einer schrecklichen Furcht Platz.

Er sagte: »Alles in Ordnung, Emma. Ich halte dich. Ich denke, der Angriff ist zu Ende.«

Er sah an ihr vorbei und entdeckte Haufen von zerbrochenem Glas. Die Regale waren durch die Bombe, wenn es eine gewesen war, leergefegt worden. Es roch überhaupt nicht nach Spirituosen. Er vermutete, daß die vielen Flaschen auf den Regalen wegen der Knappheit leer gewesen waren und nur als Ausstellungsstücke gedient hatten. Er sah den Mann mit dem Gesicht nach unten auf dem Boden liegen, dabei tastete er zwischen dem Glas und den anderen zerbrochenen Gegenständen herum, als sei er blind.

Sie flüsterte: »Du bist schmutzig, Guy. Du bist ganz voller Dreck.«

Er wußte, daß sie beide kurz vor einem Nervenzusammenbruch standen. Er sagte: »Kannst du dich bewegen? Gib mir deine Hände. Ich helfe dir.«

Sie standen zusammen auf, ihre Schuhe rutschten auf den Glasscherben. Man hörte Stimmen, das Brummen eines Automotors und Glocken, wie sie auf Kranken- und Polizeiwagen angebracht waren.

Sie klammerte sich an seine Schulter und rief: »Oh, mein Gott, die arme Frau!«

Das Mädchen hatte doch die Frau schon vorher gesehen! Sherbrooke versuchte, seine Gedanken zu sortieren. Vorher, das war nur Minuten her. Die Frau, die der Wachtmeister als Flittchen bezeichnet hätte, lag mit gespreizten Beinen am Boden, ihr Rock war bis zur Hüfte hochgeschoben, und sie starrte die eine noch brennende Glühbirne an, als ob sie von ihr fasziniert sei.

Emma sagte: »Du mußt ihr helfen, Guy. Ich glaube...«

Sherbrooke beugte sich über sie und suchte ihren Puls oder Herzschlag. Er konnte ihr Parfüm riechen, es war sehr stark, wie Staggs Aftershave. Er zog ihren Rock über ihre Blöße und stand auf.

»Sie ist tot, Emma.« Er mußte sie wieder stützen, er wußte, daß die Auswirkung des Schocks sie jetzt erst richtig packte.

Sie sagte mit schwacher Stimme: »Aber sie ist doch völlig unverletzt. Gerade stand sie noch da und redete.«

Der Verkäufer kam wieder auf die Füße und schüttelte sich wie ein Hund. Er sah auf den Schaden und rief: »Zur Hölle! Das war knapp!« Er zog sich einen langen Glassplitter aus der Hand und nahm zum ersten Mal die tote Frau wahr. Er sah sie eine Zeitlang an und sagte mit weicher Stimme: »Die arme alte Mavis. Die konnte auch keiner Seele was zuleide tun.«

Taschenlampen blitzten auf, und Männer mit Helmen erschienen im Eingang.

Der erste war ein Polizist, er sah Sherbrooke und das Mädchen an seinem Arm und sagte: »Seid Ihr zwei O.K.?« Dann beugte er sich über die Leiche. »Es gab einen Treffer hier direkt um die Ecke. Der Rest der Straße wurde nicht getroffen.« Er stand auf und nahm sein Notizbuch heraus. »Überraschungsangriff. Wahrscheinlich wollten sie das Kraftwerk oder die Bahngleise treffen. Die fliegen einfach die Themse lang an klaren Nächten wie heute. Diesmal haben sie aber dabei eine Niete gezogen.« Er sah auf die unbewegten Augen herab, die ihn vom Boden her anstarrten. »Bis auf ein paar arme Seelen, natürlich.«

Draußen hielt quietschend ein Auto an. Verstärkung. Der Polizist sagte: »Na, haben Sie eine Bleibe?« und dann, als ob er die die goldenen Streifen auf Sherbrookes Uniform entdeckt hätte: »Sir?«

Sie antwortete, für sie beide: »Hausnummer siebzehn.«

Er grinste: »Ah ja, dann ist alles in Ordnung. Da ist keinerlei Schaden.«

Gestalten gingen an ihnen vorbei, Sanitäter mit einer Trage und einer roten Wolldecke, ein Feuerwehrmann mit einem Feuerlöscher. Für sie war das alles Routine.

»Laß uns von hier fortgehen.« Sherbrooke legte seinen Arm um ihre Schultern und führte sie zum Ausgang, dabei ging er so, daß ihr der Anblick der toten Frau auf der Trage erspart blieb. Ein Feuerwehrmann zog der Leiche einen Schuh wieder an, schob ihre Handtasche unter die Wolldecke und bedeckte das Gesicht. Als sie auf die Straße hinauskamen, hörten sie, wie einer der Träger ein Lied vor sich hinpfiff, eine Art persönliche Verteidigung gegen die Grausamkeit des Krieges.

Jemand gab ihm seine Mütze. »Ihre Mütze, Sir.«

»Oh, danke.« Er hatte gar nicht bemerkt, daß sie weg war.

Er stülpte sie über sein zerzaustes Haar und spürte den Mörtelstaub am Mützenrand.

»Schaffst du es, Emma? Wenn nicht, trage ich dich.«

Sie sah ihn an, ihr Gesicht war klar zu erkennen, der Mond schien vom anderen Flußufer.

»Halt mich nur, Guy, und bleibe noch bei mir. Noch.«

Es waren überall Menschen, dagegen waren vorher die Straßen leer gewesen. Die Menschen riefen einander, und manche lachten erleichtert, wenn sie ein bekanntes Gesicht sahen.

Sherbrooke ging durch die Menge, er wußte, daß er dies nie vergessen würde, seine einzige Erfahrung aus dem Krieg der Zivilisten. Das war etwas, das immer weit von ihm weggewesen war, das ihn nur theoretisch erreichte, wenn ein Mann der Besatzung seine Eltern oder seine Frau bei einem der Luftangriffe verlor. Die Luftangriffe waren so zahlreich, daß sie in der Presse kaum noch Erwähnung fanden. Überraschungsangriff. Wie an jenem Tage in Portsmouth ...

Irgendein Spaßmacher rief in der Dunkelheit: »Hoch lebe die Marine!« Irgendein anderer klatschte Beifall.

Sherbrooke rief irgend etwas zurück, später wußte er überhaupt nicht, was er gerufen hatte. Worte, wie spaßig sie auch immer sein mochten, konnten nicht ausdrücken, was er fühlte.

Sie blieben vor einem unauffälligen Haus stehen, und sie sagte: »Hier wohne ich. Es ist alles in Ordnung. Gott sei dank. Wie der Polizist es gesagt hat.«

Er wartete, während sie in der Dunkelheit den Schlüssel suchte. Mit dem Explosionsdruck war das eine seltsame Sache. Die Bombe war um die Ecke eingeschlagen, aber in einer engen Kreuzung konnte die Druckwelle in irgendeine Richtung gehen. Diese Häuser hier waren völlig heil. Er wurde an einen Zwischenfall auf der *Pyrrhus* erinnert, als deutsche Bomber einen Konvoi von leeren Schiffen angegriffen hatten, der von Murmansk zurückkehrte. Seltsam, daß die Erinnerung daran verlorengegangen war, verdrängt durch all die vielen anderen Ereignisse, die es seitdem gegeben hatte, und daß diese Erinnerung ausgerechnet in dieser Nacht wiederkehrte.

Minuten vor dem Luftangriff hatte er mit einem jungen Signalgasten auf der Brücke des Kreuzers gesprochen. Es war ein bitterkalter Tag, jede Berührung von nackter Haut mit dem Metall der Anlagen und Instrumente konnte zu Erfrierungen führen. Der Signalgast hatte eine alte Illustrierte hochgehalten, um Sherbrooke zu helfen, der sich seine Pfeife anstecken wollte.

Dann hatte der Angriff begonnen, die Luft wurde förmlich von dem Knallen und Knattern der Flugabwehrgeschütze zerrissen, eine einzelne Bombe explodierte zunächst fast unbemerkt zwischen Brücke und Turm B. Sherbrooke hatte den Explosionsdruck kaum gespürt, aber der junge Signalgast war auf der Stelle tot. Sein Körper zeigte keinerlei Verletzungen, wie bei der Frau in dem Weingeschäft.

»Gefunden!« Sie schob die Tür auf. »Komm bitte rein und mach die Tür zu.«

Sie klang außer Atem, als sei es gerade erst passiert. Sie rief: »Ich bin es, Ellen!« Niemand antwortete, und sie sagte: »Sie muß weg sein. Sie hat die andere Wohnung, verstehst du? Ich füttere ihre Katze, wenn sie mal nicht da ist.« Und wieder: Sie sprach sehr schnell, als ob sie befürchtete, zusammenzubrechen.

Sie gingen im Dunkeln die Treppen hoch, und er versuchte sich vorzustellen, wie sie hier oder sonst irgendwo lebte, wie sie aufstand und zur Arbeit ging und sich jeden Tag fragen mußte, ob die Wohnung noch da war, wenn sie zurückkehrte. Und er mußte auch an Kapitän zur See Thorne denken, der den ganzen Tag ihr Berufsleben teilte, während sie an ihren vermißten Ehemann dachte, an diesen Mann, von dem sie sagte, daß sie sich kaum an ihn erinnern konnte.

Eine weitere Tür, sie schaltete das Licht ein, ihr Blick fiel sofort auf das Fenster, um sicherzustellen, daß die Verdunkelungsvorhänge geschlossen waren.

Sie sah sich nach ihm um und sagte: »Deine Hand! Was ist passiert?«

Er sah auf seine rechte Hand, die war blutverschmiert, das Blut war zum Teil schon geronnen, gerade unterhalb der Manschette seines Hemdes sah er einen tiefen Schnitt.

»Setz dich.« Sie brachte ihn zu einem Stuhl. »Ich mach' das sauber. Das muß passiert sein, als du dich um diese arme Frau gekümmert hast.«

Sherbrooke versuchte irgendwie, den Schmerz in seinem Rücken zu vermindern, ihm schien alles weh zu tun. Dann hob er den Arm, er befürchtete, sein Blut könnte Flecken auf den Möbeln hinterlassen. Alles kam ihm so komisch vor, daß er am liebsten laut gelacht hätte.

Sie kniete vor dem Stuhl und hielt ein kleines, zierliches Handtuch. »Es ist nur feucht, fürchte ich. Das Wasser ist noch abgestellt. Das ist meistens so während der Angriffe.«

Dann sagte sie: »Was ist los?« und sah ihn an, ihre Augen waren plötzlich ganz ruhig, die Stimme fest. »Sag's mir.«

Er schüttelte den Kopf. »Nichts.« Er versuchte es zu unterdrücken, aber seine Hand zitterte so stark, daß es ihm nicht gelang. »Ich – ich kann das nicht...«

Sie wickelte das Handtuch um sein blutiges Handgelenk und hielt es mit beiden Händen und mit großer Zärtlichkeit. Er merkte, daß ihm langsam die Sinne schwanden. *Bitte, nicht jetzt. Nicht hier, wenn sie dabei ist. Bitte...*

Sie sagte: »Sag nichts, Guy. Versuche nicht, irgend etwas zu erklären. Mir nicht. Wirklich nicht. Das macht dich mehr zu einem Mann, nicht weniger.« Sie hielt weiter seine Hand. »Hast du Zigaretten? Ich könnte dir eine anstecken.« Sie sah, wie er den Kopf schüttelte. »Ich rauche selbst nicht.« Das erinnerte sie. »Keins meiner Laster.«

Er sagte: »Ich bin Pfeifenraucher... wenigstens war ich es.« Er sah, wie sie in seine Jackentasche griff. »Verschwenderischer Weise habe ich mir eine wirklich gute Pfeife gekauft, als ich aus dem Lazarett kam.«

Sie sah ihm direkt in die Augen. »Ich weiß. Ich verstehe das auch.« Sie nahm den groben Verband ab und sagte: »Es blutet nicht mehr, glaube ich, aber bleib ruhig sitzen. Ich hole gleich etwas Besseres dafür.«

Er sah ihr zu, wie sie die Pfeife und den Tabakbeutel neben ihre Knie auf den Boden legte. Ihr Haar hing immer noch auf dem Rücken herunter, von der Explosion war es völlig aufgelöst. Er hätte es gerne berührt, und er hätte sie gerne eng umschlungen, wie in dem Laden.

Sie sagte: »Mein Vater raucht Pfeife. Für ihn habe ich auch schon Pfeife gestopft.« Sie lächelte, vielleicht über irgendeine andere Erinnerung. »Ich finde es gut, wenn Männer Pfeife rauchen.« Sie reichte ihm die Pfeife, offenbar war sie mit ihrer Arbeit zufrieden. »Bitte. Versuch es einmal.«

Sherbrooke hielt ihre Hand, und sie beobachtete den

Rauch, der zur Decke aufstieg. Schweigend freuten sie sich beide daran.

Er sagte: »Es geht mir schon besser«, und er drückte ihre Hand. »Wirklich.«

»Ich weiß nicht, ob ich dir glauben soll oder nicht. Ich hatte dir einen Drink versprochen.«

Sie stand auf, unentschlossen.

»Wir müssen es schaffen, Emma. Meinst du, daß bei dir alles in Ordnung ist?«

Als ob sie mit ihrer Ängstlichkeit lächerlich gemacht werden sollten, hörte man in der Ferne den Sirenenton für Entwarnung, und aus der Nähe war das Gurgeln und Sprudeln des sich wiedereinstellenden Wassers zu hören.

»Na, dann ist ja alles klar«, sagte er. »Ich muß mir nur noch ein Taxi besorgen.«

Sie zog die Stirn in Falten und traf eine Entscheidung. »Du kannst nicht gehen, so wie du jetzt aussiehst. Laß mich noch deine Uniform sauber machen. Ich wasch' dein Hemd. Es wird trocken sein, bevor du gehst. Und nun bitte keine Diskussion. Ich möchte es so.«

»Ich habe dir doch versprochen, daß nichts zwischen uns geschieht.«

»*Wird es auch nicht*. Und jetzt geh ins Badezimmer, zieh Jacke und Hemd aus. Ich hole den Scotch.« Sie lächelte ihn an. »Waffenstillstand?«

Er wusch seine Hände und dann sein Gesicht im Waschbecken. Unter dem Spiegel auf einer Konsole waren ihre persönlichen Dinge aufgestellt, das sorgfältig aufbewahrte Kölnisch Wasser, ihre Kosmetikartikel und ein paar gelbe Narzissen in einer Vase. Er hörte sie rufen: »Ich hab' einen alten Morgenmantel, den du anziehen kannst. Mein Bruder hat ihn mir gegeben für den Luftschutzkeller – der ist mir sowieso viel zu groß.«

Dann entdeckte er sie im Spiegel, wie sie nach ihm schaute.

»Was hast du da für Narben, Guy?«

Er drehte sich um und nahm ihren großen Umhang; er ärgerte sich, sie hatte das nicht sehen sollen.

Sie fragte noch einmal: »Woher hast du die Narben? Du hast mir nichts davon erzählt.«

Er sah auf seine verletzte Hand. Sie war jetzt ganz ruhig. Er antwortete: »Als ich im Wasser war.« Er ließ das Blut und den Dreck aus dem Waschbecken abfließen und sah sie nicht an. »Das Eis.«

Sie sagte: »Du kannst mir das ruhig erzählen ... und zeigen.«

Er ließ es zu, daß sie ihn in den anderen Raum zurückbrachte.

»Laß mich dich umarmen, Emma.«

Sie widersetzte sich nicht, auch nicht, als er sie eng umschlang wie bei dem Augenblick des Bombenangriffs. Das Geschrei, das zersplitternde Glas, die starrenden Augen und der Mann an der Trage, der in Verachtung des Todes ein Lied pfiff. Das alles kam ihm in den Sinn.

Aber hier in diesem Raum, den er kaum kannte, war Frieden. Das Gefühl für das, was passierte, und für die Gefahren, die es mit sich brachte, wurde durch Verlangen verdrängt.

Sie spürte seine Hand auf ihrem Rücken, und sie stellte sich vor, wie es wäre, ihn zu lieben. Starke, gefühlvolle Hände, die hielten und verwöhnten, die aber auch verlangten ...

Sie sagte: »Ich muß jetzt wirklich den Drink holen.« Sie lehnte sich in seinen Armen zurück und sah ihn direkt an. »Wir wußten beide, daß so was passieren würde. Ich hatte mir eigentlich vorgenommen, das zu beenden, bevor es anfängt, aber ich dachte, wir könnten ...«

Er sagte: »Freunde sein?«

Sie antwortete nicht. »Natürlich finde ich dich attraktiv, welche Frau würde das nicht? Einige Leute, die ich treffe ... Was ich zu sagen versuche ...«

Er berührte ihren Mund mit seinen Fingern. »Sag es nicht. Ich weiß. Ich fühle mich so voller Leben, wenn ich bei dir bin, daß ich alle Risiken und all den Schmerz, den du vielleicht meinetwegen erleiden müßtest, mißachten möchte.«
Sie entzog sich seinen Armen, und er ging zum Fenster und sah durch einen Schlitz im Verdunkelungsvorhang hinaus. Mondschein, aber keine Scheinwerfer und auch keine hellen Funken der Flak in irgendeinem anderen Teil dieser großen Stadt. Er hörte ihre Stimme, und er dachte für einen Augenblick, daß noch jemand zu Besuch gekommen sei. Er sah an dem Morgenmantel ihres Bruders herunter. *Oh, dies ist Kapitän zur See Sherbrooke, er ist nur auf einen Drink hier.* Wie würde das denn aussehen? Sie kam wieder herein, und sie lächelte über die Verwirrung in seinem Gesicht. »Ich habe nur die Nachtwache angerufen. Die schicken uns morgen früh ein Auto, und du kannst bei der Admiralität aussteigen.«
»Du bist ein wirklich kluges Mädchen.«
Sie brachte zwei Gläser und füllte sie sorgfältig. Sie schien glücklich und entspannt, bis sie fragte: »Übermorgen also?«
Es war so leicht gesagt, aber es bedeutete so viel.
»Ja, zurück nach Greenock. Wir müssen die ganze Maschinerie wieder in Gang bringen.«
Sie nippte am Glas und sagte: »Das Zeug haut mich um, und ich hab' dir doch ein paar Scheiben Brot versprochen.« Sie versuchte es noch einmal. »Weißt du, das Schiff erscheint mir langsam als Rivalin.«
Er lächelte, er spürte, wie sie sich auf dem kleinen Sofa gegen ihn lehnte.
»Das solltest du nicht so sehen. Das Schiff beschützt mich auch, irgendwie. Ich kann es nicht erklären.«
Sie sah, daß sein Glas leer war. »Ich wette, du hast kaum den Geschmack verspürt!«
Sie sah, wie er sich wieder einschenkte, sah seine Hand, sein ernstes Profil. *Beende es jetzt.*

Er sagte: »Ich werde mich hieran erinnern, wenn ich weg bin.«

»Bis zum nächsten Mal.«

Er sah über den Rand des Glases hinweg. »Ja. Beim nächsten Mal.«

»Versprochen?«

Er sagte: »Ich finde, du solltest ins Bett gehen.«

Sie nickte ernst: »Jawohl, Herr Kapitän!«

»Ich werde hier im Wohnzimmer schlafen. Dann ist die Sache absolut ungefährlich.« Aber er verstand seinen eigenen Humor nicht mehr.

»Ja, richtig. Ruf mich, wenn du etwas brauchst.«

Die Tür ging zu, und er war allein.

Das würde kein Mensch glauben. *Er selbst schon gar nicht.*

Er hörte sie später nicht mehr reinkommen, und er bemerkte auch nicht, daß sie ihm die Schuhe auszog.

Sie hockte sich an das Sofa und sah ihn an, wie er in der Dunkelheit schlief; sie erinnerte sich daran, wie er mit seinen Männern und der toten Prostituierten umgegangen war, und sie flüsterte ihm etwas zu.

»Wir wußten beide, daß dies passieren konnte. Ich liebe dich, aber ich darf es nicht sagen. Unser Leben hätte heute enden können, wenn die Bombe etwas anders gefallen wäre. Alles wäre zu Ende gewesen, ohne daß es je angefangen hätte.« Sie hätte gern sein Haar berührt, aber sie traute sich nicht. »Warum müssen wir uns also etwas vormachen? Wenn du mich jetzt haben wolltest, ich könnte nicht widerstehen, weil ich mich so nach dir sehne. Und du, lieber Mann, der du dich wegen deiner ehrenvollen Narben schämst, würdest mich vielleicht verachten, wenn ich es zuließe.«

Am folgenden Morgen wachten sie beide früh auf, er wußte im ersten Augenblick nicht, wo er war. Sie sprachen wenig, und das Wenige war wie bei Leuten, die sich gerade erst kennengelernt hatten.

Das Auto kam pünktlich und setzte Sherbrooke wie geplant bei der Admiralität ab.

Er kam an zwei grüßenden Matrosen vorbei, die er kaum bemerkte, und ging dann in das Lagezimmer, wo er Stagg treffen sollte.

Zu seiner Überraschung war Stagg schon da, und er klopfte mit einem Finger auf seine Uhr.

»Wo waren Sie denn bloß, Guy? Ich hab' schon halb London nach Ihnen absuchen lassen! Im Club wurde mir gesagt, Sie seien überhaupt nicht dagewesen!« Es war wie ein grausames Spiel, und Stagg hatte seinen Spaß. Er fuhr fort: »Egal. Ich kann es mir denken. Ist ja auch verständlich.« Er wechselte das Thema. »Sie müssen heute nach Norden fahren. Die Information ist jetzt zusammengestellt. Sie werde die Kommandanten unterrichten, alle. Und Sie müssen ihnen klarmachen, welche Verantwortung wir tragen. Natürlich ist alles streng geheim! Also stellen Sie sicher, daß die Kerle alles kapieren.« Er setzte sein berühmtes grimmiges Grinsen auf. »*Operation Sackleinen* – ziemlich passend, denke ich.«

Er sah wieder bewußt auffällig auf seine Uhr. »Ich muß noch zu Hudson. Wenn Sie warten wollen, ich fahre Sie anschließend in den Club, da können Sie Ihre Sachen holen.« Er blinzelte. »Wir müssen ja aufpassen, daß Sie nicht wieder verschwinden, nicht wahr.«

Sherbrooke ging durch die Bürogänge, bis er an einem der Telefone eine Frau mit einem freundlichen Gesicht fand.

»Darf ich mal von hier mit der Informationsabteilung telefonieren? Es ist ziemlich wichtig.«

Sie sah ihn prüfend an. »Sie sind doch Kapitän zur See Sherbrooke, nicht wahr? Ich hab' Ihr Foto in der Zeitung gesehen, wegen des deutschen Kreuzers.« Sie lächelte. »Ich will mal sehen, was sich machen läßt.« Sie nahm den Telefonhörer. »Mein Bruder war auch auf einem Schlachtkreuzer.« Dann, in den Telefonhörer: »Kannst du mir mal 'ne Nummer durchstellen, Ann?«

Sherbrooke überlegte sich, was er Emma überhaupt sagen wollte. Vielleicht war sie ja gerade nicht im Büro.

»Und auf welchem Schlachtkreuzer war ihr Bruder?« fragte er die Frau mit dem freundlichen Gesicht.

Sie sah auf und antwortete ruhig: »*Hood*, Sir.« Sie reichte den Telefonhörer. »Bitte fassen Sie sich kurz, Sir.«

Man konnte immer wieder in eine solche Falle der Erinnerung hineintappen.

Emmas Stimme sagte: »Ich wußte, daß du das sein würdest.«

Es war eine sehr gute Verbindung: Sie klang ganz nah, wie gestern abend, als ihr Kopf auf seiner Schulter lag.

»Kann ich sprechen, Emma?«

»Ja, ich bin im Augenblick allein.« Kurze Pause. »Du fährst weg, nicht?«

»Ja, hab' ich auch gerade erst erfahren. Tut mir sehr leid.«

»Wir hätten es wissen müssen. Wir hätten es hinnehmen müssen und nicht dagegen ankämpfen sollen.« Er wollte etwas sagen, aber sie sagte: »Nein, hör zu Guy, ich hab' nicht mehr Zeit. Wir treffen uns wieder. Das müssen wir!«

»Ja, das ist mir auch das Wichtigste.«

Es war, als hätte er nichts gesagt. »Ich wollte nur, daß du es weißt. Ich möchte *bei dir* sein. Richtig *bei dir* sein, verstehst du?«

Er sagte: »Ich liebe dich, Emma.«

Aber die Leitung war unterbrochen.

Er legte das Telefon wieder auf. »Vielen Dank.«

Die Frau mit dem freundlichen Gesicht sah ihn fortgehen. Glückliches Mädchen, wer auch immer es sein mag, dachte sie.

An diesem Abend saß Kapitän zur See Sherbrooke in einem überfüllten Zug nach Norden. Er war nicht mehr allein.

12

Operation Sackleinen

Sherbrooke ging unruhig in seiner großen Kammer umher, klopfte auf seine Taschen und prüfte, ob er alle erforderlichen Unterlagen und genug Taschentücher bei sich hatte. Der Abdruck der neuen Pfeife, die er zum erstenmal in ihrer Wohnung geraucht hatte, brachte sie eindringlich in seine Erinnerung zurück. Er konnte Emma vor sich sehen, wie sie ihm die Pfeife stopfte, während er mit dem Handtuch um seine Hand gewickelt dasaß und Angst davor hatte, daß das blamable Zittern seiner Hände sich wiederholen würde. Überall um sich herum und unter sich merkte und fühlte er die Unruhe im Schiff; Vorbereitungen für das Auslaufen, Befehlsrufe, die durch die wasserdichten Schotten gedämpft wurden, gelegentliches Gezwitscher von Bootsmannsmaatenpfeifen, das Quietschen einer Winde.

Gleich wollte er seine Kammer, diesen ihm vertrauten Ort, verlassen und sich den anderen Besatzungsmitgliedern der *Reliant* anschließen, Ankeraufgehen und von Greenock aus in den Firth of Clyde dampfen; danach würde es um die Insel Arran gehen, bevor der Kurs nach Westen in den Atlantik gesteuert werden konnte.

Wie gut war die Geheimhaltung diesmal? Die *Reliant* zog Aufmerksamkeit auf sich, und da sie auch noch von dem Geleitträger *Seeker* und sechs kampfkräftigen Zerstörern begleitet wurde, war leicht auszurechnen, daß etwas Besonderes geplant war. Stagg beabsichtigte, auf der *Seeker* auszulaufen und würde erst auf See auf die *Reliant* übersteigen, das gab der Operation Sackleinen den passenden dramatischen Anstrich, der so typisch für diesen Mann war.

Er sah sich noch einmal in der Kammer um. Vor etwas mehr als drei Monaten hatte er das Kommando übernommen, aber er hatte das Gefühl, als ob er schon immer hier gewohnt hätte.

Er dachte an den Haufen mit Cavendishs persönlichen Sachen und an den zerbrochenen Bilderrahmen.

Und an Emmas Stimme am Telefon, sehr beherrscht, aber er hatte trotzdem ihre Bewegung gespürt. *Ich möchte bei dir sein.* Sie vermied alle Risiken zu großer Vertraulichkeit am Telefon, sie konnte sich auch so verständlich machen.

Maat Long stand in dem schmalen Gang vor seiner Pantry. »Noch eine Tasse, bevor Sie noch oben gehen, Sir?«

Er grinste Longs trauriges Gesicht an. »Lieber nicht. Nicht, daß mir dann ein Malheur passiert!«

Long nickte zufrieden, und das war keine Augenblicksstimmung. Irgendwas war mit dem Kommandanten passiert, als ob er etwas abgelegt oder vielmehr etwas dazugewonnen hätte.

Er hatte die Veränderung bei Sherbrooke mit Dave Price, dem Chefsteward des Konteradmirals, besprochen.

»Na, da muß doch eine Frau dahinterstecken, Dodger.« Er hatte ein kühles Grinsen aufgesetzt. »Nicht wie bei meinem Chef. Der ist vielleicht 'ne quecksilbrige Type.«

Long verstand, was gemeint war. Price hatte dem Konteradmiral schon vorher gedient und ihm dies und jenes erzählt. »Scharf wie Lumpi«, so hatte er den unstillbaren Appetit seines Herrn nach Frauen beschrieben.

Sherbrooke sah auf die Uhr. Frazier würde gleich ankommen, alles erledigt haben und das Schiff klar zum Auslaufen melden. Sogar der Zerstörer *Mediator*, der wegen der Probleme mit einer Welle nach Gibraltar hatte einlaufen müssen, war wieder klar. Stagg hatte unzweideutig klargestellt, daß er »keinerlei verdammten Ausreden« mehr akzeptieren würde.

Draußen waren Stimmen, und Long sagte: »Die sind zu früh, Sir.« Er hörte sich richtig erbost über diese Störung an.

Es war nicht Frazier, sondern ein derber, vierkantiger Mann mit dünnem, hellem Haar und einem wettergegerbtem Gesicht mit tiefen Krähenfüßen um die Augen herum.

»Tut mir leid, daß ich hier so voreilig aufkreuze, Kapitän Sherbrooke.« Er reichte seine Hand. »Pat Drury vom B.B.C. Ich soll bei Ihnen mitfahren.«

Der Händedruck war hart und rauh, er hätte eher zu einem Landarbeiter als zu einem der besten Kriegsberichterstatter gepaßt. Jedes Alter zwischen fünfunddreißig und fünfzig war bei dem Mann möglich.

Sherbrooke sagte: »Das hier ist Maat Long. Er wird sich um Sie kümmern, während Sie an Bord sind, Mr. Drury.«

Er konnte spüren, daß Long das nicht paßte und fügte hinzu: »Wir gehen gleich Ankerauf. Ich habe angeordnet, daß Sie jederzeit auf die Brücke können. Wir müssen nur wissen, wo Sie sind, wenn die Sache losgeht. Die *Reliant* ist ein großes Schiff. Nicht, daß Sie uns verlorengehen.«

Drury grinste. »Ich finde mich schon zurecht.« Er sah sich in der großen Kammer um und pfiff leise. »So muß man leben! Sie hätten mal einige von den anderen Löchern sehen sollen, in denen ich schon in diesem Krieg gelandet bin!«

Sherbrooke schaffte es nicht, Long in sein Elfengesicht zu sehen. Er sagte: »Die Kammer gehört Ihnen, bis wir diesen Ausflug beendet haben.«

Er sah, daß Drurys Augen grau wie Schiefer waren und daß ihnen nichts entging. Hart, wie sein Händeschütteln: ein Mann, der Wert darauf legte, für energisch gehalten zu werden und der durch nichts und niemanden zu beeindrucken war.

Durch das Deck war wieder eine Erschütterung zu spüren. Der Chief testete wieder irgendwas und ging keine Risiken ein.

Drury stellte seinen Koffer auf den Teppich. »Ich vermute, daß Sie sich mitunter von Ihrer Besatzung isoliert fühlen, Herr Kapitän. Sie können diese Schranke wohl nicht niedriger setzen, selbst wenn Sie das gerne möchten?«

Sherbrooke nahm sein Lieblingsfernglas. Das war zufällig zur Überprüfung an Land gewesen, als die *Pyrrhus* gesunken war, jetzt war ihm das Glas um so mehr ans Herz gewachsen.

»Darüber soll die Besatzung ihr eigenes Urteil fällen. Eine Schranke, wie Sie sie beschreiben, wäre ein Hindernis. Sowas nützt keinem Kommandanten.«

Es klopfte wieder. Long ging hin und murmelte: »Verdammt noch mal, ist ja wie auf dem Picadilly Circus hier!«

Es war der Kapitänleutnant aus Kanada. Rayner.

»Ich habe gerade erst erfahren, daß Sie mich sehen wollen, Sir. Ich war im Sanitätsbereich, der Doc hat mich untersucht.« Er sah den Zivilisten ohne jede Neugierde an. »Er sagt, alles sei in Ordnung.« Er grinste, seine Erleichterung und seine Freude, so schnell wieder an Bord gekommen zu sein, standen ihm im Gesicht.

Sherbrooke sagte: »Freut mich. Wie Sie gesehen haben, haben wir eine neue Fledermaus für Sie besorgt, und es ist noch eine zweite da, damit Sie Gesellschaft haben.«

Drury warf ein: »Als ich gestern auf der *Seeker* war, habe ich eine ganze Reihe Kampfflugzeuge gesehen, Herr Kaleu. Ich nehme doch an, daß Ihnen sowas besser gefallen würde.«

Sherbrooke spürte Rayners Zurückhaltung, ja sogar Widerwillen, und sagte in freundlichem Ton: »Das ist schon in Ordnung. Mr. Drury ist auf unserer Seite. Er ist vom B.B.C.«

Rayner sagte völlig unbeeindruckt: »Gut zu wissen, Sir.« Und dann zu dem Berichterstatter: »Nein, Mr. Drury, für mich ist das Walroß genau richtig.« Er sah wieder den Kommandanten an. »Ich habe einen neuen Bordschützen, Sir. Ich denke, wir sind wieder klar für jeden Einsatz.«

Sherbrooke wußte, woran Rayner dachte, an sein altes Walroß, das mit dem alten toten Schützen noch an Bord der Gnade der See preisgegeben war.

Er sagte: »Ich will, daß Sie es gleich jetzt erfahren, Kapitänleutnant Rayner. Sie bekommen einen Orden. Das Distinguished Service Cross.«

Rayner schluckte. Ihm blieben die Worte weg. Nach einiger Zeit sagte er: »Danke sehr, Sir. Wir hatten doch alle Anteil daran.«

»Weiß ich. Aber das kommt eben mit der Funktion, die man hat. So, vielen Dank.«

Rayner ging.

Drury kommentierte: »Das hat mir gut gefallen, daß Sie das persönlich gemacht haben.«

Sherbrooke sagte: »Mußte ich auch.«

Drury hatte Erfahrung. Manche hielten seine Berichte für gefühllose Darstellungen des Krieges, wie Drury es eben sah. Aber zumindest in diesem Falle hatte er seine Überraschung nicht verbergen können. Bei der Zusammenarbeit mit diesem Mann war eine Schranke nicht zu erkennen. Die Tür ging auf, und Frazier trat in die Kammer, die Mütze unter dem Arm.

»Klar zum Auslaufen, Sir. Schlepper sind in Stand-By.« Und mit der Andeutung eines Lächelns fügte er eine persönliche Bemerkung hinzu: »Nur weil es eben dazugehört, natürlich.«

Sherbrooke nahm seine Mütze. »Also, dann auf Manöverstationen zum Auslaufen, John.«

Sie gingen zusammen auf die breite Schanz. Seeleute und Marineinfanteristen traten schon an, ohne jedes Aufhebens und ohne jedes äußere Anzeichen von Aufregung. Sie gingen über die vertrauten Decks, unter den Rohren der 10-cm-Nebenartillerie hindurch und an den flachen Schnellfeuerkanonen vorbei, die auch als Chicago-Pianos bezeichnet wurden. Die Brücke und der große Dreibeinmast warteten auf sie. Ein Blick hier und dort, irgendein Seemann nickte seinem Gegenüber zu, das förmliche Grüßen eines Unteroffiziers oder eines Divisionsleutnants. Das war alles Routine, Teil ihres Lebens. Für alle, die es kannten, war dieses Auslaufen eben doch eine bewegende Sache. Ein großes Schiff bereitete sich auf die Seefahrt vor. Operation Sackleinen stand vor dem Beginn.

Unten in der Kammer ließ sich Pat Drury in einen Sessel fallen und streckte die Beine aus. Er fand es immer noch schwer zu verstehen, warum der Kommandant der *Reliant* für die Dauer der Seefahrt diese schöne Kammer gegen ein winziges Loch austauschen mußte, in dem er nie zur Ruhe kommen würde.

Er grinste breit. Einem geschenkten Gaul . . .

Er sagte: »Ich möchte einen Drink – äh, Long. Was starkes.«

Long lächelte fast vor Freude. »Tut mir leid, Sir. Es gibt jetzt keinen Alkohol, die Bar ist geschlossen.«

Genau pünktlich, bei gleichzeitigem lebhaften Signalverkehr mit dem Land durchbrach der riesige Anker der *Reliant* die Wasseroberfläche, Wasser tropfte herab, und er konnte in die Klüse gehievt werden. Das Schiff war in Fahrt.

Konteradmiral Stagg stand an einem der gut geputzten Bullaugen seiner Kammer und starrte in die Ferne.

Sherbrooke beobachtete ihn, er kannte Staggs Stimmungslage, und er teilte auch ein wenig die Frustration, die Stagg überhaupt nicht verbergen konnte.

Er wußte, worauf Stagg seinen Blick richtete: auf das bekannte, unveränderliche Profil des Felsens von Gibraltar, diesem Hort der Sicherheit für Generationen von Seeleuten und gleichzeitigem Wächter am Eingang des Mittelmeers. Stagg würde es aber nicht aus dieser Perspektive sehen.

Nach schneller Überfahrt von Greenock hatten sie hier geankert. Dies hier war jetzt ein echter Gegensatz zu der Aktivität im Atlantik. Für einen Mann wie Stagg, dem die Geduld fehlte, war es wohl noch was viel Schlimmeres.

Staggs dunkelhäutiger Sekretär und der Adjudant waren auch anwesend, sie saßen sich an den Enden der Kammer gegenüber, als ob sie jeden Kontakt vermeiden wollten. Und der neue Mann in Staggs Kampfgruppe, Kapitän zur See Thomas Essex von der *Seeker*, war ebenfalls von seinem Schiff zu dieser Besprechung herübergekommen.

Sherbrooke hatte einen positiven ersten Eindruck von Essex, ein schlanker Offizier mit ernstem Gesicht, der den größten Teil des Krieges im Atlantik zugebracht hatte, aber dennoch seinen trockenen Humor hatte bewahren können.

Sherbrooke wußte, daß er nicht allein die Frustration von Stagg teilte. Nach all dem zügigen Vorgehen und dem Versprechen, daß jetzt gehandelt werden würde, schien das hier in Gibraltar genau das Gegenteil zu sein. Das Wetter tat das übrige. Es war heiß und schwül; nach der Kälte, an die sie gewohnt waren, schien eine Art Erstarrung das ganze Schiff zu erfassen, das mit geöffneten Luken, Bullaugen und Schotten dalag.

Stagg sagte: »Die Deutschen halten trotz allem immer noch aus. Sie werden von der britischen Luftwaffe und von amerikanischen Bombern angegriffen, und jeder Versuch, Nachschub von Sizilien rüberzubringen, wird von unseren Schnellbooten und Zerstörern vierundzwanzig Stunden am Tage bekämpft und gestört.« Er sah wieder aus dem Bullauge. »Seh sich das einer an... Mehr Truppentransporter als man zählen kann. Sie alle warten darauf, nach Alexandria oder sogar Malta zu fahren, um für den nächsten Schritt klar zu sein.« Er wandte sich ihnen wieder zu, seine Stirn war schweißnaß. »Der Feind sitzt auf der Halbinsel von Kap Bon fest. Sie können nicht ausbrechen und haben auch keine Hoffnung, und je länger sie das aushalten, desto mehr Beutestücke werden uns in die Hände fallen. Die Häfen, die sie voller Wracks hinterlassen, und die Einrichtungen, die sie auf ihrem Rückzug zerstört haben, werden von unseren leichten Küstenstreitkräften besetzt und wieder brauchbar gemacht – sogar Zerstörer beteiligen sich daran, gewiß nicht ohne Risiko, und es gibt einige nicht unerwartete Verluste.«

Das, was noch vom Afrikakorps über war, klammerte sich an den letzten kleinen Brückenkopf in Nordafrika. Sogar die alte französische Marinebasis in Bizerte war noch in Betrieb, trotz der Bombenangriffe und der chronischen Knappheit an Munition und Versorgungsartikeln. Wenn der Wüstenfuchs tatsächlich durch General von Arnim ersetzt worden war, wie der Nachrichtendienst das behauptete, dann wirkte sein Geist noch fort.

Stagg sagte: »Der Oberbefehlshaber, Admiral Cunningham, ist sich der Gefahr, die in einer Verzögerung eines energischen Vorgehens auf unserer Seite liegt, durchaus bewußt. Wenn die Admiralität ihre Vorstellungen umsetzen würde...« Er sah scharf Kapitän zur See Essex an. »Was wollten Sie gerade sagen?«

Essex lächelte freundlich. »Sie wissen, was die Matrosen von der Admiralität sagen, Sir. Das ist wie im Kino – die besten Sitze sind hoch oben und ganz hinten!«

Versorgungsoffizier Kapitänleutnant Villar lachte, würgte sein Lachen aber ab, als Stagg ihn eisig ansah.

Er sagte: »Ich habe persönlich beim Oberbefehlshaber interveniert. Zumindest der erkennt die Sinnhaftigkeit meiner Argumentation. Die Einrichtungen des Feindes um Bizerte herum sind gut angelegt und verteidigt, und sie können jeder kleineren Einheit von uns, die dort eine Beschießung durchführen wollte, einen heißen Empfang bereiten.« Er sah Sherbrooke direkt an. »Wir könnten sie ausschalten. Das ist genau was für die *Reliant*, meinen Sie nicht auch, Guy?«

Der beiläufige Gebrauch des Vornamens war keineswegs

zufällig. Essex mußte sich überstimmt fühlen, die anderen zählten nicht.

Er antwortete: »Das wäre ohne Luftunterstützung sehr gefährlich. Wir wissen nicht genau, über wie viele Flugzeuge der Feind direkt verfügen kann, aber wenn *Seeker* unterstützt, denke ich, geht das. Ohne Luftunterstützung...«

Stagg sagte irritiert: »Ich weiß, ich weiß, Guy. Ich habe die *Repulse* nicht vergessen. Wer könnte das jemals?«

Essex sagte: »Schnell ran und schnell wieder weg, morgens, beim ersten Licht, Sir. Ich kann ein paar Jagdbomber in die Luft bringen.« Ihm war offenbar Staggs kalte Reaktion auf seine Bemerkung über die Admiralität egal. »Ein Landzielbeschuß mit hoher Feuergeschwindigkeit wäre viel wirkungsvoller als Bombenabwürfe aus großer Höhe. Vielleicht würde sogar der Hafenausgang blockiert werden. Also, das wäre das Ende für die Deutschen in Afrika.«

Stagg sah wieder auf Sherbrooke.

»Gibt es sonst noch was zu sagen, Guy?«

»Feindliche Schnellboote, Sir. Die sind im Gebiet von Kap Bon gemeldet worden. Unsere eigenen Schnellboote sind schon mit ihnen aneinandergeraten.« Er war überrascht über seine eigene Ruhe, gerade als ob schon alles entschieden sei. »Wir können mit den Dingern auch mit unserer Nebenartillerie fertig werden, und die Zerstörer schaffen den Rest.«

Stagg sagte: »Ein Zerstörer, Guy. Die anderen müssen bei *Seeker* bleiben. Wir machen das diesmal allein. Das ist doch etwas für die *Reliant,* dafür ist sie doch gebaut worden, oder?«

Das Ganze erinnerte ihn sehr an das Mädchen, dessen Name in jenen Stein in Portsmouth graviert war, das Mädchen, von dem er einmal glaubte, daß er es heiraten würde, an die er sich aber jetzt ohne Gefühle erinnern konnte. Er rief sich in Erinnerung, was er ihr gesagt hatte, als sie zusammen spazierengegangen waren und sich unterhalten hatten:

Über die Zukunft und wie sich das Leben ändern konnte. Über die Marine hatte er gesagt: »Das ist das, was ich mache und was ich bin.« Von Risiken hatte in jenen Tagen des Sonnenscheins keiner gesprochen.

Stagg zeigte wieder sein Raubtier-Grinsen, jetzt, da das Gefecht bevorstand. »Und keinerlei Weitergabe an irgendeinen anderen, bevor ich nicht die Billigung des Oberbefehlshabers habe. Auch nicht gegenüber Mr. Drury.« Sein Grinsen verbreitete sich: »Besonders nicht gegenüber Mr. Drury.«

Sie standen alle auf, und Sherbrooke sagte zum Kommandanten des Geleitträgers: »Ich bringe Sie noch an die Stelling.«

Stagg gab Essex die Hand, er kehrte wieder den Admiral raus. »Wir werden zusammen noch Geschichte schreiben, das werden Sie sehen.«

Sherbrooke ging mit Essex hinaus und sah, wie ein Läufer losrannte, um auf der Schanz die Wache zu wahrschauen, daß das Boot der *Seeker* klar war und wartete. Mit Frazier als Erstem Offizier war es angenehm zu wissen, daß er sich nie selbst um solche Dinge kümmern mußte.

Sie standen im grellen Sonnenlicht zusammen und sahen auf die Reihen von Truppentransportern, einige davon mochte die *Reliant* schon während des Krieges einmal eskortiert haben. Dahinter lag der Felsen von Gibraltar, er machte jedes Schiff zum winzigen Zwerg. Sherbrooke war mit der *Reliant* im Frieden mehrfach in Gibraltar gewesen, damals, als das Leben aus Regatten, Wettfahrten und Wettbewerben mit anderen Schiffen bestanden hatte und natürlich aus Messerechnungen, die einen Kapitänleutnant weinen machen konnten.

Er bemerkte, daß Essex ihn beobachtete. Er war nur wenige Jahre älter als er selbst, und er hatte ein erfahrenes, energisches Gesicht. Sein Haar wurde grau. Das war nicht nur der Krieg, das war auch der Atlantik.

»Wie kommen Sie mit ihm aus? Mit Stagg, meine ich?«

Das war natürlich eine Frage, die man dem Kommandanten eines Flaggschiffes niemals stellen durfte, aber Sherbrooke fand das sympathisch.

»Manchmal ist er schon etwas seltsam.«

Essex drehte sich um, als sein Boot durch das blaue Wasser heranfuhr, ein Mann stand steif mit seinem Bootshaken am Bug.

Er sagte ruhig: »Es freut mich, Sie kennengelernt zu haben.« Dann sah er ihn mit festem durchdringenden Blick an. »Und ich freue mich noch mehr, daß Sie hier auf dem Schiff des Konteradmirals Stagg das Kommando haben. Sie wissen ja auch, warum.«

Sie sahen einander an und grüßten, dann ging Essex das lange Seefallreep herunter, dabei sahen seine Augen schon zu seinem eigenen Schiff.

Frazier gesellte sich zu Sherbrooke im Schatten des Turms C. »Ist es gut gelaufen, Sir?«

»Ich denke schon. Landzielschießen, so wie es aussieht, aber es ist noch nichts entschieden.«

Ein Unteroffizier kam angerannt und grüßte Frazier. »Entschuldigung, Sir. Der Admiral möchte seine Barkasse in einer halben Stunde. Er will an Land, Sir.«

»Machen Sie Durchsage: Musterung der Heiß- und Fiermannschaft.« Er drehte sich um, als der Unteroffizier wegging. »Ich werde den Wachhabenden Offizier beauftragen. Das muß klappen!«

Das ist das, was ich mache, was ich bin.

Rhodes wartete schon auf ihn; er wollte wissen, welche Seekarten benötigt werden würden. Und der Sekretär des Admirals, Villar, war auch da. Sherbrooke sprach zuerst zu ihm.

»Na, irgendein Problem?«

Villar zuckte mit den Schultern. »Konteradmiral Stagg hat vorgeschlagen, daß ich einen Offizier zu meiner Unterstützung erhalten sollte.« Er zögerte. »Im Hinblick auf das, was vorhin besprochen worden ist.«

»Sie sollten mit dem Ersten Offizier, ›dem Kerl‹, sprechen.« Er sah Villars Unzufriedenheit. »Haben Sie an jemand Bestimmten gedacht?«

Villar lächelte. »Nun, ja, Sir. Einen jungen Leutnant namens Forbes, der ist gerade von der Offizierschule *King Alfred* gekommen, glaube ich. Für den wäre das eine gute Erfahrung.«

Sherbrooke stellte sich das Gesicht vor. »Also, sprechen Sie trotzdem mit Fregattenkapitän Frazier. Er wird wohl nichts dagegen haben.«

Rhodes wartete, bis der Sekretär gegangen war, und fragte dann: »Was Neues, was die Seekarten anbetrifft?«

Sherbrooke lächelte ihn an und sagte: »Ja, könnte schon sein.«

Der diensthabende Pförtner sah von seinem Tisch auf, als er das Klackern der Schuhe der jungen Dame auf dem nackten Fußboden hörte.

»Guten Abend, Mrs. Meheux. Arbeiten Sie abends noch so spät? Es ist bestimmt wieder irgendwas los, wette ich.«

Sie lächelte gedankenverloren und dachte an den Weg am Flußufer, den sie entlanggegangen war. Der Fluß war dunkel, immer in Bewegung, schwarze, formlose Kähne, die mit anderen Fahrzeugen vertäut waren, schwammen darauf. Nur ein kleines Boot von der Wasserschutzpolizei oder dergleichen bewegte sich. Es hatte sie nicht weiter interessiert.

Sie war nur eine Stunde in ihrem Apartment in Chelsea gewesen, als sie die Nachricht erhielt, daß Kapitän zur See Thorne wünsche, daß sie wieder in die Dienststelle kommen solle, »es sei denn, das sei unmöglich«.

Am Fluß war es kalt gewesen, und sie fröstelte immer noch, obwohl sie die blauen Baumwollhosen und eine Jacke trug, die sie für die Feuerwachen hatte und die sie bei den seltenen Gelegenheiten trug, wenn sie mit den anderen in den Luftschutzbunker ging. Sie hatte sich selbst gesagt, daß es doch dumm war, die Schutzräume während der Luftangriffe nicht aufzusuchen, aber ihr mißfiel der Gedanke, gefangen zu sein und weder zu sehen noch zu hören, was passierte. Es gab Leute, denen schien das Spaß zu machen, sie gingen regelmäßig in die Luftschutzräume, immer gut ausgerüstet mit Wolldecken, Essen und Trinken, für sie war es eine Art Abendveranstaltung. Vielleicht waren sie einsam. Immerhin hatte der Krieg ein paar soziale Schranken eingerissen.

Der Aufzug funktionierte nicht; wenn das Gebäude leer war, wurde immer der Strom abgestellt. Sie nahm das Geländer und begann, die Treppe emporzusteigen. Sie hätte ihren Vater in Bath anrufen sollen, aber sie konnte das nicht. Sie konnte keinen klaren Gedanken fassen, und ihr war nicht klar, was die neue Situation jetzt für sie bedeutete.

Sie hatte den Brief zu Hause vorgefunden, er trug amtliche Stempel. Jetzt steckte er in ihrer Schultertasche, und sie hatte die sorgsam formulierten Mitteilungen vor ihrem geistigen Auge, gerade als ob sie ihr diktiert würden.

Es war zu früh für Optimismus, und es dauerte immer so lange, bis die Informationen endlich in London ankamen, sie waren dann zum Teil schon wieder veraltet und nutzlos. Sie hatte versucht, mit ihren Gefühlen ins reine zu kommen, um sich für den Fall einer Klärung in dem einen oder anderen Sinne vorzubereiten, aber das war ihr nicht gelungen.

Durch eine schwedische Agentur waren ein paar weitere Tatsachen bekannt geworden; der Rest war Spekulation. Die Behörden hatten sich nach den japanischen Siegen in Singapore, in Burma, in Malaya, in Hongkong und in all den anderen Kolonien und Gebieten, die an das Land der Aufgehenden Sonne gefallen waren, auf diese Unsicherheit eingestellt. Leutnant Philip Meheux von den Königlichen Pionieren wurde als noch lebend angesehen, und es wurde davon ausgegangen, daß er als Kriegsgefangener arbeitete, und zwar nicht dort, wo er in Gefangenschaft geraten war, sondern in Japan. Getrennt von seiner eigenen Einheit, war er auf einem Versorgungsschiff der japanischen Marine abtransportiert worden, dies Schiff wurde von einem amerikanischen oder holländischen U-Boot torpediert. Philip hatte überlebt, vor der Anlandung in Japan wurde er an seiner Erkennungsmarke identifiziert. Es war nicht bekannt, ob er zur medizinischen Behandlung oder zur Zwangsarbeit nach Japan gebracht worden war.

Vielleicht war er krank oder vielleicht war er schwer verletzt worden, als das Schiff torpediert wurde. Es war auch möglich, daß er inzwischen verstorben war.

Manchmal war es schlimmer, etwas Hoffnung als gar keine Hoffnung zu haben. Sie hatte an den Augenblick in dem Weingeschäft gedacht, als die Bombe gefallen war. Er hatte sie fest gehalten und sie vor etwas beschützt, von dem er wußte, daß es gleich kommen würde. Instinkt, Erfahrung, wer wußte das? Aber es war ihr klargeworden, daß sie, hätte sie an jenem Abend sterben müssen, sich gewünscht hätte, mit ebendiesem Mann zusammen zu sterben. Sie schämte sich dafür und kam sich illoyal vor, aber sie war gleichwohl davon durchdrungen.

Gedankenverloren hatte sie die Dienststelle erreicht, irgendwie freute sie sich sogar darüber, wieder zurückgerufen worden zu sein. Heute abend brauchte sie das, wie eine Art Fluchtmöglichkeit.

Kapitän zur See Roger Thorne saß an seinem Schreibtisch und sah auf, als sie eintrat.

»Ah, da sind Sie ja, Emma. Tut mir leid, daß ich Sie zurückholen mußte. Eigentlich sind Sie aber selbst schuld, weil Sie sich hier so unentbehrlich gemacht haben!« Er lachte und betrachtete ihre Hosen, während sie an seinen Schreibtisch herantrat. »Alles in Ordnung?«

Er wartete, bis sie sich gesetzt hatte, seine Augen immer

noch auf ihre Hosen geheftet, gerade als ob er enttäuscht sei. »Ich hab' mit dem Chef des Stabes geklönt. James ist ja ein bißchen reichlich argwöhnisch, aber er weiß, daß er sich auf unsere Abteilung verlassen kann.«

Sie versuchte, sich zu entspannen. Vizeadmiral Hudson war offenbar ein aufrichtiger und würdiger Herr, und bei den seltenen Gelegenheiten, bei denen sie ihn getroffen hatte, war er immer höflich gewesen. Der hatte es bestimmt nicht zugelassen, daß Thorne ihn mit seinem Vornamen ansprach.

»Was ist unsere Aufgabe bei der Sache, Sir?«

Die Antwort war unklar. »Das Übliche. Wir müssen alle Einzelheiten an eine festgelegte Reihe von Abteilungsleitern berichten. Natürlich ist das nur für den Dienstgebrauch.« Er deutete ein Zwinkern mit den Augen an. »Bestimmt nur für den Dienstgebrauch.«

Sie sagte: »Also, ich habe auch noch was zu tun, ich bin dann nebenan, wenn Sie mich benötigen.« Ihr wurde sofort klar, daß das nicht geschickt gewesen war.

»Wer würde Sie nicht benötigen, mein Mädchen?« Er änderte die Taktik und sagte: »Sie kennen doch Kapitän zur See Sherbrooke recht gut, nehme ich an?«

Sie saß völlig unbeweglich da, aber sie konnte fühlen, wie ihr Herz wie eine Faust gegen ihre Rippen schlug.

»Ja, ich habe ihn schon ein paarmal getroffen. Meist in irgendeinem Zusammenhang mit dem Schiff und mit der *Minden*. Ist irgendwas passiert?«

Er sah sie neugierig an. »Der Chef des Stabes hat bestätigt, daß die Kampfgruppe von Konteradmiral Stagg an einer Operation teilnimmt. So wie ich Vincent Stagg kenne, wird er daraus was machen. Der Mensch ist ein echter Macher, und er hat auch viel für die Damen über, wie man mir sagt; sagen Sie also hinterher nicht, ich hätte Sie nicht gewarnt!«

Er spielt mit mir. Und er hat auch noch Spaß daran.

Sie sagte: »Ist das denn ein gefährliches Unternehmen?«

Er stand auf und richtete ein Bild über dem offenen Kamin aus.

»Ich kannte Sherbrooke auf der *Montrose*, wissen Sie. Aber das ist eine längere Geschichte.«

»Ja, das haben Sie mir schon erzählt.«

Er hörte offenbar nicht zu. »Ein guter Offizier, vielleicht etwas ruhig, aber ich fand ihn nett.«

Er ging hinter ihren Stuhl, und sie fühlte, daß seine Hand über ihr Haar strich. Das war kein Zufall. Überraschenderweise machte sie das traurig, nicht wütend.

Sie sagte: »Haben Sie Ihrer Frau gesagt, daß Sie heute länger arbeiten, Sir?«

Er lachte scharf. »Sie versteht das. Eine Marine-Frau muß dafür Verständnis haben.«

Der auf- und abgehende schreckliche Klagegesang der Luftalarmsirenen war schwach zu hören.

Thorne grunzte: »Die abendliche Haßvorstellung beginnt.« Aber ihre Bemerkung schien die Wirkung nicht verfehlt zu haben. Er ließ sich in seinen Stuhl fallen und sah sie über den Schreibtisch hinweg an. »Das muß ja hart sein für Sie, Emma, während ihr Mann Kriegsgefangener ist. Es muß schwer sein, Sie wissen ja nicht, was passiert.«

Sie fühlte unter ihrem Ellbogen ihre Tasche mit dem Brief: höflich, mitfühlend, aber dennoch kalt.

»Man nimmt an, daß er am Leben ist.«

Er starrte sie an. »Tatsächlich? Bei Gott. Dann gibt es ja was zu feiern!«

Sie sah, wie er eine Schublade aufmachte. Ganz offenbar nicht zum erstenmal an diesem Abend.

»Diese Gläser sind sauber. Nehmen Sie einen Drink mit mir, Emma. Es ist nur Gin, aber was soll's, ist doch in Ordnung.«

»Nur einen ganz kleinen. Vielen Dank.« Es hörte sich an, als ob jemand anderer das gesagt hätte und nicht sie selbst.

Er schüttete etwas in ihr Glas, sie wußte nicht, ob es nur Gin war oder teilweise Wasser. Dann redete er irgendwas und strahlte sie über sein Glas hinweg an. Sie aber dachte nur an Sherbrooke, wie er in Portsmouth vor dem Gedächtnisstein gekniet hatte.

Und als sie den Gin scharf auf ihrer Zunge spürte, schmeckte sie in Gedanken den Whisky, den sie von Sir Graham geschenkt bekommen und mit Sherbrooke in ihrer Wohnung getrunken hatte.

War das wirklich so passiert?

Thorne schenkte sich schon ein zweitesmal großzügig ein.

»Ich nehme an, daß es genug kluge junge Männer gibt, die es bei Ihnen versuchen. Das kann man ja auch verstehen. Sie sind wirklich ein sehr hübsches Mädchen, das wissen Sie.«

Er sah auf sein Telefon, eine kleine Lampe hatte nur ganz kurz aufgeblinkt, und rief aus: »Verdammt! Wer kann das sein?« Hastig ergriff er ihr Glas und schob es zusammen mit seinem eigenen in die Schublade.

Die Tür ging ohne Klopfen auf, und Vizeadmiral James Hudson betrat den Raum.

Er sah das Mädchen und streckte seine Hand aus. »Bitte bleiben Sie sitzen, Mrs. Meheux.« Er nickte Thorne zu, dabei sah er die halbleere Wasserkaraffe und die feuchten Stellen, wo die Gläser gestanden hatten. Er würde wohl auch den Gin riechen, dachte sie sich.

Er sagte: »Gut, daß Sie Ihr Personal jetzt hier haben, Roger. Es ist ja auch Luftalarm, also wenn die Flugzeuge in unsere Richtung kommen, sollten Sie verschwinden.«

Er legte einen dünnen Ordner auf den Tisch. »Operation Sackleinen. Dies sind die Einzelheiten, soweit sie sich bis jetzt entwickelt haben.« Er wartete und sah, daß Thorne sich nicht wohl fühlte. »Luftangriff oder kein Luftangriff, ich will, daß Sie dies abarbeiten.«

Sie fragte ruhig: »Wann geht die Operation los?«

Er sah sie ernst an, bevor er antwortete. »Das ganze wurde einen Tag vorverlegt. Die Operation wurde heute morgen schon durchgeführt.«

Thorne hatte während dieses kurzen Gespräches seine Fassung wiedergewonnen. »Sicher ist doch alles zufriedenstellend verlaufen, Sir?«

»Die Berichte kommen noch – geheim. Sie wissen, um was es geht, Roger.«

Beide sahen sie das Mädchen an, als sie sagte: »War es die *Reliant*, Sir? Ist alles in Ordnung?«

Hudson mußte erst zu einem Entschluß kommen. Da war etwas im Gesicht dieser jungen Frau, in ihren Augen, das verriet, daß dies keine leichthin gestellte Frage war.

»Den Meldungen nach ist sie in Sicherheit. Es hat Gefechtsschäden gegeben und auch Tote und Verwundete. Die Angehörigen werden sobald wie möglich benachrichtigt.«

Sie stand auf und dachte an das herabstürzende zerbrochene Glas und an die Prostituierte, die sie so durchdringend angesehen hatte, als sie in den Laden eintraten. Die Angehörigen . . .

»Und Kapitän zur See Sherbrooke, Sir?«

Ich möchte dich bei mir haben.

Sie hätte ihm das früher sagen sollen. Jetzt war es vielleicht zu spät, für sie beide.

Hudson lächelte. »Gesund und wohlauf.« Das war schon alles. Er wunderte sich selbst, daß solche einfache Wahrheiten ihn immer noch so berühren konnten. »Also, für einen Kommandanten, der soeben ein Gefecht hinter sich gebracht hat und dabei sein eigenes Schiff gerettet hat, geht es ihm sehr gut.«

Er sah, wie sich die Finger ihrer rechten Hand um den schlichten Ehering an ihrer linken Hand legten, aber er merkte auch, daß sie sich dessen nicht bewußt war. Dann schloß sie ihre Augen kurz und öffnete sie wieder.

Wissen Sie, ich liebe ihn sehr. Und er liebt mich auch.

Alles, was sie sagte, war: »Danke sehr. Ich freue mich, wenn er in Sicherheit ist.«

Sie erinnerte sich daran, wie er ihr den Wahlspruch des Schiffes erläutert hatte, nachdem Stagg seine pointierte Bemerkung gemacht hatte. *Wir werden uns nie ergeben.*

Sie entschuldigte sich und verließ den Raum

Wir ergeben uns auch nicht.

13

Blut und Glückwünsche

Der bärtige Navigationsoffizier der *Reliant* richtete sich von seinem Sprachrohr auf und sagte: »Wir sind auf dem neuen Kurs, Sir, eins-drei-null, einhundertzehn Umdrehungen.« Er hörte sich ungewohnt förmlich an, er war sich der kaum sichtbaren Gestalt des Konteradmirals, der mit übereinandergeschlagenen Beinen im Kommandantenstuhl saß, sehr wohl bewußt.

Sherbrooke sah ihn an. »Sehr gut, NO. Es ist ja immer noch verdammt dunkel.«

Rhodes grunzte: »Der Artillerieoffizier wird nicht begeistert sein. Er wird die Sonne genau von vorne haben, wenn sie nachher aufgeht.«

Das ganze Schiff erschien sehr ruhig, obwohl es mit halber Fahrt durch das Wasser schnitt. Die See war bemerkenswert still, und nur ein gelegentliches Vibrieren des Brückendecks ließ die Bewegung erahnen.

Offiziere und Mannschaften trugen jetzt weiße Uniformen, das schien aber die Spannung auf der *Reliant* nur zu erhöhen: Stagg hatte seine Wünsche in dieser Beziehung klar geäußert, als sie endlich Befehl erhielten, Gibraltar zu verlassen. Sherbrooke beneidete die Mannschaften wegen ihrer einfachen Bekleidung; seine eigene schwere weiße Uniform klebte schon am Körper. Wenn die Sonne aufging, würde es noch schlimmer werden. Die meisten jungen Offiziere trugen nur Hemden und kurze Hosen; sie wollten sich keine zusätzlichen Uniformen kaufen, die sie vielleicht nie wieder tragen würden, wenn diese Operation zu Ende war.

Er fragte sich, warum Stagg wohl hier war, anstatt sich der Abgeschiedenheit seiner eigenen kleinen Brücke zu erfreuen. Vielleicht war er verärgert über die Verzögerungen und Verschiebungen, die sein Plan erlitten hatte. Als sie dann schließlich auch noch Befehl erhielten, den Landzielbeschuß vierundzwanzig Stunden vorzuziehen, hatte er gedacht, daß Stagg explodieren würde. Aber der hatte seinen größten Ärger an Howe, seinem Adjutanten, ausgelassen und hatte im Vertrauen gesagt: »Ich werde den Schlappschwanz bei nächster Gelegenheit loswerden, passen Sie mal auf! Ich schulde seinem Vater überhaupt nichts.«

Wieder ein kleiner Einblick. Howes Vater war Admiral.

Sherbrooke sah auf das Radarsichtgerät, der drehende Strahl tastete alles ab, wie der Stock eines Blinden. Er sah, wie der Geleitzerstörer, die *Montagu*, kurz abgebildet wurde und dann wieder verschwand. Er fuhr in einem regelmäßigen Zickzack vier Meilen vor dem Flaggschiff. Trotzdem schien es so, als seien sie völlig allein. Der Geleitträger *Seeker* und die anderen Zerstörer standen weit achteraus im Nordwesten. Hinter *Montagu* war nur noch das Land. Der Feind.

Ein schneller Beschuß, ran und weg, bevor die Deutschen überhaupt mitkriegten, was los war. Aber wenn es wirklich losging, war die Sache immer nicht ganz so simpel.

Oben, in seinem Leitstand, wartete Evershed, der Artillerieoffizier. Alle sechs Rohre waren mit Sprenggeschossen beladen, die waren gegen Landziele viel wirkungsvoller als panzerbrechende Geschosse.

Der Feind hatte unter ständigen Angriffen gestanden, aus der Luft und von den immer enger zufassenden Zangen der Panzer und der Infanterie, die von Süden nachdrängten. Die deutschen Flugzeuge konnten nur noch die Strände zum Landen und Starten benutzen; Landungsboote liefen Gefahr, durch gesunkene oder auf Grund gelaufene Fahrzeuge selbst havariert zu werden, wenn sie versuchten, Nachschub zu bringen oder Überlebende von aufgelösten oder demoralisierten Einheiten abzubergen.

Evershed wird in seinem Element sein, dachte Sherbrooke, dort oben in seinem Leitstand mit seinen Gehilfen, die jede Information über den Feind begierig aufnahmen. Entfernung, Annäherungsgeschwindigkeit, Aufsatz, alles funktionierte zusammen wie ein Uhrwerk, und Evershed hatte den Finger am Abzug.

Sherbrooke sah auf Rhodes, der bei den Sprachrohren stand, seine Gesichtszüge und seine Uniform waren durch das Licht der Anzeigen grünlich gefärbt. Lauter Männer, die er nun gut kannte, Männer, denen er vertraute, wie Onslow, dem Chief, unterhalb der Wasserlinie in seiner eigenen Welt von rasenden Maschinen und brüllenden Gebläsen. Und er dachte an Farleigh, den Schiffsarzt, der sich vielfach bei Verwundeten, egal welche Uniform sie trugen, sehr bewährt hatte. Der wartete jetzt auch unten im Schiff, mit verschränkten Armen. Seine Männer, seine Geräte und die Notbeatmungsapparate hatte er im Schiff verteilt, wie verlängerte Arme seiner selbst. Bestimmt hörte er auf das Klappern seiner Instrumente und Werkzeuge seines Berufsstandes unten in dem weißen, glänzenden Sanitätsbereich.

Er ging auf die andere Seite der Brücke. Da war sie, die erste Andeutung der Morgendämmerung. Es war auch diesig, Rhodes hatte es schon während der Nachmittagswache am Vortag vorhergesagt. Er befeuchtete seine Lippen. *Gestern*. Sein Mund war trocken, das war schon immer ein schlechtes Zeichen. Er mußte über allem stehen. Fast hätte er gelächelt. *Unmenschlich*. Die meisten hier dachten das sicher sowieso von ihm.

Die ganze Besatzung war schon früh geweckt worden. Die Wachen wurden abgelöst, damit sie noch etwas essen und literweise süßen Tee trinken konnten, bevor sie auf Gefechtsstation gingen. Viele der alten Füchse waren sicher froh, daß die Warterei ein Ende hatte, bis zum nächstenmal. Andere würden Angst haben, aber die größte Sorge war, daß Kameraden und Freunde die eigene Angst bemerkten.

Rhodes sagte: »Noch eine halbe Stunde, Sir.«

Wenigstens er hörte sich ruhig und unbesorgt an.

Stagg schwieg. Vielleicht schlief er, ein Bein bewegte sich langsam mit dem leichten Schwingen der Brücke.

Sherbrooke beobachtete, wie das Tageslicht langsam das Vorschiff erfaßte, den Ankerketten und den Reelingsstützen Farbe verlieh und auch die Stelle erhellte, wo der Wachtmeister als Neptun mit seinem räuberisch aussehenden Hofstaat an Bord gekommen war. Es kam ihm vor, als sei das schon ein Jahr her.

Rhodes Gehilfe, Frost, hatte ein Sprechgerät auf dem Kopf und rief: »Funkraum meldet: Spruch von der *Montagu*, Sir!« In der seltsamen, gefilterten Beleuchtung sah sein dünner Bart noch absurder aus. »Feindliche Fahrzeuge voraus! Kleine Boote, wandern nach rechts aus!«

Sherbrooke sagte: »Sagen Sie der *Montagu*, sie soll nichts machen! Nicht angreifen!«

Stagg knapp: »Landungsboote?«

Sherbrooke hörte das Knistern in einem der Lautsprecher und dann Eversheds Stimme: »Sechs oder sieben kleine Boote, Peilung eins-drei-null, Entfernung einhundert hundert.«

Sherbrooke wiederholte: »Spruch an die *Montagu*! Sofort!« Er konnte vorhersehen, was passieren würde. Die Hoffnung eines jeden Zerstörerkommandanten: die Boote, vom Radar erwischt, vermutlich beim Durchbruch durch die Blockade von Sizilien aus. *Montagu* mußte dicht bei ihnen sein. Ihr Abstand von der *Reliant* war zehntausend Yards, fünf Seemeilen.

Stagg fuhr mit einem Arm durch die Luft. »Was macht der Blödmann jetzt?«

Frost sagte: »Keine Bestätigung unseres Signals von der *Montagu*, Sir.«

Sherbrooke hob sein Fernglas, als er rote und grüne Leuchtspurmunition im Dunst explodieren sah, wie das Feuerwerk bei einer Regatta.

Montagus Funkanlagen waren entweder durch die Nähe des Landes gestört worden, oder der Kommandant wollte sich ein so leichtes Ziel nicht nehmen lassen.

Rhodes öffnete einen Teil der Brückenfenster, und durch den gedämpften Lärm der Maschinen und das Gurgeln des Wassers am Rumpf konnte man den Doppelknall der Zwillingstürme des Zerstörers hören und das ununterbrochene Schießen der automatischen Waffen.

Sherbrooke hielt den Atem an, als das Bild im Fernglas klar wurde: *Montagu*, immer schneller werdend, den Qualm der Schornsteine hinter sich wie einen Schleppmantel, drehte leicht nach Backbord und hielt auf das achterste Fahrzeug des Konvois zu. Kleine, gedrungene Schatten, immer noch zu dunkel zur Identifikation, wahrscheinlich Landungsboote mit guter Bewaffnung gegen Flugzeuge. Aber damit einen kampfkräftigen Zerstörer wie *Montagu* angreifen zu wollen, wäre so gewesen, als ob eine Maus einen angreifenden Bullen zur Ordnung rufen wollte.

Sie hörten Evershed husten, oder vielleicht war es einer seiner Offiziere gewesen. Jemand hatte sein Mikrofon eingeschaltet gelassen, alle Augen waren angespannt auf das kleine Gefecht vor ihnen gerichtet.

Ein Maat sagte: »Land! Ich sehe Land, Sir, recht voraus.«

Wie ein Pinselstrich, gelb und gekurvt, im zunehmenden Licht.

Der Lautsprecher sagte: »Türme. A, B und C Bereitschaft! Dem Feuerleitgerät folgen!«

Es gab einen hellen Blitz, und Sekunden später erreichte der Explosionsknall das Schiff. Eins der feindlichen Fahrzeuge war explodiert, vielleicht hatte es Munition oder

Treibstoff geladen. Der Konvoi mußte in der Nacht von Sizilien herübergekommen sein und Kap Bon umrundet haben; die Besatzungen riskierten wirklich alles, am Ende ereilte sie dennoch das Unglück.

Wieder eine Explosion, ein riesiger Guß von Flammen und Funken, der die ganze *Montagu* beleuchtete, während sie immer wieder feuerte.

Der Rest war wie eine Abfolge in einem schlechten Traum, verzerrt und irreal, besonders wegen der anfänglichen Stille, in der es sich abspielte. Drei große Wasserfontänen sprangen von der See auf, als ob sie aus der Tiefe emporgetrieben würden, und sie umgaben den drehenden Zerstörer wie weiße Säulen. Sie schienen nur sehr langsam in sich zusammenzubrechen, und erst dann erreichten die Erschütterungen der großen Geschosse die *Reliant*.

Stagg murmelte: »Das ist das Ende der *Montagu*.«

Sherbrooke rief: »Feuer eröffnen!«

Er spürte die Anspannung in sich, als der vordere Turm sich leicht bewegte, ein Rohr war etwas höher gerichtet als das andere.

Man konnte die versteckte Batterie an Land nicht sehen, aber Eversheds Richtleute hatten sich die Abschußblitze gemerkt, und sie hatten sie sich gut gemerkt.

»Feuer!«

Evershed wieder, eiskalt und ruhig. »Sieben mehr links! Zwo vor!«

Eine Klingel zeigte an, daß die neuen Werte eingestellt waren.

Die ganze Brücke wackelte heftig, als die Marineinfanteristen im Turm C ihren Turm soweit nach voraus richteten wie möglich und die Geschosse am Schiff entlang rasten, um dann gemeinsam mit den anderen mit orangefarbenen Explosionsblitzen an Land einzuschlagen.

Sherbrooke sagte: »Paß auf, NO. Wir ändern den Kurs nach der nächsten Salve. Sagen Sie dem Artillerieleitstand, er soll auf der anderen Schiffsseite das Feuer weiterführen.«

Stagg war sofort neben ihm, seine Augen glänzten und reflektierten die Explosionen auf dem getroffenen Zerstörer.

»Nicht so schnell! Wir könnten die gute Chance verpassen, wenn wir zu früh abdrehen!« Er sah Sherbrooke ärgerlich an. »Wir müssen sie nochmal treffen! Dafür sind wir hier!«

Rhodes beobachtete die beiden und wandte sich ab.

Sherbrooke sagte: »Ich gehe mit der Fahrt an, Sir.«

Stagg antwortete nicht. Er richtete sein Glas auf *Montagu*. Der Zerstörer hatte sich auf die Seite gelegt, Dampf und Flammen schossen aus seinen Bilgen an einer Stelle mit einem Loch, durch das ein Londoner Doppeldeckerbus gepaßt hätte. Winzige Figuren rannten auf dem schrägen Deck entlang oder klammerten sich an die Reling; einige warfen die Arme hoch und verschwanden aus der Sicht. Sherbrooke vermutete, daß die verbogenen Eisenplanken glühend heiß waren. Wie das bei *Pyrrhus* gewesen war.

»Alle Maschinen voll voraus, NO. Weitergeben an den Artillerieleitstand.«

Durch das verschmierte Glas des Brückenfensters sah er, wie zwei Signalgasten sich duckten und ihre Köpfe einzogen, gleichzeitig hörte er das zunehmende Kreischen von zwei Kampfflugzeugen der *Seeker*, die von achtern in Richtung der Rauchwolken rasten.

Stagg sagte: »Das wird es den Bastards zeigen!«

»Zeit zur Kursänderung, Sir.« Rhodes ignorierte den Konteradmiral ganz bewußt. »Wir wissen nicht genau, wie viele Wracks hier liegen.«

Ein brennendes Landungsfahrzeug trieb vorbei. Es lag bewegungslos, aber es rollte über, als es von *Reliant*s größer werdende Bugwelle erfaßt wurde, Flammen wurden erstickt und Tote und Verwundete wurden in die See gewaschen.

»Alle Maschinen voraus halbe! Steuerbord zwanzig! Recht so!«

Sherbrooke sah auf die tickende Kreiseltochter, aber er nahm nur den Zerstörer war, alle Eleganz des Schiffes war verschwunden, ein Wrack, ein sinkender Sarg für die Besatzung. Man würde nie herausbekommen, ob *Montagus* Kommandant das Signal zum Gefechtsabbruch bewußt ignoriert hatte, um eine gute Chance für sich selbst zu nutzen, oder ob seine Funkanlagen in diesem kritischen Augenblick versagt hatten. So oder so, es hatte das Schiff und den Großteil der Besatzung gekostet.

Sherbrooke glaubte, eiskalte Hände zu haben, auch wenn sein ganzer Körper schwitzte.

»Neuer Kurs wird drei-null-null.«

Das große Schiff hatte mit einer Schnelligkeit angedreht, bei der noch nicht einmal *Montagu* mitgekommen wäre. Die drei Geschütztürme schwangen herum, neue Geschosse und Treibladungen steckten schon in den Aufzügen von den Munitionskammern zu den Beladestationen.

Sie waren hierhergekommen, um die noch intakten Teile eines Hafens zu vernichten, der sowieso schon mit Wracks gefüllt war, und um die den Hafen umgebenden Verteidigungsanlagen zu beschießen, in denen Soldaten seit Wochen wie die Ratten gelebt hatten. Der Feind war immer für eine Überraschung gut gewesen, aber eine starke Küstenbatterie hätte hier keiner vermutet. Wäre da nicht *Montagus* Dummheit gewesen, hätten sie es erst viel zu spät bemerkt.

»Feuer!«

Das Brückendeck wellte sich wieder heftig, und Farbplakken fielen wie Schnee von den Unterzügen. Sherbrooke erhob sein Fernglas und sah die Explosionsblitze der Einschläge. Es war jetzt so viel Rauch und Dreck im Zielgebiet in der Luft, daß man fast in einen Nebel hineinschoß.

Jemand rief: »Die *Montagu* ist gesunken! Die armen Schweine!«

Sherbrooke ergriff einen Handläufer und sah, wie Stagg ihn anstarrte.

Wie bei der Bombe gab es keine vorherige Warnung oder andere Wahrnehmung; er wußte es einfach. Er sah das Wasser über Turm B in einer endlosen Kaskade zusammenstürzen, aber einen Einschlag oder eine Explosion hatte er nicht bemerkt. Zwei weitere schreckliche Schockwellen rasten durch seine Füße, er sah eine Fensterscheibe in tausend Splitter zerbersten; er sah Männer fallen, die Münder weit geöffnet für lautlose Schreie und die Gesichter zu blutigen Streifen zerschnitten. Die Geschütze vorn und achtern feuerten wieder, nur direkt unterhalb der Brücke rührte sich Turm B nicht mehr, die heißen Rohre zeigten in die Luft und dampften in der aufgeschleuderten Gischt.

»Der Richtmechanismus ist ausgefallen, Sir.«

Die anderen Rohre feuerten wieder. Evershed tat, was er liebte und wofür er lebte.

Sherbrooke sagte unwirsch: »Schadensberichte zu mir.«

Sein Gehör hatte sich fast völlig wieder erholt: Irgend jemand schrie; plötzlich war der Schall wie abgeschnitten, als ob eine Tür zugeschlagen worden wäre. Schiffssicherungstrupps und Sanitätspersonal bahnten sich den Weg durch zerbrochenes Glas.

Ein Läufer meldete: »Die Admiralsbrücke ist getroffen, Sir.« Er schwankte. »Drei Verwundete.«

Sherbrooke hörte die schnatternden Sprachrohre und stellte sich all die Menschen im Schiff vor. Als er sich umdrehte, sah er den Kriegsberichterstatter, Pat Drury, mit den Händen in den Jackentaschen und dem Blut eines Seemanns, der neben ihm gefallen war, auf den Schuhen.

»Schicken Sie Leute runter zur Unterstützung, und außerdem lassen Sie der Schiffssicherung melden, was passiert ist, NO.«

Er sah einen Leutnant und ein paar freie Leute zum Niedergang laufen, ihre Gesichter waren in der Vorbereitung auf das, was sie dort erwartete, zu bewegungslosen Masken gefroren.

Weitere gedämpfte Explosionen, und ein paar Augenblicke später donnerten die beiden Kampfflugzeuge vorbei, dicht über dem Wasser auf dem Rückweg zum Träger. Die Beschießung von Land her hatte aufgehört; dort war nur noch eine ununterbrochene Reihe von Bränden zu sehen; es gab Detonationen explodierender Munition und gelegentliche Feuerfackeln in Brand geratener Kraftstofflager.

Sherbrooke rief: »Halt! Feuer einstellen!«

Die Stille und das plötzliche Bewußtwerden des Schmerzes waren um so schlimmer.

Ein Geschoß, das in einer sehr steilen Flugbahn geschossen worden war, hatte die *Reliant* in den Aufbauten getroffen und war beim Durchschlagen der Scheinwerferplattform explodiert. Es hatte die Admiralsbrücke zerschmettert und nur zerrissenes Fernmeldegerät und herumhängende Drähte zurückgelassen. Die Sonne kam jetzt gerade durch Dunst und Rauch, so war der volle Umfang der Schäden erkennbar. Wenige Meter weiter rechts oder links, und das Geschoß wäre weiter geflogen, durch die dünne Panzerung der *Reliant* kaum behindert, und wäre in der Munitionskammer des Turmes B explodiert.

Einer der ersten in dem Trupp, der von der Brücke losgeschickt wurde, war der Seemann Alan Mowbray, der eine kurze Zeit lang in seinem Leben ein erfolgversprechender Kunststudent gewesen war. Wie die meisten Rekruten, die für eine Verwendung als Offizier im Kriege ausgesucht wurden, war er nur sehr kurze Zeit an Bord, bevor er überraschend zur Ausbildungseinrichtung *King Alfred* versetzt worden war. Sein Schiff war die meiste Zeit, die Mowbray an Bord war, im Dock gewesen, dort wurden Reparaturen nach monatelangem Einsatz als Geleitfahrzeug durchgeführt.

Ein Gefecht hatte er vorher noch nie erlebt. Er hatte die alten Hasen in seinem Wohndeck darüber reden hören; und sie hatten ihre Berichte für ihn auch entsprechend ausgeschmückt. Er wurde wegen seiner feinen Sprache und wegen seiner Freundlichkeit, die fälschlich als Unerfahrenheit interpretiert wurde, auf den Arm genommen. In der Marine hatten die Mannschaftswohndecks eigene Regeln, die mindestens so streng waren wie die Dienstvorschriften »King's Regulations« und »Admiralty Instructions«. Auf den Arm nehmen war erlaubt, Schikane nicht.

Er hielt sich an der Seite der Stahltür fest. Löcher waren durch diese Tür gestanzt, wie die Fingerabdrücke eines Töpfers im Ton. Blut war auf den Möbelstücken verteilt und wie Farbflecken gegen die Unterzüge gespritzt. Ein Mann lag zerquetscht unter einem umgekippten Funkempfänger, sein Hinterkopf war aufgeschlagen, und der Schädelknochen ragte wie eine Eierschale heraus. Der Sekretär des Admirals saß in einer Ecke, das Gesicht in den Händen und stöhnte, aber er war unverletzt, obwohl die Splitterlöcher, durch die die Sonnenstrahlen fielen, nur wenige Zentimeter entfernt waren.

»Nun mal Platz, mein Junge!« Ein Sanitätsmaat und zwei Krankenträger schoben ihn zur Seite. Der Unteroffizier sagte höflich: »Den da kannst du vergessen. Bring den Admiralssekretär hier raus. Du, Toby, kannst hier mal mit anfassen.«

Mowbray wäre umgefallen, hätte er sich nicht an der Tür festhalten können. Es war sein Freund, Peter, jetzt Leutnant zur See Forbes, der Kapitänleutnant Villar bei seinen Sonderaufgaben hatte helfen sollen. Er saß, mit einem Bein unter sich und das Gesicht gegen eine Stahlwand gedrückt, mit geschlossenen Augen da und rang nach Luft, als kämpfe er mit dem Ertrinken. In der Seitenwand des Raums war an der Stelle, an der er zu Boden gesunken war, ein kleines Loch, und die Stelle war blutverschmiert.

Angst und Schock waren verschwunden, Mowbray kniete nieder und nahm seinen Freund in seine Arme. Er wußte nicht, was er sagte, die Worte quollen nur so aus ihm heraus. Er hielt ihn eine ganze Zeit, wollte, daß er sprach und die Augen öffnete.

Der Unteroffizier kniete sich hin und riß das Hemd des jungen Offiziers auf; er öffnete mit erstaunlicher Zartheit die verkrampften Finger und drückte sie von der Wunde weg. Ein anderer Helfer stand mit einer großen Mullauflage daneben. Für Mowbray war es ein unverrückbares Erlebnis, das sich in seiner Erinnerung nie verändern würde. Zwei Dinge geschahen nacheinander: Forbes öffnete seine Augen und sah seinen Freund, und in diesem Augenblick lag völliges Erkennen. Dann setzte die flache Atmung aus, und die Augen schlossen sich wieder.

Der Unteroffizier sagte: »Spar dir das Verbandszeug, Toby. Mit dem ist es zu Ende.«

Mowbray starrte ihn an und dann in das Gesicht seines Freundes. »Ihr müßt ihm helfen! Er erholt sich wieder!« Er versuchte das zerrissene Hemd über die Wunde zu ziehen. »Ich muß ihn zum Arzt bringen.«

Der Unteroffizier stand auf und tauschte mit seinem Gehilfen einen Blick aus. »Wir werden da unten benötigt.« Aber irgendwas hielt ihn zurück. Er sagte: »Das nützt nichts, mein Sohn. Er ist tot. Da kann niemand mehr was machen.« Er sah sich um, als ein Läufer vorbei kam. »Wir müssen es der Brücke melden, das war immerhin ein Offizier.«

Mowbray versuchte sich zu widersetzen, als sie ihn auf seine Füße stellten, aber seine Kräfte hatten ihn verlassen. Er fühlte die Seeluft in seinem Gesicht, das Schiff unter ihm setzte seine Fahrt unvermindert fort.

Ein Kapitänleutnant und ein anderer Hilfstrupp kamen den beschädigten Niedergang runter, und als der Unteroffizier beschrieb, was passiert war, sah er Mowbray an und sagte: »Sie kannten Forbes? Pech! Hätte noch viel schlimmer kommen können.« Er sah auf die See weit unten unter der Brücke. »Für uns alle, denken Sie daran!« Dann war er weg. Weiter mit seinen Leuten.

Mowbray schrie auf. »Er war mein Freund!« Dann brach er zusammen.

Seine Worte schienen noch außerhalb der Tür mit den Splitterlöchern nachzuhallen, wie ein letzter Nachruf.

Kapitänleutnant Dick Rayner ergriff einen Relingsstützen und sah zu seinem Walroß Flugboot empor, das auf dem Katapult saß, wie ein angebundener Raubvogel. Das Flugzeug war unbeschädigt, noch nicht einmal der kleinste Splitter hatte es erreicht, obwohl ein feindliches Geschoß direkt neben dem Schiff explodiert war.

Er fühlte den zunehmenden Druck unter seiner Hand und wußte, daß die *Reliant* wieder drehte und immer noch dabei war, auf Höchstfahrt zu kommen. Es war eine etwas seltsame Reaktion; jetzt, wo alles vorüber war, dachte er, daß er sich irgendwie hilflos gefühlt hatte. Er war hier, aber er hatte keinen Anteil am Geschehen gehabt. Das Donnern der Geschütze, das den ganzen Schlachtkreuzer von der Mastspitze bis zum Kiel durchgeschüttelt hatte, die Berichte von den ersten Einschlägen beim Feind, die ihnen zugerufen worden waren. Alles das hatte ihm eine gewisse Abgeschiedenheit bewußt gemacht. Genau wie das Walroß, das neue Zeichen erhalten hatte, war er ein reiner Zuschauer gewesen.

Splitter waren in einen seiner Betriebsräume eingeschlagen, der als Farbenlast gebraucht wurde, und für einen Augenblick hatten Rayner und seine Kameraden gedacht, daß ihr ganzer Bereich ein Flammenmeer werden würde. Er hatte sofort ein paar von seinen Leuten mit Feuerlöschern losgeschickt und hatte danach einen völlig verschmutzten Hauptgefreiten wieder auftauchen sehen, und der hatte mit seinem Daumen den Erfolg der Löscharbeiten angezeigt.

Er fragte sich, was wohl mit den Überlebenden der *Montagu* passiert war, wenn es überhaupt welche gab. Es hatte schrecklich ausgesehen, als sie gekentert war, Explosionen und umherfliegende Maschinenteile rissen sie auseinander, als sie sank.

Wie der tote Flieger, den er in seinem Schlauchboot gesehen hatte, oder wie Jim Hardie in der kaputten Fledermaus. Irgend jemand würde sie vermissen, vielleicht immer noch hoffen ...

Rayner drehte sich vom Anblick der See ab und sah den neuen Piloten, der seine Mütze an der Hüfte ausklopfte, um die abgeplatzte Farbe davon abzukriegen, die die Mütze bedeckte.

Kapitänleutnant Leslie Niven war der Pilot der zweiten Fledermaus, die während des Landzielbeschusses im Hangar geblieben war. Er war Reservist und hatte das, was Eddy Buck als eine »typisch hochnäsige Aussprache« bezeichnete. Viele Frauen hielten ihn bestimmt für fesch. Aber hochnäsig? Rayner dachte an manche andere Offiziere, die er kennengelernt hatte und die er selbst beurteilen konnte. Affektiert war vielleicht eine bessere Beschreibung. Es war unfair und wie er wußte sogar falsch, zu zu schnellen Schlüssen über Leute zu kommen, die man kaum kannte; er hatte sie hier am Katapult nur kurz getroffen oder ihnen in der Messe beim Essen gegenübergesessen.

Niven sagte: »Mein Gott, die Kampfflugzeuge der *Seeker* haben aber ein tolles Bild abgegeben!« Er setzte sich die Mütze in einem schiefen Winkel auf.

Wenn er bei der Luftwaffe gewesen wäre, hätte er sich sicher einen dieser lächerlichen Schnurbärte stehen lassen, dachte Rayner.

»Na, sie haben wirklich ordentlich Lärm gemacht. Aber ich denke, sie sind zu schnell geflogen, als daß sie sich ihres Zieles hätten sicher sein können.«

Niven lächelte amüsiert. »Sie sind dem alten Dampfer auch treu bis zum letzten, was?«

Rayner lehnte sich über die Reling und sah, wie zwei weitere Tragen nach achtern gebracht wurden. Jetzt war keine Eile mehr, die Gesichter waren abgedeckt.

»Wie viele wird es wohl getroffen haben?«

Niven zuckte mit den Schultern. »Zwanzig, schätze ich. Einer der Heizer hat mir gerade gesagt, daß der Adjudant und noch ein weiterer Offizier gefallen sind.« Er zeigte auf die Brücke, wo sie auch die bewegungslosen Rohre des Turms B sehen konnten und einen Feuerlöschschlauch, mit dem Wasser auf irgend etwas vor dem vorderen Schornstein gespritzt wurde. »Offenbar völlig in die Luft geflogen.«

Warum will er mir Angst machen? Warum tut er so, als mache ihm das nichts, als stünde er über allem?

Rayner sagte: »Das ist was, was ich nicht machen könnte. Immer hinter einem Admiral herzurennen und ihm den Arsch abzuwischen, wenn er das möchte. Nein, ich nicht. Ich würde ihm sagen, er soll sich den Arsch zukleben.«

Nivens Lächeln verbreitete sich zu einem Grinsen. »Das kriegst du fertig!«

Sie sahen auf, als ein Lautsprecher eingeschaltet wurde. »Alle Mann herhören. Es folgt eine Durchsage des Kommandanten!«

Es kommt mit der Funktion. Rayner sah auf die von der Gischt gefleckte Beplankung des Oberdecks. Auf der Schanz waren mehrere tiefe Schrammen: Der Erste Offizier würde das gar nicht gut finden. Er sah wieder auf die Arbeitstrupps von Seeleuten und Marineinfanteristen, einige von ihnen dreckig und beschmutzt; sie hatten sich um Splitterlöcher entlang der Wasserlinie gekümmert und Reparaturen durchgeführt, wo Sprachrohre und Telefonverbindungen unterbrochen worden waren. Und dann war da die Reihe von Körpern, die in Wolldecken oder Segeltuch eingewickelt waren. Anonym, außer für die Männer, die sie gefunden und sie nach achtern gebracht hatten. Aber auch die würden nicht mehr daran denken, notwendigerweise. Das Schiff ging vor.

»Hier spricht der Kommandant. Wir laufen jetzt als erstes wieder zu unserer Kampfgruppe zurück. Ich will, daß Sie alle wissen und verstehen, daß unser Angriff ein Erfolg war, das ist keine Frage. Einige von Ihnen sind hier noch neu, ich kann Ihre Gefühle verstehen und teilen.«

Rayner sah, daß einige Männer grinsten, und er hörte einen ironischen Beifall von einem der Geschütze. Er hoffte, daß Sherbrooke den auch hören würde.

»Ich muß Ihnen sagen, daß wir auch Verluste hatten. Die *Reliant* hat vierzehn Tote und vierzehn Verletzte. Die Verluste der *Montagu* müssen erheblich sein. Wir müssen uns damit abfinden, auch wenn wir uns nie daran gewöhnen werden.«

Er hörte Niven sagen: »Wie ich dir schon sagte. Ich hatte fast recht.«

Rayner antwortete nicht. Am liebsten hätte er Niven eine geknallt, wie dem Mann im Auto, der versuchte, das Mädchen zu vergewaltigen. Mein Mädchen.

»In Kürze wird eine Sonderration Rum ausgegeben.«

Rayner hatte den Eindruck, daß er eine besondere innere Bewegung in Sherbrookes Stimme, die ja durch die Schiffslautsprecheranlage etwas verzerrt war, gehört hatte. »Ich bin sehr stolz auf Sie.«

Buck hatte sich zu ihnen gesellt, er war ernst wie selten. »Das finde ich gut an dem Kommandanten. Keine Rumfaselei.« Er sah nicht in Richtung des neuen Piloten. »Nicht wie viele andere.«

Er wollte Andy das erzählen, wenn sie sich zum nächsten Mal trafen. Sie würde es am besten verstehen, was es für die Männer bedeutete, wenn sie kämpfen und geben und immer wieder geben mußten. Wie der Pilot namens Jamie.

Er beugte sich vor, um alles auf dem Hauptdeck sehen zu

können. Es gab keinen Beifall, nichts Heroisches oder Dramatisches. Sie hatten Männer verloren, die sie kannten, aber sie hatten überlebt. Bis zum nächsten Gefecht. Nun sollte es eine zusätzliche Rumration geben. Die Stille machte alles nur noch einprägender, dachte er. Als er sich gerade umdrehen wollte, sah er zwei Seeleute, die um den achteren Turm herumkamen, fast wären sie zusammengestoßen.

Offenbar sahen sie sich seit dem Ende des Schießens zum ersten Mal. Einer trug einen Besen, der andere einen Segeltucheimer. Sie blieben stehen, sie beachteten alle anderen und auch die eingehüllten Körper, die an der Reling auf ihre Beisetzung warteten, nicht. Sie schüttelten sich die Hände, als ob sie sich auf irgendeiner Straße oder einem Landweg getroffen hätten. Rayner wollte ihr das auch erzählen, das sagte alles.

Flottillenarzt Farleigh stand an der Tür des Kartenhauses und sah der Arbeit einiger Seeleute zu, die zerbrochenes Glas forträumten. Er trug noch seinen weißen Kittel, und es waren Blutflecken darauf.

»Zwei Amputationen, Sir. Massen von Schnittwunden und Quetschungen. Das heilt schnell wieder«, sagte er. Er hielt eine Liste. »Hier sind die anderen.«

Sherbrooke wollte sie ergreifen, aber Stagg, der auf dem Kartenschrank saß, sagte: »Hier, zeigen Sie mal her.«

Sherbrooke sah die gesprenkelten Augen des Admirals die Liste überfliegen.

Stagg fragte: »Und mein Adjudant war sofort tot?«

Farleigh sah ihn ausdruckslos an. »Er stand direkt unterhalb der Einschlagstelle, Sir.« Es hörte sich an, als sei er über die Frage erstaunt. »Bei einer solchen Explosion bleibt vom Körper nichts mehr über. Völlige Desintegration. Das große Vergessen.«

Stagg nickte ernst, er gab die Liste an Sherbrooke zurück.

»Ich verstehe. Ich werde seinem Vater, dem Admiral, schreiben. Ein trauriger Verlust. Ich werde dem Vater mitteilen, als was für ein vielversprechender Offizier Stephen Howe sich hier gezeigt hat.«

Sherbrooke ging die Liste durch, mit den meisten Namen konnte er Gesichter verbinden, er erinnerte sich auch an Staggs gehässigen Kommentar über Kapitänleutnant Howe. Der schlagartige, schreckliche Tod hatte dem »Schlappschwanz« einen unerwarteten Status verschafft.

Stagg stand auf. »Ich bin achtern in meiner Kammer, wenn Sie mich benötigen«, und zum Schiffsarzt: »Gute Arbeit haben Sie da geleistet.«

Sherbrooke hörte jemanden lachen, vermutlich im Funkraum. Ganz offenbar ließ der Schock nach.

Er sah den Kriegsberichterstatter hastige Notizen machen. Der schien Sherbrookes Blick zu bemerken und sah auf, seine Augen schimmerten grau wie Schiefer.

»Waren das nicht zu viele Tote und Verwundete, Herr Kapitän? Hätte es unter diesen Umständen auch noch viel schlimmer kommen können?«

Sherbrooke erinnerte sich an *Montagus* Versagen bei der Beantwortung und Ausführung des Befehls, sich nicht in ein Gefecht einzulassen, und auch daran, daß Stagg darauf bestanden hatte, auf dem alten Kurs zu bleiben. Ohne die schnelle Beobachtung und Reaktion der Artillerie hätte die *Reliant* schon zusammengeschossen sein können, bevor das Ziel überhaupt erkannt worden war. Hätte, wäre ...

Er war müde und fühlte die Belastung, Körper und Geist waren wie ausgequetscht, genau wie an dem Abend in London, an dem die Bombe gefallen war.

Er sagte zu dem Reporter: »Schon richtig. Haben Sie alles erhalten, was Sie wollten?«

Drury sah weg. »Mehr als genug. Ich habe eine Menge aufgenommen, aber zunächst will ich meinen Leuten in London mitteilen, was sie erwarten können ... und was sie tun müssen.«

Sherbrooke sagte: »Das hört sich so einfach an.« Seine

Hände waren ganz ruhig, er stellte das ohne jede Gefühlsregung fest.

»Wir können es uns auch nicht leisten, den wertvollen Platz auf den Marinefunkkanälen vollzustopfen. Wir benutzen Codierungen, so ähnlich wie Ihre Jungs.«

Ein Läufer meldete: »Der Bordpfarrer bittet um Erlaubnis, auf die Brücke kommen zu können, Sir.«

Sherbrooke sah, daß Yorke, der Signalmeister, eine Pause beim Polieren seines Teleskopfernrohres einlegte und eine Grimasse schnitt. Alle wußten, warum er das tat.

Sherbrooke sagte: »Er möchte bitte noch etwas warten. Ich habe im Augenblick noch zu tun.«

Drury hob sein Notizbuch, als wolle er noch etwas anderes aufschreiben, aber dann entschied er sich dagegen. Er sah vielmehr auf das zerbrochene Glas. An der Stelle, wo er die Explosion des Geschosses gespürt und gehört hatte, stieg immer noch Qualm auf. Für einen Augenblick hatte er gedacht, die ganze Brücke würde wegfliegen. Er war offenbar in die Knie gegangen, eine Reaktion aus der Erfahrung, die er durch die Begleitung und Beobachtung von Männern im Kriege gewonnen hatte. Männer mit Gesichtern, die durch herumfliegendes Glas zerschnitten wurden, die schrien und schrien, bis sich der Geist vor dem Geschrei förmlich duckte, als verspüre er körperlichen Schmerz.

Als er seine Augen wieder öffnete, war Sherbrooke schon zum Navigationsoffizier bei den Sprachrohren gegangen; die Ordnung war schon wieder eingekehrt; die Schäden der Explosion und einer weiteren direkt neben dem Schiff wurden festgestellt und bekämpft. Fast hätte er gelächelt. *Ich habe im Augenblick noch zu tun.*

Er hatte beobachtet, wie der Signalmeister einem seiner Leute gegenüber ein Gesicht gemacht hatte, das ihm zeigte, daß er mit seiner Arbeit nicht zufrieden war. Alle hatten den kleinen Scherz und den Grund dafür erkannt; alle wußten auch, daß Sherbrooke mit ihnen zusammen dabei sein würde, wenn die Körper der gefallenen Kameraden in See beigesetzt würden. Das würde eine bewegende Geschichte abgeben, sowohl im Rundfunk als auch in der Presse.

Er bemerkte nebenher: »Ich habe gehört, Sie haben eine gute Bekannte in der Informationsabteilung?«

Er spürte, daß Sherbrooke ihn genau ansah. »Ja.«

Stagg mußte geschwätzt haben. Erstaunlicher Weise war das Sherbrooke egal. Ihr konnte es nicht schaden.

Drury verstand. Hier war nicht mehr rauszuholen, im Augenblick wenigstens nicht.

»Im Funkraum ist ein neuer Funkspruch, Sir. Mit Vorrang.«

Drury sah sich Sherbrookes ernstes Gesicht an, um dort Anzeichen von Belastung oder Sorge zu erkennen.

Sherbrooke sagte: »Die sollen den Funkspruch sofort hochgeben.«

Frazier erschien auf der Brücke. Seine weiße Uniform war so schmutzig wie bei einem Heizer. Er kam, um einen Bericht über die Gefechtsschäden zu machen, er hatte sie persönlich in Augenschein genommen.

Der Funkmeister, er war in Rutland, im Zentrum Englands, geboren und aufgewachsen, brachte den Funkspruch persönlich.

Sherbrooke nahm ihn entgegen, er dachte dabei an die vorhergegangenen Funksprüche.

Frazier fragte: »Soll ich den Admiral informieren, Sir?«

Sherbrooke sah ihn an und lächelte dann. »Noch nicht, John.« Er faltete das Papier auseinander. »Der Spruch geht an die *Reliant*, an das Schiff und nicht an den Admiral.«

Er lauschte für einen Augenblick dem Geräusch der Maschinen, dem Klopfen der Hämmer, dem Geräusch der Arbeiten für die Notreparaturen.

Bald würden die Toten beizusetzen sein.

Er sagte: »Es ist vom Oberbefehlshaber auf H.M.S. *Warspite*.«

Yorkes ältestem Hauptgefreiten würde das gefallen. Er war auf der *Warspite* gefahren. Er sah sie an, vor seinem geistigen Auge erschien die *Warspite*, ebenfalls ein altes Schiff.

»Der Spruch lautet: *Glückwunsch*, Reliant. *Ihr habt es geschafft. Der Gegner flüchtet.*« Er faltete den Spruch zusammen. *Ende.*

Nur der Oberbefehlshaber, Admiral Cunningham, war in der Lage, solche Funksprüche abzufassen. Er hatte nicht vergessen, wie es im Kriege für die Leute war und was für sie wichtig war.

»NO, übernehmen Sie.« Er sah Frazier an. »Kommen Sie mit. Wir erzählen das dem Admiral zusammen.«

Drury sah sie gehen. Für den Augenblick hatte er genug Material, alles darüber hinaus wäre aufdringlich gewesen. Er grinste, und er riß sich einen Fetzen abgerissenen Stoffes vom Ärmel ab. *Das seh sogar ich ein.*

14

Kein Weg zurück

Andrea Collins stand an einem Fenster, von dem aus sie die Auffahrt zum Hospital übersehen konnte. Sie stellte ein paar Blumen in einer Vase zurecht, die wohl, so dachte sie, von einem Besucher hiergelassen worden waren. An diesem Ort waren frische Farben immer willkommen.

Sie konnte ihr Spiegelbild schwach im Fenster erkennen, und sie legte sorgfältig ihr Haar zurecht. Nur nicht zu leichtsinnig oder zu lässig, wie eine alte Oberschwester gesagt hatte.

Sie spürte die Wärme der Sonne durch das Glas auf ihrer Haut, die Sonne strahlte auch auf die düsteren Gebäude, die Büsche und die Bekleidung einiger weniger Besucher, die gerade in einen Bus stiegen, um damit zum Bahnhof zu fahren. Die meisten von ihnen waren Eltern: nur wenige der Männer, die hierher gebracht wurden, schienen verheiratet zu sein. Alle Besucher hatten die gleichen besorgten und belasteten Gesichter. Sie fragte sich oft, ob die Besucher nicht mehr mit sich selbst beschäftigt waren als mit denen, die sie besuchten.

Sie drehte sich um und sah den langen Gang zurück, an den Türen vorbei, der Geruch von frischer Farbe war das Zeichen dafür, daß die Zimmerleute und Arbeiter gerade erst gegangen waren, nachdem sie endlich den neuen Flügel im Gebäude fertiggestellt hatten. Sie hatte gemerkt, daß die meisten Patienten jeden Kontakt mit den Arbeitern vermieden. Gerade als ob sie sich schämten für das, was sie geworden waren, als ob sie Angst hätten vor jeder Höflichkeit und Freundlichkeit oder vor den Augen von solchen Personen, die sie nicht kannten und nicht täglich sahen.

Der Bau eines neuen Flügels im Hospital deutete darauf hin, daß noch mehr Verwundete erwartet wurden. Hier konnten sie jetzt bessere Einrichtungen bieten, ein Gesundbrunnen mit salzhaltigem Wasser, wie der, an dem sie in East Grinstead ausgebildet worden war, stand zur Verfügung. Ihre Ausbildung schien ihr schon Millionen Jahre zurückzuliegen.

Sie dachte an den Brief, den sie von dem kanadischen Flieger erhalten hatte, sie hatte keinerlei Ahnung, wo der Brief aufgegeben worden war. Rayner hatte es sehr sorgfältig vermieden, irgend etwas über das Klima zu sagen oder sonst irgendeine Andeutung zu machen, die die Aufmerksamkeit des Zensors hätte erregen können.

Sie las den Brief mehrere Male und war immer noch selbst erstaunt, daß er sie sosehr emotional bewegt hatte. Es war ein ernster, einfacher Brief, aber es war so, als ob sie ihn reden hörte. Ein starker, nach außen selbstsicher wirkender Marineoffizier. Sie hatte an dem Abend bei dem Hotel seine Stärke beobachten können, als der »ehrenwerte Bürger« sie angegriffen hatte. Er erwähnte den Vorfall jetzt überhaupt nicht mehr, gerade als ob er sie vor einer Erinnerung daran bewahren wollte; und er hatte auch nie irgend etwas wie Dankbarkeit von ihr für das, was er getan hatte, erwartet. Aber aus dem Brief sprach eine besondere Art von Freundlichkeit, das war eine Eigenschaft, die sie nur sehr selten bei den jungen Männern gefunden hatte, die im Hospital kamen und gingen. Die Männer hier wollten alle wieder so werden, wie sie einmal waren, und sie konnten mit ihren neuen Lebensumständen nicht ins Reine kommen.

Dick Rayner hatte sich mehr mit dem toten Besatzungsmitglied seines Flugzeuges beschäftigt als mit sich selbst. Es war ihm unannehmbar erschienen, die Schuld dafür irgendwo anders abladen zu wollen. Sie hatte gehört, wie einige von ihnen Scherze über den Tod machten. *Was hast du denn sonst erwartet? Willst du ewig leben? Wenn du keinen Witz vertragen kannst, hättest du nicht zur Marine kommen sollen!* Vielleicht half es ihnen ja irgendwie, aber es war ihr sehr unsympathisch.

Sie blieb an einem anderen Fenster stehen, der Bus war abgefahren. Wie auf Kommando traten zwei Gestalten in Morgenmänteln aus dem gegenüberliegenden Gebäude und gingen zwischen den Blumen im Garten spazieren, gerade so, als wenn sie überhaupt keine Sorgen hätten. Sie kannte sie beide, und sie war ganz stolz gewesen über die Zuversicht, mit der die beiden ihre Termine vor ihrer Verlegung in ein anderes Erholungsheim abgearbeitet hatten.

Einer von ihnen, ein Kriegsversehrter mit einundzwanzig Jahren, hatte ihr gesagt: »Man muß die Welt durch die eigenen Augen sehen. Und da hat sich doch nichts geändert. Man muß versuchen, nicht darüber nachzudenken, was die anderen sehen, wenn sie einen ansehen!«

Glaubte und konnte er das wirklich?

Zwei Abende zuvor hatte sie mit bloßen Füßen, nachdem sie den ganzen Tag gestanden hatte, in ihrem kleinen Zimmer gesessen und mit halbem Ohr dem Radio zugehört. Mit angenehmer Stimme brachte der Ansager die letzten Nachrichten vom Krieg in Nordafrika. Er hatte einige der teilnehmenden Schiffe erwähnt, und sie hatte den Namen *Reliant* dabei gehört und daß sie in die Gefechtshandlungen verwickelt gewesen war. Keine Details, nicht wann und wo; aber sie hatte sofort senkrecht in ihrem Stuhl gesessen, schockiert und sehr besorgt.

Am nächsten Tage war die Neuigkeit in allen Schlagzeilen gewesen. Die deutschen Streitkräfte in Nordafrika und ihre italienischen Verbündeten hatten kapituliert: das legendäre Afrikakorps war geschlagen. Wie Churchill es gesagt hatte: »Afrika gehört uns!«

Und wie sollte es jetzt weitergehen? Die neuen Stationen und Operationssäle hier ließen keinen Zweifel zu. Irgendwo würde es eine Alliierte Invasion geben. Wo auch immer sie war, es würde viele Verwundete und Tote geben ... Sehr viele.

Sie hörte jemanden pfeifen und ohne hinzusehen wußte sie, daß es Nobby, einer der älteren Krankenwärter, war. Er mußte wohl auch irgendeinen anderen Namen haben, aber vom Arzt bis zur jungen Krankenschwester in der Ausbildung einschließlich der Patienten nannten ihn alle einfach nur Nobby.

»Hallo Schwester! Ich hab' soeben an Sie gedacht!« Er sah sie fröhlich an. »Das mach'ich natürlich oft!«

Sein Akzent verriet ihn als Londoner. Wie er hier nach Schottland gekommen war, war ein weiteres Geheimnis.

»Irgendwelche Sorgen, Nobby?«

»Das Übliche. Es kommen Krankenwagen mit Patienten. Wir haben das gerade erst erfahren, aber es ist alles vorbereitet.« Dann grinste er. »Der junge Bursche, der Sie hier neulich besucht hat, Schwester, war der nicht aus Kanada?«

»Was ist mit ihm?« Sie versuchte ruhig zu bleiben. Es war wie bei den Nachrichten im Radio.

Nobby strahlte sie an. »*Reliant*, der Schlachtkreuzer, nicht?«

»Ja.«

»Sie ist eingelaufen, Schwester! Hier in Rosyth!«

»Aber wie kann das denn angehen? Ich habe gerade vor ein paar Tagen gehört, daß das Schiff an den Gefechten vor Nordafrika beteiligt war. Hab ich selbst gehört.«

»Also, jetzt ist sie hier, in voller Größe. Das habe ich gehört. Einer der Fahrer hat mir das erzählt. Etwas mitgenommen ist sie wohl – ist wohl für Reparaturen hier.«

Sie starrte ihn an. *Wie stark mitgenommen?* Sie dachte an die Stimme des Ansagers und die strahlenden Schlagzeilen. *Afrika gehört uns.* Das war alles auf einmal bedeutungslos.

Einer der älteren Ärzte erschien auf dem Gang und sah sie über seine Brille hinweg an.

»Ah, Schwester Collins. Gut, daß Sie noch da sind. Ich weiß, daß Sie schon vor einer Stunde hätten abgelöst werden sollen, aber diese Krankenwagen. Sie wurden irgendwo aufgehalten. Man kann sich auf nichts mehr verlassen.« Er sprach immer in kurzen, stakkatoartigen Sätzen, sogar im Operationssaal.

»Kein Problem. Ich – ich wollte gerade sagen . . .«

Er sah sie an. »Haben Sie zuviel gearbeitet? Ich hab' auf Sie geachtet. Es nützt keinem was, wenn Sie hier zusammenbrechen.« Er unterbrach sich und sah aus dem Fenster. »Da kommen sie ja. Bin ja gespannt, welche Ausrede sie diesmal haben.« Er ging fort und rief über seine Schulter: »Nobby, es geht los!«

Der Krankenwärter sagte: »Natürlich, Sir.« Dann sah er sie wieder an. »Ich glaube, hier hat er einmal recht. Sie sind zu aktiv gewesen, die ganze Zeit seit dieser ekelerregenden Gerichtssache. Unten in Paddington Green wußten wir, was wir mit solchen Typen zu tun hatten!«

Es war ein echter Routineablauf. Die Krankenwagen fuhren einer nach dem anderen vor, Krankenwärter und Schwestern mit Namenslisten, ein Arzt stand auf der Außentreppe mit den Händen in der Tasche, um zu zeigen, wie ruhig er war.

Es dauerte auch nicht lange, diesmal waren es nur sieben, zwei in Rollstühlen; die anderen wurden zu den Treppen geführt, die Krankenschwestern redeten alle durcheinander. Es war etwas, an das sie sich gewöhnt hatten, egal, was sie sahen oder fühlten.

Danach kamen die Krankenwärter mit den wenigen Taschen und einigen persönlichen Bekleidungsgegenständen. Das waren Dinge, an denen die Männer besonders hingen, die ihnen Bezug, Sinn und Identität gaben, nachdem ihre alte Lebensumgebung sich in Luft aufgelöst hatte.

Türen gingen auf, und man hörte das Gemurmel von

Stimmen. Zum Glück waren schon alle Besucher gegangen. Es war schon ohne Zeugen schlimm genug. Auffallend war die Art und Weise, wie die Männer mit Verbrennungen und die Verwundeten sich umsahen, als ob sie irgend etwas Bekanntes suchten, wie sie nickten, um zu zeigen, daß sie verstanden, was gesagt wurde. Einer starrte auf den Fußboden, er wollte nichts sehen und nicht gesehen werden.

Sie sagte: »Ja, Nobby, es sieht aus, als ob wir den zusätzlichen Raum wirklich brauchen.«

Nobby schnitt eine Grimasse: »Zumindest regnet es heute nicht, das ist ja schon mal eine Ausnahme hier.« Dann sagte er scharf: »Hey, was ist denn los? Warte eben, ich hole jemanden!«

Sie hörte ihn kaum; sie sah auf die Jacke, die einer der Krankenwärter über seinem Arm trug. Nicht hellblau, wie die meisten anderen, sondern dunkelblau, wie seine, mit zwei geschwungenen goldenen Streifen auf dem Ärmel. Wie seine Jacke.

Der Mann blieb stehen und sah Nobby neugierig ängstlich an. »Was ist los?«

Sie machte einen Schritt nach vorne und hob den Ärmel der Uniformjacke an. Es war kein Traum. Sie sah die goldenen Pilotenschwingen über den Ärmelstreifen.

Irgendwo klingelte ein Telefon, und Nobby rief: »Um Himmels willen, warum kommt denn keiner!«

Eine andere Krankenschwester kam, legte einen Arm um ihre Hüfte, genau wie er das direkt neben dem Auto gemacht hatte. »Andy, mein Schatz, was ist?«

Sie versuchte es wieder. Ich muß zu ihm. Er soll wissen, daß ich hier bin. Aber sie brachte kein Wort heraus.

Sie fühlte, daß Nobby ihren Arm anfaßte, sie hörte ihn sagen: »Da ist ein Anruf für Sie, Schwester. Wenn ich ihn abwimmeln soll, sagen Sie es mir!« Er sah sich um. »Mit den Ärzten ist es wie mit den verdammten Polizisten, wenn man einen braucht, kommt keiner.«

Sie schüttelte den Kopf und nahm das Telefon. Sie mußte durchhalten. Er sollte sie nicht in diesem Zustand sehen. Er braucht mich jetzt.

»Ja?«

Rayners Stimme war direkt neben ihrem Ohr, als ob er neben ihr stünde.

»Ich bin's, Andy! Das Unkraut, das nicht vergeht!« Er zögerte. »Ist das jetzt unpassend? Tut mir leid, Andy ... Ich wollte Ihnen nur sagen ...«

Sie weinte und lachte in einem Atemzug. »Nein, das ist prima. Einen besseren Augenblick gibt es nicht! Bleiben Sie dran!«

Als er wieder sprach, war seine Stimme ausgeglichen und freundlich. Als wenn er hier wäre und alles miterlebt und verstanden hätte.

»Ich bleib bei Ihnen immer dran. Ich habe viel über Sie nachgedacht ...« Eine kleine Pause. »Ich liebe dich, Andy.«

Wie von einem anderen Planeten hörte sie jemanden ihren Namen rufen. Sie richtete sich auf und versuchte Nobby und die anderen Krankenschwestern anzulächeln.

»Komm mich doch morgen besuchen, da habe ich frei.«

»Schwester Collins, bitte!«

Sie sagte mit einschmeichelnder Stimme: »Vielen Dank, daß du angerufen hast.« Sie legte den Hörer auf und ging mit schnellen Schritten zur Tür. Sie sah kurz auf das Schild mit dem Namen und dann betrat sie den Raum.

»Na, wie hätten Sie das gerne? Soll ich Sie Kapitänleutnant Carter nennen oder einfach nur Paul?«

Sie sah nicht auf die Uniformjacke über dem Stuhl. Sie traute sich nicht. Er streckte seine völlig von Verbänden verdeckte Hand aus und legte sie auf ihre Hand.

Für ihn war es ein neuer Anfang, für sie war es ein einschneidendes Erlebnis gewesen.

Der Werftdirektor war ein kleiner, fast dicker Mann, der gegenüber den Forderungen und dem Mißtrauen von Marineoffizieren eine gewisse Härte entwickelt hatte; dies besonders gegenüber den Kommandanten der zahlreichen Schiffe, die für Reparaturen oder Instandsetzungen durch seine Hände gingen. Die Wunschliste war jedesmal endlos, die Arbeit auch. Schiffe wurden bombardiert und torpediert, andere fast in der Mitte durchgeschnitten, wenn sie in stockdunkler Nacht am Konvoi mitten im Atlantik gerammt wurden. Die Arbeit war immer dringlich, einsatzentscheidend, und jede Verzögerung wurde natürlich von den Marineoffizieren als Verrat an den Bemühungen, den Krieg zu gewinnen, angesehen.

Dann waren da noch die Werftarbeiter: Männer, die jede Überstunde bezahlt haben wollten, Vertreter der Gewerkschaften quälten ihn mit Beschwerden, ja sogar Streikdrohungen. Kein Wunder, daß die Seeleute solche Menschen haßten. Sie allein trugen die Risiken, und an den Zahltagen konnte man davon so gut wie nichts merken.

Aber das war nicht seine Sache. Er wollte die Schiffe reparieren, sobald als möglich wieder in Fahrt bringen und Platz schaffen, für die nächsten Fälle.

Er saß in einem der Stühle in der Kommandantenkammer; er sah zu, wie der Kommandant der *Reliant* durch seinen Bericht blätterte. Männer wie Kapitän zur See Sherbrooke hatten keine Ahnung, womit sich Direktoren und Ingenieure von Werften herumschlagen mußten, dachte er. Ein Kommandant konnte sagen: »Spring!«, und der Mann würde springen, oder »Tu dies«, und der Mann würde es fraglos tun. Eine andere Welt.

Er sagte abrupt: »Der wesentliche Schaden ist in den vorderen Aufbauten. Steht alles im Bericht.«

Er sah sich in der Kammer um. Sie kam ihm im Gegensatz zum allgemeinen Lärm und Dreck in der Werft bequem und gemütlich vor. Kaum vorstellbar, daß auf diesem Schiff

Männer gestorben waren. Aber er hatte sich schon immer darüber gewundert, wie die Marine es verstand, nach Bombardierungen oder Gefechten alles wieder aufzuräumen und in Ordnung zu bringen.

Sherbrooke sah ihn an. »Ein Teil der Panzerung ist zu dünn. Das ist eine alte Geschichte, aber scheinbar zieht keiner die Konsequenzen.«

Der Direktor verbarg sein Erstaunen. Es war nicht üblich, daß ein Kommandant mit vier Ärmelstreifen das System kritisierte.

Er sagte: »Wissen Sie, ich hab schon als junger Mann auf der *Reliant* gearbeitet. Schon damals haben die alten Vorarbeiter gesagt, daß die Schlachtkreuzer zu dünn gepanzert sind. Die Schlacht im Skagerrak hat bewiesen, daß sie recht hatten.« Er sah sich wieder um, und er blickte in die Vergangenheit. »Ich kann mich erinnern, wie die *Reliant* für eine Instandsetzung und einen Umbau hierher kam. Es ging mehrfach hin und her, es war immer die gleiche Geschichte. Mehr Panzerung, aber es war nie genug. Wir haben aber recht behalten. Die *Reliant* und die *Reknown* sind die einzigen, die immer noch schwimmen.«

Sherbrooke schloß den Aktenordner. »Wie lange wird es dauern?«

»Monate, vielleicht mehr, vielleicht weniger. Das hängt von der Verfügbarkeit des Materials und von den Prioritäten ab.« Der Werftdirektor sah den Kommandanten reserviert an. »Wir können keine Wunder vollbringen, wissen Sie.«

Maat Long erschien bei der Pantry und sah bedeutungsvoll auf die Uhr.

Sherbrooke sah seinen Besucher an. »Nehmen Sie einen Drink?«

Der lächelte zum ersten Mal: »Da sage ich nicht nein, Kapitän.«

Sherbrooke lauschte auf den Werftlärm außerhalb des

Schiffes, Niethämmer und Sägen, Bohrmaschinen und rasselnde Kräne. Manche von den anderen Schiffen hier sahen so aus, als würden sie nie wieder in Fahrt kommen. Er dachte an den Landzielbeschuß, das Krachen des direkten Treffers in Staggs Brücke, die Splitterlöcher, die er selbst gesehen hatte: wie ein Messer in der Butter. Die Geschütze und die Wasserlinie waren weitgehend geschützt, aber bei panzerbrechenden Geschossen, die so einschlugen wie die, die die *Montagu* vernichtet hatten, sah die Sache schlecht aus. Das hatte er auch dem Konteradmiral gesagt. Stagg hatte die Zeitungen mit offenbarem Vergnügen gelesen. Eine Schlagzeile zum Einsatz der *Reliant* hatte gelautet: »Der Kampf-Admiral schafft es wieder! Stagg zeigt, was er kann!«

Stagg hatte gesagt: »Operation Sackleinen war ein Erfolg, das weiß doch jetzt jeder. Der Oberbefehlshaber hat dann danach weitergemacht. Versenken, verbrennen, zerstören! Laßt keinen entkommen! Das war die Operation *Vergeltung*, und die hat auch hingehauen. Man kann einen Krieg nicht mit Versprechungen führen – wir kämpfen mit dem, was wir haben. Sie müssen das doch am besten wissen!«

Es war hoffnungslos: Die *Reliant* war für einen langen Umbau jetzt nicht zu entbehren, zumindest da hatte Stagg recht. Sizilien war der nächste offenbare Punkt, an dem der Feind angegriffen werden mußte. In einem Monat? Höchstens noch zwei Monate, dann würde das Wetter umschlagen.

Der Werftdirektor genoß seinen Scotch. »Gutes Zeug, Herr Kapitän. Sie haben sich da gut versorgt, wirklich wahr.«

Sherbrooke lächelte. »Dann brauchen wir nicht ins Trokkendock?«

Ihre Augen trafen sich. »Ich will sehen, was sich machen läßt.«

Sherbrooke brachte ihn an die Tür, und sie schüttelten sich die Hände.

Wenn sie nicht ins Dock mußten, konnte die *Reliant* den normalen täglichen Dienstbetrieb aufrecht erhalten, und das Schiff mußte nicht geräumt werden. Ein leeres Schiff in den Händen der Werft war ohne Leben.

Frazier konnte den örtlichen Ausgang regeln und für diejenigen, die ihre Heimat seit längerer Zeit nicht gesehen hatten, Urlaub gewähren. Aber *Reliant* würde ein lebendiges Schiff bleiben, darum war es Sherbrooke gegangen.

Long räumte umständlich seinen Getränkeschrank auf; er war froh, daß Pat Drury wieder von Bord war. Hoffentlich kam er nie wieder, wenigstens dachte er das.

Er fragte vorsichtig: »Nehmen Sie etwas Urlaub, Sir?«

Sherbrooke sagte: »Das scheint unwahrscheinlich. Ich will unbedingt vermeiden, daß hier irgendeiner eine Arbeit verschieben kann und hinterher behauptet, man sei nicht vorangekommen, weil der Kommandant sich anderswo vergnügte.«

Stagg würde nach London fahren. Der »Kampf-Admiral« würde überall ein begehrter Gesprächspartner sein.

Frazier klopfte an und trat ein. Er sah müde und abgespannt aus, gerade so, als ob der Kontakt zum Land eine Belastung und nicht ein Segen sei.

»Der Postbote war da, Sir.« Er legte einen Brief und einen offiziellen Umschlag auf den Tisch. Sherbrooke nahm den Brief. Er wußte, daß Frazier ihn beobachtete, er wartete unauffällig, bis Sherbrooke den zweiten Umschlag öffnete.

Sherbrooke las das Dokument langsam und rief aus: »Astrein, John. Rayners Orden ist durch. Er muß nach London fahren.« Er sah auf und freute sich mehr, als er es zum Ausdruck bringen konnte. »Rayner wird ihn von Seiner Majestät, dem König persönlich, überreicht bekommen!«

Frazier sagte: »Das freut mich.« Dann zögerte er. »Nur weil Sie ihn vorgeschlagen haben, Sir.« Wieder eine ganz kurze Pause. »Ich finde, Sie hätten auch 'was verdient.«

Sherbrooke sagte: »Vergessen Sie es, John. Wir haben unseren Anteil.«

Frazier sah auf die Uhr. »Ich habe eine Reihe von Gesuchen bearbeitet. Ist wohl alles das Übliche. Meine Frau kommt für ein paar Tage hoch. Aber ich bin jederzeit verfügbar, das wissen Sie ja, Sir.«

Er sagte freundlich: »Ja, das weiß ich.«

Long sagte: »Der Sekretär des Admirals wünscht Sie zu sprechen, Sir.«

Frazier ging, und Kapitänleutnant Villar kam zügig in die Kammer.

»Ich wollte nur fragen, ob Sie irgend etwas benötigen, Sir. Ich fahre mit Konteradmiral Stagg nach London.« Villar verbarg seine Überraschung nicht. Stagg nahm nur selten irgend jemanden mit.

»Es freut mich, daß Sie sich gut erholt haben. Das war ja haarscharf für Sie da unten.«

Villar sah an ihm vorbei, scheinbar auf das Wappen des Schiffes. »Ja, Sir. Ich kann mich immer noch kaum daran erinnern.« Er zeigte auf einen großen Ordner, den er unter dem Arm trug. »Ich habe einen Teil von den Sachen von Leutnant zur See Forbes eingesammelt. Ich lass' das an die Eltern schicken. Er war nur ein paar Fuß von mir weg, als es passierte. Da wird man doch nachdenklich.«

Und wenn Stagg auf der Admiralsbrücke gewesen wäre, wie er es eigentlich hätte sein sollen, wäre er jetzt vielleicht auch tot.

Villar sagte: »Ich freue mich, für ein paar Tage hier rauszukommen, Sir. Ich sitze hier jeden Tag viel länger im Büro, als ich das an Land in einer Kaserne tun würde.«

Long folgte dem Kapitänleutnant hinaus und schloß die Tür hinter sich, sie ließen Sherbrooke allein.

Er öffnete den Umschlag und entfaltete den Brief. Ihre Handschrift war sehr ungewohnt.

Lieber Guy, ich bekomme etwas Urlaub. Man sagt mir, ich sei reif dafür.

Er konnte ihre Stimme beim Lesen hören, und er spürte, daß sie aufgeregt gewesen war, als sie diese Zeilen schrieb. Wahrscheinlich wäre es ihr jetzt lieber, wenn sie es nicht geschrieben hätte.

Ich kann kommen und Dich treffen, wenn das für Dich leichter ist. Einige Dinge haben sich inzwischen getan. Ich habe neue Nachricht über meinen Mann erhalten. Sie nannte ihn nie beim Namen. *Ich habe in letzter Zeit viel von Dir gelesen. Was Du alles vollbracht hast.* Er konnte ihr Zögern förmlich spüren. *Ich bin sehr stolz auf Dich. Wirklich. Ich möchte Dich wiedersehen. Bald.*

Es klopfte laut. »Der Hafenkapitän, Sir!«

Sherbrooke faltete den Brief sorgfältig und steckte ihn in seine Brusttasche. Sie kam. Er versuchte sich über seine Gefühle klarzuwerden. Ihr Mann lebte, sonst hätte sie das geschrieben. Das war der entscheidende Punkt, er mußte darauf Rücksicht nehmen.

Long öffnete die Außentür, und die Durchsagen der Schiffslautsprechanlage drangen herein. »Landgang für die Steuerbordwache von 16.00 bis 22.30, PUOs und Unteroffiziere bis Mitternacht. Musterung der Hafenwache für die Feuerlöschübung um 14.30.«

Sherbrooke stand auf und begrüßte den Besucher, seine Hand strich über das Stahlschott. *Ein Schiff im Betrieb.* Und Emma hatte ihm geschrieben. Für sie beide gab es jetzt keinen Weg zurück.

Kapitänleutnant James Villar steckte sich eine Zigarette an und dachte an seine bevorstehende Reise nach London. Bis zur Ankunft eines neuen Adjudanten war er für den Admiral doppelt wichtig. Darin lagen viele Chancen.

Er sah auf den Ordner und ließ dann seine Hand darüber streichen, er bereitete sich vor, überlegte, ob es bei der Sache irgendwelche Risiken gab oder ob etwas schiefgehen konnte.

Er hatte zu den anderen Offizieren in der Messe keine intensiven Kontakte, und er wußte, daß sie ihn als Spion in ihrer Mitte betrachteten. Er akzeptierte das, ja er hatte Spaß daran. Was Stagg betraf, hielt Villar Augen und Ohren weit offen, aber sein Mund blieb geschlossen. Das war das Problem des armen Howe gewesen. Der hatte sich selbst überschätzt und dauernd Vorschläge gemacht und seinen Rat angeboten. Auch wenn er der Sohn eines Admirals war und in seiner Familie glänzende Marinevorbilder gewesen waren, er hatte von Männern wie Stagg keine Ahnung. Er lächelte. Howe hatte noch nicht mal gemerkt, daß einer der Gründe, warum Stagg ihn nicht leiden mochte, der war, daß er fast einen Kopf größer war als Stagg selbst. Absurd? Nicht bei einem Mann wie Stagg.

Es klopfte an der Bürotür.

»Herein.« Er lehnte sich zurück und ließ den Zigarettenqualm direkt in den Abluftschacht ziehen.

Es war der junge Seemann, Mowbray, der jetzt in seiner besten Uniform so ganz anders aussah als in seinem Arbeitsanzug.

»Sie haben mich rufen lassen, Sir?«

Villar nickte. »Machen Sie die Tür zu. Setzen Sie sich, wenn Sie möchten.«

Mowbray setzte sich nicht, sondern er blieb stehen und sah im Büro umher, als ob er es noch nie gesehen hätte. Dabei hatte er hier doch schon für Villar gearbeitet und auch seinen Freund wiedergetroffen.

»Sie gehen in Urlaub, glaube ich. Nach Guildford – das ist doch in Surrey, oder?«

Das junge Gesicht schien nur schwer wieder in die Wirklichkeit zurückzufinden.

»Ja, Sir. Sieben Tage.«

»Gut. Ich hatte mir Sorgen um Sie gemacht, nach dem Gefecht.«

Das hatte er gut gesagt, dachte er sich. So richtig der fürsorgliche Vorgesetzte.

Mowbray lächelte schwach. »Es war nett, daß Sie mich im Sanitätsbereich besucht haben, Sir. Ich – ich war überrascht. Wissen Sie, noch nie . . .«

Villar sah seinem Zigarettenqualm hinterher. »Ich fand das sehr verständlich. Sie hatten ja noch nie ein Gefecht erlebt. Und dann haben Sie gleich Ihren Freund auf diese Art verloren . . .«

Er beobachtete die Wirkung jedes Wortes. Was dieser Roboter Evershed das Trefferbild genannt hätte. »Also, ich habe gerade ein paar Sachen von ihm eingesammelt. Ich wollte eigentlich nur die Akten zurückholen, die ich ihm zum Einarbeiten gegeben hatte. Für seine neue Aufgabe. Jedoch . . .«

Er sah, wie die Augen Mowbrays sich auf den Ordner hefteten, der abgenutzt und mit Malflecken übersät war. Er war ganz unten im Koffer des Leutnants gewesen.

Er nahm eines der Bilder heraus und fühlte, wie die Augen jede seiner Bewegungen verfolgten. Fasziniert. Und ängstlich.

»Sie hatten mir ja schon mal erzählt, daß Sie mal Künstler waren. Aber, na ja, manche Leute erzählen so was, um andere zu beeindrucken.« Er öffnete den ganzen Ordner. »Diese Zeichnungen sind gut. Manch einer würde sie sicher ausgezeichnet finden.« Er sah ihn ruhig an. »Etwas zu detailliert und deutlich für manchen Geschmack.«

»Er war ein guter Künstler, Sir.« Seine Schultern schienen nach unten zu sacken. »Sehr guter Künstler.«

»Das sehe ich wohl. Hier, wo er Sie gemalt hat, ziemlich gewagt, finden Sie nicht auch?«

»Wir haben viel füreinander Modell gesessen, Sir. Das war die einzige Möglichkeit . . .«

Villar lehnte sich in seinem Stuhl nach vorne. »Ich will das auch nicht beurteilen oder prüfen, Mowbray, aber Sie müssen sich darüber im klaren sein, daß andere das vielleicht tun würden, wenn diese Bilder in die falschen Hände kommen. Forbes war jung, aber er war ein Offizier. Eine solche . . . Beziehung . . . wird in den Streitkräften nicht akzeptiert oder geduldet. Das muß Ihnen wirklich klar sein.«

»Jawohl, Sir.«

Villar sah, daß sich seine Muskeln etwas entspannten. »Und Sie hatten eine Beziehung, oder?«

»Wir waren Freunde.« In der Antwort lag keinerlei Trotz oder Aggression.

»Und da ist ja auch noch die Fotografie von Ihnen, damit als Vorlage hat er das Bild fertiggestellt, richtig?«

»Ja, Sir.« Er sah plötzlich auf, seine Augen glänzten und bettelten. »Wenn seine Familie das erfährt und wenn die denken, daß wir . . .« Er konnte nicht weitersprechen.

Villar lächelte. »Ich weiß selbst nicht, warum ich das mache, Mowbray. Aber ich werde dafür sorgen, daß diese Bilder an einen sicheren Platz kommen.« Er legte die Fotografie zur Seite. »Diese Fotografie hebe ich auf.«

Mowbray verließ das Büro. Was konnte er machen? An wen konnte er sich wenden? Niemand würde ihm glauben. Seine Augen füllten sich mit Tränen des Zorns und der Verzweiflung. Und Peter würde entehrt sein, sogar noch nach seinem Tode.

Er hörte Stimmen, jemand lachte, und er sah Gander, den Wachtmeister, der mit einer Gruppe von Seeleuten und einem Unteroffizier sprach. Sie alle trugen weiße Koppel und weiße Webgamaschen. Dann erinnerte er sich, daß er im Wohndeck davon gehört hatte. Ein Mann, der vom Schiff in Greenock desertiert war, war entdeckt und festgenommen worden, jetzt wurde er festgehalten und man wartete auf die Eskorte.

Er sah es schon vor sich, in seinen schockierten und sorgenvollen Gedanken. Man würde ihn an Bord schleppen, in Handschellen, erniedrigt und von allen gehaßt.

Gander sagte: »Was ist los, mein Sohn? Du siehst aus wie einer, der ein Pfund verloren und nur ein Sechspence-Stück wieder gefunden hat.«

Die anderen grinsten. Ihnen war das egal. Sie waren alle im Gefecht gewesen, etliche waren gefallen, und zwei Mann hatte ihre Beine verloren. Mowbray hatte zugesehen, wie sie in Gibraltar auf der Rückfahrt an Land getragen wurden. Und alles lief so weiter, als sei überhaupt nichts passiert, als könne der Tod sie nie berühren. So waren die Leute nun mal. Mowbray ging an ihnen vorbei und zog seine Uniform zurecht, klar zur Musterung für die Landgänger.

Wieso hat es mich nicht getroffen? Das war doch alles nicht mein Fehler. Ich hab' es für Peter getan, und jetzt ist er tot.

Er wußte, was Villar wollte und was in Wirklichkeit mit ihm los war. Das hatte er schon bemerkt, als sie sich das erste Mal begegnet waren. Einen Villar gab es immer, ob er nun Offizier war oder nicht.

Gander sah ihn fortgehen. »Auf den müssen wir ein Auge haben, Ted.«

Der Wachtmeistersmaat, allgemein »Der Brecher« genannt, grinste breit.

»Was, Sie, Herr Stabsbootsmann? Ich dachte immer, Ihre Schwäche seien die Frauen!« Sie lachten beide schallend, sie kannten sich aus.

Sie lagen nebeneinander auf dem Bett, ihre kleine, überschaubare Welt wurde durch das Licht der einzelnen Nachttischlampe begrenzt. Das Mädchen lehnte auf einem Ellenbogen, ihre Hand lag auf seiner Schulter, und ihr blondes Haar schien im Licht der Lampe fast silbern.

Sie teilten das starke Gefühl des Friedens und der Ausgeglichenheit sowie ein neues Bewußtsein ihrer selbst, daß durch ihre Nacktheit noch verstärkt wurde. Nur jenseits des Lichtkreises mochte es Zweifel geben an ihrer Umarmung und daran, was mit ihnen geschah. Ein Kissen lag am Boden, seine Uniformjacke war achtlos über einen Stuhl geworfen, und ihre Strümpfe lagen über Kreuz auf seinem Hemd.

Die Wohnung lag über einer Zahnarztpraxis, war gemütlich möbliert, und doch erschien sie irgendwie altmodisch. Im Nebenzimmer hing das Foto eines Luftwaffenoffiziers.

Als sie die Tür hinter sich geschlossen hatten, hatte er gefragt: »Ein Pilot?« Er wollte nur etwas sagen, er war nicht neugierig oder mißtrauisch.

Sie hatte geantwortet: »Nein. Er ist bei einem Bombergeschwader unten in Kent, so einer vom Bodenpersonal. Seiner Frau gehört diese Wohnung. Sie himmelt ihn an, obwohl er seine Finger nicht von den kleinen Luftwaffenhelferinnen lassen kann.«

Dann sagte sie: »Halt mich, bitte. Ich kann es noch gar nicht glauben, oder du?«

Das Essen und der Wein, den er aus der Offiziermessenpantry hatte mitgehen lassen, standen immer noch unangetastet im Nachbarzimmer. Ihn durchwühlte es immer noch wie ein allmählich nachlassender Wahnsinn. Er hatte sie auf dem Bett umschlungen, er hatte sich selbst gequält, als er sie überall abgetastet hatte, und endlich hatte er sie zu sich genommen.

Sie konnten beide dem Verlangen nicht widerstehen. Sie hatte ihre Arme um seinen Nacken gelegt und ihn wild und immer wilder geküßt. »Ich kann nicht mehr warten!« hatte sie gestöhnt, »nicht mehr warten!«

Er wußte, daß er ihr Schmerzen bereitet haben mußte, sie hatte aufgeschrien, als er in sie eindrang, ihre Körper wurden eins; bis sie, völlig verausgabt und einander hingegeben, still zusammenlagen, beide nicht bereit, voneinander zu lassen. Er merkte, daß sie an ihm herunter sah, ihre linke Brust war leicht errötet, wo er sie geküßt und liebkost hatte.

Sie sagte: »Ich wollte, daß es ewig dauert ... und dennoch konnte ich es nicht abwarten. Ich wollte, daß du immer weiter machtest und mit mir alles machtest, was dir gefiel.« Sie lächelte, gerade, als ob sie sich an etwas erinnerte. »Du bist ein toller Mann.«

Sie lehnte sich über ihn, und er wußte, daß sie die Narbe in seiner Leistengegend ansah, wo der Splitter eingedrungen war. Sie streichelte die Stelle und sagte: »Ich könnte den umbringen, der dir das angetan hat.«

Er lächelte. Die Kurven ihres Rückens, der Schatten zwischen ihren Brüsten und die nur jetzt sichtbaren Haare dort, wo er sie gefunden und genommen hatte. »Ich konnte auch nicht mehr warten.«

Dann sagte er: »Meine Jacke. Ich muß da mal ran.«

»Nein.« Sie glitt vom Bett und ging in den Schatten. Er sah nicht, wie sie zögerte, als sie die Jacke über ihrem nackten Arm zusammenlegte und die Pilotenschwingen auf der Uniform berührte.

Sie mußte wohl schon öfter hier gewesen sein, mit irgend jemandem ... oder vielleicht hatte sie auch die Zahnärztin besucht, die mit dem »Wunder vom Bodenpersonal« verheiratet war. Sicher hatte sie diesen Spottausdruck von ihren Patienten gelernt.

Sie gab ihm die Jacke und kniete sich neben ihn auf das Bett.

»Geheimnisse?«

Er nahm den kleinen flachen Kasten heraus und gab ihn ihr. »Ich hoffe, daß es dir gefällt, Andy.«

Sie sah ihn an und war gerührt von der Einfachheit und Ehrlichkeit dieses Mannes, der so erfrischend war nach den Großmäulern, die sie vorher getroffen hatte.

Sie nahm das Geschenk aus der Schachtel: Es war eine Silberkette, das Muster bestand aus sich überlappenden Blättern. Er beobachtete, wie sie es gegen das Licht hielt und den Verschluß öffnete.

Er sagte: »Das hab' ich aus Gibraltar. Der Mann sagte mir, es sei spanisches Silber. Aber wenn du so etwas nicht magst...«

Sie hielt das Stück hoch, ihre Augen leuchteten. »Ich liebe das, du Dummerchen! Bind es mir mal um.«

Er machte es in ihrem Nacken zu und küßte sie auf die Schulter.

Er sagte: »Ich könnte wetten, daß du es nicht im Dienst tragen darfst!«

Sie sah ihn an, das Halsband schmiegte sich genau unter ihren Kehlkopf.

Sie sagte: »Das ist aber wirklich lieb von dir. Du weißt genau, wie man ein Mädchen glücklich macht.«

Er lehnte seinen Kopf an ihren. »Ich wollte, daß du etwas hast, das du ab und zu ansehen kannst und das dich an mich erinnert.«

Sie hielt seine Schulter fest, sie hatte Angst, er würde ihre Tränen sehen.

»Es ist wirklich schön.« Sie sah weg. »Du sprachst von London. Ist es was Wichtiges?«

Er dachte daran, wie er es sich vorgestellt hatte. Wie sollte er es ihr sagen, und wie würde sie reagieren? Allerdings hatte er nicht erwartet, es ihr aus dieser Situation heraus erklären zu dürfen.

»Das ist schwer zu erklären. Also, so was Tolles ist es nun wieder auch nicht.«

Sie streichelte seinen Arm. »Erzähl doch mal. Ich beiße ja nicht.«

Er grinste, und hinterher dachte sie, er hätte verärgert ausgesehen. »Ich bekomme einen Orden!«

»Was? Wieso hast du mir das nicht früher gesagt?« Sie versuchte, ihn direkt anzusehen. »Von wem kriegst du diesen Orden?«

Er berührte ihre Wange und schob ihr Haar aus dem Gesicht.

»Also, ich glaube, vom König. Wenigstens steht das da.« Ihre Stimme war leise und gedämpft. »Und du möchtest, daß ich mit nach London komme, stimmt das?«

Er sagte: »Also, da hängt noch mehr dran.«

»Du willst mich dort verführen?«

»Das sowieso.« Er sah sie mit plötzlicher Entschlossenheit an. »Ich will dir einen Ring kaufen.«

»Willst du das wirklich?«

»Das wollte ich schon immer. Du bist mein Mädchen. Ich möchte, daß es immer so bleibt. Ich möchte dich heiraten, Andy.«

»Du willst das wirklich«, sagte sie, »deine Augen könnten noch nicht einmal lügen, um das eigene Leben zu retten.«

Sie schlang ihre Arme ganz eng um ihn und drückte ihn. »Welch herrliche Art, einem Mädchen einen Antrag zu machen!«

»Morgen muß ich wieder an Bord. Ich ruf' dich an, wenn ich genau Bescheid weiß.« Er legte sich zurück, sie drückte ihn flach auf das zerknüllte Bettlaken.

»Das ist morgen.« Sie kletterte über ihn und setzte sich rittlings auf ihm, ihre Augen hielten seine fest, während sie sich gegen ihn drückte. »Ich sehe schon, du verstehst mich, ja ich kann es sogar fühlen!« Sie rieb sich an ihm, auch er ergriff sie. »Und diesmal wird es länger dauern.«

Dann kamen sie zusammen.

15

Die Bindung

Die ersten zwei Wochen in Rosyth waren alles andere als erholsam für die Besatzung der *Reliant*, mit Ausnahme für die Glücklichen, die auf Urlaub waren. Jeden Tag kamen die Werftarbeiter in Massen an Bord, und sie verhielten sich, als ob sie das Schiff zerstören und nicht reparieren wollten. Mürrische Seeleute und Marineinfanteristen versuchten sich dieser Invasion zu widersetzen und das Schlimmste mit Farbe und Reinigungsmitteln wieder zu entfernen.

Für Sherbrooke hatte es auch keine Pause gegeben. Er mußte völlig unerwartet eine Untersuchung leiten; ein Offizier im Stützpunkt hatte festgestellt, daß seine Rumvorräte in unerklärlicher Weise weniger wurden. Die Untersuchung führte fast zwangsläufig zu einem Disziplinarverfahren. Es stellte sich heraus, daß ein Offizier und zwei Unteroffiziere darin verwickelt waren. Der dienstliche Rum brachte in der Marine mehr Leute ins Straucheln und führte zu mehr Degradierungen als alles andere.

Emmas ersehnter Besuch war verschoben worden; aber sie hatten es geschafft, auf der völlig überlasteten Telefonleitung ein paar Minuten ungestört zu sprechen. Und dann hatte sie ihn völlig überraschend wieder angerufen. Sie kam, in halboffizieller Funktion, als Assistentin von Kapitän zur See Thorne.

Wenn er vernünftig gewesen wäre, hätte er erkannt, daß das auch die beste Lösung war. Vielleicht hatte sie es selbst so eingefädelt. Die Tatsachen waren klar. Sie war eine verheiratete Frau, ihr Mann war Kriegsgefangener; wenn auch nur ein Teil der Gerüchte wahr waren, mußte er unter schrecklichen Bedingungen leben.

Jedes Verhältnis würde von anderen als eine der vielen schmutzigen Affären im Kriege angesehen werden. Eine Frau, die nicht auf die Rückkehr ihres Mannes warten konnte oder wollte. Grausam, unfair, und es würde an ihnen haften bleiben.

Und wie war das mit dem Marineoffizier, der diese Gelegenheit ausnutzte, wohlwissend, daß das, was er tat, unehrenhaft und unbeschreiblich selbstsüchtig war? Wenn sie jetzt als Assistentin von Thorne kam, konnte er sie wenigstens wiedersehen, ohne daß ihr Ruf geschädigt wurde. Er war der Kommandant der *Reliant*, viele Augen würden mitkriegen, was sicher als moralische Verfehlung oder als noch etwas viel Schlimmeres angesehen wurde. Unter keinen Umständen wollte er zulassen, daß sie durch gegenstandslose, dumme Gerüchte verletzt wurde.

Wie ein Offizier bei der Untersuchung gesagt hatte: Etwas Falsches zu tun ist das eine, damit aber fortlaufend weiterzumachen ist etwas anderes, und für einen Offizier, dem man vertraut, unverzeihlich.

Leicht gesagt, wenn man auf der anderen Seite des Richtertisches saß.

Vielleicht würden sie ja ein paar Augenblicke finden, in denen sie allein miteinander sein konnten.

Es war eine Party geplant für den heutigen Abend. Kapitänleutnant Dick Rayner war mit seinem Orden aus London zurückgekehrt. Irgendwie konnte er immer noch nicht glauben, daß er es selbst war, dem die Ehrung zuteil geworden war und nicht irgendein anderer.

Frazier hatte diese Party zu Ehren von Rayner angesetzt, aber das ganze Schiff nahm daran Anteil. Aus dem Stützpunkt waren ein paar Marinehelferinnen eingeladen worden, ebenso Krankenschwestern aus zwei Krankenhäusern und einige Ehefrauen. Das würde ein paar gepfefferte Messerechnungen hinterher geben.

Sherbrooke hatte gesagt: »Meinen Sie nicht auch, daß Sie noch ein paar Tage mit der Feier hätten warten können, John? Konteradmiral Stagg wäre dann wieder da gewesen.«

Frazier hatte verschmitzt gelächelt: »Wissen Sie, Sir, daran habe ich überhaupt nicht gedacht!«

Der Krieg schien weit weg zu sein. Nachdem sich die deutschen und italienischen Streitkräfte in Afrika ergeben hatten, wurde das ganze Gebiet energisch in Besitz genommen. Fahrzeuge, Geräte, Kanonen und Munition. Der Sieg in Afrika war vollkommen.

Wenn Stagg aus London zurückkam, würde es vielleicht noch richtige Neuigkeiten geben. Wie es weitergehen sollte. Und wo.

Es war schon fast Juni. Es war leicht, zu meckern, aber Sherbrooke wußte aus eigener Erfahrung, daß Wankelmütigkeit im Kriege den Erfolg nicht begünstigte.

Eine Großoperation wie eine Landung zu planen und anzufangen war eine gewaltige Aufgabe, aber jede Woche, die verstrich, gab dem Feind Zeit, sich von der Niederlage an der einen Front zu erholen und an der neuen Front seine Kräfte zu organisieren und einen massiven Widerstand aufzubauen. Es schien auch Wahnsinn zu sein, so lange zu warten, bis das Wetter schlechter wurde.

Egal wo die Landung stattfand, es würde in erster Linie Sache der britischen, kanadischen und amerikanischen Streitkräfte sein, sie durchzuführen. Eine solch große Invasion hatte es vorher noch nie gegeben.

Sherbrooke war ruhelos, ja sogar nervös, als die Party näherrückte. Frazier würde ihm sagen, wenn es passend war, daß der Kommandant in die Messe kam, nachdem die ersten dummen Witzemachereien zu Ende waren, und er würde ihm auch sagen, wenn es an der Zeit war, daß er ging, bevor der eigentliche Blödsinn, der am Ende einer solchen Veranstaltung üblich war, begann.

Mehrere höhere Offiziere würden kommen, es war auch gut bekannt, daß der Admiral, dem Rosyth und die schottische Küste unterstanden, gerne zu Parties ging.

Er dachte darüber nach, was sie gemeinsam auf der *Reliant* erreicht hatten. Sie war ein glückliches Schiff, da würden wohl die meisten zustimmen. Es gab natürlich die üblichen Ausreißer, Leute, die dauernd Mist machten, wie auf jedem Schiff. Einige hatten schlicht Angst gehabt, als die Hauptbewaffnung der *Reliant* auf den Gegner geschossen hatte, und andere hatten die Angst nur unterdrückt, bis zum nächsten Mal.

Er dachte an die Offiziere, an Leute wie Drake, den ehemaligen Rechtsanwalt, an Frost, den stellvertretenden Navigationsoffizier, und an Steele, den Leutnant der Marineinfanterie, der seine Geschützbesatzung mit einer Blechflöte unterhielt. An Howe, den Adjudanten, der bei der Detonation völlig verschwunden war, und an den jungen Leutnant, der dicht daneben gestorben war, getötet durch einen einzigen Splitter. Alles in allem waren sie so gut, wie man es auf so einem großen Schiff realistischer Weise nur erwarten konnte. Er verdrängte die Gedanken immer noch. Er durfte keine Vergleiche machen. Das andere war in der Vergangenheit gewesen, vorbei.

Sein Steward sah ihn an. »Möchte Sie nicht stören, Sir. Ein Anruf von Land.« Er machte ein finsteres Gesicht. »Ganz im Vorraum, Sir. Irgendein Werftarbeiter muß die Leitung durchgeschnitten haben!«

»Wer ist dran, wissen Sie das?«

Longs Gesicht war ausdruckslos. »Eine Dame, Sir. Den Namen hab' ich nicht verstanden, nicht bei all dem Lärm.«

Sherbrooke ging schnell in den Vorraum, wo zwei Arbeiter ihren Dreck wegräumten, den sie im Laufe des Tages gemacht hatten.

Einer von ihnen pfiff laut, bis Long unverblümt sagte: »Pfeifen an Bord eines Schiffes bringt Unglück.«

Der Mann grinste: »Vielleicht für Seeleute!«

Long sah, wie Sherbrooke den Hörer abnahm und zischte: »Also, haltet euer schleimiges Maul während der Kommandant spricht und haut ab!«

Sie gingen.

Sie sagte: »Ich bin's. Ich bin im Haus des Admirals. Ich hoffe, daß es dir paßt, mit meinem Chef, meine ich.«

Er lächelte: »Komm her, so schnell du kannst. Es ist so lange her!«

»Ich weiß.«

Irgendwo in der Ferne hörte er ein Horn, er merkte, daß es jetzt still war in der Werft, die Arbeiter gingen nach Hause. Der Werftbeauftragte, der die Reparaturen auf der *Reliant* überwachte und der auf ihr schon als Lehrling gearbeitet hatte, erzählte bestimmt alles seiner Frau, wie es war, mit hochnäsigen Marineoffizieren zusammenzuarbeiten, die niemals selbst einen Finger krumm machten. Wenn sich das Verhältnis von Seeleuten und der Werft jemals ändern sollte, würde die Sache keinen Spaß mehr machen.

Er sagte: »Gibt es was Neues, Emma?«

»Nein.«

Vermutlich haßte sie diese Frage wie ihren eigenen Tod.

»Ich muß los, Guy.« Sie sprach sehr leise in das Telefon. »Die gehen jetzt alle los.« Sie wollte gerade aufhängen, fügte dann aber doch noch hinzu: »Ich muß mal mit dir allein sein. Um zu reden. Um mit dir zusammen zu sein. Da ist doch nichts Verkehrtes dran, oder?«

Er hatte keine Gelegenheit zu einer Antwort.

Long wartete auf ihn. »Alles in Ordnung, Sir? Ich freu' mich sehr für Herrn Rayner, netter Bursche...« Plötzlich wurde ihm klar, daß er unvorschriftsmäßig über einen Offizier gesprochen hatte, und errötete fast. »Entschuldigung, Sir, was ich sagen wollte war...«

Sherbrooke legte seine Hand auf Longs weißen Ärmel. »Sie haben schon recht. Er ist ein netter Bursche.«

Long sah ihn gehen. *Selber bist du auch in Ordnung*, dachte er. Dann nahm er sein Tablett und machte sich auf den Weg zur Offiziermesse, um dort auszuhelfen. Es würde ein langer Abend werden.

»Entschuldigen Sie, Sir, ich glaube, der Admiral wird gleich gehen.« Korvettenkapitän Rhodes, der die Wache hatte, grinste breit. »Mal wieder.«

Sherbrooke nickte. »Ich bin klar, NO. Haben Sie es geschafft, einen Drink zu nehmen?«

Rhodes sah im Kreis herum auf die glühenden Gesichter, die Stewards schoben sich mit ihren Tabletts kraftvoll durch die Menge. »Ja, soeben. War doch 'ne gute Party, mein ich.« Sherbrooke drehte sich um, als er sie durch die Tür hereinkommen sah. Ihre Augen nahmen sofort Kontakt auf, zeigten Gefühl. Sie sah kurz auf ihren Boss, Thorne, dann kam sie zu ihm.

»Es ist schwer, hier zu sein und doch nicht richtig mit dir zusammen zu sein.« Sie sah ihn genau an, Gesichtszug um Gesichtszug. »Aber ich freue mich, daß ich gekommen bin. Um dich als Kommandanten zu besuchen.« Und dann, ganz ruhig: »Mein Kapitän.« Sie schüttelte ihren Kopf, ihr langer Zopf glänzte wie ein Seidenband. »Nein, sag nichts. Ich finde mich selbst seltsam. Ich werfe mir das vor und habe das auch schon die ganze Zeit getan seit dem Tag, an dem du von meiner Wohnung zur Admiralität gegangen bist. Du warst in Chelsea die ganze Nacht bei mir, und ich habe mich so zimperlich und spröde angestellt... ich war dumm. Und jetzt muß ich dafür büßen.« Sie sah ihn in ihrer direkten Art an. »Wir büßen beide.«

Frazier kam von der anderen Seite der Messe herüber und sagte: »Hat alles gut geklappt, Sir.«

Sherbrooke sah die junge Frau an, die mit ihm gekommen

war und die jetzt eingehakt neben ihm stand. Alison, Fraziers Frau. Sie wirkte fast puppenhaft, sehr hübsch, gut angezogen und offenbar fühlte sie sich in dieser vorwiegend männlichen Gesellschaft wie zu Hause. Sie entsprach nicht ganz Sherbrookes Erwartungen, er hätte aber nicht sagen können, warum nicht. Vielleicht, weil er in Frazier bisher nur den gründlichen, effizienten Stellvertreter gesehen hatte, ein zurückhaltender, immer beherrschter Mann, der etwas Zeit brauchte, um sich über andere Menschen ein Urteil zu bilden.

Mrs. Frazier sagte: »Das gibt morgen ein paar dicke Köpfe!« Sie sah Emma an und sagte: »Sie müssen ja viele solche Ereignisse miterleben. Früher habe ich auch häufiger als jetzt daran teilgenommen. Mit der jungen Familie jetzt und das noch zu Kriegszeiten, da kann man nicht mehr so ausspannen.«

Frazier sagte ruhig: »Na ja, eine Tochter. Keine große Familie.«

Sherbrooke beobachtete den Austausch scharfer Blicke. Sie sagte: »Das ist ja nicht mein Fehler, nicht wahr?« Sie sah wieder Emma an. »Haben Sie eine Familie?«

Emma antwortete: »Nein.«

Fraziers Frau legte eine Hand an ihren Mund. »Oh, tut mir leid, ich hab' nicht dran gedacht. Wie dumm von mir. Ihr Gatte ist ja Kriegsgefangener.«

Frazier nahm ihren Arm. »Du mußt noch den Chief treffen, Alison. Er weiß mehr über das Schiff als irgendein anderer!«

Als sie wieder allein waren, sagte Emma: »Offenbar weiß es jeder.« Dann verzog sich der Schatten auf ihrem Gesicht. »Dein Erster Offizier Frazier hat da aber ein ordentliches Problem!«

Der Admiral und seine Gäste waren im Begriffe zu gehen. Die Party würde bald zu Ende sein, und sie würde mit ihrem Aufpasser gehen. Er konnte Thorne bei zwei Offizieren der

Marinehelferinnen stehen sehen, er lachte über seine eigenen zweifelhaften Geschichten.

Sherbrooke fragte: »Wie ist er so? Dir gegenüber, meine ich?«

»In Ordnung eigentlich.« Sie berührte seinen Arm und zog ihre Hand nicht zurück. »Er meint es gut, nehme ich an. Im Grunde genommen gibt es da nichts zu meckern.«

Sie sah an ihm vorbei, und ihre Augen wurden plötzlich traurig. »Die passen gut zusammen, nicht?«

Kapitänleutnant Rayner stand mit der Krankenschwester, die er als Gast mitgebracht hatte, zusammen. Die beiden waren offenbar in ihren Gedanken völlig allein. Sherbrooke hatte gemerkt, daß ihr Verhältnis weit über eine reine Freundschaft hinausging; er hatte beobachtet, wie sie sich ansahen und wie sie sich verständigten, ohne zu sprechen.

Der Admiral hatte an diesem Abend eine kleine Ansprache gehalten, das war etwas, was er sonst nie machte.

Er hatte kurz etwas zu Rayners Orden gesagt, den er tatsächlich in London vom König selbst erhalten hatte. Sherbrooke hatte gesehen, wie Emma sich nach ihm umsah und das blau-weiße Band auf seiner linken Brust betrachtete. Für Rayner hatte er durchaus etwas Neid empfunden.

Der Admiral sagte: »Dies war ja keiner der spektakulären Einsätze, an die wir uns in letzter Zeit gewöhnt haben. Vielleicht war es gerade deshalb für uns alle ein um so anfeuernderes Beispiel.«

Sherbrooke hatte gesehen, wie die Krankenschwester mit dem kurzen, blonden Haar Rayner' Arm ergriffen hatte; er hatte den Ring an ihrem Finger bemerkt, und er hatte auch ihre innere Bewegung gespürt, als der Admiral das Ganze in seiner altmodischen Weise zusammenfaßte: »Für Tapferkeit, Können und Hingabe an die Pflicht gegenüber einem entschlossenen Feind, und, obwohl er selbst verwundet war, blieb ihm die Sorge um die eigene Besatzung das Wichtigste.« Er lächelte. »Gut gemacht, Sir!«

Sherbrooke sah jetzt auf die Hand auf den goldenen Streifen auf seiner Uniform. Die Leute würden das sehen, sich ihren Teil denken und Gerüchte verbreiten.

Er sagte: »Ich muß mich mal um den Admiral kümmern. Ich mach' so schnell ich kann.«

Frazier kam zurück, ohne seine Frau. »Alles in Ordnung, Mrs. Meheux?«

»Ja, prima. Es war gut, daß Sie diese Party arrangiert haben.« Der Admiral war gegangen, und es gab gedämpftes Lachen und Beifall. Sie konnte sehen, wie Thorne herumguckte, seine Zuhörerinnen waren ebenfalls gegangen.

Frazier sagte: »Der Kommandant hat mir aufgetragen, Sie nach achtern in seine Kammer zu bringen.« Er lächelte gequält. »Meine Frau ist auch schon da. Sie macht sich neu zurecht.«

»Ja, würde ich auch gern machen.«

Frazier sah, wie sie sich in der Offiziermesse umsah, als wolle sie sich alles genau einprägen und sich an jeden Augenblick erinnern können. Evershed gestikulierte und stach mit seinen Händen Löcher in die Luft; er versuchte, einem Zivilisten, der offenbar jede Aufnahmefähigkeit längst verloren hatte, die Geheimnisse der Mündungsgeschwindigkeit der Geschosse zu erklären. Der Chief sah sauer auf Fremde, die den Club und *seinen* Sessel besetzt hatten. Drake, der Rechtsanwalt mit dem rosa Gesicht, war auch da und ein anderer Offizier, den er nicht gleich erkannte. Es war Frost, bartlos und irgendwie bemüht, nicht aufzufallen; er mußte viele Kommentare und abfällige Bemerkungen aushalten.

Frazier sagte: »Tut mir leid, die Bemerkung, die meine Frau gerade über ihren Gatten gemacht hat. Das ist ihr nur so rausgerutscht.«

Sie sah ihn an und dachte, was für ein netter Mann er doch war. Einer, mit dem man reden konnte, wenn man ihn erst richtig kannte.

Natürlich war ihr das nicht rausgerutscht. »Gehen Sie vor?«

Sie sah sich um. Wie still das Schiff jetzt war, ein paar Figuren bewegten sich im Schatten, das unaufhörliche Geklapper der Gläser und Teller aus der Offizierkombüse.

Ein Wachposten, der sich an sein kleines Pult lehnte, mit einem Revolver am Gürtel, schlug die Hacken zusammen und sagte: »Alles ruhig, Sir.« Seine Augen waren dabei auf das Mädchen gerichtet.

Frazier lächelte: »Vielen Dank, Mason. Im Vorraum steht was zu Trinken für Sie.«

Sie spürte die Vertrautheit der beiden, die stärker als Dienstgrad oder Status war.

Frazier rief noch: »Und verstecken Sie das Schundmagazin, nicht daß der Kommandant das sieht!«

Die leeren, weiß gestrichenen Gänge; das Wappen des Schiffes; ein nicht ganz neues Foto von einer Fußballmannschaft mit einem unbekannten Kommandanten in der Mitte.

»Sie sind schon länger an Bord, Mr. Frazier?«

»Länger als die meisten andern. Ich war bei Kapitän Cavendish hier. So ein Schiff von dieser Größe muß man erst mal richtig kennenlernen.«

»Was sagt Ihre Frau denn dazu?«

Er sah sie neugierig an. »Alison? Na, sie möchte, daß ich Karriere mache.« Er lachte, aber es kam nicht aus vollem Herzen. »Ein guter Job an Land, so einer, wo die Stewards um mich herumschwänzeln wie die Lakaien!«

»Nichts für Sie?«

Er blieb stehen und sah das polierte Schild: *Kommandant.* »Ich ekle mich vor einem Job an Land.«

Sie trafen Frazier's Frau in der Kammer, sie saß mit übereinandergeschlagenen Beinen und prüfte ihr Make-up in einem Spiegel. Sie sah sie nicht an, aber sie sagte über ihre Schulter: »Ich hoffe, du denkst dran, John. Der Admiral hat uns noch zu seiner Party eingeladen. Bist du fertig?«

Frazier sagte: »Ich warte auf den Kommandanten.«

Sie zuckte leicht mit den Schultern. »Also ich möchte gerne mal wissen, was die hier überhaupt noch ohne dich anfangen wollten.«

Emma sah, daß Frazier nicht wohl in seiner Haut war, und sagte: »Bleiben Sie lange hier im Norden, Mrs. Frazier?«

Sie lächelte und prüfte ihren Mund im Spiegel. »Noch ein paar Tage, und dann wieder zurück in den Süden Englands.« Sie ließ die Puderdose zuschnappen. »In die Zivilisation.«

Die Tür ging auf und Sherbrooke stieg über das Süll. Er warf seine Mütze auf einen Stuhl, sie fiel aber an Deck, er schien das nicht zu bemerken.

Alison Frazier sagte: »Wir gehen alle zum Haus des Admirals, Guy. Kommen Sie mit?« Ihr Blick ging kurz auf Emma, nur für einen Augenblick, aber das sagte alles.

Sherbrooke machte den Eindruck, als müsse er seine Gedanken von sonstwo zurückholen.

»Nein, ich kann nicht.« Er sah Frazier an. »Entschuldigen Sie mich irgendwie. Ich muß hier noch was erledigen.«

Emma stand auf und ging zu einem anderen Stuhl, sie wollte Zeit gewinnen. Schon der Gebrauch seines Vornamens verriet die aggressive Haltung. Aber sie wollte ihre Empfindlichkeit nicht zeigen. Sie hob die Mütze auf und erinnerte sich an den Dreck und den Rauch, die Massen von zerbrochenem Glas und auch an die toten Augen, die sie in dem Weingeschäft vom Boden angestarrt hatten.

Frazier schien nicht zu wissen, was er von der Sache halten sollte. »Ich bin da auch nicht scharf drauf, Sir. Ich habe jetzt schon so viel Gin getrunken, daß die *Queen Mary* darauf schwimmen kann.« Er versuchte zu grinsen. »Alles im Namen der Pflicht, natürlich.«

Sherbrooke sagte: »Da hol' ich Sie noch ein. Sagen Sie dem Wachhabenden Offizier Bescheid.«

Die Tür schloß sich hinter ihnen, er nahm ihre Hände.

»Dein getreuer Begleiter wird gleich hier sein, aber ich wollte einen Augenblick mit dir allein sein. Das ist ganz schön schwer, was?«

Sie wartete und dachte an die geschlossene Tür. Den amüsierten Blick, den Frau Frazier beim Hinausgehen zurückgeworfen hatte, und Fraziers offenbare Mißstimmung. Sollten sie denken, was sie wollten. Man konnte sie sowieso nicht daran hindern.

»Was ist los?«

»Ich möchte mich am liebsten mit dir irgendwo verstecken. Ich denke, wir haben das verdient.« Er faßte sie fester an, gerade als ob er Angst hätte, unterbrochen zu werden. »Den ganzen Abend habe ich dich schon beobachtet, Emma. Mir vorgestellt, wie es hätte mit uns sein können. Jetzt gerade, als du dich umgedreht hast, habe ich von Deinem Haar geträumt, lose und über die Schultern gelegt und nur ich kann es sehen.« Er zögerte. »Ich rede wie ein wichtigtuerischer Fähnrich und nicht wie der eiserne Kommandant, was?«

Sie lehnte ihren Kopf gegen seine Brust; er spürte ihren Atem und den Druck ihrer Brüste, ihre Wärme.

»Wenn es die Ehre war, die uns voneinander abgehalten hat, so ist es die Liebe, die auch dies überwindet!«

Sie legte ihre Finger auf seinen Mund, wie um ihn vom weiteren Reden abzuhalten, aber er fügte hinzu: »Ich bin nicht stolz darauf, aber wenn ich dich deinem Gatten oder sonst irgend jemandem wegnehmen könnte, ich würde es tun.«

Draußen waren Stimmen, durch die Tür hörte man jemanden singen.

Sie sagte: »Ich muß gehen, wenn die anderen auch gehen. Kannst du nicht mitkommen? Dann sehe ich dich wenigstens und weiß, daß du da bist.

Sherbrooke ließ sie vorsichtig los. »Nein, ich muß hier wirklich noch was erledigen.«

Die Tür ging auf und Thorne machte eine große Schau daraus, wie er um die Ecke schielte.

»Ich will nicht aufdringlich sein, alter Knabe!« Er sah zwischen sie hindurch, aber seine Augen waren leicht glasig. »Ich will auch kein Spielverderber sein.«

Dann sah er sich um, seine joviale Vertraulichkeit verschwand. »Wo ist die Toilette? Ich bin gleich zurück.«

Wieder allein, sahen sie sich unter dem Wappen des Schiffes an.

Sie sagte: »Besuch mich nochmal, Guy. Wie wir uns das versprochen haben.«

»Und du paß gut auf dich auf!«

Sie hob ihr Gesicht. »Küß mich. So wie du es gerne möchtest. Wie du es schon immer wolltest.«

Sie wußten nicht, wie lange es währte, aber es kam ihnen vor, als ob sie sich schon immer und über alle Zeiten geliebt hätten.

Dann trat sie einen Schritt zurück und wischte ihren Lippenstift mit zarten Händen von seinem Mund ab. »Das würde die Leute zum Reden bringen!«

Sherbrooke hörte Longs Stimme aus dem Nachbarraum. Der hatte es also mitbekommen. *Über uns.*

Long sagte: »Hier geht's lang, Sir. Alles klar, oder?« Dann kam Thornes undeutliche Antwort, und Long sagte: »Heute ist auf unserem alten Dampfer ordentlich was los, keine Frage.«

Sie sah wieder Sherbrooke an und wußte nicht, ob sie weinen oder lachen sollte. Sherbrooke sah, wie Long den anderen Kapitän in die Kammer führte.

»Ihr Long ist ja vielleicht 'ne Ulknudel!«

Sie sah durch eine andere Tür auf seine ordentlich gemachte Koje, die Leselampe und auf seinen größten Feind, das Telefon. Das war seine Welt, die sie nie würde teilen können.

Er sah in ihre Augen und nahm ihren Arm. »Ich weiß Emma, ich weiß.«

Nachdem er sie über die Stelling zu den wartenden Autos gebracht hatte, ging er wieder in seine Kammer und zog seine Jacke aus, als ob er sie hasse. Long kam und ging wieder ohne jeden Kommentar, aber er ließ eine Karaffe auf dem Schreibtisch stehen.

Die Party ging langsam zu Ende, und die letzten Besucher gingen oder wurden halb an Land getragen. Thorne war nicht der einzige, der sich gewundert hatte, was auf der *Reliant* alles los gewesen war.

Sherbrooke erinnerte sich an sie, auch als er die Unterlagen durchsah, und er dachte daran, wie es hätte sein können, hier auf der Kammer und auch in Chelsea.

Er seufzte und massierte sich die Augen, dann las er noch einmal. Vielleicht hatte er etwas übersehen. Kein Kommandant konnte sich Nachlässigkeiten leisten.

Er schenkte sich noch einen Drink ein und wußte gleichzeitig, daß er zuviel getrunken hatte.

Er stand auf und ging in der Kammer umher, er hörte, daß Long diskret in seiner Pantry hüstelte. Er schob die Luke auf und sagte: »Hauen Sie ab und gehen Sie in die Koje. Sie müssen ja auch hundemüde sein. Mein Gott, daß muß ja ein Saustall sein jetzt in der Offiziermesse!«

Long sah durch die kleine Pantry-Durchreiche und sah ihn ernst an: »Das letzte Mal so 'ne Party für einige Zeit, was, Sir?«

Sherbrooke sah auf seinen Schreibtisch und den Haufen Papiere darauf. Nein, er hatte nichts übersehen.

Long verschwand, und das ganze Schiff war ruhig, als Frazier noch einmal nach achtern in die Kommandantenkammer kam.

Sherbrooke konnte sich an kein Klopfen erinnern, und er wußte auch nicht, wie lange Frazier schon da gesessen hatte.

Etwas verwirrt sagte er: »Na, sind Sie wieder zurück?«

Frazier sah auf die Karaffe und das leere Glas. »Ich

dachte, ich sollte nochmal reinschauen, Sir. Wenn Sie mich nicht benötigen, gehe ich wohl besser in das Hotel.«

Sherbrooke nickte, dann berührte er seinen Mund, wo ihr Lippenstift gewesen war. »Wie spät ist es überhaupt?«

Frazier lächelte. »Ungefähr drei, Sir.«

»Mein Gott.«

Frazier sagte ruhig: »Stimmt irgendwas nicht?«

»Was soll denn sein?« Er versuchte aufzustehen, aber es war zuviel gewesen. Er war müde, restlos überanstrengt und ziemlich betrunken.

Er sagte: »Wir gehen aus der Werft raus.« Er schob das Fernschreiben über den Schreibtisch. »Hier, lesen Sie selbst. Es kam gerade, als der Admiral von Bord ging.«

Frazier sah sich das Fernschreiben an. »Ich werde nicht traurig sein, wenn wir hier abhauen. Wieder zur See fahren.« Dann rief er aus: »Das ist ja drei Wochen früher als bisher geplant. Ich hätte nie gedacht, daß die faulen Säcke es schaffen würden, bis dahin die neue Panzerung anzubringen!«

Sherbrooke starrte ihn an und erinnerte sich daran, was Emma über Fraziers hübsche Frau gesagt hatte. Da hat er aber ein Problem. Er antwortete: »*Weil sie es nicht machen werden!* Es würde zu lange dauern. Die Zeit steht jetzt nicht zur Verfügung. Sie kennen doch die verdammten Ausreden, wenigstens müßten Sie das eigentlich inzwischen wissen!«

Frazier insistierte. »Ich verstehe das nicht. Sie haben unserem Bericht zugestimmt. Es war alles vorbereitet!«

»Offenbar wurde aber anders entschieden, John. Weil Konteradmiral Stagg darauf bestand.«

Frazier schob seine Finger durch sein Haar. Dabei sah er aus, als sei er zwanzig.

»Na, er wird ja wissen, was er macht.«

Sherbrooke stand sehr vorsichtig auf. »Also, ich glaube nicht, daß er weiß, was er tut. Ich denke, daß Sie das auch nicht glauben.«

Maat Long erschien wie durch ein Wunder, hellwach und immer noch in fleckenloser weißer Jacke.

»Zeit für die Koje, Sir?«

Frazier nahm einen Arm und Long den anderen. Wenn Long nicht noch da gewesen wäre, hätte er es allein schaffen müssen.

Sie müssen wohl das gleiche Bild abgegeben haben wie drei Urlauber, die nach einem sehr feuchten Landgang an Bord zurückkehren.

Frazier sagte: »Ich muß noch ein Telefongespräch nach Land führen, Long. Ich bleibe an Bord heute nacht, oder sagen wir für den Rest der Nacht.«

Er blieb noch in der Tür stehen und sah zu, wie Long Sherbrookes Beine auf die Koje legte. Er schaltete das Licht nicht aus. Von der Angewohnheit hatte er von irgendeinem anderen gehört.

Er hatte den Kommandanten vorher noch nie so bezecht gesehen, und er wunderte sich darüber, daß er das rührend fand.

Long atmete tief aus. »Sie werden einen ordentlich dicken Kopf haben, morgen früh, Herr Kapitän!« Er lächelte. Der Kommandant war sehr menschlich. Die netten Leute, die vorhin mit hier auf der Kammer waren, würden alle Verständnis dafür haben. Er sah sich in der Kammer um und sagte ruhig: »Also geht es wieder los, alte Dame. Keine Ruhe für die Gottlosen, nicht wahr?«

In der Karaffe war noch etwas Weinbrand übergeblieben, den nahm er mit in seine Pantry.

Das kam mit der Stellung.

Konteradmiral Vincent Stagg schlürfte etwas Kaffee und schnitt eine Grimasse. »Mist! Bringt man den Leuten heutzutage überhaupt nichts mehr bei?«

Sherbrooke sah sich in der großen Kammer um. Es sah aus, als sei ein Wirbelsturm durch die Kammer gerast. Uniformen hingen offen auf Kleiderbügeln und warteten darauf, weggestaut zu werden; Golfschläger lagen herum, und eine Kiste Wein stand an Deck; fast alle Stühle waren mit Akten und Fernschreibheftern bedeckt. Er hatte den Sekretär des Admirals in sein Büro rennen sehen, seine Arme waren voll von weiteren Unterlagen über die Einsatzfähigkeit der Schiffe.

Stagg sah ihn neugierig an. »Sie haben das gut gemacht während meiner Abwesenheit, Guy. Ich wußte das ja vorher.« Er zog seine krumme Nase in Falten. »Das ganze Schiff stinkt nach Farbe, der Großteil davon ist wohl noch feucht, so wie das aussieht. Sie müssen mal ein ernstes Wort mit Frazier reden. Die hatten zuviel Zeit im Hafen, das ist das Problem. Die haben sich völlig an das Landleben gewöhnt!«

»Es war alles eine Hetze, Sir. Ich bin immer noch nicht glücklich mit...« Er hielt inne, als Staggs Chefsteward, gerufen durch die Klingel auf dem Tisch, erschien.

»Sir?« Price hörte sich vorsichtig an.

Stagg sagte: »Mehr Kaffee. Ich würde ja gern etwas Stärkeres nehmen, aber die Sonne ist noch längst nicht über der Rahnock.« Er lachte kurz. »Auch nicht für mich!« Er sah auf einige Papiere. »Ich hab' gehört, daß die Party ein Erfolg war. Die für diesen Kanadier. Wie heißt er gleich?«

»Rayner, Sir.«

Sherbrooke beobachtete ihn. Er hatte noch etwas anderes auf Lager. Die ganze Vorrede war nur vorgeschoben und Bluff.

»Man hat mir gesagt, daß es dem Admiral gefallen hat. Gute Sache. Und wie sieht's mit dem Ersatz für die im Mittelmeer gefallenen Leute aus? Ihre Sache, ich weiß das alles, aber ich möchte informiert sein.«

»Zwei sollen noch kommen, Sir.« Er wartete, während Stagg nach seiner Zigarrendose suchte. »Haben Sie schon einen neuen Adjudanten gefunden, als Sie in London waren?«

Stagg zuckte mit den Schultern. »Mehr oder weniger. Der

stößt später zu uns. Gute Beurteilungen und der richtige Verwendungsvorlauf. Wir müssen abwarten.«

Price kam und ging, der Kaffee wurde nicht angerührt.

»Sie werden es früh genug erfahren, Guy, und es ist streng geheim. Die Landung soll in Sizilien erfolgen, für uns ist das überhaupt keine Überraschung, aber die Planer in der Admiralität in Whitehall wollen ein paar Ablenkungsmanöver starten, um den Feind im Ungewissen zu lassen. Es wird schwierig werden, egal wie es läuft. Aber *es muß klappen*. Alles wird von der ersten Phase abhängen, und die Rolle der Marine wird von größter Wichtigkeit sein. Das ist nichts Neues, aber ich will, daß das jeder Seemann hier weiß.«

»Wir beginnen morgen mit der Munitionsübernahme, Sir.«

Stagg hörte nicht zu. »Ich hab' den Werftbericht gelesen.« Er sah ihn abwartend an. »Und Ihre Stellungnahme dazu. Um ehrlich zu sein, nach meiner Einschätzung ist Ihre Stellungnahme völlig daneben. Da hätte ich von Ihnen was anderes erwartet.«

Das also war es. Sherbrooke sagte: »Ich dachte ... ich denke immer noch, daß die Instandsetzungen zu geizig und unvollständig ausgeführt worden sind. Unser letztes Gefecht hat gezeigt, mit welchen Schäden wir rechnen müssen. Ganz offen, Sir, ich denke, daß dadurch das Schiff gefährdet wird.«

»Im Ernst?« Stagg lächelte. »Und das sagt ein Mann, der einen deutschen Kreuzer wie tollkühn angreift und auch sein Schiff fast völlig aufstoppt, um drei Überlebende zu retten? Also, ich sag Ihnen, das nenne ich Gefährdung des Schiffes.«

»Das war gerechtfertigt, Sir.«

Stagg stand auf, er kümmerte sich nicht um die Unterlagen, die von seinem Schoß fielen.

»Die *Reliant* ist eine gute Verwendung für Sie, Guy. Sie brauchten das, vielleicht mehr als Ihnen selbst bewußt ist. Ich habe ja gesehen, welche Wirkung die Ereignisse vorher auf Sie gehabt haben. Ich hatte dafür Verständnis, und Sie wissen, daß für mich an der Stelle jede Kritik aufhört. Sie sind der Kommandant meines Flaggschiffes, und ich weiß, daß es nicht einfach ist, unter mir zu dienen. Aber das soll uns alles egal sein. Die nächsten Monate, ja Wochen sogar, sind entscheidend, und ich meine nicht nur für den Fortgang des Krieges. Vielleicht kann die *Reliant* später ins Dock gehen für eine vollständige, sorgfältige Instandsetzung, *aber nicht jetzt*!«

»Gibt es sonst noch was, Sir?«

Stagg setzte sich wieder und starrte auf die Unterlagen zu seinen Füßen.

»Nur zwischen uns, Guy, ich bin da selbst noch nicht sicher!« Er grinste plötzlich, als ob er zu irgendeinem verblüfften Matrosen bei einer seiner inoffiziellen Ronden sprach. »Vielleicht bleibe ich nicht mehr lange auf der *Reliant*. Hängt davon ab...« Er zuckte mit den Schultern. »Also, es hängt davon ab – belassen wir es dabei.«

Sherbrooke sagte: »Und dann kommt ein anderer Flaggoffizier?«

Stagg sah weg. »Das bezweifle ich. Die *Reliant* wird wohl ihre wohlverdiente Instandsetzung und die zusätzliche Panzerung, die uns schon so lange versprochen worden ist, erhalten. Und danach, also wer will das jetzt sagen?«

Sherbrooke wartete, er war selbst überrascht, daß er so ruhig bleiben konnte. Jetzt noch die große Abschiedsvorstellung, und dann würde Stagg die *Reliant* abschreiben, dann konnte sie weniger wichtige Aufgaben übernehmen.

Stagg fuhr fort: »Es wird ein neuer Dienstposten in Washington eingerichtet, sehr wichtig wegen unserer gemeinsamen Situation mit den Amerikanern im Fernen Osten. Ich hab mich gewundert, daß man mich dafür vorgeschlagen hat. Ich bin natürlich auch stolz, muß ich schon sagen.«

Sherbrooke dachte an all die Gesichter bei Rayners Party: Den Chief, nicht nur das älteste Besatzungsmitglied auf der *Reliant*, sondern auch der, der sie am besten kannte. Frazier, der es aus der gleichen Loyalität abgelehnt hatte, selbst Kommandant zu werden, und Evershed, der Artillerieoffizier, der sich keine Ruhe gegönnt hatte und auch keinen einzigen Tag Urlaub hier in Rosyth genommen hatte, bevor nicht sein Turm B wieder völlig funktionsfähig und jeder Stromkreis zweifach überprüft worden war. Rhodes, der Navigationsoffizier, ein Mann wie ein Felsen und mit besten Fertigkeiten, der mit diesem Schiff wie mit einem Schoner umgehen konnte. Viele Gesichter, die er alle kennengelernt hatte, die alle ein Interesse gemeinsam hatten: das Schiff.

Und dann die Toten. Cavendish, der sich selbst umgebracht hatte, was auch immer die offizielle Version sein mochte. Er hatte soviel für die *Reliant* in den schwersten Tagen des Krieges getan und war dann von der Frau, die er liebte, betrogen worden.

Stagg sagte: »Sie müssen auch an Ihre eigene Zukunft denken, Guy. Sie können ja auch nicht immer und ewig auf dem selben Platz bleiben!«

»Es gibt also keine Änderung beim Auslauftermin, Sir?«

»Nein. Dies ist unsere große Chance. Die lasse ich mir nicht verderben.« Er setzte sein berühmtes Grinsen auf. »Durch niemanden!«

Sherbrooke nahm seine Mütze. Als er Stagg wieder ansah, konnte er keinerlei schlechte Gefühle bei ihm feststellen. Der *Kampf-Admiral*.

Stagg sagte: »Wir gehen nach Scapa Flow. Dort werden wir uns mit *Seeker* und unseren Zerstörern treffen.« Er zog die Stirn in Falten. »Mir ist Ersatz für *Montagu* zugesagt worden. Das dauert alles viel zu lange!« Und dann ging er zum nächsten Thema über, das ihm dringlicher erschien. »Der Kreuzer *Assurance* wird Teil unserer Gruppe. Der Kommandant, Jock Pirie, ist ein alter Freund von mir. Das sieht ja schon ganz gut aus.«

Als er die Kammer verließ, ging Villar fast ohne ihn zu beachten an ihm vorbei.

Stagg sagte zu ihm: »Haben Sie den Anruf an Land für mich angemeldet? Na prima.«

Sherbrooke schloß die Tür. Wen er wohl anrufen will, fragte er sich. Staggs aufmerksame Frau oder die elegante Jane oder sonst irgend jemand anderes?

Es war egal. Jetzt waren andere Dinge wichtiger, und es stand zuviel auf dem Spiel.

Er ging raus an Deck, die Sonne schien grell, aber ohne Wärme.

Der bartlose Kapitänleutnant Frost, der die Wache hatte, stellte sich aufrecht, als er seinen Kommandanten unter den Rohren des Turmes C durchgehen sah. Einen Augenblick dachte er, er hätte irgendwas vergessen, das der Kommandant ihm aufgetragen hatte.

Dann erinnerte ein Lautsprecher ihn wieder an seine Pflichten.

»Pfeifen und Lunten aus. Weitermachen mit Dienst!«

Sherbrooke ergriff die Reling und sah auf das ölige, schmutzige Hafenwasser zwischen Schiff und Pier herab.

Er hatte laut vor sich hingesprochen, ohne davon selbst etwas zu bemerken.

»Ich werde dich nicht verlassen, meine Dame, verlaß dich drauf.« Die dicke Achterspring aus Draht kam plötzlich steif und knirschte ordentlich auf dem Poller auf der Schanz.

Sherbrooke sah zum White Ensign, der Seekriegsflagge, empor, die still und unbewegt vom Flaggenstock herabhing. Es war nicht der mindeste Wind da, und dennoch hatte sich die *Reliant* bewegt.

Die Bindung an das Schiff war da, stärker als je.

16

Sturmwarnung

Trotz der Anwesenheit etlicher Offiziere war es in der Offiziermesse der *Reliant* ungewöhnlich ruhig. Kein Steward bediente, die Durchreiche von der Pantry und alle Türen waren geschlossen. Eine Wache der Marineinfanterie im äußeren Vorraum stellte sicher, daß die Besprechung nicht gestört wurde.

Frazier meldete: »Vollzählig, Sir.« Seine Stimme war kurz und formell. Mit »vollzählig« meinte er die Stabsoffiziere und Hauptabschnittsleiter der *Reliant*, die für die Versorgung, Bewaffnung, den Betrieb und den Einsatz dieses großen Schiffes verantwortlich waren oder sich um die Verletzungen der Besatzungsmitglieder kümmerten, wenn das erforderlich wurde.

Sherbrooke blieb an einem kleinen Tisch stehen und wartete, bis alle Platz genommen hatten. Das ganze Schiff schien von Ruhe erfaßt, nur die Lüftung summte und verriet Leben im Schiff.

Das Gefecht mit dem deutschen Kreuzer *Minden*, der haarscharfe Zwischenfall mit dem getarnten Minenleger und sogar die nervenaufreibende Beschießung der alten französischen Marinewerft in Ferryville bei Bizerte, dieser Höhepunkt des Unternehmens *Sackleinen*, all das war geistig verarbeitet und erledigt, wenn nicht sogar vergessen. Sie hatten nach der Werftzeit eine sehr kurze Ausbildungsphase mit der ganzen Schlaggruppe durchlaufen. Danach war es wieder nach Süden gegangen, und hätten nicht die Vorhänge vor den Bullaugen das gleißende Sonnenlicht zurückgehalten, wäre die natürliche Festung Gibraltar wieder als Hintergrund und Ausgangspunkt für die nächste Stufe der maritimen Operationen zu sehen gewesen.

Sherbrooke hatte noch nie gleichzeitig eine solche Armada von Schiffen gesehen und auch nicht so viele Typen und Klassen: Geleitschiffe und Versorger, Landungsschiffe mit Panzern und größere Einheiten, die ganze Flottillen von schuhkastenartigen Booten trugen, die die Infanterie an die vom Feinde besetzten Strände und Küsten bringen sollten. Im östlichen Mittelmeer würde es genauso aussehen; von Alexandria bis Malta, und auch in den zurückeroberten Häfen entlang der nordafrikanischen Küste warteten die Streitkräfte auf den Angriff, sie waren so einsatzbereit, wie man es realistischer Weise nur erwarten konnte.

Geheimhaltung war dabei eine ungewisse Sache; nur der Erfolg würde zählen. Es gab keine Alternative.

Auf allen Schiffen taten die Kommandanten jetzt das gleiche: ihren Leuten erklären, was von ihnen erwartet wurde.

Stagg war an Land beim Admiral, und Sherbrooke wunderte sich selbst, daß er über seine Abwesenheit so erleichtert war. Stagg war ohne Frage ein absoluter Meister in solchen Dingen und hätte in der ihm eigenen Art, die sie alle kannten, der Sache den richtigen Geschmack gegeben .

Sherbrooke sagte: »Meine Herren, da Sie ja die Marine gut kennen, bin ich sicher, daß Sie wissen, warum ich Sie zusammengerufen habe. Also, wahrscheinlich wußten Sie es schon, bevor es mir überhaupt klar war.«

Er sah sie an, die Männer, die die wichtigen Dinge dieses Schiffes lenkten und steuerten. Onslow, den Chief, unerschütterlich in seinem Sessel ruhend, Farleigh, den schmallippigen Schiffsarzt, und Rhodes. Evershed, der Artillerieoffizier, und Palliser, den Major der Marineinfanterie, er sah jetzt in seiner Khakiuniform einem Heeressoldaten ähnlicher als je zuvor. Bearcroft, den Versorgungsoffizier, der auf ein paar Gramm genau wußte, wieviel Cornedbeef man benötigte, um alle Artilleriestationen mit Sandwiches zu versorgen; und dann natürlich den Kerl, John Frazier. Sie alle trugen weiße Uniformen und sahen aus wie Fremde, nachdem sie die gefütterten Seestiefel und Dufflecoats des Nordatlantiks abgelegt hatten.

»Ich habe hier einen Funkspruch, den Admiral Cunningham, der Oberbefehlshaber, an alle Schiffe und Einheiten, die an dieser großen Operation teilnehmen, gemacht hat.« Er sah, wie Rhodes sich leicht vorüberbeugte, seine kräftigen Finger hatte er ineinander verschränkt, er hörte genau zu und er erinnerte sich bestimmt gut an den Glückwunsch-Funkspruch, den Cunningham nicht an irgendeine bestimmte Person, sondern an das Schiff geschickt hatte. »Wir werden jetzt das wichtigste Unternehmen des Krieges beginnen – wir werden zum ersten Mal den Feind auf seinem eigenen Territorium angreifen.« Er versuchte zu lächeln, fühlte aber, daß es ihm nicht recht gelang. »Für uns, meine Herren, wird dies die Operatio *Husky*. Die Invasion Siziliens.«

Vielleicht hatte es ja Beifall oder irgendein anderes Zeichen der Loyalität und des Vertrauens gegeben, als Nelsons Schiffe vor der grausamen Schlacht am Nil hier eine Ruhepause eingelegt hatten. Heute gab es nur ein paar kurze Blicke, der Chief ließ einen tiefen Seufzer hören, entweder der Erleichterung oder wegen der Anforderungen, die dieses Unternehmen für seinen Hauptabschnitt in den Kessel- und Turbinenräumen bedeuten würde.

»Sie werden gründlich eingewiesen, wenn wir den Operationsbefehl erhalten haben. Unsere Hauptaufgabe wird es sein, die Landungstruppen an den südlichen und südöstlichen Stränden zu unterstützen, die achte Armee mit unseren kanadischen Freunden steht an ihrer linken Flanke. Die siebte US-Armee wird weiter im Westen angreifen und landen. Das Ganze wird mit voller Luftunterstützung und auch mit Luftlandetruppen in Segelflugzeugen ablaufen. Jagdschutz wird im erforderlichen Umfang bereitstehen. Geben Sie soviel an Ihre Untergebenen weiter, wie Sie es für richtig halten. Es werden viele Männer an diesem Unternehmen beteiligt sein. Wir wollen unseren Beitrag leisten, daß keiner vermeidbar zu Schaden kommt.« Er machte eine Pause. »Irgendwelche Fragen?«

Es war der Chief, er hatte das auch erwartet.

»Wie lange wird das ganze dauern, Sir?«

Er antwortete ohne Zögern: »Maximal drei Wochen. Ich rechne mit weniger.«

Wieder gab es ein oder zwei Seufzer. Nun war es kein Gerücht mehr oder irgend etwas, das vage für das nächste Jahr oder für spätere Monate geplant war. Für die *Reliant* und ihren Verband ging es jetzt los.

Es gab keine Fragen mehr. Sherbrooke sagte mit ruhiger Stimme: »Lassen Sie mich noch hinzufügen, daß ich mir keine andere Besatzung wünschen könnte als diese, sollte es wieder zu einem Gefecht kommen.«

Rhodes sprang auf. »Das gilt auch für uns, Sir!«

Alle standen auf, und Evershed war drauf und dran, Beifall zu klatschen.

Sherbrooke ging hinaus. »Vielen Dank, John. Es ist ja immer nicht einfach, die Leute zu bitten, doch zum Sterben bereit zu sein. Das war wohl schon immer nicht einfach.«

Er lächelte kurz. Vielleicht auch nicht einmal für Nelson.

Die Augen des Postens der Marineinfanterie folgten ihm. *Ich war da, als der Alte rauskam. Der hat mir direkt in die Augen gesehen und sagte nur: »Sizilien – können Sie den anderen erzählen. Wir werden die Bastarde umbringen!«*

Auf dem Katapultdeck beobachtete Rayner die Flugzeugmechaniker, die Wartungsarbeiten an den beiden Walroß-Wasserflugzeugen durchführten. Mit nacktem Oberkörper und mit Shorts sahen sie hier in der Sonne wie zu Hause aus.

Eddy Buck wischte sich die Hände in einem alten Lappen ab und sagte: »Da drüben, auf der anderen Seite der Bucht, meinst du nicht auch, daß die Spanier das hier alles genau beobachten? Und es ihren Freunden mit den Kommißstiefeln weitersagen? Mein Gott, das würde ein Gemetzel geben bei uns hier, wenn sie hier auf einmal angreifen würden!«

Rayner sah seinen neuen Funker und Bordschützen aus dem Flugzeug klettern. Es war ein länger Dienender, ein Hauptgefreiter, noch sehr förmlich, ihm war der lockere Umgang in der kleinen Besatzung noch ungewohnt. Sein Name war Percy Moon, und genau wie sein Vorgänger Jim Hardie war er aus London. Als er ihn zum ersten Mal sprechen hörte, dachte Rayner, der tote Bordschütze sei wieder da.

Sie sahen beide zu einem Zerstörer hinüber, eine plötzliche laute Beifallskundgebung klang von dort über die Reede.

Rayner sagte ruhig: »Also, es geht los. Ich hatte mich schon gefragt, weshalb der Kommandant die Hauptabschnittsleiter zusammengerufen hat.«

Buck sah ihn an, sein Gesicht war ungewöhnlich ernst für einen, der sonst immer eine witzige Bemerkung auf Lager hatte.

»Das wird aber auch noch nicht das Ende sein, denke ich.«

Rayner grinste und klopfte auf seine nackte Schulter. »Wohl kaum. Es wird noch viele Jahre weitergehen. Wir beiden werden dann irgendwann zu alt sein, um überhaupt noch in so eine verdammte Fledermaus reinklettern zu können!«

Bucks Stimmung wurde nicht besser.

»Wenn was schiefgeht ... ich mein, wenn ich die schwarzen Essensmarken empfange ...«

Rayner sah ihn an. »Ja, ja, ich weiß, ich darf deine Portion Frühstückseier haben ...«

Dann packte er ihn an der Schulter: »Hör zu, Eddy. Wir bleiben zusammen, was auch passiert.«

Sie sahen beide zum Gibraltar-Massiv empor, die Spitze verschwand im Dunst.

Rayner sagte: »Denk dran, ich verlaß mich auf dich als Trauzeugen.«

Sie lachten beide, die anderen Besatzungsmitglieder sahen auf und grinsten auch, obwohl sie nicht gehört hatten, um was es ging.

»Da kommt eine Pinasse!«

Rayner hielt die Hand über die Augen, um die Reflektion des Sonnenscheins abzuschirmen. Es war die bekannte grüne Pinass mit der Admiralsflagge auf beiden Seiten des Stevens, eben die, mit der er zusammen mit Sherbrooke an jenem kalten Tage in Schottland an Bord gekommen war.

»Seine Lordschaft kommt wieder an Bord.« Er sah zu, wie der Ehrenzug sich gerade außerhalb des stramm gespannten Sonnensegels formierte, damit die Bajonette der Marineinfanteristen keine Löcher in das Segeltuch stachen.

Buck sah ihn an. »Du bist kein großer Verehrer von Konteradmiral Stagg, oder, Dick?«

»Nein, der Mann ist gefährlich.« Er suchte nach einer passenden Beschreibung. »Mein Vater hat von den Generälen in seinem Krieg erzählt. Alles Mist und kein Verstand.« Er drehte sich um, er war verärgert und verstimmt, ohne daß er selbst wußte, warum. »Die haben nie über die Leute nachgedacht, die sie in den Tod geschickt haben. Also, der ist auch so. Wenn Mist Musik wäre, dann wäre der das ganze verdammte Blasorchester.«

Buck lächelte. »'n guter Landgang in Gibraltar, das ist das, was uns fehlt, alter Knabe!« Er sah, daß die schlechte Stimmung verschwand. »Erinnerst du dich an neulich? Das hat dazu geführt, daß du jetzt verlobt bist. Ich stecke eben voller Überraschungen!«

Die Seite ertönte und die Marineinfanteristen des Ehrenzuges präsentierten das Gewehr.

Stagg grüßte und sah das Hauptdeck entlang, mehrere Arbeitstrupps machten Front zur Stelling und standen im Stillgestanden.

Dann sah er neugierig auf Sherbrooke. »Sie haben es weitergegeben, nicht?

»Ja, Sir.« Er wußte, daß Stagg ihm sowieso nicht zuhörte.

»Diese Blödmänner auf der *Marathon* brüllten laut Beifall! Lassen Sie den Kommandanten kommen und verpassen Sie ihm einen ordentlichen Anschiß! Sicherheit!« Er zog die Nase hoch. »Es ist ein Wunder, daß das Datum der Landung noch nicht auf der Titelseite der Marinezeitung *Reveille* steht.«

Sie gingen in den kühleren Schatten, und Stagg sagte: »Wir gehen auf Ihre Kammer. In meiner Kammer warten mein Sekretär und der Adjudant.«

Sherbrooke trat zur Seite und sah zu, wie Stagg zu seiner Kammer ging.

Long erschien aus der Pantry und fragte: »Kann ich Ihnen irgend etwas bringen, Sir?«

Stagg sagte grob: »Sie können verschwinden!«

Dann drehte er sich um und starrte Sherbrooke an. »Ich war beim Admiral. Er hat mir einen langen Vortrag gehalten im Auftrage der Admiralität in London, alles wegen der Instandsetzung in Rosyth und Ihrer Kommentare über die Qualität der Arbeit. Das hat ihm ordentlich Spaß gemacht, das konnte ich merken!«

»Als Kommandant der *Reliant* hatte ich überhaupt keine andere Wahl, Sir.«

»Also, wenn hier irgendeiner eine Wahl hat, bin ich das! Wie stand ich denn da! Ich sage Ihnen eins, Guy, und das sage ich Ihnen nur einmal. Ich habe dafür gesorgt, daß Sie hier Kommandant wurden! Denken Sie daran, wenn Sie das nächste Mal hier den lieben Gott spielen wollen!« Eine

Strähne seines Haares war über sein Auge gefallen, aber er schien es nicht zu bemerken. »Und denken Sie daran, ich kann Ihnen das Schiff genausoleicht wieder wegnehmen und mir einen Kommandanten besorgen, der das Ziel kennt!«

Sherbrooke sagte leise: »Der tut, was ihm gesagt wird, egal, ob es richtig oder falsch ist – ist es das, was Sie meinen, Sir?«

Stagg fegte das Haar aus seinem Gesicht und zog sich seine schöne Mütze mit den zwei Reihen goldener Eichenblätter über den Kopf. »Genau. Ja, ganz genau!«

Sherbrooke sah mehrere Minuten aus einem offenen Bullauge, nachdem Stagg mit Türknallen die Kammer verlassen hatte. Vielleicht gab es jemanden mit hohem Rang in der Admiralität, bei dem Stagg schlechte Karten hatte, oder vielleicht war auch ein anderer Name für die Traumverwendung in Washington aufgetaucht, einen Grund für Staggs schlechte Laune mußte es geben.

Er sah gedankenverloren auf die Reihen von Truppentransportern und Landungsfahrzeugen, die zahllosen Figuren in Khaki, die auf den übervölkerten Decks spazierengingen oder herumlagen. Eine Armee bei der Vorbereitung zum Einsatz, eine Armada, wie die Welt sie vorher noch nie gesehen hatte.

Er berührte den Brief in seiner Tasche, der heute an Bord gekommen war. Er hatte bis jetzt immer noch keine Zeit gefunden, ihn zu öffnen, er setzte sich und sah ihre Handschrift an, die ihm nun nicht mehr fremd war. Er bildete sich ein, Stagg in der Ferne lachen zu hören. Der schauspielerte wieder, wie auf Zuruf.

Er hatte immer gewußt, daß es so kommen würde, er hatte wohl nur Angst gehabt, das Schiff zu verlieren.

Jetzt zwang er sich, zu entspannen, Muskel um Muskel. Er hätte es schon längst merken müssen, daß Stagg es war, der Angst hatte.

Es ist ein herrlicher Tag hier in London, und bei dem Sonnenschein fühlen die Leute sich wohl. Ich schreibe diese Zeilen in meinem Büro, weil ich möglichst schnell mit Dir Verbindung aufnehmen will. Heute habe ich neue Nachricht erhalten ...

Später sah Long herein, er war sehr bemüht und machte sich Sorgen.

»Vorhin, das tut mir leid, Sir.«

Sherbrooke sah ihn an. »War nicht Ihr Fehler. Ich hätte die Sturmwolken selbst sehen müssen.« Er drehte den Brief noch einmal um. »Einen Weinbrand, Long.« Als der Maat losrannte, fügte er hinzu: »Zwei Gläser. Sie können gerne mitfeiern.«

Long machte Augen wie Untertassen. »Feiern?« wiederholte er.

Sherbrooke sagte ruhig: »Ich werde heiraten.« Dann lächelte er. »Nun doch noch.«

Long rannte fast in die Pantry, und Sherbrooke sah mehrere Sekunden auf ein Bild des Schiffes bei Höchstfahrt, aufgenommen zwischen den Kriegen.

Aber jetzt erstmal, meine Dame, die Operation Husky.

Es war ein vollkommener Morgen, schön, sonnig und warm ... fast schon zu perfekt. Emma Meheux war zu ihrer Nachbarin in der anderen Etagenwohnung zum Frühstück gegangen; niemand sonst verstand es so, aus Eierpulver so perfektes Rührei zu machen. Kurze, wertvolle Augenblicke, wie der, wenn sie zusah, wie Ellens Katze das Stück Fisch auffraß, für das sie Schlange gestanden und sich dabei über Lebensmittelkarten und Bekleidung unterhalten hatte. Der Schwarzmarkt und die Wiederaufführung von »Vom Winde verweht« waren auch Themen gewesen.

Als sie das beschlagnahmte Gebäude an der Themse betrat, hatte sie es sofort gespürt. Wie einen kalten Wind.

Der wachhabende Portier hatte gesagt: »Eine Besucherin

für Sie, Mrs. Meheux. Ich hab' sie schon in Ihr Büro geschickt.«

Als sie weiterging, stellte sie fest, daß die Tür von Kapitän zur See Thorne geschlossen war, aber irgendwie war ihr klar, daß er drinnen war. Das war an sich schon ungewöhnlich. Er schien sonst immer auf sie zu warten, egal wie früh oder spät es war.

Sie machte die Tür auf und sah eine Frau in ihrem Zimmer sitzen, mit einer geschlossenen Zeitung auf dem Schoß. Ein Offizier der Marinehelferinnen, wie die, die sie auf der *Reliant* gesehen hatte.

Sie stand auf und streckte ihr die Hand entgegen. »Bitte entschuldigen Sie, Mrs. Meheux. Ich habe es nicht geschafft, sie anzurufen.« Sie lächelte. »Ich bin Zweiter Offizier Slade, Julie, wenn Sie möchten. Ich bin bei der Fürsorge.«

Sie setzte ihren hübschen Dreispitz ab und schüttelte ihr Haar; sie war erst in den Dreißigern, aber ihr Haar war eisgrau. Sie hatte ein starkes, intelligentes Gesicht, in beeindruckender Weise schön und auffallend.

Emma sagte: »Fürsorge? Gibt es was Neues?«

Die Marinehelferin setzte sich wieder. »Dies ist ja eigentlich keine Sache der Marine, aber die Fürsorge kümmert sich um alle drei Teilstreitkräfte, und Major Wallis hielt es für richtig, daß ich Sie aufsuche. Kennen Sie ihn?«

Emma schüttelte den Kopf. Noch ein Name, ein Mann in einer anderen Uniform. »Vielleicht hat er mir einen Brief geschrieben. Viele Leute haben versucht . . .«

»Ich verstehe. Egal, der Chef des Stabes, Vizeadmiral Hudson, hat zugestimmt. Sie sind ja für alle Verschlußsachen ermächtigt und hier sehr angesehen, da ist es auch angebracht und passend.«

»Es geht um meinen Gatten, nicht?«

»Ja. Sie erhalten natürlich noch ein offizielles Schreiben. Es ist schon eins an Ihre Anschrift in Bath geschickt worden, daß war ein idiotisches Versehen unsererseits.«

Sie sagte: »Ich glaube, ich habe das schon geahnt. Ich weiß . . . nicht recht.«

Die Marinehelferin sagte: »Es gibt leider viele solche Fälle. Als die Japaner Singapore besetzt haben, haben sie auch alle Fernmeldeverbindungen abgeschnitten. Die Einheit Ihres Mannes wurde von der Hauptmacht getrennt, und während der Kämpfe wurde Ihr Gatte verwundet.«

»Aber seit wann wissen Sie das denn? Warum erfahre ich das erst jetzt?«

»Viele unserer Truppen haben versucht, aus Singapore zu entkommen, auf Marinefahrzeugen, in Booten der dortigen Bewohner, ja sogar mit Dschunken. Meistens ging das schief. Das nächste Land, das noch nicht von den Japanern besetzt war, war Java.«

Sie nickte und erinnerte sich an die Zeitungsausschnitte und Akten, die sie studiert hatte, als sie versucht hatte, den Ablauf zu verstehen und warum das so passiert war.

»Aber ein paar kamen durch, sie wurden meistens von javanischen Fischern versorgt, nicht immer nur aus patriotischen Gründen.« Die Marinehelferin sah sie mit ruhigem Blick an. »Wir wissen jetzt, daß bei einem Geheimunternehmen auf einer der Inseln dort drei britische Soldaten lebend angetroffen wurden, sie waren auch bei leidlich gutem Gesundheitszustand. Sie haben eine Beschreibung von dem gegeben, was beim Fall Singapores passiert ist. Leutnant Meheux wurde verwundet, aber er bestand darauf, noch zurückzubleiben, um die Vorräte und das Gerät in die Luft zu sprengen. Das hat es für die drei auch möglich gemacht, zu entkommen.«

Emma stand auf ihren Füßen, sie konnte sich nicht erinnern, aufgestanden zu sein. Sie berührte das Antisplitter-Klebeband auf den Fensterscheiben und starrte auf die Straße unter ihr; auf die roten Busse, die Uniformen, die sorgenfreien Leute in der Sonne, die Wunden des Krieges waren dort für einen Augenblick überdeckt.

Sie hörte sich selbst sagen: »Und was ist mit der Erkennungsmarke? Mir wurde gesagt, er sei auf einem Schiff gewesen, das torpediert worden ist.«

»Ja.« Die Marinehelferin hatte sich neben sie gestellt und eine Hand auf ihre Schulter gelegt. Das war keine Geste des Mitleids oder der Sympathie, sondern des Verstehens, der Stärke. »Man nimmt an, daß er sie jemandem mitgegeben hat. Damit man Bescheid wissen sollte.« Die Marinehelferin beobachtete Emma, und die Hand auf der Schulter sagte all das, was nicht in Worten ausgedrückt werden konnte.

Emma sagte: »Und das hat nun so lange gedauert. Über ein Jahr, und keiner hat es gewußt oder sich drum gekümmert.«

Sie merkte, daß die Marinehelferin sie ansah, ihre Hand war absolut ruhig.

»Entschuldigen Sie, Julie. Das war ja auch nicht einfach für Sie, oder?«

Die Marinehelferin lächelte schwach. »Es ist schwierig in solchen Fällen.«

»Wissen seine anderen Verwandten schon davon?« Sie war erschreckt darüber, daß sie sich kaum noch an Philips Mutter erinnern konnte.

Die andere Frau sah auf ihre Uhr. »Dort wird es jetzt auch gerade mitgeteilt, glaube ich.«

Emma ging an ihren Tisch, sie starrte auf die Briefe und Akten, den Papierkrieg.

»Sie haben ihn dann getötet, weil er das gemacht hat, nicht?«

»Ja.« Sie nahm ihren Hut. »Die Überlebenden haben das fast alles beobachtet.«

Sie hätte sie gerne umarmt, um ihr etwas Erleichterung zu geben, aber Emma Meheux hatte eine Stärke eigener Art. Sie war jetzt auch frei von etwas, das bisher über ihr geschwebt hatte, so war das auch bei vielen anderen gewesen, die die

Marinehelferin besucht hatte. Es würde sicher schwer für sie sein, dem weiteren Ablauf ins Auge zu sehen, aber es würde zu schaffen sein. Es würde auch überhaupt nicht weiterhelfen, ihr auch noch zu erzählen, daß ihr Gatte vom siegreichen Feind enthauptet worden war.

Die Marinehelferin fragte plötzlich: »Haben Sie jemanden? Jemanden, an den Sie sich halten können? Wenn nicht, ich bleibe gern noch. Wir könnten einen Drink nehmen oder so was.«

»Ich werde das schon schaffen, Julie, vielen Dank. Ja, ich habe jemanden.«

»Das freut mich.« Sie streckte ihre Hand aus. »Rufen Sie mich an, wenn Sie etwas brauchen.« Dann ging sie.

Wie lange sie an ihrem Schreibtisch gesessen hatte, wußte Emma nicht. Das Telefon schwieg und Kapitän Thorne störte sie auch nicht.

Sie berührte ihre Augen mit den Fingerspitzen und erinnerte sich an ihren Lippenstift auf seinem Mund. *Ja, ich habe jemanden.* Das kam so leicht raus.

Dann holte sie ihr Schreibpapier hervor und öffnete ihren Füllfederhalter.

Lieber Guy . . . Sie wischte sich die Augen mit dem Handrücken aus, als eine Träne auf das Papier tropfte. Sie zerriß es und begann von vorne. Er sollte nicht abgelenkt werden, jetzt nicht.

Mein liebster Guy, es ist ein herrlicher Tag hier in London.

Sie sah auf, als die Tür ganz langsam aufging, draußen stand Kapitän Thorne, sein Gesicht zeigte Bemühen, und er wirkte sehr alt.

»Kann ich irgend etwas machen, Emma? Ich könnte Ihnen einen langen Urlaub genehmigen, oder wollen Sie eine Versetzung nach Bath, zu Ihrer Familie?«

Er gab sich Mühe, aber es machte sie nur traurig, ihn so zu sehen. Mit diesem Mann konnte man auskommen.

»Ich komme schon zurecht, Sir.« Sie sah auf ihren Brief.

»Ich möchte gerne hier bleiben. Da bekomme ich mit, was passiert. Dann weiß er immer, daß meine Gedanken bei ihm sind...«

Aber das Büro war leer, Thorne war schon gegangen. Sie war noch nicht fertig, sie hatte gerade erst angefangen zu schreiben.

Wenn bloß... Sie schüttelte wieder mit dem Kopf und schrieb: *Heute habe ich neue Nachricht erhalten.*

Sie sah auf den Ring an ihrem Finger, dann nahm sie ihn vorsichtig und mit voller Überlegung ab.

Fregattenkapitän Frazier ging langsam nach achtern, an der Wache machte er eine Pause und sah auf den Felsen von Gibraltar, die funkelnden Lichter der Stadt, die vom Wasser reflektiert wurden, in das die Boote der Schiffe lange phosphorisierende Kielwasser schnitten, die fast aussahen wie Kometenschweife. Ob die Leute hier an Land wohl wußten, wie gut sie dran waren, fragte er sich. Sie erlebten den Krieg nur aus der Entfernung, nur durch den Anblick der Schiffe, die ausgebrannt, manche mit Schlagseite, zur Rettung in den Hafen krochen, oder nur durch den Ausdruck der Gesichter eifriger, junger Soldaten, die nach Souvenirs suchten oder sich lediglich mal amüsieren wollten. Ob sie sich jemals fragten, was mit all den Soldaten, Matrosen und Fliegern passierte?

Er blieb am Pult vor dem offenen Wachmeldebuch stehen.

Der Maat der Wache beobachtete ihn mit Sorge. Frazier war in Ordnung, viel besser als die meisten anderen, aber man konnte sich bei ihm keine Lauheiten erlauben.

Er sagte: »Die Urlauber sind alle noch an Land, Sir. Die Bootsbesatzungen der Wache sind gerade angetreten.«

Frazier nickte. Er dachte immer noch an den Kommandanten, wie der ihn zu einem Gin auf seine Kammer eingeladen hatte und ihm dann von dem Mädchen erzählt hatte, die er ja getroffen hatte, als seine Frau Alison so grob gewesen war.

Er sah nach achtern. »Sind die noch beim Essen? Wissen Sie das?«

»Nein, Sir. Ich hab gesehen, wie Chefsteward Price noch eine Flasche aus der Pantry geholt hat.«

Der Maat der Wache, der Mann an der Tür des ganzen Schiffes, wußte alles. Das mußte er auch.

Frazier seufzte und ging hinab in das Deck mit den Kammern, wo er auch das Mädchen, das mit einem Kriegsgefangenen verheiratet war, hingebracht hatte. Er hätte nie im Leben daran gedacht, daß . . .

Price öffnete ihm die Tür und rief über die Schulter: »Der Erste Offizier, Sir!«

Sie waren zu viert, Stagg, der ungewöhnlich rot im Gesicht war, Kapitän zur See Essex vom Geleitträger *Seeker*, Sherbrooke und der Neuling in der Gruppe, Kapitän zur See Jock Pirie, der Kommandant des 20-cm-Kanonen-Kreuzers *Assurance*. Dieser wurde von seiner Besatzung – ob nun liebevoll oder nicht – Kasperle genannt, weil eine riesige rote Nase sein Gesicht beherrschte und alle anderen Gesichtszüge als reines Beiwerk erschienen ließ.

Frazier versuchte die Situation zu erfassen. Der schön gedeckte Tisch, passend für königliche Gäste, die Offiziere in ihren schneeweißen Uniformen, der Wein und das polierte Silber. Maat Long war auch hier. *Zur Mithilfe*, hätte er gesagt.

Heute morgen hatten sie alle die große Neuigkeit erfahren. Sie hatten darauf gewartet und jede weitere Verzögerung verflucht, für den normalen Seemann hatten diese Verzögerungen ausgesehen wie absolute Dummheit.

Husky lief an, sollte Tatsache werden. Sie wußten sogar schon das Datum: der zehnte Juli. So einfach war das.

Stagg sah ihn wohlgelaunt an. »Wollen Sie einen Drink abstauben, Eins-O?«

Frazier antwortete: »Funkspruch, Sir. Ich denke, den sollten Sie sehen.«

Stagg griff den Spruch, sah auf Sherbrooke und sagte: »Wettervorhersage. Sieht nicht gut aus.« Stagg knallte den Spruch auf den Tisch. »Alles alte Weiber! Hat mir der Oberbefehlshaber selbst gesagt! Das Unternehmen ist zu groß. Die Invasionsflotte können wir noch kehrtmachen lassen oder sie verzögern, aber wenn die Sache erstmal angelaufen ist, gibt es keinen Weg zurück, mit Wetter oder ohne Wetter!«

Frazier hatte ein Gerücht über Mißstimmungen zwischen Stagg und Sherbrooke gehört. Das meiste konnte er sich selbst denken: Rosyth, die Sache mit der Panzerung, die Entschlossenheit des Konteradmirals, bei *Husky* vorneweg dabei zu sein. Da brauchte es keine Kristallkugel, um sich den Rest zu denken.

Er sagte: »Ich hab' mit dem Navigationsoffizier gesprochen, Sir. Er wird die Wetterentwicklung verfolgen.«

Sherbrooke lächelte: »Ja, habe ich mir schon gedacht.«

Kapitän zur See Pirie richtete seine Nase auf sie. »Wie ich höre, kommt der Kriegsberichterstatter, Pat Drury, wieder bei Ihnen an Bord?«

Stagg unterbrach. »Falls er es noch schafft. Der Mann hat offenbar die Angewohnheit, im letzten Augenblick vom Molenkopf an Bord zu springen!«

Kapitän zur See Essex sagte gedankenvoll: »Die Schiffe hier in Gibraltar laufen also morgen aus. Kaum zu glauben, daß die Warterei ein Ende hat.«

Frazier sagte: »Absolute Urlaubssperre. Die Streifen sind unterwegs, um die letzten Landgänger zusammenzutreiben.«

Stagg sagte scharf: »Und dann geht es los. Zwölfhundert Seemeilen, und dann machen wir wieder Geschichte.«

Sherbrooke sagte ruhig: »Vielen Dank, John. Wir sehen uns nachher noch.«

Seine Augen sprachen: *Sobald ich hier raus kann.*

Es war ein paar Minuten vor neun, als Sherbrooke es endlich schaffte, Frazier unter dem Turm C zu treffen, gerade so, als ob das verabredet worden sei.

Es war ein bedrohlich aussehender Sonnenuntergang gewesen, und der Himmel war mit langen kupferroten Streifen überzogen. Der Großteil des Hafens lag jetzt im Dunkeln, nur wenige Boote pendelten noch hin und her. Alles war wie üblich, normale Hafenroutine; sie beide hatten sich daran gewöhnt, von ihren ersten Tagen in der Marine in Dartmouth bis zu diesem Augenblick.

Ein paar Männer standen auf der Schanz, der Signalgast vom Dienst, der Wachhabende Offizier, der Maat der Wache und ein Posten. Etwas abgesetzt von den anderen stand der Hornist der Marineinfanterie auf einer kleinen Matte, die aus Tauwerk geflochten war, diese war sinnvollerweise hingelegt worden, um die Planken des Oberdecks vor seinen schweren Stiefeln zu schützen.

Sherbrooke erinnerte sich an Staggs Drohung, denn eine solche war es gewesen. Eine lange Instandsetzung verbunden mit einem Umbau des Schiffes würde bedeuten, daß die *Reliant* vorübergehend außer Dienst gestellt würde und daß ihre Besatzung in die verschiedensten Depots und Kasernenanlagen verteilt werden würde, um von dort auf andere Schiffe oder zu neu aufgestellten Besatzungen versetzt zu werden. In Rosyth hätte ein Teil geschafft werden können; der kleine, dicke Werftdirektor hatte versprochen, daß er eine solche Überholung pünktlich abschließen könne, noch bevor rauskam, daß *Husky* verschoben worden war.

Der Wachhabende Offizier hatte endlich mitbekommen, daß der Kommandant und sein Vertreter anwesend waren und hüstelte nervös.

»Sonnenuntergang, Sir!«

Der Wachhabende Offizier rief: »Zur Flaggenparade!«

Der Marineinfanterist blies, mit dem Gesicht zur Seekriegsflagge, dem White Ensign, den »Last Post«, wie das auf den großen Kriegsschiffen im Hafen üblich war. Routine, Teil ihres Lebens.

Aber es war mehr als das, viel mehr. Sherbrooke und Frazier grüßten beide, als die Flagge niedergeholt und von dem Signalgasten zusammengelegt wurde, bevor sie das Deck berühren konnte.

»Rührt euch!«

Sie gingen zusammen über Deck, und Frazier sagte: »Ich möchte wirklich nicht von der *Reliant* weg, Sir, nicht, nachdem wir jetzt soweit gekommen sind.«

Jemand meldete: »Die anderen Kommandanten kommen an Deck, Sir.«

Sherbrooke freute sich über die Unterbrechung. »Ich kümmere mich drum. Die Fallreeps sollen sich aufbauen!«

Fraziers Worte klangen in ihm nach. Er hätte sie selbst sagen können.

Am Morgen des Auslaufens der *Reliant* hatte sich das Wetter erheblich geändert. Der Wind hatte zugenommen und wehte aus Nord-Westen, das war ungewöhnlich, um es vorsichtig auszudrücken. Sogar Rhodes war davon beunruhigt. Vom Wind aufgepeitschte, kurze, steile Seen würden es den Landungsfahrzeugen, besonders den kleineren, schwer machen, und manche würden den endgültigen Treffpunkt in zwei Tagen vielleicht nicht erreichen.

Reliant war als erste aus Gibraltar ausgelaufen, direkt hinter ihr kam der Geleitträger *Seeker*, und der Kreuzer *Assurance* kam als Letzter. Die Zerstörer, immer noch durch den Verlust der *Montagu* geschwächt, waren zu beiden Seiten stationiert, das Ganze war ein beeindruckender Anblick für die Zuschauer, die das Ufer säumten, auch für die alten Hasen unter ihnen. Es war den Friedenszeiten so ähnlich wie schon lange nicht mehr; die Besatzungen waren in weißen Uniformen in Passieraufstellung angetreten, die Schiffe stationierten perfekt auf den Schlachtkreuzer. Alles, was fehlte, war ein Musikkorps.

Nachdem sie die Bucht verlassen hatten, begannen die ernsten Vorbereitungen auf das, was sie erwartete. Sherbrooke ging auf das Admiralsdeck und sah auf sein Schiff. Die Sonnensegel waren weg, ein leicht ausgefranstes White Ensign hatte die Hafenflagge ersetzt, die Flugabwehrwaffen und die Nahbereichswaffen waren besetzt, und das ganze Schiff ging Kriegsmarschwache.

Er sah eins der Walroß-Flugboote auf dem Katapult, die Mechaniker krochen darauf herum wie kleine Raubtiere. Ein Offizier war dabei, und als er seine Mütze abnahm, um sein blondes Haar zu kratzen, wußte er, daß es Rayner war. Irgend etwas ließ den zur Brücke hochschielen.

Sherbrooke hob seine Hand, dann ging er in die Brücke. Er kannte jetzt ihre Stärken gut. Yorke, der fähige Signalmeister, der sich als ein geistreicher Kopf mit trockenem Humor herausgestellt hatte. Seine Signalgasten, manche erfahren und andere absolute Neulinge; der Brückenmaat an der Schiffslautsprechanlage und ein Läufer mit dem unvermeidlichen Tablett mit Tee. Kapitänleutnant Friar, der Zweite Artillerieoffizier, hatte die Wache, und Drake, dessen rosa Gesicht überhaupt nicht auf Sonne und Wind reagierte, unterstützte ihn. Seine Verantwortung reichte von den unsichtbaren Strahlen des Radars über den Funkraum runter in den Steuerstand.

Er hörte Yorke murmeln: »Und hier kommt unser Frontreporter Jack. Nun kann der Krieg weitergehen!«

Pat Drury, schmuddelig wie immer, kam in die Brücke und grinste. »Tut mir leid, ich bin gestern etwas spät an Bord gekommen, Herr Kapitän. Ich hatte noch einen alten Freund getroffen, mit dem ich früher in der Fleet Street gearbeitet habe.«

Sherbrooke hob sein Glas und sah auf den nächsten Zerstörer, dort blinkte die diamanthelle Morselampe auf.

»Ich dachte, Sie hätten das Boot verpaßt.« Er drehte sich um. »Was will die *Marathon* denn, Signalmeister?« An

Drury gewandt, fügte er hinzu: »Ich glaube, das Wetter wird schlechter. Das ist natürlich genau das, was wir nicht brauchen!«

Yorke setzte sein Teleskop ab: »Von *Marathon*, Sir. Bitte um Erlaubnis zum Artillerieschießen zur Übung.«

»Erlaubnis erteilt.« Er hörte nur halb auf das Klappern der Morselampe. Man mußte schon gut sein, um mit Yorkes Männern mitzukommen.

Drury sagte: »Ist das Wetter denn von großem Einfluß?«

»Für die Landungsfahrzeuge schon.«

Die meisten Soldaten würden sowieso sehr aufgeregt sein, ohne daß sie seekrank an Land rennen und dort den Kampf aufnehmen mußten; aber es hatte keinen Sinn, das alles Drury zu erzählen. Wahrscheinlich wußte der das auch. Die meisten Landungsboote wurden von jungen Offizieren auf Zeit – wie Drake und all die anderen Reserveoffiziere – geführt, die, wie Rhodes es einmal gesagt hatte, »unter Glas großgezogen« worden waren. Sie waren alle unerfahren, ganz einfach, weil eine Invasion dieser Größe vorher noch nie versucht worden war.

»Haben Sie ein paar Minuten für mich, Herr Kapitän?« Drury sah auf das Kartenhaus. »Vielleicht da drin?«

Sherbrooke nickte dem Wachhabenden Offizier zu, einem sehr formalen Kapitänleutnant mit steifem Kreuz, einem echten Produkt der Artillerieschule auf Whale Island.

Das Kartenhaus erschien wieder sehr ruhig und abgelegen im Gegensatz zur Brücke mit all den beschäftigten Wachgängern.

»Bitte schließen Sie doch die Tür.« Er lächelte, als der Zerstörer die Ruhe mit einem Stakkato der Flugabwehrwaffen unterbrach. »Das ist dann ruhiger!«

Drury schloß die Tür und sah ihn mit Neugierde an. Er hatte immer Wert darauf gelegt, ein eigenes Urteil zu haben, und er war nur selten so beeindruckt oder manipuliert worden, daß er falsche Folgerungen gezogen hatte. Soldaten und

Seeleute aller Dienstgrade, jeder machte mal einen Fehler, aber dieser Sherbrooke beeindruckte ihn. Er hatte ihn einem Offizier zuwinken sehen, dem Piloten, der den Orden erhalten hatte; er hatte gesehen, wie er in einem Augenblick seine Aufmerksamkeit dem Zerstörer zugewandt hatte, der jetzt das Geld der Steuerzahler aus seinen Kanonenrohren herausschleuderte. Aber er war trotzdem in der Lage, sich selbst von den ganzen Marinedingen zu lösen, *so wie jetzt.*

Ein Speziallineal zur Parallelverschiebung rutschte plötzlich über den Kartentisch und fiel klappernd an Deck. Drury sah, wie Sherbrooke seine Augen darauf richtete, er war sich der Bewegung des ganzen Schiffes bewußt, er hörte das metallische Knistern der ganzen Brückenstruktur, und er hatte die Landungsfahrzeuge vor seinem geistigen Auge. Was auch immer andere ihm alles erzählt hatten, Drury wußte, daß dies Unternehmen nicht mehr angehalten werden konnte.

Er merkte, daß die blauen Augen ihn beobachteten.

Er sagte: »Ich war in London. Da bin ich eingewiesen worden in dies Unternehmen, bevor ich hierher geflogen wurde.«

»Die müssen Ihnen ja sehr vertrauen.«

Drury fragte sich, warum er sich so blöde vorkam. Das kam selten vor.

Er sagte: »Offenbar vertraut man manchen mehr als anderen.« Er öffnete sein Jacket und nahm einen Umschlag heraus. »Für Sie.«

Absolute Stille.

Er sagte: »Bevor Sie ihn öffnen, muß ich etwas dazu sagen. Sie bat mich, Ihnen dies zu geben und mit niemandem darüber zu reden.«

Sie. Sherbrooke öffnete den dicken, amtlichen Umschlag mit dem unklaren Anker der Admiralität vorne drauf.

Es war ein Foto. Es mußte in ihrem Büro aufgenommen worden sein, wo das Fotografieren streng verboten war.

»Vielen Dank ... wirklich. Haben Sie das aufgenommen?«

»Na klar. Dann habe ich das Presselabor dazu gebracht, einen Abzug für Sie zu machen. Dieser Job bringt auch ein paar besondere Möglichkeiten mit sich!«

Er beobachtete Sherbrooke, wie der das Foto umdrehte, um zu lesen, was sie auf die Rückseite geschrieben hatte. Es war nur ein normales Presseglanzfoto. Aber Sherbrooke hielt es, als sei es unbezahlbar. Hier zeigte sich der Privatmann. Nicht der, über den die Presse schrieb, über den er selbst geschrieben hatte. Den Mann, den Drury selbst im Gefecht und in der schmerzvollen Situation nach dem Gefecht mit seinen Männern gesehen hatte.

Sherbrooke sagte: »Sie machen gute Fotos«, und steckte das Bild sorgfältig wieder in den Umschlag.

Drury wollte gerade sagen, daß sie ein dankbares Motiv sei und daß er hoffe, daß sie in einer Zeit glücklich werden würden, in der viele andere ihr Glück verloren. Aber diese Art sentimentaler Wünsche waren nicht geeignet in diesem Augenblick und auch nicht für diesen Mann.

»Können Sie mir sagen, was wir jetzt vorhaben, Herr Kapitän?«

Sherbrooke schien wie geistesabwesend zu sein. »Landzielschießen. Feuer zur Unterstützung der Truppen, wenn sie an Land gehen. Solche Sachen.« Er hörte den Wind um die Aufbauten heulen und sah, wie die Signalgasten ihre Kinnriemen runterzogen, damit ihnen die Mützen nicht außenbords flogen. Es würde ordentlich schlechtes Wetter geben. Gar nicht passend.

Als er sprach, verriet er nichts von seinen Gedanken. »Die ersten Stunden werden alles entscheiden.«

Jemand wartete draußen an der Tür.

Sherbrooke fragte: »Sonst noch etwas?«

Drury überlegte, wie er wohl diese privaten Augenblicke später würde beschreiben können, aber ihm fiel nichts Passendes ein. Er sagte nur: »Ich freue mich, daß ich bei Ihnen mitfahre«, und er dachte, daß das eine ehrliche Aussage war.

So fuhr H.M.S. *Reliant* wieder in den Krieg.

17

Eine Besatzung

Kapitänleutnant James Villar lehnte sich in seinem Bürostuhl zurück und öffnete sein weißes Sporthemd. Die meisten wasserdichten Schotten waren geschlossen, die Oberlichter und Lüftungsschächte dichtgesetzt, das Schiff war warm wie ein Backofen. Er wischte sich Hals und Brust mit einem feuchten Taschentuch ab, und er fühlte, wie sein Magen sich schmerzhaft zusammenzog, als die *Reliant* tief in die Dünung einsetzte. Dies Gefühl hatte er nur selten, aber das Wetter war entsprechend.

Wenn er sich damit allzusehr beschäftigte, würde er sich übergeben, das wußte er. Außenbords sehen, die Augen auf den Horizont heften, wie die alten Hasen immer sagten, und man würde nie seekrank werden. Aber hier unten in seiner Schreibstube gab es keinen Horizont, und an Deck war es jetzt auch stockdunkel.

Er sah auf die Uhr und zwang sich zu schlucken. Es war eine Stunde vor Mitternacht, aber er hatte noch keine Lust, in die Koje zu gehen. In die Offiziersmesse, wo ein paar der Wachgänger, die gerade keine Wache hatten, angezogen vor sich hindösten und darauf warteten, wieder für die nächste Wache geweckt zu werden, wollte er auch nicht.

Reliant war seit Auslaufen Gibraltar Kriegsmarsch gegangen, vier Stunden Wache, vier Stunden frei, und während der nur zwei Stunden dauernden Hundewachen gab es nur ganz kurze Pausen. Trotz der Härten dieser Wachgeherei, wenn man kaum Zeit hatte, noch irgend etwas anderes zu machen, schienen die Leute es zu lieben. Villar hatte das nie verstehen können. Er hatte einen recht geregelten Tagesablauf, sowohl im Hafen als auch auf See, und er konnte seinen Dienst weitgehend selbst gestalten. Diese Schreibstube war für ihn eine Art Refugium, nicht wie seine Kammer, die so mit zusätzlichen Spinden und Regalen gefüllt war, daß er manchmal glaubte, er säße selbst in einem Spind.

Er nahm sein Schlüsselbund raus und öffnete nach kurzem Zögern eine Schublade in seinem Schreibtisch. Das Büro war ein Ort, an den er sich zurückziehen konnte, etwas, was die meisten jungen Offiziere, die die Offiziersmesse teilten, nie würden würdigen können. Sie waren jung und unreif, was auch immer sie selbst von sich dachten.

Er nahm sein ledernes Schreibetui. Es hatte einen feinen, intensiven Geruch und war angenehm in der Hand zu halten. Er lächelte. Es war teuer gewesen, aber Villar hatte schöne Dinge schon immer geliebt.

Er dachte über das Schiff nach, das dem selbstgewählten Schlachtfeld zustrebte. Morgen würden sie die Landungsfahrzeuge einholen, die er schon in Gibraltar gesehen hatte. Wie es dann weiterging, wußte keiner.

Es hatte ihn mehr überrascht als erfreut, daß er nicht in völligem Schrecken zusammengebrochen war, als das feindliche Geschoß in die Admiralsbrücke eingeschlagen war. In seiner Erinnerung war diese Erfahrung als eine Art Taubheit und Schock gespeichert, und er hatte nur verzerrte Bilder in seiner Vorstellung. Der junge Leutnant, der nach Luft schnappte, der Funker, der hingefallen und zerquetscht worden war, als die Seitenwand nach innen eingedrückt wurde. Der Adjutant hatte sich einfach in Nichts aufgelöst.

Er lächelte wieder. Der neue Adjutant war auch nicht viel besser, aber Stagg schien bis jetzt mit ihm zufrieden zu sein. Immerhin war er ja auch etliche Zentimeter kleiner als der Admiral.

Während des Besuches in London hatte er kaum etwas von Stagg gesehen. Er war in ein paar Geschäften gewesen, die auf Staggs Plan standen; er hatte Bekleidung bei dem Uniformhändler Gieves und etliche Kisten Wein bei Berry Brothers & Rudd in der St. James's Street abgeholt.

Und dann ... Er schüttelte den Kopf, als ob jemand die Sache in Frage gestellt hätte. Es war kein Impuls des Augenblicks gewesen, er hatte es sorgfältig geplant. Er hatte bei Mowbrays zu Hause in Guildford angerufen. Mowbray selbst war nicht zu Hause gewesen, wenigstens hatte seine Mutter das gesagt. Sie hatte eine kräftige, gebildete Stimme, nicht ganz so, wie Villar das erwartet hatte. Sie war leicht mißtrauisch gewesen, bis er gesagt hatte, daß er einer der Offiziere ihres Sohnes sei, der seine Erlebnisse geteilt hatte, als andere gestorben waren.

Seit Rosyth und Gibraltar hatte er den Matrosen Alan Mowbray kaum noch gesehen. Perverserweise verriet ihm das, daß der Telefonanruf in Guildford den gewünschten Erfolg hatte.

Er öffnete das Schreibetui und befühlte die passenden Füllfederhalter und die sauber einsortierten Umschläge. Alles geschmackvoll und sauber. Dann entnahm er das Foto und betrachtete es, seine Seekrankheit war eine Zeitlang vergessen.

Mowbray war überrascht und nervös gewesen, als er ihn im Sanitätsbereich besucht hatte. Aber nicht erkennbar ablehnend.

Das Schiff legte sich wieder stark zur Seite, und er hörte, wie Sachen in seinem Schrank durcheinander flogen. Einer seiner Stabsdienstgasten mußte das morgen aufklaren.

Villar wischte sein Gesicht und seinen Hals nochmal ab. Mowbray und der Leutnant mußten einander sehr nahe und intim gewesen sein, wenn sie solche Bilder austauschten. Und sein Freund war jetzt tot.

Er setzte sich ruckartig gerade, als es an der Tür klopfte.

»Ja!«

Er versuchte, seine Überraschung zu verbergen. Es war Mowbray, die Mütze unter dem Arm, seine Augen schweiften schnell durch die Kammer.

»Entschuldigung, Sir. Ich dachte mir schon, daß Sie noch so lange arbeiten. Ich weiß, daß Sie das machen. Ich wollte nur ...«

»Kommen Sie rein.« Er schloß sein Schreibetui. »Machen Sie die Tür zu. Ich bin sowieso gerade fertig.« Er sah den Jugendlichen an, sein Entschluß stand fest. Er wußte nur nicht, wie er es anfangen sollte.

Mowbray sagte: »Ich hab' die Mittelwache, Sir.« Er sah auf die Uhr. »Ich hab' von Ihrem Anruf gehört, Sir.«

Villar lächelte freundlich. »Das war Ihnen doch recht, oder? Wir haben das doch gemeinsam erlebt. Ich war in London, und ich dachte, wir könnten uns treffen.«

»Die Leute würden denken ...«

Villar sagte ungeduldig: »Mir ist das egal, was die Leute denken. Ihnen sollte das auch egal sein. Welche Aufgabe haben Sie bei der Mittelwache?«

Mowbray schien durch die Frage verblüfft zu sein. »Schiffssicherung, Sir. Wir müssen da 'ne Menge Gerätschaften ranschleppen, bevor wir richtig klar sind.«

»Kann ich mir denken.« Er traf seine Entscheidung. »Sie sollten Ihre Hände solcher Arbeit nicht aussetzen. Sie haben ein echtes Talent. Es ist, als ob ein Pianist im Bergwerk arbeitet.«

Der junge Mann sah auf seine Hände. »Ich werde mich vorsehen.«

»Kommen Sie mal rüber.« Villar bemerkte die plötzliche Ablehnung und Ängstlichkeit. »Sie haben doch keine Angst vor mir?«

Mowbray stand am Schreibtisch. »Ich möchte nicht, daß irgend jemand denkt, es wäre so ein Verhältnis gewesen. Es war anders.«

Villar ergriff seine Hand. »Wie anders? Sie und der junge Forbes ... Peter, das war doch der Name, nicht?« Er sah ihn gequält nicken. »Sie waren viel zusammen. Das war doch mehr als Freundschaft, scheint mir?«

Mowbray murmelte: »Da war so ein altes Boot auf dem Fluß. Es gehörte seinem Onkel. Wir sind da immer hingegangen, mit etwas Essen und unseren Skizzenbüchern und was wir brauchten.«

Seine Augen blickten in die Ferne, seine Hand in der von Villar war entspannt, er hatte keine Angst.

»Und was haben Sie dann da gemacht?«

Mowbray sah ihn fest an, resignierend oder unterwürfig, vielleicht auch beides.

»Sie wissen, was wir gemacht haben, Sir.«

»Na, das war doch gut, nicht wahr?« Er lächelte. »Reden Sie sich das alles ruhig mal von der Seele.« Er sah den Jungen taumeln und hörte, daß irgendwo Gegenstände zu Boden fielen. »Mein Gott, was war das?«

Mowbray bückte sich und hob seine Mütze wieder auf. Villar sah herum, er konnte seine Gedanken nicht ordnen.

Mowbray sagte einfach: »Die Maschinen haben gestoppt, Sir. Es muß was passiert sein.«

Die Sache wurde noch ungünstiger für Villar, das Telefon klingelte, scheinbar doppelt so laut wie je zuvor.

Villar hob ab, seine Finger waren so glatt vom Schweiß, daß er fast den Hörer hätte fallen lassen. Es war der Adjutant.

Villar sagte: »Selbstverständlich bin ich noch hier!« Er nickte, immer noch benommen. »Sofort!«

Er konnte gerade noch sehen, daß die Tür hinter Mowbray zuging.

Korvettenkapitän Clive Rhodes machte noch eine weitere saubere Rechnung auf der Seekarte und fluchte leise vor sich hin, als ein Schweißtropfen neben den Zirkel fiel. Auch wenn die Brückenfenster weit offenstanden, war die Luft drückend, und die Bewegungen des Schiffes waren, sogar für ihn, unangenehm. Der Wind aus Nord-Westen wehte noch genauso stark wie vorher. Sie hatten zweimal die Fahrt reduziert, damit die Gruppe zusammen bleiben konnte.

Er lehnte sich auf den Kartentisch und sah sein Handwerkzeug an: frisch gespitzte Bleistifte, Notizblöcke, Tabellen für Geschwindigkeit, Zeit und Entfernung, alles in perfekter Ordnung gehalten durch den zuständigen Navigationsgasten, einen ernsten, jungen Seemann aus Southampton.

Vor seinem geistigen Auge konnte Rhodes sich die riesige Armada von Schiffen vorstellen, die sich von beiden Enden des Mittelmeers heranbewegte. Die Organisation der Sache ließ einen fast schwindelig werden. Tausende von Soldaten, gepanzerte Fahrzeuge, Kanonen und Nachschub, all das mußte an die Strände geworfen werden. *Reliant* würde, wie die anderen großen Schiffe auch, in einiger Entfernung liegen und Unterstützung anbieten. Für die arme verdammte Infanterie waren es grimmige Aussichten.

Und danach? Er dachte an das, was der Kommandant über die Idee gesagt hatte, ihn, Rhodes, als Kommandanten vorzuschlagen. Er hatte selbst oft darüber nachgedacht, aber es schien immer was dazwischen zu kommen. Einem Gerücht nach sollte die *Reliant* bald in eine große Instandsetzung gehen, und Rhodes wußte, daß der Kommandant auch an so was dachte; der war sowieso völlig in dieses Schiff vernarrt. Er grinste in seinen Bart. Er kannte sich aus. Aber wenn das passieren sollte, würde hier hinterher auch alles anders sein, die Leute und Gesichter, die man achtete, lieb gewonnen hatte oder auch haßte, wären in alle Winde zerstreut. Auch die Menschen waren Teil des Ganzen, des Schiffes.

Also dann ein eigenes Kommando. Er sah sich in seinem vertrauten Kartenhaus um. Nein, alles wird anders sein.

Der Fähnrich der Wache sagte: »Der Kommandant kommt auf die Brücke, Sir.«

»Danke sehr, Timm. Ich bin auch soweit.«

Er sah auf die Uhr. Eine weitere Kursänderung. Er prüfte nochmal seine Gefühle, der Angriff würde übermorgen früh beginnen. Kein Rückruf, kein Umdrehen; es ging los.

Rhodes war nicht verheiratet, obwohl er ein paarmal dicht davor gestanden hatte. Es hatte nicht zu seinem Dienst in der Marine gepaßt, wenigstens hatte er das geglaubt. Jetzt, da er den kanadischen Zweistreifer mit seiner Krankenschwester und den Kommandanten mit diesem beeindruckenden Mädchen auf der Party gesehen hatte, war er nicht mehr so sicher.

Er nahm seinen Notizblock und ging in die Brücke. Seine Augen strichen ruhig über das Bild, das er so gut kannte. Männer an Sprachrohren und Telefonen, Signalgasten und Läufer, sein Assistent Frost sah durch das Brückenfenster. Sie alle waren winzige Geschöpfe, wenn man sie mit dem Schiff, das ihrer aller Leben bestimmte, verglich.

Er sah Sherbrooke und sagte: »Gleich Zeit zur nächsten Kursänderung, Sir.«

Sherbrooke kletterte in seinen Stuhl und fühlte, wie sich die metallenen Armlehnen kräftig gegen seine Rippen drückten, als das Schiff stark überholte. Auf den Zerstörern mußte schon alles naß sein.

Er sah, wie der Reporter Pat Drury ruhig mit einem Signalgasten sprach. Drury verstand es, sich so zu verhalten, daß er die Routine nicht störte, und er hatte eine lässige, fast ungezwungene Art, an die Männer der Besatzung heranzugehen; das war wirklich ganz anders als bei manchen anderen Journalisten, die er gekannt hatte. Er fragte sich, ob Drurys späterer Radiobericht auch besser sein würde, als es bisher die Erfahrung gezeigt hatte.

Drury sagte: »Ich hoffe, ich störe nicht, Herr Kapitän.«

Sherbrooke lächelte: »Ich dachte, Sie würden achtern in

aller Ruhe schlafen. Ich würde das auf jeden Fall machen!«
Drury sah sich auf der Brücke um. »Ihr Steward ist recht streng mit mir, und das zurecht. Der wird mal einen guten Butler abgeben!«

Rhodes hörte das und lächelte vor sich hin. Wenn es bei Long genauso war wie bei vielen anderen älteren Stewards, die er gekannt hatte, würde der selbst reich genug sein, sich einen Butler einzustellen.

Einer der Läufer sprach in ein Sprachrohr und meldete dann Frost: »Vom Steuerstand, Sir. Anfrage um Erlaubnis, den Rudergänger abzulösen.«

Frost grunzte: »Ja, gut.«

»Brücke von Steuerstand.«

Frost befühlte sein Gesicht, als ob er immer noch erwarte, seine Bartstoppeln zu spüren. »Brücke?«

»Hauptgefreiter Justice. Melde mich als Rudergänger. Kurs null-vier-fünf.«

Frost sah auf die tickende Kreiseltochter. »Ja, prima.«

Sherbrooke fragte Drury: »Worüber berichten Sie als nächstes?«

Drury dachte nach. »Ich hoffe über eine Siegesparade. Alles andere habe ich schon mal gemacht – Dünkirchen, Norwegen, Kreta. Und in Nordafrika war das auch eine Zeitlang ganz knapp. Ich muß etwas sehen und riechen, dann kann ich darüber schreiben, so daß die Leute es nie vergessen.«

Er trat zur Seite, als Rhodes sagte: »Zeit zur Kursänderung.«

Sherbrooke nickte. »Denn man los!«

Rhodes lehnte sich über den Kreiselkompass. »Steuerbord zwanzig!«

»Steuerbord zwanzig, Sir!« – »Ruder liegt steuerbord zwanzig!«

Rhodes beobachtete die Bewegung der Kreiselanzeige. »Komm auf, auf fünf.« – »Mittschiffs.«

Frost rief: »Das Ruder folgt nicht, Sir!«

Sherbrooke rutschte von seinem Stuhl und legte eine Hand auf das Sprachrohr zum Steuerstand.

»Was ist los, Justice? Backbord fünfzehn!«

Die Kreiseltochter drehte weiter, tick, tick, tick.

»Ruder folgt nicht, Sir!«

Die *Reliant* drehte immer noch nach Steuerbord, das Ruder saß fest.

Sherbrooke sagte: »Alle Maschinen stop!«

Auch das schien eine Ewigkeit zu dauern, die Maschinenwache war inzwischen an die stetigen gleichen Umdrehungen und Geschwindigkeiten gewöhnt, Wache um Wache hatte sich kaum etwas geändert. Die Brücke schüttelte sich, und die sich ändernden Geräusche der See und des Schiffes kamen ihm fremd vor.

Sherbrooke hielt den roten Hörer an sein Ohr. »Hier ist der Kommandant.«

»Sinclair, Sir!«

Sherbrooke sah das Gesicht vor sich, Onslows Vertreter. Ein sehr erfahrener Ingenieur. »Was ist los?«

Sinclair hörte sich an, als sei er meilenweit entfernt. »Ich habe Leute in den Rudermaschinenraum geschickt. Bis dahin weiß ich auch nicht . . .«

Sherbrooke drehte sich um, als eine Stimme rief: »Schiff an Steuerbord, vier Dez, Sir!«

Rhodes murmelte: »Mein Gott, das muß die *Mastiff* sein.«

Sherbrooke sagte: »Äußerste Kraft zurück!«

Er hörte das Klingeln des Maschinentelegraphs in der Ferne und ging in die Brückennock, sein Glas hatte er schon an den Augen. Dann sah er das andere Schiff. Der Zerstörer schien nach innen zu drehen, die Bugwelle sah in der Dunkelheit wie ein großer weißer Schnauzbart aus. Tatsächlich war der Zerstörer aber immer noch auf dem alten Kurs. *Reliant* war das Schiff, das herumschwang, gerade so, als wolle sie den Zerstörer rammen.

»Soll ich das Unterwasserschiff räumen lassen, Sir?«

Sherbrooke kam wieder in die Brücke und ging zu den Sprachrohren, seine Augen auf dem Kompass.

»Zu spät, NO, zu spät!« Er nahm das Sprachrohr und hörte auf das zunehmende Gerassel und Knirschen der Aufbauten, vom Kiel bis zur Brücke schüttelte sich die *Reliant* wie verrückt, alle vier Schrauben liefen jetzt auf voll zurück.

Sherbrooke sah, daß der dunkle Schatten des Zerstörers Kurs zu ändern schien. Noch eine Minute länger, und die *Reliant* hätte ihn in der Mitte durchgeschnitten.

Sherbrooke sagte: »Alle Maschinen stop. Spruch an die *Seeker* und dann an die Gruppe: *Halten Sie sich frei von mir. Ich manövriere mit Schwierigkeiten.*«

»Mach' ich, Sir!« Es war Yorke, mit bloßem Oberkörper und barfuß, er mußte den ganzen Weg von seiner Kammer hochgerannt sein. Was hatte ihn geweckt? Ein Geräusch, eine Bewegung oder der Instinkt des guten Signalmeisters?

»Der Admiral ist hier am Telefon, Sir.«

Sherbrooke sah auf das dunkle Wasser. »Guten Ausguck halten nach anderen Schiffen. Heute hat das Radar Gelegenheit, sich um uns verdient zu machen!«

Jemand lachte kurz und erschreckt.

»Kommandant, Sir?«

»Was ist los?«

»Wir sind manövrierunfähig, Sir. Das Ruder ist ausgefallen. Die Maschine glaubt, daß das Ruder klemmt.«

Die Pause war so lang, daß er schon dachte, Stagg habe ihn ganz vergessen.

»Wie lange?«

»Aus der Maschine sind Leute nach achtern gegangen, Sir. Die können erst in den Rudermaschinenraum, wenn wir die Maschinen gestoppt haben.«

»Also los! Jagen Sie die da rein!« Stagg schien sich kaum noch beherrschen zu können. »Ich komm rauf. Informieren Sie *Seeker*!«

»Schon geschehen, Sir.«

Stagg dachte laut. »Das muß repariert werden! Wir haben keinen Raum für irgendwelche Verzögerungen und auch nicht für Leute, die sie verursachen.«

Das klang wie eine Drohung, aber Sherbrooke wußte, was Stagg in Wirklichkeit umtrieb. Er war selbst Kommandant auf drei Schiffen gewesen, er wußte so gut wie jeder andere Kommandant auch, daß so etwas passieren konnte. Er sah eben nur seine Gesamtführung der Landungsstreitkräfte dahinschwinden.

Stagg sagte scharf: »Machen Sie weiter, so schnell wie es geht.«

Sherbrooke wurde klar, daß Drury immer noch neben seinem Stuhl stand.

»Na, der war sauer, was?«

Sherbrooke spürte, wie sich sein Mund zu einem Lächeln formte. »Er freut sich nicht.«

Drury hörte auf gedämpfte Befehle, die unterhalb der Brücke gerufen wurden, und auf das Getrappel laufender Füße. Die Leute waren verwirrt von der Erkenntnis, daß die *Reliant* gestoppt hatte und nun langsam wie ein verlassenes Wrack in der Dünung rollte. Ihre Schlagkraft und Stärke waren schlagartig verschwunden.

Stagg kam türknallend auf die Brücke, seine Augen waren vor Ärger rot unterlaufen.

»Was zur Hölle ist hier los?«

Sherbrooke sah den Adjutanten im Hintergrund herumstehen, allerdings wurde seine Erscheinung durch den Kragen seiner Pyjamabluse versaut, die oben aus seiner Uniform herausragte.

»Der Chief ist achtern, Sir. Wir werden bald Bescheid wissen.«

Stagg ging hin und her, er rannte gegen ängstliche Wachgänger, scheinbar ohne sie zu bemerken. »Bald? Bald? Was zur Hölle soll das denn heißen?« Er ergriff Sherbrookes Arm und sagte: »Wie kommt das? Die verdammte Werft oder ein Fehler *auf diesem Schiff*?«

»Von der *Seeker*, Sir. Bitte um Anweisung für weiteres Vorgehen.«

Sherbrooke sagte: »Die können auch nichts für uns tun, Sir. Ich schlage vor, die machen weiter wie geplant. Die Landungsfahrzeuge sind darauf angewiesen.«

Er wog die Gefühle und Argumente ab. »Wir können in diesem Stadium die Funkstille nicht brechen.«

»Das weiß ich auch, verdammt noch mal!« Stagg schob sich seinen Finger in den Kragen, als wolle der ihn ersticken. »Alles klar. Machen Sie Signal an *Seeker*, die sollen das Kommando übernehmen.«

Sherbrooke stellte sich den Kommandanten des Trägers vor. Hatte der so etwas erwartet?

Sie drehten sich alle um, als der Chief auf der Brücke erschien. Seine Mütze saß schief, seine Uniform war mit Schmiere beschmutzt, und um sein Handgelenk hatte er einen Verband.

»Tut mir leid, daß es so lange gedauert hat, Sir.« Er seufzte, als das Schiff sich stark bewegte, diesmal nicht vom Wind, sondern von der heranrollenden Bugwelle eines Zerstörers, der ordentlich Fahrt aufnahm, um auf *Seeker* zu stationieren.

Stagg schnarrte: »Na los, berichten Sie schon.«

Onslow sah ihn eher mit Traurigkeit als mit Ärger an.

»Das Gestänge, das das Ruder und den Ruderquadranten steuert, ist völlig blockiert.« Er hielt seine schmierigen Finger aneinander, um die Sache zu demonstrieren. »Meine besten Techniker arbeiten schon daran. Ich weiß aber wirklich nicht, was die eigentliche Ursache ist. Es ist durch das Artilleriefeuer nicht beschädigt worden...«

Stagg erhob die Hand. »Haben Sie sich das selbst angesehen?«

Onslow sah ihn ruhig an. »Ja, Sir!« Es hörte sich mehr an

wie »Ist doch völlig klar!« Er sah Sherbrooke an. »Die Werft hätte das gefunden, mag einer über die meckern, wie er will.«

Stagg knurrte den Navigationsoffizier an: »Zeigen Sie mir auf der Karte, wo die Kampfgruppe morgen früh sein wird.«

Rhodes zeigte weder Erstaunen noch irgendein Zögern. »Nach dem Operationsbefehl sollen sie sich morgen um 18.00 Uhr mit dem Landungsverband treffen.«

Stagg wiederholte: »*Morgen früh*! Direkt nach dem Sonnenaufgang.«

Sherbrooke folgte ihnen in das Kartenhaus und sah zu, wie Rhodes auf die Peilungen und Landmarken hinwies. Sie hatten diese Dinge intensiv vorbereitet, als Operation Husky Teil ihres Lebens geworden war; das alles lag nördlich von Bizerte, wo die sechs großen Rohre der *Reliant* den letzten deutschen Widerstand in Afrika gebrochen hatten und südlich des Tyrrhenischen Meeres, der eigentlichen Ansteuerung von Sizilien.

Stagg stand ganz gerade, seine Hände auf seinen Hüften wirkten wie Krebse.

»Wenn die Ruderanlage bis zum ersten Morgengrauen repariert werden kann«, jedes Wort schien wohlüberlegt, »und ich bin nicht so sicher, daß der Chief viel Hoffnung hat . . . Mein Gott, im Vergleich zu dem war Hiob ein Optimist!« Er schien sich wieder beruhigt zu haben. »Kann die *Reliant* dann noch rechtzeitig zu dem Zusammentreffen da sein?«

Sherbrooke sagte: »Bei unserer Geschwindigkeit, ja, Sir. Aber sonst . . .«

»Sehr gut.« Stagg drehte sich um, als ob er gehen wollte. »Machen Sie den Technikern Beine!«

»Darf ich fragen, was Sie vorhaben, Sir?«

»Natürlich. Ich beabsichtige, meinen Abschnitt der Invasionstruppen an die zugeteilten Strände zu führen, komme, was da wolle. Wenn die *Reliant* das nicht schafft, werde ich meine Flagge auf einem Schiff setzen, das es schafft. Verstanden?«

»Sie wollen dann mit einem unserer Flugzeuge fliegen, Sir?«

»Die Amerikaner machen das dauernd.« Er lächelte. »Was spräche dagegen?«

Als Sherbrooke wieder auf die Brücke kam, wartete dort Frazier schon auf ihn.

Er hörte schweigend zu und sagte dann: »Wir sind ohne jedes Geleitfahrzeug, Sir. Und bis die Invasion angelaufen ist, können wir wegen der Funkstille auch nicht um Hilfe bitten.« Er fuhr zusammen, als ein lautes Krachen durch den ganzen Rumpf lief, als ob etwas gegen das Unterwasserschiff gestoßen sei. »Ich weiß, daß hier angeblich keine feindlichen U-Boote sind, wenigstens wird uns das gesagt, aber jeder U-Bootkommandant müßte ja völlig taub sein, so etwas nicht zu hören.«

Sherbrooke ging hinaus auf das Admiralsdeck. Er hörte, wie Rhodes ärgerlich sagte: »Der verdammte Kerl! Die Flagge woanders setzen? Wenn es nach mir ginge, können sie den ganzen Kerl woanders hinversetzen!«

Und Fraziers ruhige Antwort: »Das hab' ich nicht gehört, NO.« Dann lachten sie beide, und Frazier fügte noch hinzu: »Wir sprechen später nochmal drüber.«

Es war Wachwechsel, aber die abgelöste Wache durfte nicht in die Decks, sie suchten sich eine Ecke und ruhten, die Schwimmweste neben sich.

Das große Schiff trieb hilflos in der Dunkelheit. Nicht vorstellbar. Und wenn es wieder hell wurde, würden sie immer noch treiben, auffällig und verletzlich.

Sherbrooke hatte den größten Teil der Nacht auf der offenen Brücke zugebracht, die Seeluft und die Gischt verhinderten jeden Gedanken an Schlaf. Er hielt seine ungestopfte Pfeife zwischen den Zähnen, und er erinnerte sich an die kurzen Augenblicke, die er mit Emma verbracht hatte.

Leute kamen und gingen mit Sprüchen, Anträgen und Fragen. Er bestätigte diese Dinge, aber er hörte kaum zu.

Noch einer wagte es nicht, zu ruhen: der Kriegsberichterstatter Pat Drury. Er saß im Kartenhaus, und sein Magen mußte sich erst an die ungewohnten Bewegungen des gestoppt liegenden Schiffes gewöhnen.

Er schrieb viel in sein stark benutztes Notizbuch.

Ich beobachte diesen Mann, diesen stillen Helden, ein Mann, der nur für sein Schiff lebt und auch bereitwilligst für das Schiff sterben würde.

Er schloß das Notizbuch. *Der beeindruckt sogar mich.*

John Frazier ergriff die Reeling und beobachtete den Chief und einige seiner Leute, die aus dem Mannloch gekrochen kamen. Er konnte sich nicht erinnern, Onslow je so besorgt und müde gesehen zu haben. Sein Overall war dreckig, und auf seiner Stirn standen Ölstreifen.

»Sie sehen so aus, als hätten Sie 'ne harte Nacht hinter sich, Chief.«

Onslow sprang nicht darauf an, er schaffte das nicht. »Ich hab' jetzt alle Leute dran am Arbeiten, Heizer, Torpedomixer und ganz besonders schlaue Techniker, so viel wie überhaupt da unten reinpassen.« Er starrte auf die See, so, als hätte er sie vorher noch nicht bemerkt. Dunkelblau, am Horizont war der erste Schein der Dämmerung zu sehen. Der Wind wehte unverändert, das Schiff lag schwer und ohne Leben unter ihnen.

Er sagte: »Wir haben den Fehler eingekreist, so wie es aussieht, liegt es an der Steuerung der Hydraulikpumpe. Das sagt auch unser schlauester Kopf, aber ich bin da nicht mehr sicher.« Er sah auf das Wasser achteraus, das sonst immer von der Hecksee der *Reliant* durcheinander gewirbelt wurde. »Das hat sie ja schon mal gemacht, wissen Sie, in der Schlacht im Skagerrak.«

Frazier sagte: »Damals wurde sie beschossen, Chief.«

Onslow unterdrückte ein Gähnen. »Ich geh' noch mal runter. Mal sehen, ob wir noch was finden.« Er sah die Frage auf Fraziers Gesicht. »Wir werden wohl noch zwei Stunden brauchen, um das Ding auseinanderzubauen. Diese Dinger sind nicht für Amateure gemacht!«

Frazier ging an Lee über das Seitendeck. Wachfreie Seeleute hingen hier rum und warteten, versuchten rauszufinden, was überhaupt los war. Sonst blieben sie immer in ihren Wohndecks, bis sie zur Arbeit oder zur Wache heraustreten mußten.

Frazier dachte an seine Frau und fragte sich, was sie wohl dazu sagen würde, wenn sie diese Seite der Dinge einmal erleben würde. Er lächelte mit schmalen Lippen. Was sie meistens sagte. *Oh, John, du und dein alter Dampfer!*

Ein Seemann blieb vor ihm stehen und sagte: »Der Kommandant bittet Sie, auf die Brücke zu kommen.«

Er spürte, wie der Wind um ihn herum pfiff, als er den ersten Niedergang hochstieg. Morgen um diese Zeit sollten die Landungsboote an den Strand fahren. Die Kleineren steuerten schlecht, wie Schuhkästen, hatte ihm einer der Kommandanten erzählt, und das hatte für ruhiges Wetter gegolten.

Die Geschützmannschaften beobachteten ihn, als er an ihren Geschützen vorbeikam. Sie waren mit allem möglichem fertig geworden, aber das hier war etwas Neues.

Sherbrooke wartete schon auf ihn, als er auf der Brücke ankam. In der Brücke kam es ihm heiß und schwül vor, wenigstens im Gegensatz zur für Wind und Gischt offenen Schanz.

Frazier sagte: »Keine neuen Erkenntnisse, Sir. Noch zwei Stunden, dann, glaubt der Chief, werden sie der Sache näher gekommen sein. Mehr kann er nicht versprechen. Den trifft das wirklich hart.«

Sherbrooke sagte: »So ist der eben.« Und dann: »Wir müssen uns nun damit abfinden. Ich werde später zur Besatzung sprechen.« Er sah auf die trägen Figuren an den Sprachrohren und den drehenden Lichtstrahl des Radars, das keine Kontakte anzeige. »Im Notfall können wir das Schiff bewegen. Aber nur mit den Maschinen zu steuern wäre bei einem Schiff dieser Größe und festgeklemmtem Ruder ein Desaster.«

Die Tür zum Kartenhaus ging auf, und Frazier drehte sich überrascht um, als Konteradmiral Stagg erschien und in die Mitte der Brücke ging.

Er sah entspannt und ausgeruht aus, zumindest im Vergleich zu seinem letzten Auftritt; er hatte sich gerade rasiert und trug eine frische Uniform. Frazier dachte, daß es fast so aussah, als träfe man einen anderen Menschen.

Stagg sagte: »Kein Erfolg, was?«

Sherbrooke antwortete: »Der Chief arbeitet dran, Sir.«

Stagg zeigte mit dem Daumen nach unten, und Frazier sah, daß der neue Adjutant zwei Koffer trug. Er war plötzlich verärgert und völlig mißgestimmt über das, was er miterlebte. Es war tatsächlich wahr. Stagg setzte sich ab.

Stagg sagte: »Lassen Sie meine Klamotten in das Walroß packen, Adju. Der Rest kann hier bleiben.« Er sah Sherbrooke direkt an und sprach nur zu ihm. »Sie werden vielleicht Schlepper benötigen. Ich kann hier nichts mehr machen und auch nicht helfen.«

Mehrere Männer der stehenden Wache sahen Stagg beunruhigt nach, als der Motor des Walroß-Flugbootes ansprang. Sie verstanden wohl nicht und konnten sich auch nicht erklären, warum der Offizier, dessen Flagge ihr aller Leben bestimmt hatte, sie plötzlich verließ. *Der Kampf-Admiral.*

Pat Drury war auch auf einmal da, müde und unrasiert, aber seltsam gut gelaunt.

Stagg sah ihn teilnahmslos an. »Da ist noch Platz für einen zusätzlichen Passagier, Mr. Drury. Sie werden sonst die Hauptsache verpassen.«

Drury zuckte mit den Schultern. »Ich bin auf die *Reliant* entsandt, Sir. Ich bleibe hier, wenn der Kommandant meine Anwesenheit noch ertragen kann.«

Stagg sah weg. »Sie können zur Hölle gehen!«

Drury sagte: »So wird es wahrscheinlich kommen, Sir. Dann werden wir uns da ja wohl wiedertreffen.«

Stagg gab kurz zurück: »Ich werde mit Ihren Vorgesetzten über Sie sprechen!«

Drury drehte ihm den Rücken zu, um seinen aufwallenden Zorn zu verbergen. Das werde ich bei dir auch machen, *du blutiger Bastard*!

Sherbrooke sagte: »Übernehmen Sie, John.« Dann folgte er Stagg und dem Adjutanten zum Niedergang.

Frazier hatte auf irgendein Zeichen geachtet, das Sherbrookes Stimmung in diesem Augenblick verraten hätte. Es stand Stagg frei, alle verfügbaren Mittel zu benutzen, um seine Führung über die Gruppe und die dicht besetzten Landungsfahrzeuge unter seiner Obhut aufrechtzuerhalten. Und wenn nun Sherbrooke vor dieser Wahl gestanden hätte? Er brauchte die Frage nicht zu stellen.

Sherbrooke wartete im Hangar vor dem Katapult, ein paar Seeleute schleppten das Gepäck des Admirals in das Flugzeug. Das andere Flugboot war noch im Hangar, und im schwachen Licht konnte er das Ahornblatt unter dem Cockpit erkennen. Er wußte, daß Rayner und sein neuseeländischer Freund auch hier waren. *Eine Besatzung*. Rayner hatte es also vorgezogen, auf der *Reliant* zu bleiben. Die Tatsache, daß Sherbrooke das solche Freude bereitete, zeigte mehr als alles andere, wie sehr er innerlich durch das Verhalten von Stagg verletzt war.

Stagg zögerte, er suchte nach den richtigen Worten. Etwas, an das man sich noch erinnern würde.

»Sie werden schon sicher sein. Ich sorge dafür, daß sobald wie möglich Hilfe kommt. Hier sind ja sowieso keine U-Boote, nicht?« Aber die augenblickliche Stimmung konnte er nicht treffen. Er berührte seinen Mützenschirm und grüßte lässig. »Kommen Sie rüber und besuchen Sie uns, wenn das hier vorbei ist!«

Sherbrooke grüßte. *Uns?* Wen meinte er denn damit?

Stagg würde ihn nie wieder als Flaggschiffskommandanten anfordern. Er verließ den Hangar und sah in den Mast. Staggs Flagge war verschwunden.

Vermutlich würde ihn nie wieder jemand als Flaggschiffskommandanten haben wollen, nach diesem Zwischenfall.

Mit lautem Krachen schleuderte das Katapult das Walroß in die Luft, wo es in einem großen Bogen in Richtung aufgehende Sonne flog.

Es dauerte eine Ewigkeit, bis das Flugboot außer Sicht war. Danach schien die See völlig leer zu sein. Und feindlich.

Heißer Kaffee und Toast wurden auf die Brücke gebracht, und er sah zwei von Yorkes jungen Signalgasten, die gleich eifrig losfutterten. Admirale mochten kommen und gehen, das Essen ging vor.

Sogar hier oben auf der Brücke konnte er den Lärm aus dem Rudermaschinenraum hören. Er schlürfte einen Kaffee und dachte über Stagg nach. Der hatte alles bekommen, was er wollte, oder wenigstens würde er es jetzt bald bekommen. Danach den Traumjob in Washington oder einen Vizeadmiralsposten im Pazifik.

Er sah, wie Korvettenkapitän (Ing.) Roger Sinclair die Brücke betrat und sich umsah wie ein Eindringling. Im Augenblick, als das Ruder versagte, hatte er Wache gehabt und seitdem ununterbrochen gearbeitet.

»Entschuldigung, Sir, ich suche den Chief.«

Frazier sagte: »Nun schauen Sie doch nicht so betreten aus der Wäsche, Sie können doch auch nichts dafür.«

Der Mann grinste ihn an. »Sie sehen selbst ja auch nicht gerade quietschvergnügt aus.«

Sherbrooke ließ sie allein und ging in seine kleine Seekabine, dort standen Rasierzeug und eine frische Uniform für ihn bereit. Long versuchte, auf seine Art gut für ihn zu sorgen.

Nachdem Sherbrooke sich umgezogen hatte, nahm er wieder die Fotografie heraus und hielt sie an das Licht.

Auf die Rückseite hatte sie geschrieben: *Mit ganz viel Liebe für meinen Kapitän.*

»Könnten Sie kommen, Sir?«

Sherbrooke legte das Foto zurück und ging auf die Brücke. Es war Wachwechsel gewesen. Neue Gesichter, neue Stimmen. Sonst hatte sich nichts geändert, oder doch?

Er sah den Chief, der auf einem kleinen verschließbaren Schrank saß, seine großen Hände auf seinen Knien, mit einem wilden Gesichtsausdruck, den Sherbrooke noch nie bei ihm gesehen hatte.

»Was ist los, Chief?«

Rhodes war auch wieder auf die Brücke gekommen. »Sagen Sie es dem Kommandanten, Chief, *wie es war*!« Sogar er klang aufgeregt.

Onslow sagte: »Ich war im Steuerstand. Wir haben alle Synchronketten, alle Anzeiger und den ganzen verdammten Kram noch einmal durchgeprüft.« Er schüttelte den Kopf. »Da hab' ich nur mal so das Ruderrad nach Backbord gelegt. Die anderen haben mich alle angeguckt, als sei ich völlig durchgedreht!« Er wischte sich das Gesicht mit seinem Ärmel ab. »Vielleicht war ich das auch. Nach diesem Tag bin ich bei gar nichts mehr sicher!«

Sherbrooke fühlte, wie es ihm kalt den Rücken runter lief. »Die Maschine und der Steuerstand sollen sich klarmachen. Navigation, welchen Kurs müssen wir steuern?«

»Steuerstand, Sir. Rudergänger ist am Ruder.«

Onslow nahm das rote Sprechgerät. »Hier ist der Chief. Wir fahren die Ruderanlage durch.« Er sah runter auf das Deck, als ob er durch alles hindurch in seine Welt der Maschinen und des Antriebs sehen könnte. »Vorsicht im Rudermaschinenraum.« Er nickte, er teilte das Mißtrauen des anderen Ingenieurs. »Ich weiß, ich weiß.« Er legte das Sprechgerät zurück und setzte sich wieder.

Sherbrooke ging an das Sprachrohr. »Alle Maschinen voraus langsame.« Er fühlte das plötzliche Schütteln in seinen Füßen, das angenehme Geklapper des Signalgeräts und anderer loser Sachen. Sie bewegte sich wieder. *Bewegung.*

»Langsam voraus, Sir. Siebzig Umdrehungen.«

Rhodes sagte heiser: »Kurs ist null-acht-null.« Danach, mehr zu sich selbst: »Gott, das glaube ich nicht.«

Sherbrooke sah auf den Kompaß. »Steuerbord fünfzehn.« Er beobachtete den Göschstock auf der Back, der bewegte sich; er fuhr über den klar erkennbaren Horizont wie der Taktstock eines Dirigenten. Er sagte: »Komm auf auf fünf! -Mittschiffs!- Recht so steuern!«

»Recht so, Sir! Kurs null-acht-null.«

Pat Drury rief aus: »Also, ich werd' verrückt! Sie steuert wieder!«

Sherbrooke sah zu Onslow rüber. »Sie wußten das, Chief, nehme ich an?«

Onslow befeuchtete seine Lippen. »Ich hätte meine Ärmelstreifen dafür verwettet, Sir. Mit der Ruderanlage war alles in Ordnung, Sir!«

Rhodes sagte: »Wir schaffen das Rendezvous nicht mehr, auch nicht bei Höchstfahrt.« Dann grinste er. »Aber wir sind wenigstens wieder in Fahrt!«

Er drehte sich um, er war ärgerlich, weil ein Läufer ihn unterbrach und sagte: »Funkspruch im Funkraum, Sir.«

Drury gähnte: »Das wird Konteradmiral Stagg auch nicht besonders gut gefallen, Kapitän.« Er lächelte. »So'n Pech, was?«

Eine ansteckende Begeisterung lief durch das ganze Schiff. Jemand brüllte Beifall, und sogar einige der alten Hasen sahen auf die schäumende Bugwelle, als hätten sie so was noch nie gesehen.

Rhodes sagte: »Herr Kapitän, wichtiger Funkspruch, Verschlußsache.«

»Die sollen das Ding hochbringen!«

Jetzt konnte die geplante Landung nichts mehr aufhalten, es sei denn, die Truppen hätten ihre Landungsstrände nicht gefunden. Und selbst dann ...

Er drehte sich um, als Elphick, der Funkmeister, auf die Brücke gerannt kam.

Er trug ausnahmsweise alle seine goldenen Abzeichen, grad so, als wolle er damit der Bedeutung des Funkspruches gerecht werden.

Sherbrooke las schweigend. Er erfaßte den Inhalt, Wort für Wort.

Er sagte: »Von der Admiralität. Es wurde gemeldet, daß das italienische Schlachtschiff *Tiberio* gestern in Begleitung von ein oder zwei Zerstörern der Orani-Klasse aus Neapel ausgelaufen ist.« Er sah sie alle an. »Mit Kurs Süd-West.«

Frost fragte: »*Tiberio*?«

Frazier nahm das Handbuch zur Schiffserkennung aus Yorkes Regal.

Er sagte ruhig: »Littorio-Klasse, neun 38-cm-Geschütze, Geschwindigkeit dreißig Knoten.« Er klappte das Buch geräuschvoll zu. »Groß.«

Sherbrooke ging in das Kartenhaus. »Zeigen Sie mal, NO.«

Die *Tiberio* war nicht nur groß, sie war ein ausgewachsenes Schlachtschiff, gerade vor dem Krieg für Mussolinis wachsende Marine gebaut.

Rhodes sagte: »Nach den Berichten sollte sie in Tarent liegen. Die britische und die amerikanische Luftwaffe hatten sie angeblich dort irgendwie eingeschlossen.«

Sherbrooke sah zu, wie die starken Finger des NO mit Zirkel und Lineal hantierten, der Bleistift bewegte sich wie *Reliants* Göschstock, als sie wieder zu neuem Leben erwacht war.

»Hier, Sir. Ich vermute, daß sie ausgelaufen ist, um die Landungsfahrzeuge unserer Gruppe abzufangen. Und das kann sie schaffen. Das gäbe ein Gemetzel!« Er hob seine Augen von der Karte. »Das Ungeheuer kann nichts mehr aufhalten.«

Sherbrooke sagte: »Wir sind ja noch da, NO.« Und dann: »Ermitteln Sie den Abfangkurs für uns.« Er sah auf seine Uhr, aber er hatte sie in seiner Seekabine gelassen, und er sah die blasse Atlantik-Haut, wo die Uhr gesessen hatte. »Ich spreche zur Besatzung, bevor wir auf Gefechtsstationen gehen.«

Rhodes fühlte sich ganz benommen von der Geschwindigkeit, mit der sich dauernd die Lage änderte.

»Wollen Sie der Besatzung sagen, welchen Gegner wir vor uns haben, Sir?«

Die blauen Augen sahen ihn genau an. »Kämpfen müssen sie, NO, aber sie sollen wissen, warum.«

Rhodes sah weg. Sie hatten keine Chance, das war klar. Der Kommandant wußte das besser als jeder andere. Rhodes Blick fiel auf den Rest eines Zigarrenstummels, den Konteradmiral Stagg hier ausgetreten hatte, vielleicht als Geste des Abschieds und der Verachtung.

Mochte er zur Hölle gehen!

Und plötzlich war er, genau wie der Reporter, Pat Drury, und der junge kanadische Pilot, froh, hier auf der *Reliant* zu sein.

18

Die Wildheit des Feindes

Der Einzelmotor des Walroß-Flugzeuges hatte seinen gewohnten dunklen, kehligen Klang. In einer Flughöhe von nur siebenhundert Metern konnten sie sogar ihr Spiegelbild in der Meeresoberfläche sehen, wenn sie über ein ruhiges Stück Wasser flogen. Die meiste Zeit, seit sie von der *Reliant* gestartet waren, war die See jedoch unruhig und mit unzähligen kurzen, dicht aufeinanderfolgenden Wellen bedeckt gewesen.

Der Pilot, Kapitänleutnant Leslie Niven, prüfte seine Instrumente und versuchte Konteradmiral Stagg, der im Beobachtersitz saß und einen Ordner mit getippten Unterlagen studierte, völlig zu ignorieren. Entweder kannte Stagg das hier im Flugboot schon alles, oder er wollte sich nicht mit einem Untergebenen unterhalten, das war schwer zu sagen. Niven lächelte. Die Augen des Admirals bewegten sich fast nicht.

Niven merkte, daß die anderen hinter und unter ihm hin- und herrutschten, aber die waren ihm relativ egal. Er hatte seine Besatzung kaum richtig kennengelernt, bevor er auf die *Reliant* kam, und das war ihm auch recht so. Der Schlachtkreuzer war für ihn laufbahnmäßig eine Sackgasse, und dieser unerwartete Auftrag, Stagg zu der Kampfgruppe und zu den Landungsschiffen zu fliegen, würde alles ändern. Er mußte nur sorgfältig sein und sich umsichtig verhalten. Sicherlich würde nicht genug Zeit und auch nicht der Wille vorhanden sein, die Schiffe anzuhalten, während er das Walroß längsseits manövrierte, damit es an Bord genommen werden konnte, außerdem war dazu auch wohl nicht genug Platz auf den anderen Schiffen vorhanden. Und keiner würde von ihm erwarten, zur *Reliant* zurückzufliegen, die trieb ja manövrierunfähig irgendwo herum. Da war auch noch der Kraftstoffmangel, ein Versuch, direkt zurückzufliegen, würde auch daran scheitern.

Man würde für ihn schon Arbeit finden. Vielleicht gab es auch eine Verwendung auf der *Seeker*, aber nur als Absprungplattform, er wollte sich nicht wieder in eine Ecke abschieben lassen.

Er dachte an seinen Pilotenkameraden, Rayner. Der war zufrieden, wo er war. Er hatte einen Orden bekommen und konnte das Ende des Krieges als Fledermaus-Pilot erreichen, wenn das Ding nicht unter ihm zusammenbrach.

Stagg fragte: »Noch lange?«

Niven schielte auf seine Unterlage, die er sich auf den Oberschenkel geschnallt hatte. »Nach der Berechnung noch eine Stunde, Sir. Wir wassern dann bei voller Helligkeit. Und morgen, Sir, dann der große Angriff!« Er biß sich auf die Lippe.

Stagg hatte sich schon wieder in seinen Ordner vertieft.

Er nickte seinem Beobachter zu und sagte laut: »Vergiß die Signallampe nicht, Mike. Das Erkennungssignal ist lebenswichtig bei den schießwütigen Idioten!« Und dann zu dem mit anderen Dingen beschäftigten Admiral: »Wir wollen da ja keine Risiken eingehen, oder?«

Er bewegte den Steuerknüppel ganz leicht, seine Augen waren auf den Kompaß gerichtet. Die Fledermaus war heute schwer beladen. Völlig klar: zusätzliche Passagiere, Koffer und natürlich die verdammten Wasserbomben nicht zu vergessen!

Niven schaltete die interne Sprechanlage ein: »Wir steigen auf tausendsiebenhundert Meter, da wird es wohl ruhiger sein, und wir haben bessere Aussicht, die Schiffe zu sehen.«

Er schaltete die Sprechanlage wieder ab. Die andern waren wahrscheinlich sauer, daß Stagg für diesen unerwarteten Auftrag an Bord war. Sie hatten alle ihre Sachen und auch ihre Freunde zurücklassen müssen.

Niven seufzte. *Ich aber nicht*. Die sprachen alle von der Zeit an Bord, als sei es Gottes größtes Geschenk, er gönnte sie ihnen. Er selbst würde hiernach lieber auf einen schönen Fliegerhorst in England gehen oder einen der schnellen Beförderungskurse in den USA machen. *Zeit an Bord* . . .

Konteradmiral Stagg starrte unaufmerksam in seine Unterlagen. Er wußte, daß der Kapitänleutnant sich gerne unterhalten, ihn vielleicht um eine Gunst bitten wollte. Viele machten das. Aber das war zwecklos, hiernach würden sie sich wohl nie wiedertreffen. Er dachte an Pat Drurys Gegnerschaft und seine Bemerkung über die Hölle. Nun, da sollten die alle hingehen! Nach diesem Unternehmen Husky würde für ihn etwas völlig Neues beginnen. Er konnte alle solche Dienstposten ausfüllen, und das war in der Admiralität bekannt.

Er dachte über den Brief nach, den er von seinem Rechtsanwalt in London erhalten hatte. Olive wollte auf Scheidung klagen. Er grinste. Da würde sie sich vergeblich bemühen. Wenn ihr erst klarwerden würde, welche Karriere er machte und was das an Vorteilen mit sich brachte, würde sie diese Idee schnell wieder fallenlassen, wie das früher auch schon der Fall gewesen war. Und dann war da noch Jane. Kein Wunder, daß der arme Cavendish ihr nicht genügen konnte. Sie war zu intelligent und zu schön, als daß Cavendish sie auch nur hätte verstehen können. Er leckte sich die Lippen ab, als er über die Stunden nachdachte, die er mit ihr im Bett in seiner Wohnung in Mayfair verbracht hatte. Zart in der einen Minute und fordernd in der nächsten. Er durfte den Kontakt zu ihr nicht einschlafen lassen.

Der Beobachter hatte sich über die Schulter des Piloten gebeugt und gestikulierte, grinste breit und zeigte auf seine Uhr.

Solche Leute brauchte man, dachte Stagg. Aber nur im Kriege.

Niven schaltete den Bordsprechkreis wieder ein: »Da sind Ihre Schiffe, Sir. An Backbord, vier Dez.« Er lächelte, als sein Beobachter mit der Signallampe nach vorne kroch.

Stagg grunzte: »Muß die zweite Gruppe sein, die von Vizeadmiral Lacey.«

Sie waren zusammen in Dartmouth gewesen, wenn auch in unterschiedlichen Semestern. Er sagte: »Nicht hinfliegen! Bleiben Sie auf dem alten Kurs!« Geduldig fügte er hinzu: »Aber geben Sie das Erkennungssignal, wenn das sicherer ist!«

Niven prüfte Kompaß und Höhenmesser. Sie waren schneller als erwartet, volle Punkte für ihn!

Der Beobachter kam wieder zurückgekrochen, sein Mund sah aus wie ein schwarzes Loch, er versuchte, sich durch den Motorlärm verständlich zu machen. Er kam bei Niven an und schlug kräftig auf seine Schulter.

Niven verstand nur die Worte: *Feind*! und *Itaker*!, dann flog plötzlich seine kleine Welt auseinander.

Stagg fuhr herum in seinem Sitz, er war es nicht gewohnt, angeschnallt zu sein. Sein Verstand war wie eingefroren, er konnte weder einen Gedanken fassen noch einen einfachen Instinkt entwickeln.

Er blickte um sich herum und konnte es nicht glauben, daß sie durch kleine Rauchwolken flogen. Flak, sonst konnte sein Verstand nichts mehr feststellen. Er fühlte die Explosionen, die harten Schläge gegen die Seiten und den Boden des Flugzeugs. Er riß sich die Flugmütze vom Kopf, und er konnte durch den Lärm und die plötzlichen Vibrationen das Schreien eines Menschen hören, so schrill und schmerzgequält, daß es eine Frau hätte sein können.

Er ergriff den Arm des Piloten. Niven schwankte in seinem Gurt herum und sah ihn an. In seinem Mund war Blut, und die Augen starrten leblos.

Wieder eine blendende Explosion und herumwirbelnder Rauch, diesmal aber im Flugzeug, das davon völlig ausgefüllt wurde; die schrecklichen Schreie wurden erstickt.

Stagg verstand nicht, was passierte. Zuerst sah er das Wasser und dann den Himmel; überall war Blut, auf der Flugzeugscheibe und auf dem Papier, das durch die Gegend flog, als er an sich selbst heruntersah, stellte er fest, daß es auch über seinen Sitz floß.

Er versuchte irgend etwas zu rufen, aber sein Mund blieb für immer geschlossen. Das Walroß schlug auf dem Wasser auf und explodierte wie eine Bombe.

Der Nordwestwind wehte immer noch, noch nicht einmal eine Rauchwolke markierte das Grab.

Rhodes meldete: »Neuer Kurs liegt an, Sir. Null-zwo-null.« Er sah, wie der Kommandant die See mit seinem Fernglas absuchte. Wie oft wurde das während einer Wache gemacht, fragte er sich. »Wir können ja noch einen Suchschlag machen, Sir. Vielleicht hat der Kommandant der *Tiberio* seine Absicht geändert, oder die Berichte der Nachrichtendienste waren nicht ganz richtig.«

»Glaube ich nicht, NO.« Sherbrooke setzte sein Glas ab und wischte sich die Augen.

Rhodes sprach nur aus, was die ganze Besatzung denken oder hoffen mußte: daß das feindliche Schlachtschiff wieder eingelaufen war, wenn es überhaupt den Hafen verlassen hatte.

Der Schein der Sonne hatte wieder etwas Bedrohliches, wie Kupfer, und die kurzen Wellenkämme schimmerten fast golden in der Abendsonne. Noch war eine Menge Tageslicht vorhanden, aber die Dunkelheit würde schnell kommen und total sein, den Feind konnte man dann nicht mehr finden.

Er ging in der Brücke nach vorn und sah auf das Vorschiff, das war jetzt völlig leer, das Schiff war klar zum Gefecht. Der Göschstock und die Reling waren an Deck runter geklappt, und auch wenn er es nicht sehen konnte, wußte Sherbrooke, daß das herrlich beplankte Deck der *Reliant* mit besonderen Schläuchen, die in regelmäßigen Abständen Löcher hatten, befeuchtet wurde, um den Erschütterungen des starken Artilleriefeuers besser widerstehen zu können.

Ansonsten schien das Schiff völlig verlassen, die ganze Besatzung, über tausend Offiziere und Mannschaften, Marineinfanteristen und Schiffsjungen, war im Schiffsinneren verschwunden und wartete dort auf Befehle.

Als Sherbrooke zu ihnen über die Schiffslautsprechanlage gesprochen hatte, war die Situation anders gewesen. Gesichter sahen von den Geschützen hoch, Männer unterbrachen ihre Arbeiten, um zuzuhören. Die Männer um ihn herum hier auf der Brücke warteten genau wie all die anderen auf ein Zeichen, auf einen Hinweis auf das, was vor ihnen lag.

Jetzt hatten sie viel Zeit gehabt, darüber nachzudenken, was fühlten sie? Er hatte ihnen ganz klar gesagt, daß die *Reliant* das einzige Schiff von ausreichender Größe war, dem italienischen Schlachtschiff nennenswerten Widerstand zu leisten. Wenn der Feind erst zu den Landungsfahrzeugen durchgebrochen war, konnte er sie alle vernichten; selbst wenn die *Tiberio* schlußendlich gestellt und überwältigt werden sollte, bevor sie den sicheren Hafen erreichte. Die Landungsstreitkräfte hatten genug mit dem Wetter zu tun. Wenn eine ganze Gruppe vernichtet werden würde, könnte das das ganze Unternehmen über den Haufen werfen.

Der Kanadier, Rayner, hatte darum gebeten, mit seinem Flugzeug starten zu dürfen, um die Suchbreite zu erhöhen. Sherbrooke dachte, daß er sich vielleicht ärgerte, weil der andere Pilot Stagg zur Gruppe geflogen hatte und er nun hier nur ungeduldig warten konnte.

Er hatte gesagt: »Sagen Sie ihm, John, da ist nichts drin. Wenn die *Tiberio* wirklich in diese Richtung kommt, sollte man nicht vergessen, daß sie selbst vier Flugzeuge an Bord hat, und jedes von denen kann das Walroß leicht abschießen.«

Er erinnerte sich an das, was er zu Frazier gesagt hatte. *Wenn die* Tiberio *wirklich kommt* ... Zweifelte er etwa selbst?

Was würde Stagg dazu sagen, wenn er an Bord wäre? Sicher würde er alles auf die leichte Schulter nehmen. Er würde von übertriebener Vorsicht reden. Aber Stagg würde jetzt keinen Gedanken an sie verschwenden: Er hatte sicher seine Flagge auf der *Assurance* gesetzt und machte mit seinem alten Freund, »Kasper« Pirie, Witze.

Und wenn es zum Kampf kam? Jeder Kommandant mußte sich diese Frage in Augenblicken wie diesem gestellt haben. Die *Reliant* würde ihr Bestes geben, wie es auch in der Skagerrakschlacht geschehen war und wie die Schlachtkreuzer *Hood* und *Repulse* es in diesem Krieg versucht hatten. Und wofür? Die Frage durfte nicht gestellt werden, wenn man nicht die Hoffnung verlieren wollte. Für ihn und für die Männer gab es keine Wahl, als zu gehorchen.

Pat Drury war im Kartenhaus; er hatte seinen Schatten auf dem Stahlschott gesehen, offenbar zusammengekauert und vor sich hinbrütend. Wahrscheinlich verfluchte er seine Entscheidung, auf der *Reliant* zu bleiben.

In Gedanken sah Sherbrooke seine Männer im ganzen Schiff, an den Munitionsaufzügen, an den Geschützoptiken und den Entfernungsmessern. Die Schiffssicherungsgruppen und all die vielen anderen Hilfstrupps. Wachfreie Heizer, Versorgungspersonal und Stewards, Köche und alle die, die nicht für die Funktion der Artillerie benötigt wurden. Der Schiffssicherungsgefechtsstand tief unten im Schiff hinter der Panzerung steuerte die Arbeit der Schiffssicherung im ganzen Schiff, die Rechenstellen würden die Beobachtung des Radars und andere Funktionen der Brücke übernehmen, wenn diese getroffen wurde.

Und Emma ... Wo war sie? In ihrer Wohnung in Chelsea,

in der Nähe des ausgebombten Weingeschäftes oder in ihrem Büro, half sie gerade Thorne? Es war seltsam, sich klarzumachen, daß sie eine der ersten war, die irgend etwas erfahren würden, wenn eine Nachricht über ein Gefecht die Admiralität erreichte.

Hoch oben über der Brücke hatte der Artillerieoffizier, Korvettenkapitän Christopher Evershed, in seinem gepanzerten Leitstand keine solchen Zweifel oder Besorgnisse.

Es war voll im Leitstand, aber die metallenen Sitze waren sehr sorgfältig angebracht, so daß niemand beengt war oder sich zurückgesetzt fühlen mußte: der Befehlsübermittler, ein Seemann; die Offiziere zur Aufschlagbeobachtung und zur Ermittlung der Annäherungsgeschwindigkeit; der Höhenrichtmann und der Seitenrichtmann mit seinem Gehilfen; über ihnen allen saß, mit seiner äußerst starken Optik, Evershed. Ein Knopfdruck konnte die drei großen Türme in Sekunden in eine bestimmte Peilung schwenken lassen, der Höhenrichtmann konnte alle sechs Rohre in die erforderliche Rohrerhöhung richten.

Evershed wußte alles über das italienische Schlachtschiff *Tiberio* und ihre Schwesterschiffe, obwohl er noch nie eins von ihnen gesehen hatte. Stark gepanzert, wie die meisten Schlachtschiffe, war die *Tiberio* schneller als die meisten anderen. Sie hatte neun 38-cm-Rohre im Vergleich zu den sechs der *Reliant,* aber sie hatten die gleiche Aufstellung. Beide Schiffe hatten drei Türme, so daß die *Tiberio*, auch wenn sie mehr Rohre hatte, die gleichen Winkel mit ihrem Feuer überstreichen konnte wie die *Reliant*. So arbeitete Eversheds Verstand, wie eine Reihe von Gleichungen. Grad so wie das bei der Peilung, der Entfernung und dem Vorhalt war, damit man den Feind sofort nach der Eingabelung treffen konnte.

Er fragte sich, was wohl nach diesem Einsatz mit der *Reliant* werden würde. Gerüchte über ein Zerwürfnis zwischen Stagg und dem Kommandanten schwirrten durch die Wohndecks und auch durch die Offiziermesse. Evershed setzte sich fest in seinen Sitz; er ließ sich im Gegensatz zu seinem Vertreter, dem Aufschlagbeobachter, nie hängen.

Der richtete sich gerade ruckartig auf, eine Hand am Ohr.

»Vom Radar. Schiff in Peilung null-drei-null, Entfernung zwohundertfünfzehn hundert.

Evershed nickte. Etwa elf Meilen. Wieso war das Ungeheuer schon so dicht ran?

»Entfernung abnehmend!«

Evershed war ganz ruhig. »Alle Türme, Panzer-Spreng, laden, laden, laden!«

Er fühlte, wie sein Sitz schüttelte, und er wußte, das Sherbrooke die Fahrt erhöhte. Er sah auf seine Hände, die waren ganz ruhig, er justierte seine Optik.

»Ziel auffassen!« Er sah nach unten. »Wie ist der Wind? Da müssen wir aufpassen!!«

»Wind in Stärke vier von Backbord querab!«

»Alle Rohre beladen, Sir!«

Er hörte die Stimme des Kommandanten, klar und ohne sonderliche Hast im Lautsprecher. »Feuer eröffnen!«

Evershed lächelte grimmig. So mußte das sein. Bloß nicht irgendwelche blöde Dramatik.

Er drückte seine Stirn gegen das Gummiband und sah, wie das Bild immer schärfer und gefährlicher wurde.

Blitz, blitz, blitz.

Alle drei Türme. Der Feind hatte das Feuer eröffnet.

Evershed konzentrierte sich ganz auf diesen Augenblick.

»Feuer!«

Sobald die Rohre den Rücklauf beendet hatten, konnten sie wieder beladen werden. Männer, Maschinen und blanke Ansetzer arbeiteten wie eins, um die offenen Schlunde der Verschlüsse zu füllen und wieder zu feuern.

Evershed drehte sich kurz um, als die gegnerischen Geschosse explodierten und beeindruckend große Wassersäulen mehr als kirchturmhoch in die Luft schleuderten. Er hatte keinen Sinn für den kupfernen Glanz der Wasserfontänen und die riesigen Wasserwirbel an den Stellen, an denen die Geschosse eingeschlagen hatten: Das Aussehen der See fand keinen Eingang in die Einsatzverfahren der Artillerie.

»Zu kurz, Sir.«

Dann meldete der Aufschlagbeobachter: »Deckend, Sir!«

Evershed verbarg seine Freude. »Ruhig, Männer! Schieber prüfen!«

Die *Reliant* änderte wieder Kurs, das Kielwasser verlief in einem Bogen auf den Gegner zu.

»Feuerbereit!«

»*Feuer*!«

Sie hatten zwei Salven gefeuert, der Gegner bisher nur eine. Evershed verglich wieder, als die nächste Salve des Feindes auf beiden Seiten des Bugs der *Reliant* explodierte. Gewaltige Erschütterungen, hier oben fühlte es sich an, als hätten sie ein Wrack unter der Wasseroberfläche gerammt.

»Schieber rechts zwölf!«

Evershed war zufrieden. Der Rest sollte ihnen egal sein.

Wie Ungeheuer aus einer alten Sage fuhren die beiden Kriegsschiffe weiter aufeinander zu, als ob Rhodes Bleistiftlinien aus der Seekarte in die glitzernde, vom Wind bewegte See übertragen worden wären.

In den ersten Phasen des Krieges waren die italienischen Streitkräfte von den meisten Leuten als Witz angesehen worden, dies besonders nach ihren ersten Niederlagen in Nordafrika. Es hatten sich so viele italienische Truppen ergeben, daß es nicht genug britische Soldaten gab, um sie zu bewachen.

Die italienische Marine war anders; ihre Schiffe hatten sich in etlichen entschlossenen Einsätzen ausgezeichnet, und auch nach Cunninghams erdrückendem Sieg bei Matapan hatten einzelne Schiffe ihre Operationen fortgesetzt. Die Italiener hatten als erste Zwei-Mann-Torpedos und mit Sprengstoff gefüllte Motorboote gegen überlegene britischen Streitkräfte eingesetzt. Auf der *Reliant* gab es an diesem Tage auch viele, die den entgegenkommenden Giganten nicht für einen Witz hielten.

Evershedes Artillerie funktionierte ausgezeichnet, zum großen Teil auch wegen der überlegenen Manövrierfähigkeit der *Reliant*, ihrer Fähigkeit, schnell Kurs zu ändern und alle drei Türme gleichzeitig einsetzen zu können. Die *Tiberio* war mehrfach getroffen worden und hatte jetzt den Bug direkt auf die *Reliant* zugedreht, um ein möglichst kleines Ziel zu bieten.

Von den beiden gemeldeten Zerstörern war nichts zu sehen. Entweder hatten sie einen anderen Auftrag erhalten, oder sie waren eingelaufen, um Kraftstoff zu übernehmen, ihre An- oder Abwesenheit machte auch nicht viel Unterschied.

Als sie auf dem Radar nicht erschienen waren und es klar wurde, daß dies ein Gefecht Schiff gegen Schiff würde, hatte einer auf der Brücke gestöhnt. »Hurra, na prima!«

Die *Reliant* war von zwei Salven eingegabelt worden, und die Schiffssicherungstrupps arbeiteten wie die Verrückten, um eingebeulte Metallschotten abzustützen und Verletzte zu bergen. Man hatte jetzt den Eindruck, als dauerte der gewaltige Lärm der Kanonen und explodierenden Geschosse schon Stunden. Tatsächlich waren nur siebzehn Minuten seit den ersten Salven vergangen, als *Reliant* zwei direkte Treffer erhielt.

Ein Geschoß traf das Vorschiff in der Nähe von Turm A, schlug bis in die unteren Decks durch und explodierte. Wohndecks der Seeleute, Lagerräume, Frischwasserzellen, Schotten und Spanten wurden auseinandergerissen, ein Durcheinander von herumfliegenden Splittern und Rauch.

Das zweite Geschoß traf das Schiff weiter achtern, durchschlug die achteren Aufbauten bis in die Offiziermesse und explodierte dort wie eine riesige Bombe. Viele der schon vorher Verwundeten waren in die Offiziermesse zur Behandlung gebracht worden. Sie starben jetzt alle.

Auf der Brücke fühlte Sherbrooke, wie die beiden Treffer das ganze Schiff mit unglaublicher Heftigkeit durchschüttelten, als ob es die *Reliant* glatt aus dem Wasser gehoben hätte.

»Türme A und B sind ausgefallen, Sir!«

Der erste Treffer mußte den Seitenrichtmechanismus verklemmt haben. Jetzt war keine Zeit zu verlieren.

»Hart Backbord!« Sherbrooke sah Rhodes am Sprachrohr. »Los, wir müssen rum, damit Turm C eingesetzt werden kann!« Das war alles, was sie noch hatten; die kleineren Waffen würden wohl nie wieder etwas nützen.

Eine große Wassersäule erhob sich über der Schanz, als das Ruder gelegt wurde. Von der Brücke aus konnte man das schreckliche Krachen und Kreischen der tödlichen Splitter hören, die im Rumpf einschlugen. Trotz der Gefahren konnte Sherbrooke Männer von einer Notsituation zur nächsten rennen sehen. Er bemerkte Unmengen Rauch und scharfen Brandgeruch.

Eversheds Stimme war wieder auf dem Lautsprecher zu hören. »Die Marineinfanterie in Turm C, *Feuer*!«

Die Brücke wackelte heftig, als weitere Einschläge in der Nähe niedergingen.

Sherbrooke hörte jemanden rufen: »Der Bastard dreht!«

Es stimmte, der Umriß der *Tiberio* wurde schon länger, sie drehte, um allen ihren großkalibrigen Rohren Gelegenheit zu geben, die Sache zu beenden. Da er ja nicht wissen konnte, daß die vorderen Türme der *Reliant* ausgefallen waren, dachte der Kommandant der *Tiberio* vielleicht, der Feind wolle sich absetzen.

Sherbrooke hielt die Reling fest, bis seine Finger weiß wurden. So mußte das sein, es war ihre letzte Hoffnung.

Die beiden langen Rohre von Turm C gingen etwas höher und standen ruhig.

»*Feuer*!«

Ein Geschoß des Gegners explodierte neben dem Schiff wie ein Feuerball, und weitere Explosionsfragmente rissen die Brücke auf und stanzten Löcher in die Schornsteine.

Kein Wunder, daß der italienische Kommandant dachte, sie würden ablaufen. Sherbrooke konnte das Schiff sehen, sein eigenes Schiff, als ob er hinter den Geschützen des Feindes stünde: mehrere Brände, die vom Wind noch angefacht und ausgeweitet wurden, und große Risse in der Panzerung, die man auch auf die Entfernung von acht Meilen durch die starken Optiken ohne weiteres erkennen konnte.

Turm C schoß wieder, Sherbrooke zählte die Sekunden bis zum Einschlag, seine Augen tränten, als er versuchte, sein Fernglas ruhig zu halten.

»*Treffer*!«

Er sah die heftige Explosion in *Tiberios* großen Aufbauten; es schien ihm nicht richtig zu sein, daß er davon in all dem Lärm nichts hören konnte. Und dann ein weiterer Ausbruch von dunkelrotem Feuer, der bis über die Brücke der *Tiberio* schlug und von einem unerwarteten Wind angefacht wurde. Noch eine Explosion, vielleicht eine Munitionskammer oder vielmehr ein Bereitschaftsspind mit Munition in der Nähe eines Geschützes. Das war genug. Das Schlachtschiff schwang herum und lief, hinter einer Rauchfahne fast völlig verschwunden, ab.

Rhodes sagte: »Das linke Rohr von Turm C ist ebenfalls ausgefallen, Sir!« Er hielt das Telefon und konnte seine Augen nicht von Sherbrookes Gesicht abwenden. »Der letzte Treffer, Sir.« Er wollte es kurz machen. »Der Artillerieleitstand ist auch getroffen.«

»Sagen Sie denen, sie sollen schießen!«

Nach kurzer Pause drehte sich Turm C wieder, nur ein Rohr bewegte sich in der Höhe, als die Entfernung eingegeben wurde. Turm C, nur mit Marineinfanteristen besetzt, feuerte mit einem Rohr.

Er sah das Rohr zurücklaufen, das andere Rohr qualmte noch vom vorherigen Schießen. Es sah so aus, als hätten sie beide geschossen.

Wegen des starken Rauches konnte der Aufschlag nicht beobachtet werden. Aber der Feind antwortete nicht mehr.

Sherbrooke befahl: »Schadensmeldungen und die Meldungen über die Toten und Verletzten zu mir!«

Er zwang sich, in die Brückennock zu gehen oder das, was davon noch da war. Yorke, der Signalmeister, kniete und hatte einen seiner jungen Signalgasten im Arm. Er schien seine Anwesenheit zu bemerken, und als er aufsah, war Sherbrooke durch die Tränen in den Augen des Signalmeisters sehr bewegt. Yorke war ein altgedienter Berufssoldat und war seit seiner Zeit als Schiffsjunge in der Marine, aber auch er hatte seine Grenzen.

Er sah zu Sherbrooke auf und sagte: »Warum denn nun ausgerechnet er? Er ist doch noch ein Kind!«

Dann legte er den Jungen an Deck und bedeckte sein Gesicht mit einer Signalflagge.

Kapitänleutnant Frost sagte: »Ob die *Tiberio* zurückkommt?«

Rhodes beobachtete den Kommandanten. »Das könnte sein.« Er blickte sich um und sah die ausgefransten Splitterlöcher, die Flecken und das Blut, das im Rythmus der unveränderten Maschinenerschütterungen vibrierte, als ob es seinen eigentlichen Besitzer überlebt hätte.

Die Meldungen kamen, einige durch Läufer, da sogar die Rechenstelle weitgehend ausgefallen war. Im Skagerrak hatte man sich auch auf Läufer verlassen, dachte Sherbrooke.

Mehrere Feuer und Schäden unterhalb der Wasserlinie, aber der Chief hatte die Pumpen laufen. Und sie schwammen. Er riß sich zusammen und ging raus in das rauchige Sonnenlicht.

»Fregattenkapitän Frazier ist tot, Sir. Es werden immer noch Männer gesucht.«

Sherbrooke drehte sich um und sah Frost aus der Brücke herausstarren, sein Gesicht war aschfahl.

»Übernehmen Sie, NO. Das ist ja für Sie nichts Neues!« Er ergriff seinen Arm. »Sagen Sie mir Bescheid, wenn Sie die Zahlen über unsere Verluste haben.«

Es hatte viele Tote und Verwundete gegeben. Manche waren so gestorben, wie sie gelebt hatten, wie Frazier zum Beispiel: organisierend, ordnend und Lücken füllend, bis ein Splitter ihn auf der Stelle getötet hatte, als er gerade seinen Männern half. Andere waren in Ärger und Bitterkeit gestorben, um ihr Leben betrogen, ohne daß sie wußten, warum. Hauptbootsmann Price, der Steward des Admirals, war zu Anfang des Gefechts verwundet worden. Sein Freund Dodger Long hatte mitgeholfen, ihn zur Behandlung in die Offiziersmesse zu bringen. Price hatte es nicht fassen können, daß Stagg ihn einfach so zurückließ, nachdem er ihm so treu gedient hatte. Er hatte Stagg in seinen letzten Atemzügen verflucht, Long hatte ihm ganz befangen die Hand gehalten.

Freunde, aber völlig unterschiedliche Menschen. Der Treffer in der Offiziersmesse aber machte keinen Unterschied, er tötete beide.

Einige waren allein und in großer Angst gestorben. Kapitänleutnant Villar hatte einem der Arbeitstrupps geholfen, er war auf Schaum und Wasser ausgerutscht, als sie Feuer bekämpften, bevor sie zu großen Bränden werden konnten und wichtige Anlagen erreichten. Als das Geschoß in der Offiziersmesse explodierte, dachte er, das Schiff sei tödlich getroffen. Wie betäubt hatte er seine Schreibstube gesehen, die Tür stand offen, und er war hineingestolpert. Papier lag überall herum; manchmal kam Wasser aus dem Lüftungsschacht, und irgendwie verwandelte es sich in Dampf, wenn es am Schott herunterlief, obwohl das doch gar nicht möglich war. Er klammerte sich an seinen Schreibtisch und starrte das Stahlschott voller Unglauben an. Die weiße Farbe begann zu brennen, blähte sich und gab obszöne Geräusche von sich. Von solchen Dingen wußte Villar nichts, er hatte nicht erkannt, daß das Metall des Schotts zu schmelzen begann.

Es gab eine unterdrückte Explosion, und Flammen waren durch das Loch geschossen wie aus einem Flammenwerfer. Er war hingefallen, hatte Gesicht und Augen bedeckt, um den Schmerz aufzuhalten und diese neue Dunkelheit um ihn herum abzuwehren.

Als der Schiffssicherungstrupp sich mit Brechstangen und Äxten einen Weg bahnte, war Villar längst tot.

Mowbray war einer der Männer des Trupps. Er ignorierte die Wassermassen aus den Schläuchen und die Feuerlöscher, die rasenden Warnschreie der Männer, die er kannte und zu respektieren gelernt hatte; er kniete sich nieder, um Villars schreckliche Verletzungen zuzudecken.

Ein Hauptgefreiter hatte ihm zugesehen: »Alles in Ordnung, mein Junge?«

Alles, woran Mowbray sich in diesem Augenblick erinnern konnte, war das, was Villar über seine Hände gesagt hatte. Er sah sie an. »Ich – ich glaub wohl, Hookey.« Er war aufgestanden. Dann war es vorüber, er besann sich und wußte, daß er das Ganze nie vergessen würde.

Es gab auch Leute, die erwartet hatten, zu sterben, einfach weil es keine Alternative zu geben schien, als die beiden großen Schiffe auf so kurze Entfernung aufeinander gefeuert hatten, wenigstens war es ihnen in dem Augenblick so erschienen.

Kapitänleutnant Rayner hatte einen Trupp Seeleute und Flugzeugmechaniker angeführt, der versuchte, Feuer zu löschen, die sich von unten aus dem Bereich der Offiziersmesse ausgebreitet und schlagartig auch den Katapultbereich erfaßt hatten.

Die Männer waren für eine Reaktion zu geschockt oder zu ängstlich gewesen durch all das, was sie schon gesehen und erlebt hatten.

Rayner hatte gerufen: »Los Leute! Was ist? Wollt ihr ewig leben?«

Fast hätten sie es geschafft, dann jedoch breitete sich das Feuer explosionsartig durch Flugkraftstoff aus. Der lief aus, als das Schiff sich bei einer der heftigen Kursänderungen stark überlegte. Ein brennender Strom von Flugbenzin versengte ihm Uniform und Haar.

Er hatte sich einen Feuerlöscher geschnappt und war den Flammen entgegengerannt. Er war nicht mehr sicher, was dann eigentlich passierte. Er hatte so was wie einen Schlag verspürt und war den anderen vor die Füße geschleudert worden.

Eddy Buck war kein großer Mann; ja, er war sogar schmächtig, wie ein Knabe. Er hatte ihm den Feuerlöscher aus der Hand gerissen und geschrien: »Diesmal nicht, mein Lieber!«

Das Schiff hatte sich wieder übergelegt und der junge Neuseeländer war durch das brennende Flugbenzin zu einer menschlichen Fackel geworden. Später, als sie ihn in eine Wolldecke eingehüllt hatten, hatte Buck ein Auge geöffnet und versucht, es auf seinen Freund zu fokussieren.

Rayner hatte sein Gesicht dicht an Buck's Gesicht gehalten, der Gestank des verbrannten Fleisches und der Rauch waren ihm zuwider. Er hielt ihn fest und wünschte ihm, daß er stürbe, damit er nicht all die Leiden ertragen mußte; gleichzeitig dachte er daran, daß er ihn doch als Trauzeugen brauchte.

Er flüsterte: »Du kannst jetzt nicht aussteigen, Eddy. Du weißt, daß ich dich noch brauche!«

Der blasenübersäte Mund hatte sich zu einem Lächeln verzerrt. Nur ein kurzer Satz: »Tut mir leid!«

Dann starb er.

Rayner war Andy in diesen Augenblicken sehr nahe gewesen. Sie kannte diese Situation besser als jeder andere.

Und oben auf der Brücke war Sherbrooke Teil von ihnen allen.

Das Schiff war auf seinem neuen Kurs und lief reduzierte Geschwindigkeit; der volle Umfang der Schäden würde erst im Dock festgestellt werden können.

Als er Frost befahl, auf den neuen Kurs zu gehen, hatte er das Zögern bemerkt, die Nachwirkung der Furcht.

Sherbrooke hatte gesagt: »Der NO hat Ihnen doch gezeigt, was dabei zu tun ist. Nun machen Sie's doch.«

Er hatte zum Artillerieleitstand hochgesehen, die Splitterlöcher, die trotz der fünf Zentimeter starken Panzerung vorhanden waren, hatten ihn verblüfft. Evershed und sein Team waren getötet worden, bevor die Marineinfanteristen den letzten herausfordernden Schuß abgegeben hatten. Evershed hätte zugestimmt, er hatte sie alle ausgebildet.

Also zurück nach Gibraltar. Erleichterung für einige, gebrochene Herzen für viele.

Ein verletzter Seemann humpelte auf einem Bein in Sicherheit, Pat Drury half ihm dabei. Ein weiterer Überlebender. Würde er je wieder über den Krieg schreiben können wie zuvor? Vielleicht glaubte er nichts mehr. Wie Pfarrer Beveridge, den Sherbrooke mit seinem Gebetbuch über die splitterübersäten Decks hatte wandern sehen, er wiederholte dieselbe Zeile immer wieder. »*Bewahre uns vor den Gefahren der See und der Wildheit des Feindes.*« Immer wieder, immer wieder.

Dann hörte er, wie einer lachte, und andere schlossen sich an. Langsam wurde ihnen klar, was sie geleistet hatten. Morgen würde es die ganze Welt wissen.

Fast unbewußt ließ er seine Finger über das Brückenfenster gleiten. Die *Reliant* hatte getan, was getan werden mußte. Sie hatte in gewisser Weise auch eine alte Rechnung beglichen.

Sherbrooke wußte, daß die *Reliant* nie wieder kämpfen würde, sie wußten das beide. Aber wie das bei manchen Schiffen ist, die Legende würde weiterleben.

Epilog

Das Unternehmen Husky, die erfolgreiche Invasion Siziliens und ebenso die zwei Monate darauf folgenden Anlandungen in Italien haben jetzt einen festen Platz in den Annalen der Geschichte: große Ereignisse, die in den Anlandungen in der Normandie am D-Day ihren Höhepunkt finden sollten und die letztlich zum Sieg der alliierten Streitkräfte führten.

Der verzweifelte Kampf der *Reliant* gegen das mächtige italienische Schlachtschiff trat in den Hintergrund wie so viele Einzelunternehmen des Krieges; es war nur eine Episode in einer langen Liste beeindruckender Ereignisse. Anders ist das nur für die, die dabei waren und überlebten. Mit dem Ende der Feindseligkeiten und dem Beginn dessen, was wir jetzt als den »Kalten Krieg« bezeichnen, gab es, wie für viele andere Schiffe, für Schlachtkreuzer keine Verwendung mehr.

An einem hellen, frischen Tag verließ H.M.S. *Reliant* ihren Liegeplatz zu ihrer letzten Reise zur Abwrackwerft. Ihr Schwesterschiff *Renown* war dem gleichen Schicksal nur Wochen früher entgegengegangen, die *Reliant* war also wirklich der letzte Schlachtkreuzer. Das Ende eines Traums.

Geschleppt verließ sie ohne jedes Aufhebens oder Zeremoniell den Hafen, ihre vergangenen Taten waren vergessen, außer von denen, die dabei gewesen waren. Alle Geschütze, Maschinen und Anlagen waren von Bord, der elegante Rumpf war von Beulen und Rost übersät, und für die erfahrenen Schlepperkapitäne war sie auch nur ein weiterer toter Hulk.

Die *Reliant* war auf mehreren Ozeanen gefahren, Tausende Männer hatten auf ihr in Frieden und Krieg gedient.

Sie war aber immer noch das Schiff mit besonderem Charakter.

Bei der späteren Untersuchung wurden die gleichen Tatsachen wieder dargestellt, wie nach der Schlacht im Skagerrak und wie nach dem Vorfall im Mittelmeer vor *Reliants* letztem Kampf. Es konnte einfach nicht sein. Es war unmöglich. Aber es passierte doch.

Bei ruhiger See und ohne jeden Eigenbetrieb im ganzen Schiff legte sich das Ruder in Hartlage.

Der Schleppzugführer beschrieb, wie sie plötzlich ausgeschoren und die Schleppverbindung gebrochen war, einer der Schlepper hatte große Mühe, eine Kollision zu vermeiden. Der Mann hatte auch so etwas wie ein Poltern gehört, für das er keine Erklärung wußte. Ein anderer Zeuge sagte aus, daß eine starke Erschütterung durch den alten Schlachtkreuzer gelaufen sei, wie an jenem ersten Tag, als es die Verzögerung gegeben hatte, bevor sie ins Wasser geglitten war.

Die *Reliant* hatte schwere Schlagseite bekommen und begann, über das Heck zu sinken. Es gab nichts, was man hätte machen können. Nach einer halben Stunde war sie weg; vielleicht hatte sie sich, getreu ihrem Motto, nicht ergeben wollen.

Jetzt werden im Lauf der Jahre die, die sich noch an sie erinnern können, immer weniger. Wenn aber Schiffe an der Stelle vorbeikommen, hört man manchmal eine Stimme, die an alles erinnert.

»Hier unten liegt die alte *Reliant*. Ich bin da mal drauf gefahren. Ich sag dir, das war ein guter Dampfer!«

Der Gruß eines Seemannes. Es gibt keinen besseren.

Bitte beachten Sie
die folgenden Seiten

Alexander Kent - Bolitho-Romane

Die Feuertaufe
Richard Bolitho -
Fähnrich zur See
Roman, 208 Seiten
Ullstein TB 23687

Strandwölfe
Richard Bolithos
gefahrvoller Heimaturlaub
Roman, 176 Seiten
Ullstein TB 23693

Zerfetzte Flaggen
Leutnant Richard Bolitho
in der Karibik
Roman, 288 Seiten
Ullstein TB 23192

Kanonenfutter
Leutnant Bolithos
Handstreich in Rio
Roman, 320 Seiten
Ullstein TB 24311

Klar Schiff zum Gefecht
Richard Bolitho -
Kapitän des Königs
Roman, 256 Seiten
Ullstein TB 23932

Die Entscheidung
Kapitän Bolitho in der Falle
Roman, 160 Seiten
Ullstein TB 22725

Bruderkampf
Richard Bolitho -
Kapitän in Ketten
Roman, 304 Seiten
Ullstein TB 23219

Der Piratenfürst
Fregattenkapitän Bolitho
in der Java-See
Roman, 336 Seiten
Ullstein TB 23587

Fieber an Bord
Fregattenkapitän Bolitho
in Polynesien
Roman, 432 Seiten
Ullstein TB 23930

Des Königs Konterbande
Kapitän Bolitho und
die Schattenbrüder
Roman, 328 Seiten
Ullstein TB 23787

Nahkampf der Giganten
Flaggkapitän Bolitho bei der
Blockade Frankreichs
Roman, 304 Seiten
Ullstein TB 23493

Feind in Sicht
Kommandant Bolithos
Zweikampf im Atlantik
Roman, 336 Seiten
Ullstein TB 20006

Der Stolz der Flotte
Flaggkapitän Bolitho vor der
Barbareskenküste
Roman, 352 Seiten
Ullstein TB 23519

Eine letzte Breitseite
Kommodore Bolitho im
östlichen Mittelmeer
Roman, 320 Seiten
Ullstein TB 20022

Galeeren in der Ostsee
Konteradmiral Bolitho
vor Kopenhagen
Roman, 272 Seiten
Ullstein TB 20072

Admiral Bolithos Erbe
Ein Handstreich in
der Biskaya
Roman, 296 Seiten
Ullstein TB 23468

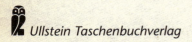
Ullstein Taschenbuchverlag

Alexander Kent - Bolitho-Romane

Der Brander
Admiral Bolitho im
Kampf um die Karibik
Roman, 368 Seiten
Ullstein TB 23927

Donner unter der Kimm
Admiral Bolitho und
das Tribunal von Malta
Roman, 312 Seiten
Ullstein TB 23648

Die Seemannsbraut
Sir Richard und die Ehre der Bolithos
Roman, 320 Seiten
Ullstein TB 22177

Mauern aus Holz, Männer
aus Eisen
Admiral Bolitho am Kap
der Entscheidung
Roman, 304 Seiten
Ullstein TB 22824

Das letzte Riff
Admiral Bolitho - verschollen
vor Westafrika
Roman, 384 Seiten
Ullstein TB 23783

Dämmerung über
der See
Admiral Bolitho im
Indischen Ozean
Roman, 432 Seiten
Ullstein TB 23921

Dem Vaterland zuliebe
Admiral Bolitho vor
der Küste Amerikas
Roman, 384 Seiten
Ullstein TB 24181

Die Feuertaufe/ Strandwölfe
Zwei Romane, 384 Seiten
Ullstein TB 23405

Der junge Bolitho
Die Feuertaufe/Strandwölfe/Kanonenfutter
Drei Romane, 514 Seiten
Ullstein TB 20913

Bolitho in den Tropen
Kanonenfutter/Zerfetzte Flaggen
Zwei Romane, 560 Seiten
Ullstein TB 23527

Bolitho wird Kapitän
Klar Schiff zum Gefecht!/
Die Entscheidung/
Zerfetzte Flaggen
Drei Romane, 626 Seiten
Ullstein TB 22016

Fregattenkapitän Bolitho
Bruderkampf/Der Piratenfürst
Zwei Romane, 640 Seiten
Ullstein TB 22097

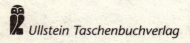

Ullstein Taschenbuchverlag